Knaus

Franz Xaver Roth

Freundschaftsdienst

Kriminalroman

Knaus

Natürlich ist alles frei erfinden. Und ob es in Bruckmühl wirklich Sexpartys gibt, weiß der Autor beim besten Willen nicht. Nur dass Giovanni Trapattoni in jeder Sprache auf diesem Planeten auf seine ganz eigene Art zu Hause ist, ist völlig unbestritten.

MIX
Papier aus verantwortungsvollen Quellen
FSC® C014496

Verlagsgruppe Random House FSC® N001967
Das für dieses Buch verwendete FSC®-zertifizierte Papier
Super Snowbright liefert Hellefoss AS, Hokksund, Norwegen.

1. Auflage

Satz: Buch-Werksatt GmbH, Bad Aibling
Druck und Bindung: GGP Media GmbH, Pößneck
ISBN 978-3-8135-0627-3

www.knaus-verlag.de

The cat is in the sack but the sack is not closed

Giovanni Trapattoni

Prolog

Ein Haus mit gelber Fassade, keine Ahnung, wo das sein soll, dachte sie, nachdem die Hälfte des Fuchswegs hinter ihr lag. Die Nummer 19 war es jedenfalls nicht, obwohl ihr das Haus so beschrieben worden war. Mit offenen Seitenfenstern und Späherblick fuhr sie im Schritttempo die Straße entlang.

Alles ruhig, niemand unterwegs. Sie schaute aufs Display zwischen ihrem Lenkrad: 1:53.

Der Abend war okay gewesen, nicht nur, aber immerhin. Mätzchen gab es immer, daran hatte sie sich gewöhnt. Manfreds böse Blicke, als sie mit ihrer Reisetasche aus dem Haus gegangen war, oder Senta, die viel zu viel getrunken hatte. Mit ihrem Lover jedenfalls hatte sie Glück gehabt. Ein Mann mit Geschmack, Mitte fünfzig, aufmerksam. Ein geschmeidiger Typ, der Sex nicht mit Wettkampf verwechselte. Dass er nicht Günter hieß, war selbstverständlich. Ein Mann mit Maske wollte anonym bleiben.

Das Haus mit der Nummer 49 war auch nicht gelb. Weiß, Vorgarten, Doppelgarage. Licht im ersten Stock. Keine Menschenseele am Fenster.

Günter war allein gekommen. Allein ging eigentlich nicht. Auf Sentas Partys trafen sich Paare, so waren die Regeln. Aber keine Regel ohne Ausnahme. Sie war eine, sie kam immer ohne Begleitung, und Senta hat das von Anfang an toleriert. Aus alter Verbundenheit natürlich, aber auch weil Singlefrauen für Aufreger sorgten. Und Senta brauchte Aufreger, solche Feiern waren keine Selbstläufer.

Eines musste sie ihrer Freundin lassen: Sie hatte ein untrügliches Gespür, das Richtige zu tun. Die Proportionen stimmten. Keine zu protzigen Büfetts, nie geizig mit dem Champagner und ganz selten plumpe oder aufdringliche Gäste. Gut, es hatte auch langweilige Abende gegeben, sogar verunglückte mit Männern, die überhaupt nichts begreifen wollten, und Frauen, die zu spät merkten, dass sie sich zu viel zugetraut hatten. Aber Fehlschläge gehörten nun mal dazu. Die Maskenbälle jedenfalls waren immer was Besonderes. Alles war schicker, hatte mehr Stil, nur wenn einer anfing, Bruckmühl mit New York zu verwechseln, ging es daneben. Cruise und Kidman spielten nun mal in einer anderen Liga.

So, die 59 und die 69 waren's auch nicht. Weiter vorn machte die Straße eine Kurve, ob es dann noch weiterging, wusste sie nicht. Sie schaute auf ihr Navi und fummelte eine Zigarette aus einem Päckchen, das auf dem Beifahrersitz lag. *Eyes wide shut,* Kubricks Spätwerk, hatten wirklich einige Leute gesehen, die zu Senta kamen, um sich einen Kick für ihr ansonsten langweiliges Sexleben zu holen. Besonders George und Grace, Stammgäste wie sie, konnten es nicht lassen, Hollywoods ehemaliges Traumpaar zu zitieren, wenn es darum ging, Frivoles in langjährigen Beziehungen zu feiern. Komisch, dass ausgerechnet die Szene mit der abgedrehten Fickparty so bekannt war. Die war ja nun mal daneben. Einsames Schloss, Security, dass es krachte, dazu ein Pianist, der nicht wissen durfte, für wen er da wo und warum gerade spielte. Geld war eh egal. Und natürlich lauter zugedröhnte Möchtegernmodels, die auf dem Edelstrich gelandet waren und jeden Gewaltscheiß mitmachten, wenn die Kohle stimmte. Nicht ihr Ding. Absolut nicht ihr Ding!

Vor Sentas Villa hatten sie sich dann noch einmal getroffen. Sie und der Mann, der partout seine Maske nicht abnehmen wollte. Er hat auf sein Taxi gewartet, sie haben geraucht, und dann hat sie seine Augen gesehen, durch die Maskenschlitze, schöne blaue Augen, traurige Augen. Er schien was sagen zu wollen, hat aber nach dem Luftholen abgebrochen und nur noch den Mund verzogen. Sie hat ihn geküsst und gespürt, dass er härter als hart war. Wie du mir, so ich dir, hat sie geflüstert und seinen Schwanz mit der Hand zur Explosion gebracht.

So, das war's dann wohl. Ende des Fuchswegs, keine Straßenbeleuchtung mehr, vor ihr nur eine Querstraße und Bäume. Servus Leuterding. Sie machte das Fernlicht an und fuhr unschlüssig in die Dunkelheit. Rechts ging ein Waldweg ab. Sie parkte ihren Wagen, öffnete die Fahrertür und schmiss ihre Kippe auf den Boden. Draußen war es ruhig. Sie blickte zum Himmel. Durch die Baumwipfel leuchtete schwaches Mondlicht. Sie ärgerte sich. Eine falsche Adresse war nachts besonders schlecht. Das gelbe Haus gab es nicht. Sie griff nach ihrer Tasche und suchte ihr Notizbuch. Dann knipste sie die Innenbeleuchtung an. Das kleine braune Buch steckte in einem Seitenfach. Sie schaute auf. Geräusche? Sie glaubte das Klacken von Schuhen auf Asphalt zu hören und blickte nach hinten. Nichts als dunkle Nacht. Der Klang der Schritte war verschwunden. Als sie sich wieder nach vorn wandte, um die Fahrertür zu schließen, hörte sie, wie in ihrem Rücken eine zweite Tür aufsprang. Ehe sie den Mund aufbekam, rissen fremde Finger an ihren Haaren. Ein fürchterlicher Schmerz zog ihr durchs Hirn. Ihr Kopf lag jetzt auf dem Beifahrersitz. Ein Mann schlug ihr ins Gesicht. Sie wollte schreien, doch im selben Augenblick legte sich eine Hand um ihren Hals. Der Mann drückte zu, Finger bohrten sich in ihre Haut. Sie bekam keine Luft mehr und spürte, wie ihr Kehlkopf gequetscht wurde. Ihre Knie schlugen gegen das Lenkrad, die Arme griffen ins Leere. Bevor sie das Bewusstsein verlor, wusste sie für den Bruchteil einer Sekunde, dass sie sterben würde.

Freitag, 13. September 2013

Die Gäste waren gegangen. Viele waren auch nicht da gewesen. Das Freitagabendspiel der Fußball-Bundesliga zwischen der Berliner Hertha und Stuttgart hatte eben nur ganz eingefleischte Fans und Dauergucker wie Gernot und Heider ins Hammer-Eck gelockt. Das Match war dann auch müder als müde verlaufen, und wäre nicht kurz nach der Pause ein Tor für die Stuttgarter gefallen, hätte es überhaupt nichts gegeben, was wenigstens für etwas Unterhaltung gut war.

Luginger hatte die Rollläden geschlossen und die Stühle hochgestellt.

»Franz, die Kasse stimmt nicht«, sagte Barbara, während Luginger Gläser spülte. »Wie hat Moni das gemacht? Ich hab sechsundzwanzig Euro zu viel.«

Luginger stöhnte. »Lass gut sein, Mädchen. Passt schon.«

Barbara schloss die Kassette mit Belegen, Scheinen, Münzen und Deckeln, die den Gästen gehörten, die selten genug Bares hatten, dafür aber regelmäßig ins Hammer-Eck kamen, um ihr Bier zu trinken.

»Soll ich noch aufwischen?«

»Um kurz vor zwölf hat hier noch niemand gewischt«, sagte Luginger und schenkte Cognac in Gläser. »Schluss für heut. Komm, die nehmen wir noch.«

Barbara schwenkte ihr Glas. »Wenn ich öfter bei dir aushelfe, werde ich zur Alkoholikerin. Hat Moni noch mal angerufen?«

»Vorhin. Ihr geht's immer noch beschissen.«

»Das dauert, Franz. So was sitzt tiefer als tief.«

Luginger nickte, nahm einen Schluck und schlenderte schließlich Richtung Toiletten, um die vollen Aschenbecher einzusammeln, die im Seiteneingang rumstanden.

Hier war es passiert, vor genau fünf Tagen. Irgendein Drecksack hatte Moni überfallen und zu vergewaltigen versucht. Sie wollte gerade ihr Fahrradschloss aufsperren, als ein Kapuzenpulliarsch mit Sonnenbrille sie sich geschnappt und an die Wand gedrückt hat, um ihr seine Wichsgriffel zwischen die Beine zu schieben. Und noch viel mehr, hätte er Zeit dazu gehabt. Wäre Luginger nicht früher als geplant zurückgekommen, wäre die Katastrophe perfekt gewesen. 'ne Vergewaltigung im Hammer-Eck! In seiner Kneipe! An seiner Moni!

Die Kripo war da gewesen, Fragen über Fragen, aber bis heute keine Antworten. Weder Moni noch er hatten das Arschloch beschreiben können. Das Arschloch hatte nämlich Reißaus genommen, als es mitbekommen hatte, wie Lugingers Pick-up in die Einfahrt gerauscht war. Luginger konnte vom Auto aus nichts erkennen, und Moni war derart neben der Spur, dass sie nicht mal sagen konnte, ob der Typ große oder kleine Hände hatte, als er ihr den Mund zugehalten hat. Pranken halt, hatte sie der Bullerei gesagt. Mittelgroß, schwarze Jeans, schwarzer Kapuzenpullover, Sonnenbrille, nicht älter als vierzig, viel mehr war dann neben den Pranken nicht ins Protokoll gekommen.

Luginger leerte die Kippenreste in den Müll. Barbara goss die Yucca vorm Fenster. »Wasser verträgt die nicht!«, rief er. »Und komm nicht auf die Idee, das Kalenderblatt abzureißen.«

Die barbusige Schönheit von 1984 war Kult im Hammer-Eck. Jeder mochte sie, nur Barbara nicht. Ein Pin-up-Girl aus Zeiten, da Mannsbilder schon außer Rand und Band gerieten, wenn sie prächtige Titten anglotzen durften.

Barbara strich übers vergilbte Papier. Dann machte sie kehrt, nahm ihren Cognac und trank den letzten Schluck auf ex. »Was ist mit morgen? Schaffst du das mit Sammy?«

Sammy! Gute Frage, wo steckte sein Koch eigentlich schon wieder? Viele Frauen, die noch nicht das Vergnügen mit ihm gehabt hatten, konnte es nicht mehr geben. Sammy war schwarz, jung, gut gebaut, und weil er aus Ghana kam wie die Vorstopper-Legende des FC Bayern Sammy Kuffour hieß er eben Sammy, obwohl sein richtiger Name ganz anders lautete. Sammy liebte Frauen, und die Frauen liebten Sammy, so einfach war das, und weil es so einfach war, beglückte er sie viel zu oft, statt zu arbeiten.

»Wird schon«, brummte Luginger.

Barbara telefonierte. »Joe kommt gleich«, sagte sie.

»Bleibst nicht?«

»Ich muss morgen um sechs raus, Franz. Du weißt doch, Berlin ruft.«

Richtig, dachte Luginger, da war was. Irgendein Termin, den sie nicht verbaseln durfte.

»Ich würd mit dir frühstücken, kein Problem.«

»Ich hab noch nichts gepackt, das wird alles viel zu knapp.«

Langsam bekam er es wieder zusammen. Ein Schlagertörtchen, das angeblich von Udo Lindenberg entdeckt worden war, sollte im Auftrag der Event-Agentur, für die Barbara arbeitete, über die Dörfer tingeln.

Joe hupte. Seit dem Überfall auf Moni hatte er angeboten, Lugingers weibliches Personal mit dem Taxi nach Hause zu fahren, wenn andere Fahrgelegenheiten ausblieben. Luginger selbst wollte nicht fahren. Jeden Abend nur Wasser, Saft oder Cola, kein Stoff, nur Flüssiges, das nach nichts oder furchtbar schmeckte, lieber hätte er den Laden zugesperrt.

Leise zog Barbara die Tür hinter sich zu. Er war allein, obwohl er gar nicht allein sein wollte. Ohne Ablenkung bedrängten ihn die immer gleichen Fragen. Warum, was tun, wie weiter? Sammy würde heute Nacht bestimmt nicht mehr kommen. Seine kleine Wohnung über der Kneipe würde leer bleiben. Seit Wochen war er mit einer jungen Studentin zusammen, die Bücher las und seinen Horizont erweiterte. O-Ton Sammy, Horizont erweitern, also nicht nur Männer, Bier, Fußball, nein, jetzt auch Theater, Malerei und Romane. Luginger brauchte weder noch. Und schon gar keine Romane. Was er brauchte, war das Schwein, das Moni an die Wäsche gegangen war. Nicht nur im Hammer-Eck hatte sich seit dem Überfall zu viel verändert. Besonders die Verdächtigungen machten ihn rasend. War es einer der Gäste? Würde jemand von denen so was fertigbringen? Wer hatte wissen können, dass Moni gegen halb zwölf allein war und dass sie nicht wie üblich von Hanno abgeholt wurde? Wie viele Leuterdinger zwischen dreißig und vierzig waren mittelgroß und trugen Kapuzenpullis? Wer hatte sich auffällig benommen? Wer hatte Moni angebaggert? Und dann noch Anna, seine Mutter. Die alte Frau war verstummt, nachdem sie erfahren hatte, was passiert war. Moni, ihre Lieblingsmoni, die Supermoni, die Luginger nur hätte heiraten müssen, um aus der Kneipe was Großes, was Gescheites zu machen, Moni, die den Laden seit Christi Geburt schmiss, die nicht nur zapfte, kellnerte und kassierte, nein, Moni, die auch die Bücher führte und unerbittlich Geld einzog, wenn Ebbe in der Kasse war und Luginger nicht mehr wusste, von was Rechnungen bezahlt werden sollten. Anna sah schrecklich aus. Sie aß zu wenig und trank nur so viel, dass sie nicht umkippte. Ihre Nachbarn machten sich Sorgen. Luginger hatte mit Brettmann und Resi gesprochen. Gemeinsam hatten sie darüber nachgedacht, wie sie aus ihrer stillen Verzweiflung zu reißen wäre. Leider war ihnen nichts eingefallen, Anna saß Tag und Nacht still in ihrem Sessel und trauerte.

Luginger drehte sich eine Zigarette. Bis auf die Tresenbeleuchtung hatte er alle Lichter ausgemacht. Fünfundfünfzig, zu schwer, Haarausfall, Geheimratsecken, Leber und Lunge angeschlagen, kinderlos, dazu chronisch blank. So sah seine Lebensbilanz aus, wenigstens die eine Seite. Die andere: Barbara, seine Mutter, die Kneipe, die Gäste, der FC Bayern, das Triple. Und Moni und Sammy natürlich. Eine kleine Welt, die sich für gewöhnlich langsam genug drehte, um ihr folgen zu können. Bis vor Kurzem jedenfalls. Bis Montag waren seine ausfallenden Haare das Schlimmste gewesen.

Er rauchte. Polterer, ihr Leuterdinger Bulle, hatte das Gleiche wie Meisner von der Erdinger Kripo gesagt. So einen Vergewaltiger erwischte man nur, wenn glückliche Zufälle zusammenkamen. Kratzte jemand unerkannt und ohne verwertbare Spuren hinterlassen zu haben, die Kurve, kein Fahndungserfolg. So die Statistik. Es sei denn, er würde es wieder versuchen. Je häufiger einer zuschlug, desto wahrscheinlicher, dass er geschnappt wurde. Statistik. Scheiß Statistik. Sollten noch mehr Frauen das Gleiche wie Moni erleben, nur damit die Chance stieg, das Arschloch einzulochen?

Gernot und Faulhuber waren die Letzten gewesen, die Moni gesehen hatten, bevor es passiert war. Am vergangenen Montag hatten sie um kurz nach elf das Hammer-Eck verlassen. Moni hatte hinter ihnen die Eingangstür zugesperrt. Keiner der beiden hatte was Ungewöhnliches bemerkt. Keine verdächtige Gestalt, kein auffälliges Auto, keine Geräusche, nix. Wie Phönix aus der Asche, so Moni, war das Arschloch aufgetaucht. Und an diesem Abend hatte sie auch noch ein Kleid an, wo sie zur Arbeit sonst nie Kleider anzog. Hosen, Hosen, Hosen!

Luginger fuhr sich über sein unrasiertes Kinn. Dann zog er das Band aus seinen langen Haaren und schüttelte den Kopf. Glut landete im Aschenbecher. Die Kripo hatte nach dem Überfall gut und gerne zwanzig Leute vernommen, nicht nur Gäste, auch Sammy und Hanno, Monis Dauerlover, dazu Bekannte, Nachbarn und einen Ex, der ihr mal gedroht hatte, sie fertigzumachen. Und dann natürlich Greulich, Max Greulich, wegen Vergewaltigung vorbestraft und erst seit wenigen Monaten wieder auf freiem Fuß. Greulich war sofort der Hauptverdächtige, trank er doch ab und zu sein Bier im Hammer-Eck, aber auch ihm war nicht nachzuweisen gewesen, dass er zur Tatzeit in der Nähe war.

Das Handy klingelte.

»Brettmann hier. Sind Sie noch wach?«

Brettmann war nicht nur Annas Nachbar, sondern auch ein Kümmerer vor dem Herrn. Dabei galt seine Hauptsorge dem Hirn seiner Mutter. Kreuzworträtsel, Sudoku, naturwissenschaftliche Experimente und kontinuierliche Internetnutzung sollten die alte Frau vor zu frühzeitiger Verkalkung schützen. Mag der früh pensionierte Expauker für Mathe und Physik auch sonst in seinem Leben nicht viel auf die Reihe gebracht haben, bei Anna hatte er Erfolg. Im Oberstübchen war sie bestens beieinander.

»Ich bin wach«, erwiderte Luginger. »Warum sind Sie denn noch auf den Beinen?«

»Ich bin Nachtmensch, schon immer gewesen.«

»Also was gibt's?«

»Ich möchte Sie nicht noch mehr beunruhigen, aber der Zustand Ihrer Mutter verschlimmert sich.«

»Welcher Zustand?«

»Am Nachmittag war Moni bei ihr. Sie hat die Wäsche vorbeigebracht, und die Frauen haben lang zusammen gesessen. Ihre Bedienung ist nach wie vor sehr angeschlagen, wenn ich so sagen darf. Sie hat geweint. Ihre Mutter hat dann auch geweint. Eine berührende Szene, glauben Sie mir. Na ja, was soll ich sagen? Gehen Sie Ihre Mutter besuchen. Jetzt gleich.«

»Jetzt gleich? Wissen Sie, wie spät's ist?«

»Natürlich weiß ich das. Aber Ihre Mutter schläft nicht. Gestern hat sie um drei in der Früh noch Licht angehabt.«

»Woher wissen Sie das?«

»Ich war noch mal draußen, deshalb.«

»Zu mir sagt sie, nachts schläft sie. Nicht viel, aber immerhin.«

»Sie lügt, Herr Luginger. Ab und an fallen ihr die Augen zu, dann dämmert sie vor sich hin. Das ist alles.«

Luginger stöhnte. Schließlich fragte er: »Und was war da jetzt mit Moni?«

»Ich weiß es nicht. Deshalb sollen Sie ja hin. Ich mache mir große Sorgen, sehr große Sorgen, außerordentlich große …«

»Schon gut«, fuhr Luginger dazwischen. »Ich gehe. Gute Nacht.«

* * *

Faulhuber blickte aus dem Fenster, während sein Taxi Richtung Leuterding fuhr. Obwohl es schon ein Uhr durch war und er ordentlich getrunken hatte, war er noch wach genug, um Gedanken nachzuhängen, die sich häufig einstellten, wenn er sich von einem seiner nächtlichen Ausflüge nach Hause fahren ließ. Dass das Taxi ein Rosenheimer Kennzeichen hatte, hatte ihn sofort beruhigt, als er eingestiegen war. Ein EBE auf dem Nummernschild war jedes Mal das Letzte, was er brauchte. Ebersberg war zu nah, Ebersberg konnte bedeuten, dass andere durch einen blöden Zufall erfuhren, was er unter allen Umständen verheimlichen wollte. Wie heute war das schon immer seine größte Sorge gewesen. Die Angst, entdeckt zu werden, aufzufliegen, nicht nur ins Gerede zu kommen, sondern sich im ganzen Ort lächerlich zu machen. Von wegen der Herr Doktor mit den schönen Töchtern, dem Abo fürs Bayerische Staatsschauspiel und dem Ehrenvorsitz im Förderverein für deutsch-französische Partnerschaft. Hier der große Mann und da der Trottel, der es nötig hatte. Statt voller Zahnarztpraxis Feuer frei. Statt Händeschütteln und Schulterklopfen Häme und eine öffentliche Hinrichtung, die auch vor seiner Frau und seinen Kindern nicht haltmachen würde.

Für einen kurzen Moment durchbrachen grelle Lkw-Lichter die Dunkelheit. Faulhuber hörte den Taxifahrer vor sich hin knurren. Im Radio liefen Songs von Abba. Nach »Mamma mia«, jetzt »Waterloo«. Er tastete nach seinem Hausschlüssel. In der linken Manteltasche spürte er Zigaretten und Taschentücher, rechts ein Päckchen »tic tac« und einen Schlüsselbund. Aus reiner Gewohnheit steckte er sich eine Handvoll der Fresh-mint-Pillen in den Mund, dabei war es längst egal gewesen, wie er roch, wo er roch oder warum er roch. Während Abba »waterloo, finally facing my waterloo« trällerte, hatte er schon lange verloren. Nicht weil Sabine ausgezogen war, nicht weil er durch Clubs zog und auf Partys sein Geld rausschmiss, sondern weil er aufgehört hatte zu glauben, dass das, was er hatte, wichtig genug war, um es nach Kräften zu schützen. Seine Frau hatte als Erste die Konsequenzen gezogen. Als sie vor Jahren einen seiner Anzüge zur Reinigung gebracht und dabei in einer Innentasche eine Telefonnummer entdeckt hatte, die sie nicht hätte entdecken dürfen, war sie nach heftigen Streitereien gegangen. Mit einem Mann, der hauptsächlich nur noch auswärts vögelte, wollte sie nicht weiter zusammenleben. Schamlos und peinlich waren noch die glimpflichsten Beschreibungen gewesen, die sie für seine Eskapaden gebraucht hatte, nachdem ihm nichts weiter übrig geblieben war, als zu gestehen. Ohne die Kinder hätte sie schon damals auf Scheidung bestanden, eine Entscheidung, die sie jetzt nachholte. Seit drei Monaten wusste er es. Abpfiff, keine Verlängerung, aus und vorbei!

Die versprochene Pillenfrische wollte sich nirgends einstellen. Weder im Mund noch sonst wo. Während im Radio Abba einer dringenden Verkehrsnachricht weichen musste, dachte er an den vergangenen Abend. Eine schöne Frau, offen, mutig und erfahren genug, um ihm seinen Aussetzer mit souveränem Lächeln zu verzeihen. Hey, hey, hatte sie mehr gehaucht als gesagt und geschickt ihre Überraschung weggespielt, ehe sie ihm später in voller Montur einen runtergeholt hatte. Sie war jünger als er und hatte im Gegensatz zu ihm trotz der Masken einige andere Gäste erkannt. Frauen in teils raffiniert geschnittenen Kleidern und Männer in dunklen Anzügen, zumeist Paare, die durch ihr Aussehen zeigten, dass sie zu unterscheiden wussten, was für ihre Vergnügungen angemessen war und was nicht. Als er allein am Büfett gestanden hatte und zwischen Seeteufel und Rehrücken wählen sollte, war sie auf ihn zugeschlendert und hatte Fisch empfohlen, weil Fisch nicht so schwer im Magen liegen würde. Später hatten sie sich zugeprostet, sie mit Wasser und er mit französischem Weißwein, den er zum Fisch für passend hielt.

Ein Blick aus dem Seitenfenster verriet, dass er bald zu Hause sein würde. Elf Zimmer, zwei Bäder und eine Küche, groß wie eine Kathedrale, in der nur noch selten gekocht wurde. Dazu ein Garten, um den ihn viele beneideten, und eine Doppelgarage, in der außer seinem Daimler nichts mehr Platz brauchte.

»Soll ich Sie direkt vor Ihrer Tür absetzen?«, fragte der Taxifahrer.

»Warum denn nicht?«, fragte Faulhuber.

»Alles klar«, kam es zurück.

Alles klar, dachte Faulhuber, ein Schlaumeier, der nicht zum ersten Mal Gäste von der Bruckmühler Villa spätnachts nach Hause kutschierte. So war das eben zwischen München, Landshut, Rosenheim und Rottach, wer auswärts die Hosen runterließ, konnte nicht erwarten, dass alle noch so gut getarnten Etablissements auf ewig im Verborgenen blieben. Fassade war das eine, hinter der Fassade das andere.

Als er im Flur das Licht anknipste, musste er sich für einen Augenblick an der Wand abstützen. Er stöhnte und versuchte Sauerstoff in die Lungen zu pumpen. Nicht nur der viele Wein machte ihm zu schaffen, sondern auch der fantastische Whiskey, den er an der Bar getrunken hatte. Auf wackligen Beinen ging er ins

Wohnzimmer. Viertel vor zwei. Nachdem er Mantel und Jackett über einen Sessel geworfen hatte, öffnete er die Terrassentür. Mit geschlossenen Augen atmete er frische Spätsommerluft. Sekunden später fühlte er sich wieder besser. Er ging in die Küche, griff nach einer Wasserflasche und setzte sich auf einen Hocker, ohne Licht zu machen. Leise brummte der Kühlschrank. Das Display der Spülmaschine zeigte an, dass sie durchgelaufen war. In einem Zug trank er die halbe Flasche aus. Dann rülpste er laut und hörte vom Flur her das Telefon läuten.

* * *

Wolkenloser Himmel, immer noch erstaunlich warm, kein Lüftchen bewegte sich. Am Maibaum bog Luginger in den Drachenweg ein. Die kurze Strecke bis zu seiner Mutter reichte gerade für eine Zigarettenlänge.

Im Haus brannte Licht. Luginger ging durch den kleinen Vorgarten und spähte durchs Küchenfenster. Anna war nicht zu sehen. Auf dem Küchentisch standen Gläser.

Er sperrte die Tür auf. »Mama, ich bin's.«

Keine Antwort. Er ging durch den schmalen Flur ins Wohnzimmer. Aufgeräumt wie immer. Alles an seinem Platz. Auch Anna. Sie saß in ihrem alten Ledersessel und schaute fern.

»Mama, hörst nimmer.«

Luginger ging neben ihr in die Hocke. Anna erschrak, dann nahm sie ihre Stöpsel aus den Ohren.

Im Fernsehen Talken.

»Mama, wenn du nix hören willst, schalt das Ding halt aus.«

»Du bist's. So spät noch.«

»Wer könnt denn sonst noch kommen? Um kurz nach zwei.«

»Kannst auch nicht schlafen?«

Luginger drückte auf die Fernbedienung. Das Bild erlosch.

Anna stützte sich auf ihre Sessellehnen. »Dr. Brettmann hat

gemeint, wenn's flimmert, geht's manchmal besser mit dem Schlafen.«

»Hilft aber nix, oder?«

Anna schüttelte den Kopf. Dann zog sie ihre Wolljacke über die Brust und grummelte: »Willst ein Bier? Steht im Kühlschrank.«

»Nur, wenn du eins mittrinkst.«

»Bist narrisch. Da renn ich die ganze Nacht aufs Klo.«

Luginger schleppte eine Flasche mit zwei Gläsern an. »Ein Glas, Mama. Ist besser als deine Stöpsel da. Und außerdem ist die Nacht ja gleich rum.«

Er schenkte ein. Sie prosteten sich zu.

»War die Moni mal wieder bei dir?«, fragte Luginger.

»Wieso?«

»Zu mir kommt sie nicht. Sagt auch nix, wenn ich sie anruf.«

Anna schwieg.

Luginger fragte: »Hast heut was gegessen?«

Anna nickte.

»Und was?«

»Suppe.«

»Besser als nix.«

Anna nickte erneut.

»So, Mama, und jetzt zu Moni. Was ist? Wann war sie zuletzt hier?«

Seine Mutter faltete ihre fleckigen Hände im Schoss. »Heut war sie da und hat die Wäsch gebracht.«

»Und was meinst?«

»Was soll ich meinen?«

»Herrgott, wie's ihr geht! Was man machen kann? Was denn sonst.«

Anna stöhnte. Ihre Hände zitterten. »Warum tut die Polizei nix? Nix passiert, gerad gar nix.«

»Mama, der Scheißkerl ist das eine, Moni das andere.«

Anna starrte Richtung Fernseher. »Seit dem Überfall ist sie ganz anders.«

»Du bist auch ganz anders, Mama. Ihr könnt euch die Hand geben. Aber weitergehen muss es ja doch.«

»Bei mir ist's egal, ich bin bald sechsundachtzig, aber die Moni ist noch jung, verstehst, die könnt noch Kinder haben, Familie.«

Luginger spürte, wie die Stimmung noch schwerer wurde. Und er wusste, dass nichts half, wenn seine Mutter in dunklen Gedanken festhing. »Trink 'nen Schluck, Mama. Hilft zwar nix, tut aber gut.«

Lustlos schluckte sie das Bier weg.

»Zu mir sagst, du schläfst nachts, nicht viel, aber immerhin. Ich glaub, dass das nicht stimmt. Du siehst so schlecht aus, du schläfst gar nicht.«

Anna hatte die Augen geschlossen. Luginger sah, wie ihre Hände noch stärker zitterten. »Moni braucht 'ne Therapie, was G'scheites, das Geld kostet, Bub. Sie hat aber zu wenig, und vom Hanno will sie nix nehmen. Mit dem Hanno ist das auch grad nix.«

Luginger war perplex. »Was ist denn jetzt mit Hanno? Das hör ich zum ersten Mal.«

»Nur so ein Gefühl, verstehst. Sie redet nicht drüber, aber ich spür's.«

Sie spürt's, dachte Luginger. Wie so oft. Sie weiß nix, aber sie spürt's. Und weil sie gerad nur Schlechtes und Trauriges spürt, ist heut eben Hanno dran mit ihrem niederschmetternden Gespür. Morgen dann Sammy und übermorgen die arme Sau, die die Post bringt.

Er holte Luft und sagte so beruhigend wie möglich: »Hör mal, alles läuft scheiße zur Zeit, jetzt mach's aber nicht noch schlimmer.«

Anna setzte sich auf: »Ihr Mannsbilder versteht nix. Gar nix. Und das bleibt so, immer. Ihr seht nix, ihr merkt nix. Nur der Papa, der hat was verstanden. Weißt, was er gesagt hat, als das mit der Walser Maria passiert ist? Vor dreißig Jahren, und so ist's heut noch. Die Schwänz sind's, Anna, hat er gesagt. Die Männer packen's nicht. Wenn's Ärger gab, also auch früher schon im Hammer-Eck, als der Papa die Wirtschaft gemacht hat, waren's die Schwänz wie heut, immer der gleiche Mist, auf ewig.«

Samstag, 14. September 2013

Kriminalhauptkommissarin Clara Weibel kehrte die Scherben des Dekantierers zusammen, als ihr Handy klingelte. Sie streckte den Rücken und lief zum Küchentisch.

»Ja«, sagte sie kurz angebunden.

»Meisner hier. Sie sagten, ich soll Sie anrufen.«

»Stimmt. Richtig. Jetzt ist es aber ungünstig. Sind Sie im Büro?«

»Einen schöneren Ort gibt's samstags ja nicht, oder?«

»Gut, ich melde mich gleich.«

Die Scherben wanderten in den Mülleimer. Clara Weibel fluchte: »Designerquatsch. Wer braucht zum Weintrinken so ein Scheißding?«

Im Schlafzimmer fischte sie Zettel vom Bett. Sieben Tage lang hatte sie es nur selten verlassen, eine hartnäckige Grippe mit Fieber, Schüttelfrost, Gliederschmerzen und einer elendigen Müdigkeit hatte sie von einer Stunde auf die andere aus dem Verkehr gezogen. Seit gestern war es aufwärtsgegangen, und heute fühlte sie sich fast schon wieder auf dem Damm.

Kollege Meisner hatte sie am Morgen geweckt. Um kurz nach neun hatte er sie zum ersten Mal während ihrer krankheitsbedingten Abwesenheit angerufen. Sie hatten vereinbart, nur in dringenden Fällen miteinander zu reden, ansonsten sollte Meisner ihren Job und die Verantwortung übernehmen.

Sie setzte sich an ihren Schreibtisch und las, was sie am Morgen notiert hatte: Leiche in einem Waldstück am Ortsausgang von Leuterding. Todeszeitpunkt zwischen 2 und 3 Uhr nachts.

Der Wagen auf einem Feldweg direkt an der Straße, die Tote ca. 7 m weg tiefer im Wald. Gefunden um 6.30 Uhr (Hr. Ritter, mit Hund unterwegs). Im Auto (VW Touareg) alles da. Handtasche, Handy, Papiere, Geld, Zigarettenpäckchen. Dazu Kondome und eine rote Augenmaske mit Federn! Reisetasche auf dem Rücksitz mit Kleidung für einen Kurztrip.

Wahrscheinlich Mord, Vergewaltigung? Gut sichtbare Hämatome am Hals. Erwürgt?

Das Opfer: Ann-Charlotte Gruber, 38 Jahre, verheiratet mit Manfred Gruber, Orthopäde (Ebersberg, Fasanenstraße 38).

Eintrag im Navi der Toten: Fuchsweg 19, Herr und Frau Seibel (über 70). Kennen keine Ann-Charlotte Gruber. (Waren völlig überrascht, als sie nach der Frau gefragt worden waren.)

Sie schob die Zettel beiseite und klickte auf Fotos, die ihr Meisner geschickt hatte. Ihr Laptop zeigte eine vollständig entkleidete Frau, auf dem Rücken liegend, Beine geschlossen, schlank, hübsch, die Arme dicht am Körper. Klar erkennbare Würgemale. Kein Schmuck. Slip, BH, Kleid und Schuhe lagen verstreut neben der Leiche. Keine Strümpfe, keine Jacke.

Auf einem weiteren Zettel hatte sie dazu notiert: Größe 1,70 m, Liefers von der Münchner Rechtsmedizin vor Ort. Keine sichtbaren Verletzungen an und in der Vagina. Auch nicht am Anus. Flecken auf Kleid. Liefers: Sperma. Liefers: keine Kampfspuren, kein Blut im Auto oder draußen. Von Technikern bestätigt. Liefers: hart mit bloßen Händen gewürgt. Kein Seil, kein Draht oder ähnliches. Profi? Eigentliche Todesursache offen.

Letztes Telefonat Freitagabend 18.54 Uhr. Liste der eingehenden und abgehenden Anrufe folgt. Zigarettenrest neben dem Wagen. Frau Grubers Marke? Keine Waffen (Messer, Pistole oder Ähnliches). Keine Schleifspuren vom Wagen zum Fundort der Leiche.

Die Lage der Toten fiel natürlich auf. Warum lag sie da wie hingebettet? Hatte sich jemand die Mühe gemacht, die Frau in ihrem Wagen zu erwürgen und dann ein paar Meter weiter weg nackt aufzubahren? Wieso ist der Täter nicht sofort auf und davon? Das Auto hätte jeder, der die Straße entlanggefahren war, sehen können. Wenn der Touareg der Tatort war, geschah der Mord quasi auf dem Präsentierteller.

Sie ging in die Küche zurück. Als sie die Dekantiererverpackung immer noch auf dem Boden liegen sah, trat sie dagegen. Der Karton flog Richtung Kühlschrank. Kleine Gewaltausbrüche taten gut. Gestern erst hatte sie ein Glas mit frisch gepresstem Zitronensaft in die Spüle gefeuert, weil sie Zitronensaft satt hatte. Frisch gepresst erst recht. Fünf Tage lang Zitronen, wenigstens drei täglich wegen der Vitamine. Und was hatte es geholfen? Nichts. Vitamine!

Sie wollte wieder arbeiten. Sie musste raus hier, da kam ihr die Tote im Wald gerade recht. Außerdem hatte sie für Montagabend Freunde eingeladen und zu kochen versprochen. Deshalb auch der Dekantierer. Der Termin stand schon seit Wochen fest, und Mario, Weinexperte und ehemaliger Münchner Kollege, hatte auf so einem Ding bestanden. Wein muss atmen, Clara, hatte er gesagt, Wein braucht Platz und Luft, dann wird er besser. Wo sollte sie jetzt einen neuen herkriegen? Dreißig Euro lagen im Müll. Sie checkte ihre Einkaufsliste. Pfeffer, Calvados, Ente, Alufolie, Schalotten, Sahne. Später würde sie Mario anrufen. Sollte der doch seinen eigenen Dekantierer mitbringen. Herrgott noch mal, für so einen Mist hatte sie weder Zeit noch Nerven.

Sie suchte ihr Telefon. In der Küche lag es nicht, obwohl es hier hätte liegen müssen. Hatte Meisner nicht angerufen, als sie in der Küche war? Sie hörte es klingeln und marschierte ins Schlafzimmer.

»Ich möchte nach Hause«, sagte Meisner. »Es ist Samstagnachmittag. Können wir jetzt?«

»Natürlich, Herr Meisner. Legen Sie los.«

»Also der Reihe nach, oder stellen Sie Fragen?«

Clara Weibel starrte auf ihre Pluderhose. Mit der freien Hand wischte sie etwas weg, was gar nicht vorhanden war.

»Der Reihe nach, bitte, und keine übertriebene Detailfreude. Nur das Wesentliche.«

»Also ich war vorhin bei Manfred Gruber. Der Mann war wirklich fix und fertig. Anfangs dachte ich, er würde gar nichts aussagen können. Später hat er sich etwas gefangen, so gut das eben nach so einer Nachricht geht. Das Paar hat keine Kinder. Gruber ist deutlich älter als seine Frau, dreiundfünfzig. Seine Frau ist gestern Abend gegen neun Uhr weggefahren, ohne ihm zu sagen, wo sie hinwollte. Er wusste allerdings, dass sie nicht mehr nach Hause kommen würde. So was komme öfter vor, hat er gesagt. Sie wolle ihre Freiheit und ihm keine Erklärungen schuldig sein. Deshalb sei er auch nicht nervös gewesen, als der Touareg heute Morgen nicht in der Einfahrt stand. Sie arbeitet als Pharmavertreterin für ein amerikanisches Unternehmen namens Aora Medical Care. Er selbst, also Manfred Gruber, war bis halb zwölf daheim, dann ist er zum Joggen gefahren.«

»Zum Joggen«, sagte Clara Weibel überrascht.

»Ja, er trainiert viel und regelmäßig. Er hat sich mit einem Trainingspartner getroffen, einem Herrn Kister. Gegen halb eins haben die beiden ihr Training abgebrochen. Dieser Kister hat wohl Kreislaufprobleme gekriegt. Gruber war dann um kurz vor eins wieder daheim.«

»Und warum mitten in der Nacht?«, fragte sie.

»Weil er tagsüber zu wenig Zeit hat. Das hätte sich so ergeben.«

»Wo laufen die Männer denn?«

»Im Ebersberger Forst, ist ja nicht weit weg.«

»Haben Sie ihm die Handtasche seiner Frau gezeigt? Fehlt da was?«

»Ihr Notizbuch, sagt Gruber. Also ohne ihr Notizbuch wäre sie nie weggegangen.«

»Und die Maske und die Kondome?«

»Dazu hat er nichts gesagt. Ich habe ihn danach gefragt, aber Schweigen im Walde.«

»War er überrascht, dass wir so was im Wagen seiner Frau gefunden haben?«

»Ich glaube nicht. Er hat eher gewusst, dass seine Frau solche Sachen dabeihatte. Ach ja, und der Touareg ist ihr Zweitwagen. Beruflich fährt sie einen Audi. Einen A 6, der steht in ihrer Garage.«

»Der letzte Anruf auf Frau Grubers Handy, wissen Sie da schon was?«

»Ihr Bruder Sebastian hat sie wegen eines Geburtstagsgeschenks für ihre Mutter angerufen. Ein kurzes Gespräch, nichts Besonderes. Er sagt, sie habe ganz normal geklungen.«

»Also wissen die Eltern und Geschwister Bescheid?«

»Ich komme gerade von dort. Die Familie heißt Weißenberger und wohnt in Rosenheim. Furchtbar, sag ich Ihnen, solche Besuche sind einfach die Hölle.«

»Haben die Eltern einen Verdacht geäußert? Sehen sie irgendwo ein Motiv?«

»Nein, nichts. Ann-Charlotte Gruber hatte übrigens nur diesen einen Bruder Sebastian, der mit seiner Familie ebenfalls in Rosenheim wohnt.«

»Warum haben Sie keinen Schmuck bei der Toten gefunden, Herr Meisner? Eine Frau geht doch nicht ohne Schmuck aus.«

»Sie hat wohl eine Kette mit Glasperlen getragen. Die Kette muss aber kaputtgegangen sein, einzelne Perlen lagen vorne im Touareg und neben der Fahrertür.«

Clara Weibel stand wieder in der Küche. »Woher wussten Sie eigentlich, dass Herr Gruber Orthopäde ist?«

»Dr. Liefers wusste das, ich nicht. Der Mann muss eine richtige Koryphäe auf dem Gebiet von Knieoperationen sein. Fußballer und Skifahrer geben sich bei ihm die Klinke in die Hand. So, und dann haben wir im Wagen der Toten noch eine Streichholzschachtel mit der Aufschrift von Feinkost Heilmann gefunden. Herr Gruber kennt den Namen. Der Mann sei *der* Caterer Rosenheims, sozusagen der Käfer südlich von München.«

»Heilmann«, murmelte sie. »Noch nie gehört.«

»Ich schon, aber dass der so eine große Nummer ist, ist mir auch neu.«

»Gut, bleibt dieser Herr Kister, der andere Läufer. Hat der Mann die Angaben von Gruber bestätigt?«

»Nein, der ist nicht aufzutreiben. Seine Frau sagt, er kommt erst Sonntagabend zurück und würde am Wochenende sein Handy nie abhören.«

»Bleiben Sie am Ball, Herr Meisner. Wenn's was Neues gibt, melden Sie sich. Unbedingt, ja.«

»Mach ich. Kommen Sie denn am Montag wieder?«

»Ja. Verlassen Sie sich drauf.«

Meisner hatte das Gespräch noch nicht beendet. Clara Weibel ahnte, dass er noch etwas sagen wollte.

»Hören Sie, ein anderer Fall gewinnt angesichts der toten Frau Gruber womöglich eine gewisse Brisanz. Wir sind da aber noch nicht weitergekommen. Während Ihrer Krankheit, Montagnacht, ist in der Leuterdinger Wirtschaft Hammer-Eck die Bedienung Monika Hallgart überfallen und beinahe vergewaltigt worden. Ich denke, das sollten Sie jetzt wissen.«

»Wie bitte!«, rief sie überrascht.

»Ich hab mir schon gedacht, dass Sie so reagieren würden. Sie kennen die Kneipe ja ganz gut.«

»Haben Sie den Täter?«

»Wo denken Sie hin? Dünne Hinweise haben wir, mehr nicht. Ich erzähle Ihnen alles am Montag.«

»Was soll das heißen, die Frau wurde fast vergewaltigt?«

»Jemand hat ihr den Mund zugehalten, sie in den Kneipeneingang gezerrt, an die Wand gedrückt und ihr zwischen die Beine gelangt. Zum Glück ist dann der Wirt, der Herr Luginger, aufgekreuzt, und der Mann ist abgehauen.«

»Schicken Sie mir alles, was Sie zu dem Fall haben. Heute noch.«

»War ja klar. Kriegen Sie.« Meisner hatte aufgelegt.

Clara Weibel war immer noch ganz durcheinander, während sie Wasser über einen Teebeutel goss. Wer griff eine Frau wie Moni an? Und wer wagte eine Vergewaltigung bei Luginger, einem Mannsbild, das bestimmt zwei Zentner auf die Waage brachte und nie einen Zweifel daran ließ zuzuschlagen, wenn es sein musste?

Der Teebeutel verschwand im Biomüll. Dann fiel ihr ein, worauf sie noch gar nicht gekommen war und weswegen Meisner ihr die Moni-Geschichte überhaupt erzählt hatte. Zwei Verbrechen an Frauen innerhalb einer Woche in Leuterding. Zufall? Oder passte da was zusammen?

Der Tee tat ihr gut. Tee war in jedem Fall besser als heiße Zitrone. Ihr Blick hing jetzt an der Kühlschranktür mit all den gelben Haftnotizen, die sie schon immer planlos dorthin geklebt hatte. Telefonnummern, Termine, Erinnerungen, Rezeptideen, Namenslisten. Auf einer stand: Ärzte können mich am Arsch lecken. Sie zupfte die Gästeliste für Montag ab. Mario, ihr wichtigster Mitarbeiter, als sie noch bei der Münchner Kripo war, Gisela, Marios Freundin, seit vielen Jahren bei der Drogenfahndung mit besten Kontakten zur Sitte, Horst, Mediziner, Forscher und so verdammt einsam, dass sie ihn am liebsten bei sich hätte einziehen lassen, und zuletzt Helge, von Beruf Ostfriese, Koch und ihr Mann für gewisse Stunden.

Als sie daran dachte, dass sie für die vier kochen würde, bekam sie Hunger. Tagelang hatte sie keinen Appetit gehabt, jetzt aber spürte sie, wie ihr Magen knurrte. Sie holte Eier und Speck aus dem Kühlschrank. Dann rief sie Mario an. Nach dem Signalton seines Anrufbeantworters quatschte sie los: »Mein extra für dich gekaufter Dekantierer ist futsch, Mario. Hab ihn ausprobieren wollen. Wenn du deinen Wein unbedingt aus so einem bauchigen Glasding trinken musst, bring deinen eigenen mit. Oder kauf mir was Neues. Freue mich auf euch. Tschüs, Clara.«

* * *

Um halb vier war das Hammer-Eck schon rappelvoll. Nicht nur der fünfte Spieltag der Fußball-Bundesliga brachte Betrieb und Umsatz, auch der Leichenfund am Leuterdinger Ortsausgang sorgte für Fragen, die nirgends besser als in Lugingers Kneipe diskutiert werden konnten. Dass eine Frau in der Früh tot aufgefunden worden war, hatte sich herumgesprochen. Dass sie nackt war, auch. Und weil sie jung und schön gewesen sein soll, mussten die Fußballer des FC Bayern auf der Kneipen-Leinwand die Aufmerksamkeit der Gäste mit Gerüchten teilen, von denen niemand wusste, woher sie kamen oder warum sie in die Welt gesetzt worden waren. Keine Ausländerin, keine aus Leuterding, weil die Frauen hier keinen Touareg fuhren. Nicht erschossen, weil sonst jemand einen Schuss hätte hören müssen. Fundort der Leiche ungleich Tatort, weil kein Geschrei, nix, kein Laut.

Moni war nicht gekommen, nachdem Luginger um die Mittagszeit mit ihr telefoniert hatte. Selbstverständlich hatte auch sie die Nachricht von der Toten erreicht. Ihr Kommentar war kurz gewesen: Wenn das derselbe Drecksack gewesen ist, hab ich ja noch mal Glück gehabt.

Sammy zapfte, und Uschi trug Biere durchs Hammer-Eck. Uschi hatte kurzfristig zugesagt auszuhelfen, als Springerin war sie Gold wert. Nachdem sie vor einigen Jahren ihren Getränkemarkt zugemacht hatte, kellnerte sie hauptsächlich auf Volksfesten, fuhr für einen Pizzaservice durch die Weltgeschichte und machte Musik. Ihre Band Panzermadonna genoss Kultstatus. Rock aus grauer Vorzeit, von »Proud Mary« bis »Sweet Home Alabama«. Uschi und ihre Musiker begeisterten ihr Publikum mit Songs, die für Rockfans nie altern würden.

Meier saß schlecht gelaunt vor seinem dritten Bier. Er war als Fotojournalist im Landkreis unterwegs, »Keine Feier ohne Meier« war ein geflügeltes Wort in und um Leuterding. Und dann das. Eine nackte Schönheit tot im Wald, und er hatte nicht auf den Auslöser drücken können, weil er nicht da gewesen war. Gemeuchelt, vergewaltigt, hingerichtet. Wer weiß wie penetriert, wahrscheinlich sensationell zugerichtet und kein Foto von ihm, eine Pleite, die ihm mächtig aufs Gemüt geschlagen war.

Meier trank.

Uschi schob ihm ihre Zigaretten hin: »Hab dich nicht so. Die Bullen hätten dich eh nicht rangelassen.«

Heider hatte mitgehört, obwohl sein Blick starr an der Leinwand hing. Kroos hatte aus zwanzig Meter abgezogen, ein echter Kracher, der aber knapp am Pfosten der Hannoveraner vorbeigegangen war.

»Rangelassen, pfui Deibel, Uschi, so was darfst heut hier nicht mal denken.«

Uschi fuhr Heider durchs Haar und zog seine Modern-Talking-Gedächtnis-Frisur nach unten.

»Bist und bleibst ein kleiner Schweinepriester, Heider. Da kann man nix machen.«

Philipp Lahm grätschte, Heider flüsterte: »So mag ich's, Baby. Give me more.«

Meier war aufgestanden. »Warum weiß eigentlich niemand, wer die Leiche gefunden hat, verdammt noch mal? Name, Adresse, Telefonnummer. So was muss doch zu recherchieren sein.«

Das war das Problem: Niemand wusste was. Die Kripo hatte sich nicht geäußert, der Zeuge blieb unbekannt, und Markus Polterer, ihr Ortsbulle, tat so, als wäre er um sechs in der Früh im Bett und nicht im Wald gewesen. Totale Funkstille.

Sicher war nur eins: Bernie Faulhuber wohnte am Ende vom Fuchsweg, höchstens dreihundert Meter vom Ort des Geschehens entfernt. Faulhuber war nicht nur Stammgast im Hammer-Eck, sondern auch Lugingers ältester Freund, und fast jeder kannte die Adresse seiner schicken Hütte. Aber Faulhuber war nicht da, obwohl Faulhuber hätte da sein müssen, weil er immer samstags da war. Nur Luginger war informiert. Bernie hatte ihm auf die Mailbox gesprochen: Komme nicht, tut mir leid. Wir gewinnen trotzdem. Hier tanzt der Bär. Polente, Presse, Krankenwagen, Leichenwagen, Schaulustige. Ich bin erschöpft. Die Fragerei bei dir würde mir den Rest geben. Tschau.

Sammy wiegelte ab. Pizza erst nach der Halbzeitpause, hatte er zu Uschi gesagt, nachdem sie die ersten Bestellungen entgegengenommen hatte. Hinterm Tresen war viel zu viel zu tun, da konnte er sich unmöglich in die Küche verziehen. Außerdem hatte das schöne Wetter dafür gesorgt, dass einige Gäste Bierbänke im Zufahrtsbereich aufgestellt hatten, was bedeutete, dass die Laufwege länger wurden.

Luginger rauchte eine Selbstgedrehte. Gernot, Joe und Erika jammerten über das miese Spiel der Bayern-Offensive. Alle drei gehörten schon so lange zum Hammer-Eck wie die völlig verstaubten Baseballkappen über den Spielautomaten.

»Robben geht mir auf den Sack«, brummte Gernot.

»Immer der gleiche Trick«, ergänzte Erika.

»Hat halt nur einen linken Fuß«, vollendete Joe.

»Wird schon«, meinte Luginger. »Und kein schlechtes Wort über unseren Holländer.«

Seit Robbens spätem Siegtreffer im Champions-League-Finale

gegen Dortmund hatte Luginger Frieden mit dem Star auf Bayerns rechter Seite geschlossen. Ehemals versemmelte Elfer waren kein Thema mehr. Vergebene Großchancen in wichtigen Spielen, alles vergeben und vergessen.

»Franz, soll ich mal zur Moni fahren?«, fragte Erika, nachdem der Ärger über misslungene Dribblings verflogen war. »Was heut gelaufen ist, wird ihre Stimmung nicht besser machen. Hast mit ihr gesprochen?«

Luginger nickte.

»Und?«, fragte Joe.

»Nix und. Schlecht ist's. Natürlich denkt sie, der, der sie überfallen hat, hat jetzt auch was mit der Toten da draußen zu tun.«

»Ist doch klar«, sagte Gernot. »Wenn dir so was passiert, siehst nur noch Scheißtypen.«

»Gibt ja auch viele«, meinte Erika.

Luginger hätte wieder nicken müssen. Stattdessen sagte er: »Ja, fahr hin. Könnt helfen, wenn du mit ihr redest.«

Um zwanzig nach fünf stand fest, dass die Bayern gewonnen und wenigstens kurzfristig die Tabellenführung erobert hatten. Zwei zu null durch Tore von Ribéry und Mandzukic. So weit, so gut. Weniger gut war, dass Sammy Luginger ausgerichtet hatte, seine Mutter habe angerufen. Sie habe nämlich Faulhuber sprechen wollen, um Näheres über den Mord an der Frau da draußen zu erfahren, Faulhuber würde aber nicht ans Telefon gehen. Franz solle sie zurückrufen, und zwar schnell.

Luginger grüßte Peter Gmeiner. Gmeiner saß auf einer Bank in der Sonne und rührte in einem Haferl Kaffee. Er war einer der Alten, die immer mal wieder im Hammer-Eck vorbeischauten. Für Mitte siebzig sah er blendend aus. Der Besitzer der örtlichen Tennisanlage blinzelte Uschi zu, die Zucker nachreichte.

»Grüß dich, Peter«, sagte Luginger.

»Schöner Tag«, kam es zurück. »Sonne, drei Punkte, bei dir sitzen, was will ich mehr. Wenn die Tote nicht wär, wär's sogar ein sehr schöner.«

Luginger nickte.

»Und natürlich das Unglück mit Moni. Tut mir wirklich leid, Franz, schlimm so was. Dass hier so ein Mistkerl auftauchen muss. Moni ist heut auch nicht da, stimmt's?«

Luginger setzte sich. »Bis das ausgestanden ist, wird's dauern, Peter. Und die Tote macht's nicht leichter.«

Gmeiner rührte und rührte. Dann nahm er einen Schluck Kaffee, ehe er sagte: »Im Hammer-Eck ist eigentlich nie was passiert. Schon als dein Vater die Wirtschaft gehabt hat, war's immer ruhig. Von der Sauerei mit der Maria mal abgesehen. Nachdem du dann am Ruder warst, hab ich gar nix mehr gehört.«

»Magst ein Wasser zum Kaffee?«, fragte Luginger. »Bei den Temperaturen.«

»Ist recht, ja. Ich muss eh mal rein, für Buben, weißt schon, ich sag's Uschi.«

Gibt's das, dachte Luginger. Jetzt hat's auch Gmeiner mit der uralten Geschichte. Reichte es nicht, dass ihm seine Mutter damit in den Ohren lag? 1985 war's. Zwei besoffene Bauarbeiter hatten am helllichten Tag Maria Walser, die auch ordentlich geladen hatte, auf einen Wirtshaustisch gezerrt und ausgezogen. Dazu dumme Sprüche und rüdes Betatschen. Andere Gäste waren nicht da gewesen. Als Maria endlich geschrien hat, kam Anna aus der Küche gerannt. Papa war unterwegs gewesen, und wäre Luginger nicht mit dem Rad zum Wirtshaus gefahren, um Werkzeug für die Reparatur seines kaputten R 4 zu holen, hätte seine Mutter nicht gewusst, was tun. So war die Angelegenheit alles in allem noch glimpflich ausgegangen. Luginger hatte die Typen gepackt und rausgeworfen. Maria hatte sich beruhigt und Anna geschworen, nie wieder allein im Hammer-Eck zu bleiben, wenn Gäste da waren.

»Als Wirt bist du richtig, Franz«, sagte Gmeiner, als er mit einem Glas Wasser zurück war. »Jeder hier merkt sofort, dass du da bist, wenn's drauf ankommt. Weißt du das eigentlich noch, wie du die Arschlöcher bei Maria damals vermöbelt hast?«

Luginger lächelte sanft. »Hab ich ja gar nicht, rausgeworfen hab ich sie, das war's.«

Freitag, 16. März 1990

Ihr Zimmer war jetzt tipptopp. Die Klamotten lagen im Schrank, das Bett war gemacht, und alles, was nach Schule aussah, hatte sie im Schreibtisch verstaut. Auf dem kleinen Couchtisch standen Sektgläser, und im Hintergrund lief »Nothing Compares 2 U« als Endlosschleife. Noch war sie allein. Sie wartete auf ihre Freundinnen, obwohl sie sich gar nicht mehr sicher war, ob sie sie wirklich sehen wollte, nach dem, was am Abend zuvor geschehen war. Sei's drum, girls' day war girls' day, und nachdem sie gestern ihren Geburtstag mit ihrer Familie und den Hubers von nebenan gefeiert hatte, war ein netter Nachmittag mit Senta, Sally und Laura nicht das Schlechteste. Zuerst die Pflicht, dann das Vergnügen, ein typisches Papa-Gesetz, das er so selbstverständlich vor sich hertrug wie seinen Bauch, der Jahr für Jahr markanter über seinem Gürtel hing. Allerdings fragte sie sich nicht zum ersten Mal, wie das mit dem Vergnügen eigentlich einzuordnen war, wenn sie daran dachte, wie ihre Gitarrenstunde verlaufen war. Von wegen Gitarrenstunde! Von wegen bei Tom Griffe üben und Haltung verbessern. Gestern war was ganz anderes wichtig gewesen. Sie hatte es gewollt, und sie hatte es gekriegt. Dabei war es gar nicht ihre Idee gewesen, nach Kaffee und Kuchen und all dem langweiligen Geschwätz am Abend mit ihrem Instrumentenkoffer noch einmal loszuziehen. Unterricht auch an Feiertagen, hatte ihr Vater verkündet, wer Gitarre lernen wollte, durfte nicht nachlassen. Weil: Übung macht den Meister. Und: Der frühe Vogel fängt den Wurm. Oder: Ran an die Buletten, ein Spruch, der auch außer

Haus schon eine so feste Größe war, dass er in allen Lebenslagen für ständige Wiederholung sorgte.

Sie drehte eine Runde durchs Zimmer, stand vorm Spiegel und prüfte zum hundertstenmal ihr Gesicht. Ob sie jetzt anders aussah? Danach. Wenn man es getan hatte. Wegen der Aufregung und weil man gewachsen war wegen dem, was so was bedeutete. Also nicht in Zentimetern, sondern allgemein, im Ausdruck eben.

Keine Pickel, keine glänzende Nasenspitze, nur auf der Oberlippe ganz links feine Bläschen. Nicht schon wieder. Warum das denn jetzt? Sie spitzte die Lippen. Klar, da kam ein Herpes. Scheiße noch eins, ausgerechnet nach so was. Sofort Zahnpasta drauf wäre das Beste gewesen, nur Zahnpasta ging im Augenblick natürlich gar nicht.

Hoffentlich klappte das mit dem Sekt. Sally wollte sich drum kümmern. Sie war schon sechzehn, genau genommen sechzehneinhalb, und ihre beste Freundin. Ohne Sally hätte sie es wahrscheinlich auch nicht durchgezogen. Noch nicht, irgendwann schon, logisch, aber eben nicht gestern. Fünfzehn ist gut, hatte Sally gesagt, nicht zu jung, nicht zu alt. Wenn du wartest, machst du dir nur unnötig Druck. Und Druck bei so was ist gar nicht gut. Den ersten Typen vergisst du am besten auch gleich wieder, der ist nur zum Antesten, also damit du's mal gefühlt hast. Sally war schon super, sie hatte es drauf. Deshalb hieß sie ja auch Sally, weil sie einmal in der Umkleide beim Sport vor versammelter Mädchenrunde die Orgasmusszene im Restaurant aus *Harry und Sally* nachgespielt hatte. Das ganze Gestöhne, wie im Kino, also die Steigerung bei dem Gestöhne, zuerst so leise und langsam, dann immer mehr, bevor sie sich so richtig einen abgejapst hat. Eins mit Sternchen, alle waren total ausgeflippt, und als die schrullige Herrmann wissen wollte, warum sie so gegiggelt hatten, war's erst richt losgegangen.

Ihre Geschenke lagen in der Kommode. Blieb die Frage, was sie nachher zeigen konnte, ohne dass es peinlich würde. Die Sneakers und die Leggins gingen in jedem Fall, das war okay, die Swatch eher nicht, die war zu schrill, also zu anbiedernd, so nach dem Motto: Auch Mami und Papi sind nicht aus der Welt gefallen; Sebastians Alice-Cooper-T-Shirt stand auf der Kippe, der Typ sah eben nur scheiße aus. Ihr Bruder musste immer eins draufsetzen. Ging's ruhig zu, war er laut, brauchte man was Cooles, donnerte er los. Alice Cooper fürs Schwesterchen, klaro, klaro, damit sie endlich mal kapierte, was gute Musik war. Das neue Metronom interessierte eh niemanden, es ersetzte ja nur das alte, auf das sie getreten war, nachdem sie bei Tom Nacktfotos von einem Mädchen gesehen hatte, das wie sie bei ihm Romanzen und Etüden rauf und runter spielen lernte.

Sie hörte es läuten und lief die Treppe nach unten.

»Hallo, Süße«, riefen Sally und Senta unisono, um sofort ein »Happy Birthday« hinterherzuschieben.

»Habt Ihr Laura vergessen?«, fragte Charlie.

»Hieeer«, zwitscherte Laura und kam hinter einem wild gewachsenen Gestrüpp hervor, das im Vorgarten den Abstellplatz für die Mülltonne verdeckte.

Sally schwenkte eine Tasche mit Sektflaschen, und Laura überreichte ihr Geschenk. »Von uns allen. Hoffentlich gefällt's dir.«

»Was ist das? Mensch, ist ja richtig groß und fühlt sich so weich an.«

»Wo sind deine Alten?«, flüsterte Sally.

»Nicht da. Hier ist niemand. Und das bleibt auch so.«

»Yuppi«, feixte Senta. »Dann mal ran an die Buletten.«

Alle kicherten.

In Charlies Zimmer öffnete Senta mit einem Knall die erste Sektflasche und füllte die Gläser, während Sally am Kassettenrekorder rumfummelte und die neueste Musik von Phil Collins startete.

Charlie packte ihr Geschenk aus. »Wow, was ist das denn?« Triumphierend hielt sie ein Kissen mit dem Schriftzug *We love you* über den Kopf. »Das ist ja toll, Mädels. Da habt ihr euch richtig angestrengt.«

»Schau mal in den Umschlag«, sagte Laura.

Charlie fand silberne Ohrringe und einen Gutschein zum Löcherstechen. »Hey, hey, ihr seid ja verrückt. Vielen Dank.«

»Wir gehen natürlich mit, wenn du das machen lässt«, rief Sally und drehte die Musik lauter.

Phil Collins sang »Another day in Paradise«.

Sie stießen an, die Gläser klirrten.

»Auf dass all deine Wünsche in Erfüllung gehen!«, rief Senta. »Und vergiss uns nicht, wenn du erst mal deinen Prinzen gefunden hast.«

»Wie wär's mit Mütze«, säuselte Laura in die Runde.

Charlie verdrehte die Augen und füllte ihre Backen mit Luft. Dann prusteten sie gemeinsam los.

Senta steckte Sally die neuen Ringe ins Ohr.

»Die stehen auch dir, wirst sehen«, sagte sie. »Darfst nur die Haare nicht zu lang tragen. Schau mal, die sind doch super.«

»Mein Vater kriegt 'nen Anfall, wenn er schnallt, dass ich mir Löcher stechen lasse.«

»Da muss er durch«, meinte Sally und grinste.

»Wie er durch vieles noch durchmuss«, ergänzte Laura.

Erneutes Gekicher.

»Also, jetzt erzähl mal, wie war's denn gestern?«, fragte Sally. »So mit Mami und Papi und euren Hubers.«

Charlie stöhnte. »Wollt ihr Kuchen?«

»Klar doch«, sagte Laura. »Was gibt's denn.«

»Kirschkuchen, Nussecken und Muffins.«

»Her damit.«

Sie saßen auf dem Boden, und während sie kauten, zeigte Charlie ihre Sneakers und die Leggins.

»Hätte schlimmer kommen können«, kommentierte Sally. »Wisst ihr noch, was ich gekriegt hab? Bettwäsche mit Wolken drauf und ein Parfüm, das so scheußlich roch, dass selbst unser Dackel in Ohnmacht gefallen ist.«

»Also gestern nur Familie?«, fragte Laura. »Ist ja ätzend, wie?«

Charlie nickte.

»Wer's glaubt, wird selig«, sagte Senta. »Unser Spion hat dich gesehen. Mit deinem Gitarrenkoffer.«

»Mütze!«, rief Charlie überrascht

»Mütze!«, bestätigte Senta. »Beim schönen Tom.«

»Besser als Mütze in jedem Fall«, meinte Laura. »Hast du echt an deinem Geburtstag Tonleitern gespielt?«

Charlie biss sich auf die Unterlippe und starrte auf den Tisch. Ohne zu antworten, nahm sie eine Nussecke.

»Hä! Schweigen bedeutet Zustimmung«, sagte Sally. »Also keine Tonleitern.«

Kurze Stille, dann leises Geklapper von Gabeln.

»Verfolgt mich Mütze?«, fragte Charlie, und ihrer Stimme war anzumerken, wie sehr ihr der Kerl auf die Nerven ging.

»Tonleitern ja oder nein?« Sally blieb hartnäckig.

»Mütze spinnt doch, der kann doch nicht hinter mir herlaufen.«

»Kann er. Macht er«, sagte Laura. »War vielleicht aber auch Zufall. Er hat nur erzählt, dass er dich gesehen hat, als er mit dem Rad unterwegs war.«

»Bei Mütze gibt's nicht so Zufälle«, sagte Senta. »Der betet dich an, das weiß doch jeder.« Dann füllte sie erneut die Gläser. »Lasst uns feiern und nicht über Typen quatschen. Der Sekt muss weg, oder meint ihr, wir nehmen den wieder mit.«

Sonntag, 15. September 2013

Luginger sortierte Schnapsflaschen. Was Besseres war ihm nicht eingefallen, nachdem er mit Moni gesprochen und ein paar Minuten auf seinem Klavier geklimpert hatte. »Let it be« hatte irgendwie gepasst. »When I find myself in times of trouble«, also, viel besser hätte er es auch nicht sagen können. Obwohl trouble eigentlich untertrieben war und McCartneys »Nimm's dir nicht zu Herzen« zu locker rüberkam. »Imagine« hatte er danach probiert, nur war ihm der Song zu religiös, zu nett und zu hoffnungsvoll gewesen und dann der ganze Weltverbessererschmus erst, nee, da hatte er abgebrochen, obwohl er den alten Beatleskram mochte, weil die Jungs aus Liverpool sein mieses Englisch nicht überforderten.

Moni war echt schlecht drauf gewesen. Der fällt die Decke auf den Kopf, dachte Luginger, aber rausgehen will sie nicht. Die muss unter Leute, sich ablenken, was anderes hören und sehen, nur wie, war völlig unklar.

Williams ging besser denn je, Tequila trank eigentlich nur Joe, und Grappa war irgendwie out. Die Persikoflasche hatte niemand mehr angerührt. Seit Moni weg war, blieb der dunkelrote Likör mit seinem zuckrigen Kirschgeschmack unangetastet. Persiko war eben ihr Ding, und ohne sie kam keiner auf die Idee, sich so was anzutun.

Als sich Luginger einen Fingerbreit davon einschenkte, flog die Eingangstür auf. Leichter Mantel, Handtasche, schnelle Schritte, graue Kurzhaarfrisur.

»Guten Tag«, sagte Frau Weibel.

»Donnerwetter«, sagte Luginger.

»Was trinken Sie da?«, fragte Frau Weibel.

»Wieder gesund?«, fragte Luginger.

»Ist Moni da?«

»Nein.«

»Kommt sie später?«

»Nein.«

Frau Weibel zog ihren Mantel aus.

Luginger sah, dass Schweißperlen auf ihrer Stirn glänzten.

»Sieht aus wie Persiko«, sagte Frau Weibel.

»Ist auch Persiko«, bestätigte Luginger.

»Ich nehme einen. Dazu ein Wasser bitte.«

Luginger schob ihr ein Likörglas rüber. Persiko war das erste Getränk, das die Kommissarin bei ihm getrunken hatte, als sie vor vier Jahren aufgetaucht war, um Sammy in die Mangel zu nehmen. Sein Koch war verdächtigt worden, den Mann seiner damaligen Geliebten über den Haufen gefahren zu haben, um sich mit ihr die Lebensversicherung zu teilen. Später hatte sich dann herausgestellt, dass er von einem kleinen Pisser, der einen auf Vorstadtmafioso gemacht hatte, bei einer Verfolgungsjagd auf seinem Rad erwischt worden war und nach einem unglücklichen Sturz noch am Unfallort sein Leben verloren hatte.

»Kaffee dazu?«, fragte Luginger.

Frau Weibel nickte. Dann sagte sie: »Ich war krank und habe erst gestern erfahren, dass man versucht hat, Moni zu vergewaltigen. Ich habe die Berichte gelesen.«

»Lesen reicht nicht«, sagte Luginger, während im Hintergrund die Kaffeemaschine gurgelte.

»Herr Meisner hat getan, was er konnte. Viele Anhaltspunkte gibt es ja nicht.«

Luginger stellte einen doppelten Espresso auf den Tresen. »Sind Sie wegen der Toten im Wald hier?«

»Auch. Aber eben nicht nur. Haben Sie mit Herrn Greulich gesprochen?« Luginger steckte sich eine an. »Herr Greulich ist natürlich wegen seiner Vergangenheit besonders tatverdächtig.«

»Natürlich«, brummte Luginger.

»Leider kommt es häufig vor, dass Männer trotz therapeutischer Maßnahmen rückfällig werden.«

»Max war aber am Montag nicht hier. Ihr Kollege Meisner hat ihn ordentlich in die Mangel genommen. Kein Verdacht, Ende der Durchsage.«

»Und Sie werden ihn auch in die Mangel genommen haben, oder? Ein Gast, der unter ihrem Schutz steht, wenn ich so sagen darf, und dann so was? Das können Sie sich nicht bieten lassen.«

Luginger nickte. »Wenn Sie mit Moni reden wollen, besuchen Sie sie daheim. Ich kann Ihnen die Adresse geben.«

Frau Weibel trank Kaffee, Persiko, Wasser. Genau in der Reihenfolge, eins nach dem anderen. Dann sagte sie: »Natürlich werde ich mit ihr sprechen. Zuerst interessiert mich aber, was Sie von Herrn Greulichs Alibi halten.«

»Wasserdicht.« Luginger stellte einen Aschenbecher neben sich.

»Herr Greulich hat angegeben, kurz nach der Tatzeit von einer Nachbarin besucht worden zu sein. Die alte Frau soll ihm ihren Wellensittich mit der Bitte gebracht haben, er möge einige Tage auf den Vogel aufpassen, da sie sich einer Hüftoperation unterziehen müsse. Die Frau heißt Herrlich, Margret Herrlich. Nur haben wir bis heute keine Frau mit diesem Namen in einem Krankenhaus in und um München ausfindig machen können. Ist es nicht möglich, dass Herr Greulich da irgendwas erfunden hat?«

»Er hat den ganzen Abend vor der Glotze gehangen. Das Fernsehprogramm jedenfalls konnte er rauf- und runterbeten, ich hab das überprüft. Ich war mit ihm auch an der Herrlich-Wohnung. Was er erzählt hat, passt. Außerdem hat ihn am Montagabend niemand in Leuterding gesehen, steht ja alles in Ihrem Bericht.«

Frau Weibel nickte. »Glauben Sie ihm, weil Sie ihm glauben wollen, oder haben Sie nicht doch Ihre Zweifel?«

»Greulich hat gesessen, weil er junge Mädchen gezwungen hat, ihm einen zu blasen. Fünfzehn und sechzehn waren die. Moni ist aber eine erwachsene Frau, und hier ist mein Laden, hier wohnen Leute. Wir sind nicht an irgendeiner S-Bahn mit dunklen Stellen, wo nachts keine Sau rumsteht.«

Frau Weibel hustete.

Luginger drückte seine Kippe aus.

»Danke.« Die Kommissarin schaute auf ihre Uhr. »Halb eins. Wann kommen die ersten Gäste?«

»Drei, halb vier.«

»Ist heute ein Fußballspiel?«

»Hoffenheim gegen Mönchengladbach. Später spielt noch der Club. Wollen Sie gucken?«

Frau Weibel überlegte. Luginger sah, wie sie sich über die Stirn strich. »War Ihre Kneipe gestern Abend gut besucht?«

»Volle Hütte. Wieso?«

»Was wird denn geredet? Ich meine, über die tote Frau von Samstagnacht.«

»Moni meint, dass das derselbe Typ war, der sie überfallen hat.«

»Und was glauben Sie?«

»Dass es das Beste wäre, Sie finden das Arschloch. Ich brauch Moni, und zwar hier und nicht zu Haus, also machen Sie gefälligst Ihren Job.«

Montag, 16. September 2013

Um kurz nach sieben saßen Sammy und seine Studentin schon auf Hockern am Tresen und schlürften Kaffee.

Luginger war überrascht. »Schlaft's schlecht?«

»Ich muss an die Uni«, sagte die Studentin.

»So früh«, brummte Luginger.

»Und du?«, fragte Sammy. »Musst auch an die Uni?«

»Zu warm, zu viel um die Ohren.«

Sammy nickte. »Hat Barbara mal angerufen?«

Luginger nickte auch.

»Und?«, fragte Sammy.

»Alles in Ordnung. Wird schon.«

»Hast du ihr von der Toten erzählt?«

»Hab ich.«

»Und?«

»Sie ist für die Wiedereinführung der Todesstrafe.«

Sammy lachte, seine Freundin nicht. »Sie reden ja nicht viel, Herr Luginger. Das krieg selbst ich mit, aber wenn Sie mal was sagen, sagen sie es immer so, als ob Sie auch das nicht sagen wollten.«

»Oha«, brummte Luginger.

»Stimmt«, sagte Sammy.

Luginger steckte sich die erste Selbstgedrehte an, nahm zehn Euro aus der Kasse und machte sich auf den Weg. Auf der Frontscheibe seines Pick-ups lagen erste Sonnenstrahlen. Er öffnete den Wagen. Im Innern des Dodge RAM roch es, wie es roch, wenn jemand ständig rauchte und keinen Wert darauf legte, Essensreste zu entsorgen. Luginger startete den Motor. Seit über zwanzig Jahren das gleiche Geräusch. Voll, satt, kräftig. Das beste aus Amerika eben. Er legte den ersten Gang ein, gab Gas und rollte aus der Einfahrt.

Faulhubers Daimler stand noch in der Garage. Mit einer Tüte Semmeln in der Hand ging Luginger ums Haus. Faulhuber saß auf seiner Terrasse und las die *Süddeutsche.* Kein Frühstück, nur ein Glas Orangensaft.

»Du hier«, rief er erstaunt, als er über den Zeitungsrand blickte.

Luginger rückte einen Stuhl an den Tisch und fragte: »Warum stellst dich tot? Könntest ja wenigstens mal deine Mailbox abhören.«

Faulhuber legte den Regionalteil der Zeitung beiseite.

Luginger fragte: »Was steht denn zu der Toten drin?«

»Eine Kurzmeldung. Die Kripo hat ja auch nichts verlauten lassen.«

»Und was sagt die Kurzmeldung?«

»Dass am Samstagmorgen eine tote Frau gefunden worden ist und die Kripo von einem Tötungsdelikt ausgeht.«

Luginger hielt Faulhuber die Semmeltüte unter die Nase »Riecht gut, oder? Sind ganz frisch. Los, schmeiß die Kaffeemaschine an. Ich hol derweil was aus dem Kühlschrank.«

»Tut mir leid, Franz, hab keine Zeit zum frühstücken. Ich muss los.«

»Warum? Deine Praxis machst doch erst um neun auf.«

Faulhuber winkte ab.

Luginger schaute zu Boden. Neben Faulhubers Stuhl lag noch der *Münchner Merkur.* »Seit wann brauchst zwei Zeitungen?«, fragte er erstaunt.

»Zufall«, grummelte Faulhuber. »Ein Werbegeschenk, lag im Briefkasten.«

Luginger biss in eine trockene Semmel. »Was ist jetzt mit dem Kaffee?«

Faulhubers Blick wurde finster. »Ich mag nix, ein andermal gerne.«

* * *

Sie hustete und hatte Kopfschmerzen. Nichts wollte helfen. Weder getrocknete Efeublätter noch frische Luft. Clara Weibel fluchte und ärgerte sich. Sanfte Medizin und Naturgedöns konnte sie abschreiben, wenn sie schnell wieder in Form kommen wollte.

Auf dem Parkplatz der Kripo war nicht viel los. Wenige Autos, keine Menschen, bis auf eine junge Frau, die ihr Kleinkind in einen Buggy zu setzen versuchte. Das Kind schrie, die Frau hob ihre Finger.

Clara Weibel lief zwischen den Parkbuchten auf und ab. Bewegung im Freien, was Besseres gibt's nicht gegen Kopfschmerzen, hatte Mario immer gesagt, als sie noch gemeinsam in München gearbeitet haben und sie regelmäßig unter heftigem Hämmern hinter ihren Schläfen litt, das nach Auffassung aller Münchner vom Föhn herrührte, wenn der mal wieder von den Alpen her die Stadt überfiel. Besonders schlimm waren dabei die Monate Mai und Oktober, aber auch April und September waren nicht zu verachten, ganz zu schweigen vom März, Juni, Juli und was der Kalender sonst noch so hergab.

Meisner war selbst am Sonntag fleißig gewesen und hatte Manfred Gruber ein zweites Mal aufgesucht. Gruber hatte dabei mit überraschender Offenheit über seine Ehe gesprochen. Was ihr Meisner vorhin erzählt hatte, würde die Lösung des Falls nicht einfacher machen. Ann-Charlotte Gruber hatte Liebhaber, Ann-Charlotte Gruber war treulos und ihr Mann gleich mit. Seit vier Jahren war er mit einer Nicole Zechleitner liiert, vor drei Jahren hatte die Tote eine Affäre mit einem Herrn Beckenbauer. Beckenbauer, herrje! Und nicht nur mit ihm. Nach Aussage von Herrn Gruber gab es noch andere Männer, deren Namen er aber nicht kannte, weil er sie nicht kennen wollte. Eine moderne Ehe, kein Zwang zur Monogamie, ein freizügiges Leben. Deshalb die Kondome, deshalb auch die Reisefreudigkeit von Ann-Charlotte Gruber. Meisner hatte diesen Beckenbauer gestern Abend noch telefonisch in Polen aufgetrieben, und der Mann hat angedeutet, dass Ann-Charlotte sexuell auf Macht-Ohnmacht-Spielchen stand, ohne allerdings genauer beschreiben zu wollen, was denn darunter zu verstehen sei. Fesseln? Masken? Würgen?

Die junge Frau hatte ihr Kind beruhigt. Clara Weibel beobachtete, wie sie den Buggy im Kreis um ihr Auto schob. Also sexuelle Neigungen bei Frau Gruber, die das Normalprogramm deutscher Heterofrauen überstiegen, vorausgesetzt dieser Beckenbauer sagte die Wahrheit. Dazu musste Manfred Gruber befragt werden, selbst wenn die Erfahrung zeigte, dass unter Eheleuten die Einschätzung sexueller Wünsche und Fantasien der eigenen Partner selten mit der Wirklichkeit übereinstimmte. Männer, die prügeln wollten, wurden von ihren Frauen als sanft und zärtlich beschrieben, Frauen, die für unbeschwerten und hemmungslosen Sex in die Karibik flogen, waren nach Aussagen ihrer Männer besonders romantisch und treu. Sex in der Ehe als Hintergrundrauschen war ein weites Feld, in jedem Fall ein zu weites, wenn es darum ging, zügig ein Gewaltverbrechen aufzuklären.

Und dann waren da noch Moni Hallgart und Max Greulich. Der Bericht von Meisner war sorgfältig, vollständig und über jeden Zweifel erhaben. Er hielt Max Greulich für nicht tatverdächtig, da seine Angaben hinsichtlich seines Alibis glaubhaft waren. Frau Herrlich war wirklich verschwunden. Ihre Wohnung war aufgeräumt, nirgends gab es Schlafanzüge, Zahnbürsten oder Zahnpasta. Der Kühlschrank war leer, teure Einrichtungsgegenstände fehlten genauso wie Schmuck. In der ganzen Wohnung hatte Meisner nur wenige Kleidungsstücke und zwei paar abgenutzte Schuhe gefunden. Dazu ein Dutzend Bücher, Reste von Vogelfutter und ein altes Fernsehprogramm. Die Frau bewohnte seit dem 3. April in der Haarer Guglerstraße auf derselben Etage wie Greulich eine Zweizimmerwohnung, nachdem sie über vierzig Jahre in Deutschland nicht mehr gemeldet war. Sie hatte am 26. März in Manila ein Flugzeug bestiegen und fünf Tage später bei der Postbank ein Konto eröffnet. Sie war nicht krankenversichert. Keine Verwandten, tote Eltern, keine Geschwister, keine Kinder. Eine Frau, die im wahrsten Sinn des Wortes allein war und wahrscheinlich mithilfe einer Freundin oder Bekannten beschlossen hatte, sich mit gefälschten Angaben die Leistung einer Hüftoperation zu erschleichen. Bis heute fehlte jede Spur von ihr.

Meisner winkte Clara Weibel zu. Wie er so leise hatte parken können, ohne dass sie ihn gehört hatte, verstand sie nicht.

»Was machen Sie denn hier draußen?«, fragte er.

»Kopfschmerzen.«

»Tut mir leid, aber föhnig ist es nicht. Also daran kann es nicht liegen.«

»Schön zu wissen, Herr Meisner. Haben Sie Herrn Greulich angetroffen?«

»Ja. Und er hat kein Alibi. Er hat gesagt, er habe Samstagnacht tief und fest geschlafen. Allein, versteht sich.«

»Gut, ist ja nicht verboten, nachts allein zu schlafen. Welchen Eindruck hat er denn auf Sie gemacht, der Herr Greulich?«

»Bestürzt. Also der glaubt's einfach nicht, dass da alles gegen ihn läuft. So hat er sich ausgedrückt. Alles läuft gegen mich. Zuerst Moni und dann die tote Frau. Wenn Sie mich fragen, verschwenden wir mit dem unsere Zeit. Mord ist ja auch gar nicht seine Kragenweite.«

Sie nickte. »Gehen wir hoch. Der Bericht der Spurensicherung liegt auf meinem Schreibtisch.«

Zwei uniformierte Kollegen mühten sich am Eingang des Polizeigebäudes mit einem schweren Steinaschenbecher, den sie leeren wollten, aber nicht gut bewegen konnten, Kollege Hutner vom Kriminaldauerdienst grüßte verhalten, und ein junger Staatsanwalt in schickem Zwirn bearbeitete im Gehen sein Smartphone.

»Soll ich mich um frischen Kaffee kümmern?«, fragte Meisner.

»Für mich nicht, danke«, erwiderte Clara Weibel und ließ sich auf ihren Bürostuhl fallen. Sie wedelte mit Papier. »Hier sind die Ergebnisse. Brauchbare Fingerabdrücke im und am Auto der Toten, ebenso auf Hand- und Reisetasche. Keine Fingerabdrücke von Herrn Greulich. Das wurde schon gecheckt. Die Zigarettenkippe auf der Straße gehörte Frau Gruber. Eine Liste mit ihren Telefonaten folgt. Sie ist lang. An manchen Tagen hat sie zwanzigmal und mehr telefoniert. Bei ihrem Beruf ist das wahrscheinlich normal. Kundengespräche eben, Gespräche mit der Firma, Rückrufe und, und, und. Der Tatort ist aller Voraussicht nach ihr Auto. Die Spurensicherung hat Haare von ihr am Lenkrad gefunden, auch auf den Vordersitzen und unten auf der Fußmatte. Da auch die Ergebnisse von Dr. Liefers dünn sind, es sei denn die Samenspuren am Kleid der Toten wären von Max Greulich, haben wir nicht viel. Ich lasse das gerade überprüfen. Scheint aber sehr unwahrscheinlich zu sein. Nach seinen Ausführungen ist der Todeszeitpunkt zwei Uhr morgens. Frau Gruber wurde kraftvoll gewürgt, die Hämatome am Hals sind eindeutig. Das Zungenbein ist gebrochen, dazu Quetschungen am Kehlkopf, irgendwelche Sexspiele dürften demnach ausscheiden. Die eigentliche Todesursache sei aber eine Carotisstenose, also ein Schlaganfall, verursacht durch ein Aneurysma. Liefers geht davon aus, dass eine solche Gefäßfehlbildung bei der toten Frau angeboren war, ein Umstand, der ihr jetzt zum Verhängnis wurde. Dazu keine Abwehrspuren, wahrscheinlich kein langer Todeskampf, was die Schlaganfallthese natürlich stützt. Kein Alkohol im Blut. Im Genitalbereich keine Verletzungen, kein Sperma. Ob und wann die Frau vor ihrem Tod Sex hatte, kann er nicht sagen. Mehr hat er nicht. Neben Faserspuren unter den Fingernägeln, die aber von überallher kommen können.«

»Also bleibt offen, ob die Gruber überhaupt erwürgt werden sollte«, sagte Meisner.

»Wenn sie infolge des Würgens einen tödlichen Schlaganfall erlitten hat, wissen wir nicht, was beabsichigt war. So ist das. Einen ähnlichen Fall hatte ich schon mal in München. Haben Sie eigentlich den Arbeitgeber von Frau Gruber informiert?«

»Ja, vom Auto aus. Ich habe mich für dreizehn Uhr angekündigt.«

»Gut, dann fahren wir zuerst zu Dr. Gruber.«

»Gruber wird in seiner Praxis sein«, entgegnete Meisner. »Die Öffnungszeiten habe ich irgendwo aufgeschrieben.«

»Er ist zu Hause und weiß, dass wir kommen und Fragen haben.« Sie nahm ihren Sommermantel vom Kleiderständer. »Übrigens hat sich Herr Kister gemeldet. Er hat die Angaben von Dr. Gruber bestätigt. Joggen bis halb eins, dann haben sie beide abgebrochen, weil ihm schlecht war.«

* * *

Luginger saß auf einer Bank vorm Hammer-Eck, als Barbara anrief. Zuvor hatte er seiner Mutter noch einige Einkäufe eingeräumt. Kartoffeln, Kräuterquark, Vollmilchschokolade. Dazu Brot, etwas Gelbwurst und Tomaten. Dann hatte er Kartoffeln geschält und den Quark bereitgestellt. Sie hatte nicht reden wollen. Nach zwanzig Minuten war er wieder gegangen.

»Also raus mit der Sprache, Franz«, sagte Barbara. »Wer ist die tote Frau vom Samstag? Was sagt die Kripo?«

Luginger antwortete, dass man nichts Genaues wisse. In den Zeitungen stünden nur Kurzmeldungen. Keine Namen, keine Todesursache, keine Angaben zu irgendwas, außer dass die Kripo die Ermittlungen aufgenommen hat.

»Mehr nicht?«, fragte Barbara enttäuscht.

»Mehr nicht, nein. Greulich hat mich aber auf dem Handy angerufen. Die Bullen waren wieder bei ihm. Er steht halt ganz oben auf der Liste, klar.«

»Ist ja auch nicht von der Hand zu weisen«, sagte Barbara. »Seit der Typ wieder draußen ist, passieren so Sachen.«

»Lass gut sein, Mädchen. Ich weiß, was du denkst. Einmal Arschloch, immer Arschloch.«

»So nicht, Franz, so nicht. Aber deine blöde Männerkumpanei kann einem auf die Nerven gehen. Nur weil Greulich im Hammer-Eck abhängt und sich volllaufen lässt, steht er nicht unter Artenschutz. Und der Typ hat eine Sexmacke, eine richtig miese, eine, die vor Gewalt nicht zurückschreckt, und die ist nicht plötzlich weg, nur weil du ihm persönlich Bier einschenkst.«

Lugingers Laune wurde schlechter. »Ein letztes Mal, ja. Max hat Scheiße gebaut, sie haben ihn eingebuchtet, jetzt geht's bei null wieder los. So seh ich das. Und er hat niemanden umgebracht oder mit Waffen bedroht oder zusammengeschlagen. Kapiert?«

»Klar, Franz, völlig klar. Ich bin voller Vorurteile, und du bist bei den Guten. Du siehst, was du sehen willst. Dass die Bullen damals bei ihm Handschellen, Seile, Peitschen und eine Pistole gefunden haben, als sie seine Butze stürmten, hast du wohl vergessen.«

»Das war eine Spielzeugpistole, Barbara, eine billige Wasserpistole …«

»So, so! Keine echte, das willst du doch sagen, aber zum Drohen und Angsteinjagen reicht so ein Ding allemal.«

»Geht's mit der Schlagertussi wenigstens voran?«, fragte Luginger, um das Thema zu wechseln, während Sammy mit seinem Rad ums Eck gefahren kam.

Barbara stöhnte laut. Nach einem frustrierten »Mannomann« hatte sie das Gespräch beendet.

Sammy brachte Cola und Gläser. Luginger lehnte ab.

»Siehst schlecht aus«, bemerkte Sammy.

»Gibt zu wenig Grund zum Jubeln«, sagte Luginger.

»Im Ort wird gequatscht, Franz. Die Tote soll 'ne Frau mit Affären gewesen sein, also wird gerätselt, bei wem sie Samstagnacht gesteckt hat. Dann haben Kinder auch noch einen Pariser gefunden. Direkt neben Faulhubers Palast, im Fuchsweg. Polterer hat das Ding sichergestellt.«

Luginger verteilte Tabak in einem Papierchen, schloss es und fuhr mit seiner Zunge über die Gummierung, ehe er die Zigarette glatt strich. »Wird Greulich sich übergestreift haben, bevor er die Frau ausgezogen, vergewaltigt und umgebracht hat. Greulich kann so was. Mit einer Hand 'nen Gummi überziehen und mit der anderen 'ne Frau so festhalten, dass sie ruhig abwartet, bis er das Ding aufgerollt hat. Dann hat er den Gummi bei Faulhuber vors Haus geschmissen, um von sich abzulenken.«

»Was ist denn mit dir los?«, fragte Sammy gereizt. »Ist was mit Greulich?«

»Oder er hat Faulhuber vergewaltigt. Der war heut Morgen so komisch. Könnt also auch sein. So was lernst im Knast, also die Freuden des Hinternpimperns.«

»Jetzt mach mal halblang, Franz, ja. Und erzähl nicht so 'nen Scheiß.« Sammy war aufgestanden und knallte einen Aschenbecher auf den Tisch. »Willst du mal 'ne gute Nachricht hören?«

Luginger zog an seiner Kippe. Sonst keine Regung.

»Moni hat angerufen. Um zwei ist sie da.«

* * *

Manfred Grubers Haus war durchschnittlicher, als Clara Weibel erwartet hatte. Vorgarten mit Schilf, Bambus, Rosmarin und

Lavendel, Doppelgarage, gepflasterter Eingangsbereich, Rosentöpfe vor der Tür. Auch drinnen nichts, was darauf hätte schließen lassen, dass hier ein Star der Knieorthopädie wohnte. Bis auf zwei gerahmte Plakate zu weit zurückliegenden Ausstellungen zu Beckmann und Rothko kahle Wände im Wohnzimmer. Dazu Ledergarnitur, Glastisch, Schrankwand, Regale, Fernseher, Kachelofen, kleine und große Grünpflanzen auf Fensterbänken und Fußboden. Im Essbereich standen ein Tisch mit Stühlen, Buche, eine Stehlampe, ein Geschirrschrank und ein Beistelltisch mit Gläsern, die darauf warteten, weggeräumt zu werden.

»Meinen Kollegen Meisner kennen Sie ja schon, Herr Gruber. Mein Name ist Weibel, wir ermitteln gemeinsam im Todesfall Ihrer Frau. Mein herzliches Beileid.«

Manfred Gruber nickte und bat, Platz zu nehmen. Schwarze Haare mit grauen Einsprengseln, glatt rasiertes Gesicht, weißes Hemd auf blauer Hose mit akkuraten Bügelfalten, schlank, ungefähr eins achtzig groß.

Auf dem Esstisch standen Gläser und eine Flasche Selters.

»Wussten Sie, dass Ihre Frau an einem Aneurysma gelitten hat?«, fragte Clara Weibel.

Gruber stutzte. »Nein. Wenn Betroffene so etwas erfahren, ist es meistens zu spät.«

»Ihre Frau ist an einem Schlaganfall gestorben, Herr Gruber. Der Angriff auf ihren Hals hat eine Blutung ausgelöst, die dann tödlich war.«

»Sie meinen, die eigentliche Todesursache ist gewöhnlicher als das Verbrechen, das dahintersteckt?« Grubers Frage kam unaufgeregt, fast gleichgültig.

»So könnte man sagen, ja.«

»Für den, der stirbt, macht es keinen Unterschied, oder? Bis auf den nicht unmaßgeblichen Vorteil vielleicht, dass ein Schlaganfall ein schnelles Ende bedeuten kann.«

»Wir gehen davon aus, dass es so gewesen ist. Nach unseren Ermittlungen hat es keinen langen Todeskampf gegeben.«

Manfred Gruber schwieg. Seiner Miene war nicht anzusehen, was er dachte oder ob er überhaupt etwas dachte.

»Ich hoffe, Sie können verstehen, dass wir uns im Rahmen unserer Ermittlungen auch für Ihre Ehe interessieren müssen«, sagte Clara Weibel. »Ihr Zusammenleben war ja durchaus ungewöhnlich, wenn ich so sagen darf. Wie geht so was? Eine Ehe, die keine ist. Sie haben eine langjährige Partnerin, Ihre Frau hatte Affären. Warum haben Sie sich nicht scheiden lassen?«

»Ich werde mit Ihnen nicht über mein Leben philosophieren«, erwiderte Gruber, und seine Stimme verriet, wie entschieden er war. Er füllte die Gläser. »Es war, wie es war, und jetzt ist es vorbei. Mehr gibt es dazu nicht zu sagen.«

»Wir können unsere Arbeit nicht machen, wenn wir nicht verstehen, wie sie zusammengelebt haben. Ihre Frau wurde mit bloßen Händen gewürgt und tot in einem Waldstück aufgefunden. Sie hatte Kondome bei sich. An ihrem Kleid haben wir Reste von Sperma sichergestellt, in ihrem Auto lag eine Maske, die darauf hindeutet, dass sie auf einer Party oder einem Maskenball gewesen sein könnte. Wir können nicht wissen, was das zu bedeuten hat, wenn Sie uns nicht helfen.«

»Wir reden über Tatsachen und sonst nichts. Ist das in Ordnung für Sie?« Gruber blickte Clara Weibel direkt in die Augen.

Sie nickte. »Was sind denn die Tatsachen Ihrer Ehe?«

»Zu wenig Vertrauen, Lügen. Liebe, Verbindlichkeit. Reicht das?«

»Hatte Ihre Frau auch Affären mit Arbeitskollegen oder gemeinsamen Bekannten?«

»Möglich, aber unwahrscheinlich. Zu ihrem Liebesleben hat Ann-Charlotte geschwiegen, ein Umstand, den ich sehr zu schätzen wusste.«

»Ich möchte meine Frage von vorhin noch einmal wiederholen, Herr Gruber. Warum haben Sie sich nicht scheiden lassen?«

»Das geht Sie nichts an, weil es niemanden etwas angeht. Noch was?«

»Als Ihre Frau gegen neun Uhr am Freitagabend das Haus verlassen hat, hat sie da nicht gesagt, wo sie hinwollte?«

»Nein.«

»Haben Sie gesehen, wie sie mit ihrer Reisetasche weggegangen ist?«

»Ja.«

»Was haben Sie gedacht?«

»Dass sie in der Nacht nicht nach Hause kommen wird. Sie war immer viel unterwegs, auch beruflich, das war normal.«

»Es war aber Freitag. Sie wussten doch, dass sie aus privaten Gründen wegbleiben würde.«

Manfred Gruber nickte. »Ja, das wusste ich.«

»Und Sie haben es, ohne nachzufragen, hingenommen?«

»Ja.«

»Später sind Sie dann zum Laufen gegangen. Um halb zwölf nachts.«

»Auch das habe ich Herrn Meisner schon gesagt, ja. Gegen ein Uhr war ich wieder hier.«

»Ihr Laufpartner hat Ihre Angaben heute bestätigt. Aber warum trainieren Sie nachts?«

»Ich laufe, wann es mir passt. Tagsüber ist meine Zeit knapp, und wenn man in meinem Alter noch vernünftige Marathonzeiten erreichen will, muss man schon was investieren.«

»Haben Sie eine Vermutung, was Ihre Frau um zwei Uhr morgens in Leuterding gewollt haben könnte?«

»Nein. Aber auch dazu habe ich mich gestern schon geäußert. Zur Uhrzeit, zur Maske, zu Leuterding. Machen Sie Ihre Arbeit, und wir werden sehen, was dabei herauskommt.«

Meisner trommelte mit seinen Fingern auf die Tischplatte. Clara Weibel wusste, dass er um eins seinen Termin bei Aora Medical Care hatte.

»Wenn Sie losmüssen, fahren Sie nur, Herr Meisner. Ich kann mir später ein Taxi nehmen.«

»Wo müssen Sie denn hin?«, fragte Gruber.

»Nach München.«

Manfred Gruber nickte.

»Sie haben ausgesagt, dass Ihre Frau nie ohne ihr Notizbuch aus dem Haus gegangen ist«, sagte Clara Weibel. »Wir haben bei ihren Sachen aber keines gefunden. Haben Sie eine Erklärung dafür?«

»Nein, habe ich nicht. Aber auch das weiß Ihr Kollege bereits.«

»Haben Sie noch einmal in Ihrem Haus nachgesehen?«, fragte Meisner. »Oder im Audi Ihrer Frau?«

»Ja, natürlich. Es ist nicht da.«

Meisner war aufgestanden. »Hat Ihre Frau online Kontakte zu Männern gesucht?«

»Nein, das glaube ich nicht. Sie war sehr vorsichtig. Flirt- oder Sexplattformen im Internet hätte sie nicht vertraut.«

»Sind Sie sich sicher?«, fragte Meisner nach.

»Sicher! Was ist schon sicher? Sie hatte andere Möglichkeiten.«

»Welche denn?«

Manfred Gruber ließ Meisners Frage unbeantwortet, und Clara Weibel ahnte, dass sie so nicht weiterkommen würden, wollten sie verstehen, warum der Mann, der ihnen gegenübersaß, seine Frau nicht verlassen hatte. »Seit wann ist Ihre Ehe so eigenartig?«

»Unsere Ehe war nicht eigenartig. Sie war anders, schwierig, aber nicht eigenartig.« Grubers Antwort war schroff.

»Gut, dann eben anders.« Clara Weibel wartete.

»Seit vier Jahren, wenn Sie es genau wissen wollen. Damals habe ich die Beziehung zu Frau Zechleitner begonnen.«

Meisner stand schon in der Tür, als er noch fragte: »Gab es eine

Verbindung zwischen Ihrer Frau und Matthias Heilmann, dem Caterer aus Rosenheim?«

»Ja, die gab es. Herrn Heilmanns Freundin, Senta Grabowski, war eine gute Freundin von Ann-Charlotte. Die Frauen haben sich ab und an getroffen.«

* * *

Faulhuber konnte gar nicht schnell genug seine Praxis verlassen. Als der letzte Patient aus seinem Stuhl aufgestanden war, hatte er sein Sakko vom Haken genommen und Frau Dürnbach am Empfang nur noch zugerufen: »Bis später dann.«

Nachdem er am Morgen nichts hatte frühstücken können, hing ihm der Magen in den Knien. Er brauchte was Gescheites, Krautwickel oder Bratwurst oder knusprige Hähnchenkeulen; also fuhr er zur Landlust und hoffte, dass der Mittagstisch dort was hergab.

Der Touareg der Toten machte ihn kirre. Wie viele von den Kisten konnte es geben? Und dann auch noch einer in Weiß! Ein weißer Touareg hatte der Bogener gesagt, als er ihm gestern begegnet war. Bogener hatte wie andere Nachbarn Samstag in der Früh vor der Absperrung im Wald gestanden, nachdem durchgesickert war, dass da eine tote Frau gefunden worden war. Das Auto, daran hätte er denken müssen, obwohl es jetzt völlig gleichgültig war, an was er wann gedacht hatte oder nicht. Der Touareg war eine Spur, eine Spur, die zwangsläufig zu ihm führen würde. Seine Fingerabdrücke im Innern des Wagens waren eine Steilvorlage, da gab's kein Vertun, die Uhr lief gegen ihn.

Im Garten der Landlust war nicht viel los. Er bestellte Nürnberger mit Kraut, dazu eine große Apfelsaftschorle. Ein Bier wäre natürlich besser gewesen, doch Bier konnte er seinen Patienten nicht zumuten. In einer Stunde musste er zurück sein, am Nachmittag war die Hölle los, und wenn er nach Alkohol roch, würde das schlecht ankommen. Dr. Faulhuber mit Fahne, Frau Dürnbach, seine Praxisfee, würde in Ohnmacht fallen.

Vor Jahren hatte alles mit einer simplen Affäre angefangen. Die schöne Yvonne und ihre langen Beine. Eine Patientin, die mit ihrem Körper so locker umgegangen war wie er mit seinem Bohrer. Hätte er sich die Nummer damals verkniffen, vielleicht wäre alles anders gekommen. *Principiis obsta,* hatte schon Ovid geschrieben. Wehre den Anfängen! Zu spät wird die Medizin bereitet, wenn die Übel durch langes Zögern erstarkt sind.

Auf Yvonne folgten Bordellbesuche mit kläglichen Ergebnissen. Dumpfer Sex und eine lächerliche Routine, die ihn veranlasst hatten, das Programm zu wechseln. Die Internetbekanntschaften waren dann schon besser und hätten ihn noch länger auf Trab gehalten, wäre da nicht eine Verrückte aufgetaucht, die sein Kartenhaus aus Heimlichtuerei und Lügen fast zum Einsturz gebracht hätte. Rosa Zapata, Racheengel betrogener Ehefrauen! Dem Himmel sei Dank, war sie doch wie durch ein Wunder von einem Tag auf den anderen von der Bildfläche verschwunden.

Die Bedienung brachte sein Essen und wünschte guten Appetit. Der Anblick und der Geruch von dampfendem Kraut und gebratenen Schweinswürsten schlugen ihm auf den Magen. Er musste sich zusammennehmen, um nicht gleich wieder aufzustehen.

Swingerclubs waren später dann eine Alternative gewesen, obwohl er hin und wieder Geld auf den Tisch legen musste, um eine Begleitung zu finden. Allein war da meist nichts zu machen, und Frauen, die wie er auf schnellen Sex aus waren, hatte er nicht immer auftreiben können. Spezielle Plattformen im Netz versorgten nämlich nicht nur ihn mit weiblichem Beistand. Wenn er eins gelernt hatte, dann das: Im Internet gab's nichts, was es nicht gab. Frauen, die sich ihre Dienste bezahlen ließen, und solche, die dankbar waren, wenn sie jemand aus ihrer Einsamkeit erlöste, weil sie beim Vögeln auf freier Wildbahn viel gefährdeter waren als Männer. Mit einer Mechthild war er einige Male unterwegs gewesen, eine dralle Dreißigjährige, die ihm erzählt hatte, dass sie die Schnauze von all den Verrückten voll hatte, denen sie ab einem gewissen Punkt immer schutzlos ausgeliefert war. Da kannst du machen, was du willst, hatte sie gesagt, anonymer Sex ist und bleibt ein verdammt hohes Risiko. Im Hotel, im Auto, in irgendwelchen Wohnungen, es gibt Idioten, die es nur darauf anlegen, dich zu demütigen, ihr beschissenes Ding durchzuziehen und dich ohne Rücksicht auf Verluste zu benutzen. Für Frauen wie mich sind die Clubs ein Segen; du bist da nicht allein, und die Betreiber geben acht, dass keine Durchgeknallten auftauchen und dich am Ende noch abstechen.

Nach einigen Gabeln Kraut ging's schon besser. Die Apfelsaftschorle half. Er musste einfach nur viel trinken. Als er aufblickte, sah er Erika und Joe auf ihn zuschlendern.

»Mittagspause«, sagte Joe. »Hast du Lust auf Unterhaltung?«

Während Erika schon ihre Jeansjacke über einen Stuhl hängte, nickte Faulhuber und zeigte auf freie Plätze

»Man sieht dich ja kaum noch«, sagte Joe.

Erika studierte die Karte.

»Jetzt aber«, erwiderte Faulhuber. »Seit Donnerstag sind's erst mal drei Tage.«

»Drei Tage ohne Hammer-Eck hältst du eigentlich gar nicht aus«, meinte Erika.

Faulhuber tauchte ein Stück Bratwurst in seinen Senf. »Geht schon, bin noch nicht auf Entzug.«

Joe lachte. »Ist ja auch viel passiert bei dir da hinten. Die tote Frau unterhält den ganzen Ort. Franz hatte gestern sogar Besuch von der Kripo.«

»Franz! Was hat der denn damit zu tun?«

»Zuerst Moni und jetzt eine, die Gruber heißt.« Erika legte die

Karte zur Seite. »Ich nehm den Salat mit Putenstreifen. Weißt du schon, was du willst, Joe?«

»Gibt's da einen Zusammenhang?«, fragte Faulhuber.

»Keine Ahnung«, meinte Erika. »Aber zwei Frauen in einer Woche, das gibt zu denken, oder?«

»Woher habt ihr denn den Namen?«

Erika winkte der Bedienung. »Joe, nimmst auch was Gesundes?«

»Wenn du den ganzen Tag mit dem Taxi unterwegs bist, erfährst eben so einiges«, sagte Joe. »Es wird geredet, logisch.«

»Spekuliert«, ergänzte Erika. »Nichts Genaues weiß man nämlich nicht, aber wie's so geht. Bei uns bleibt nichts unter der Decke.«

Faulhuber nickte. »Gruber, gibt's sonst noch was?«

»Ende dreißig, die Frau vom Meniskus-Gruber aus Ebersberg«, sagte Joe.

Faulhuber erschrak. Beinahe wäre ihm sein Besteck aus der Hand gefallen. Ebersberg, warum denn ausgerechnet Ebersberg? Und dann auch noch Halbprominenz.

»Was darf ich bringen?«, fragte eine freundliche Frauenstimme.

»Für mich ebenfalls die Nürnberger«, sagte Joe. »Und ein alkoholfreies Weißbier, bitt schön.«

»Aha«, murmelte Erika, »dann nehm ich den Salat mit Pute. Und eine Johannisbeerschorle.«

»Die Frau von unserem Starorthopäden also«, grummelte Faulhuber, nachdem er sich wieder im Griff hatte. »Donnerwetter.«

»Hast die mal kennengelernt?«, fragte Joe. »Auf 'nem Ärzteempfang oder so?«

Faulhuber schüttelte den Kopf.

»Na ja, sollen sich die Bullen den Kopf drüber zerbrechen. Wär ja alles noch durchgeknallter, wenn's eine von hier wär.« Joe stand auf. »Bin gleich wieder da.«

Faulhuber blickte Joe hinterher, bevor er Erika fragte: »Ist die Gruber eigentlich vergewaltigt worden?«

»Also, Joe sagt nix dergleichen. Auch nicht, dass das Schwein einer von uns sein könnt.«

»Von uns? Du meinst jemand aus dem Ort?«

»Klar, das wär doch furchtbar. Eine Frau abmurksen, Herrgott, nachts, eine, die ohne Hilfe vielleicht mit ihrer Karre stehen geblieben ist. So ein feiger Mistkerl, und dann kennst den vielleicht auch noch.«

Faulhuber stöhnte.

»Ist was?«, fragte Erika. »Bist ja ganz blass.«

* * *

Seit Minuten schon saß Clara Weibel auf einem hellen Sofa und wusste nicht, wohin mit ihren Gedanken. Herr Gruber hatte sie in das Zimmer seiner Frau geführt, nachdem Meisner aufgebrochen war. Auf ihren Wunsch hin hatte er sie allein gelassen. Und jetzt flog alles durcheinander. Ihre Blicke, die durchs Zimmer streiften, und Gedanken, die eine Lebenssituation umkurvten, die ihr selbstmörderisch erschien.

Zwei Menschen, die sich gegenseitig gezwungen haben, sich zu ruinieren. Konnte man das so sehen? Erwachsene, die hätten handeln können, wie andere Paare handelten, wenn Dritte ins Spiel kamen, und ein Mann, der seine Frau trotz allem zu beschützen schien.

Frau Grubers Schreibtisch war mit Papieren übersät, darunter ein Drucker, Router, Kabel. Über dem Schreibtisch hing eine Straßenkarte mit blauen Fähnchen. Ein Rollschrank, Aktenordner auf dem Boden, halb voller Papierkorb.

Ein Gedanke ließ sie nicht los. Warum keine Trennung? Warum dieses Aneinanderfesthalten? Geld! Konnte Geld eine Rolle spielen? Sie würden die Vermögensverhältnisse überprüfen müssen. Schulden, Abhängigkeiten, irgendwas. Wäre ja nicht das erste Mal, dass vermeintlich Wohlhabende in Schwierigkeiten steckten. Und dann Frau Zechleitner. Welche Rolle spielte sie? Eine Frau, die seit vier Jahren an der Seite eines Mannes lebte, der sich weigerte, seine Frau zu verlassen? Trennung, dachte Clara Weibel. Trennung war was Gutes, wenn es vorbei war. Und vorbei war es immer, wenn es Affären gab. Freiheit war eine Illusion. Treulosigkeit wurde bestraft. Und Bestrafen taten sich beide. So waren die Regeln.

Ein blauer Teppichboden. Überall im Haus Parkett, in Ann-Charlotte Grubers Zimmer aber Teppichboden. Das Bett war gemacht, eine Tagesdecke lag obenauf. Neben dem Spiegel standen Schuhe, viele Schuhe. Sie ging zum Schrank und schob Bügel hin und her. Schöne Sachen, geschmackvoll. Blusen, Kleider, Hosen, Jacken. Links stapelten sich Schubladen. Unterwäsche, T-Shirts, Pullover. Kleider einer Frau, die noch jung war und sich nicht mit Figurproblemen rumschlagen musste.

In einem Regal lagen Fotos. Das Ehepaar Gruber, glücklich, sich umarmend, im Urlaub am Meer. Ein anderes zeigte die Tote zusammen mit einer Freundin in einer Pizzeria. Auf der Rückseite stand »Charlie und Laura, Cerva, 1994«. Dann Aufnahmen von Firmenfeiern, Männer in Anzügen, Frauen in Kleidern oder Hosenanzügen. Dunkle Farben. Schick, seriös, gestellt. Zwei angebrochene Zigarettenschachteln, DVDs, ein Reisebügeleisen, zwei Armbanduhren, eine aus Gold, die andere silbern.

Clara Weibel ging zurück zum Schrank, schaute die Unterwäsche durch, griff in Hosen- und Jackentaschen. Nichts Auffälliges. Keine Zettel, keine Eintrittskarten. Die Unterwäsche war teuer, aber nicht übertrieben aufreizend. Keine weitere Maske.

Eine Frau, die in sexueller Hinsicht so anders lebt, ohne dass in ihrem eigenen Zimmer etwas davon erkennbar ist, dachte sie. Ein Zweitleben, das draußen blieb. Unten im Regal standen großformatige Bücher. Sie kniete sich hin und las einige Titel auf den Buchrücken. *Berlin wird Metropole, Kontinent der Wale, Goya.* Dann zog sie broschierte Comicbände heraus. Gerhard Seyfried, *Wo soll das alles enden* und, vom selben Zeichner, *Invasion aus dem Alltag.* Als sie die Bücher durchblätterte, entdeckte sie Fotos, die persönlicher und intimer waren als alles, was sie bisher gesehen hatte. Die Tote mit und ohne Maske an einer Bar. Ann-Charlotte Gruber rauchend im Gespräch mit einem Mann, der ebenfalls maskiert war. Weißes Hemd, dunkles Jackett, graue Haare. Eine weitere Aufnahme zeigte sie in einer durchsichtigen Bluse zusammen mit einem anderen Mann, der ihr etwas ins Ohr flüsterte. Neugierig geworden, zog Clara Weibel weitere Bücher aus dem Regal. In einem Thailand-Reiseführer lag ein Briefumschlag. Gut und gerne zwanzig Fotos, dazu ein zweiseitiges Schreiben. Die Fotos waren eindeutig. Die Tote nackt auf einem Bett, ein Mann mit erigiertem Schwanz, Frau Gruber beim Oralverkehr, dann lachend mit einem Champagnerglas in der Hand.

* * *

Moni checkte die Barmittel. Ihr Kugelschreiber flitzte über einen Abrechnungsblock. Sie zählte Scheine und Münzen, dann prüfte sie Deckel und Belege, die Sammy vor ihrer Ankunft in die Kasse gepackt hatte.

»Gut, kein Chaos«, sagte sie zu Luginger. »Ist noch was auf deinem Konto?«

Luginger nickte. Er war einfach nur froh, dass sie wieder da war.

»Wie viel?«, fragte Moni.

»Keine Ahnung, dreitausend vielleicht.«

»Das reicht nicht. Mein Gehalt, Sammy, die Sozialabgaben, Lohnsteuer. Schau mal genau hin. Ich hab wirklich keine Lust, schon wieder auf meine Kohle warten zu müssen, Franz.«

Luginger legte seine Kippe in den Aschenbecher und drückte sie an sich. »Alles, was du willst, Moni. Soll ich dir den Laden gleich ganz überschreiben?«

Moni blickte streng. »Typisch, da muss mich erst einer überfallen, bis du mal was Nettes sagst.«

Lachend ging Luginger nach draußen.

Nachdem sie zwei Espressi durch den Automaten hatte laufen lassen, setzte sie sich neben ihn auf die Bank. Die Sonne war hinter Wolken verschwunden, und kühler Wind blies von der Straße her. »Deine Mutter will mir 'ne Therapie bezahlen. Ich hab ihr gesagt, dass ich schon klarkomm. Sie besteht aber drauf.«

»Vielleicht hat sie recht. Hilfe kann nicht schaden. Was meint Hanno denn?«

»Hanno meint gar nix. Der würd mich am liebsten einsperren. Oder zu so 'nem Nahkampftraining schicken. Also speziell für Frauen, damit wir wissen, wie wir den Typen in die Eier treten. Weiß ich aber schon.«

Luginger nippte am Kaffee. »Magst 'nen Persiko dazu?«

»Um die Uhrzeit, Franz? Nee, mein Lieber.«

»Willst wirklich schon wieder arbeiten? Kannst dir Zeit nehmen, wenn das gut ist.«

»Zeit, Zeit, alle reden von Zeit. Erika auch. Die hat mich am Samstag besucht, war echt ein feiner Zug von ihr. Es müsst halt Zeit vergehen, hat sie gemeint, so lange alles so nah ist, würd mich alles verrückt machen. Jede Meldung in der Zeitung, im Fernsehen, im Radio. Hanno hat's mit der Zeit, selbst Sammy hat mir irgend so 'nen Quatsch erzählt. Von wegen Zeit zum Trauern und Zeit zum Leben, herrje, die Angst bleibt, da kann die Zeit auch nix machen.«

Luginger ließ ein Zuckerstückchen in Monis Tasse fallen. »Gut so, oder? Hör mal, Sammy hat 'ne Neue. Schon älter, vielleicht zwanzig. Sie studiert.«

Moni lachte. »Kann ja nicht schaden, wenn das Mädel wenigstens den Führerschein hat. Was studiert die denn?«

»Literaturwissenschaften, glaub ich.«

Moni lachte noch mehr. »Na, da wird die Perle ja Spaß haben, wenn wir Fußball gucken und alle blöken und ächzen und dummes Zeug quatschen.«

* * *

Genervt legte Clara Weibel die Bilder auf den Boden und überflog die beiden Seiten, die mit im Umschlag lagen. Nach wenigen Sätzen war klar, warum da jemand fotografiert hatte.

Sie ging zur Tür und rief Manfred Gruber.

Gruber war konsterniert. »Wo haben Sie das her?«, fragte er viel zu laut.

»Der Umschlag lag in einem Buch, das im Regal Ihrer Frau stand. Sie hatten also vor zwei Jahren eine Detektei beauftragt, Ihre Frau zu überwachen. Ist das richtig, Herr Gruber?«

»Ja, die Detektei Ronninger aus Rosenheim.«

»Und das ist der Bericht der Detektei?«

»Ja, scheint so. Entschuldigen Sie, aber ich kann mir überhaupt nicht erklären, wie meine Frau an diese Unterlagen gekommen ist. Die liegen bei mir, verschlossen.«

»Der Bericht des Herrn Ronninger ist ja glasklar. Ihre Frau hat regelmäßig Sexpartys bei Matthias Heilmann besucht. Sie ist dort immer allein hingegangen und ohne Begleitung zurückgefahren. Sie hat sich mit unterschiedlichen Männern vergnügt, manchmal auch mit Paaren oder mit zwei Männern. Ihre Frau kannte Senta Grabowski, die nach Auskunft von Herrn Ronninger die Partys organisiert. Sie haben die Bilder gekannt, sie wussten, wo Ihre Frau ihre Freizeit verbracht hat, und Sie wussten auch, dass sie dort zu Maskenbällen ging. Als mein Kollege Ihnen von der Maske, die wir im Wagen Ihrer Frau gefunden haben, erzählt hat, wussten Sie, dass sie in Herrn Heilmanns Privathaus in Bruckmühl gewesen war. Dazu haben Sie aber keinen Ton gesagt. Herr Gruber, wollen Sie uns auf den Arm nehmen?«

Manfred Gruber fuhr sich durchs Haar. Dann stürmte er die Treppe runter. Clara Weibel folgte ihm. Im Keller riss er die Tür zu einem Raum auf, in dem eine große Modelleisenbahnanlage stand. Er schob einen Plastikschrank zur Seite und fingerte an einem Zahlenschloss herum. Ein Tresor öffnete sich. Manfred Gruber griff nach einem Umschlag und zog Fotos heraus. Wenige Sekunden später schmiss er sie voller Wut in den Tresor zurück. »Meine Frau muss sich Kopien besorgt haben. Ich kann es einfach nicht glauben. Sie hat es die ganze Zeit gewusst und nichts gesagt, kein Wort.«

Clara Weibel sah, wie aus Grubers Gesicht jede Farbe gewichen war. »Wollen Sie mir das nicht alles einmal erklären?«

* * *

Geschäft wie immer, dachte Luginger, als am späteren Abend nur noch Stammgäste im Hammer-Eck saßen. Montag war kein Tag für fette Einnahmen. Sammy hockte allein an einem Tisch und las. Moni wartete auf Hanno, der sie abholen wollte, Joe diskutierte mit Erika die mickrigen Zinsen auf Spareinlagen, und Faulhuber saß wie bestellt und nicht abgeholt am Tresen und trank sein nächstes Weißbier. Luginger hatte ihm vorhin erzählt, was er von Sammy über die Tote und den benutzten Pariser erfahren hatte, und Faulhuber hatte grummelnd erwidert: schöne Scheiße.

Moni warf Münzen in den Spielautomaten. Kurz darauf fielen noch mehr Münzen in das Ausgabefach. Sie grinste und steckte erneut Geld in den Automatenschlitz. Dann ging sie zu Faulhuber. »Was ist? Hat's dir die Sprache verschlagen? Bist den ganzen Abend schon so schweigsam.«

Faulhuber blickte auf. »Schön, dass du wieder da bist.«

»Hast dich die letzten Tage echt rar gemacht«, meinte Moni. »Brauchst Abstand?«

Im Hintergrund spuckte der Spielautomat weitere Münzen aus.

»Wie immer«, sagte Faulhuber. »Die Maschine und du, ein Traumpaar.«

»Hast dir 'ne Frau angelacht?«

»Blödsinn.«

»Würd dir aber guttun. Oder willst auf ewig allein sein?«

»Zu anstrengend.«

»Was?«

»Sich wirklich kümmern.«

Luginger schüttete eine Handvoll Eurostücke auf den Tresen. »Sauber.«

Moni schaute zur Uhr. Viertel nach zehn.

Sammy hatte sein Buch zugeklappt.

»Und?«, fragte Moni, nachdem er, ohne abzusetzen, eine halbe Flasche Cola getrunken hatte.

»Was und?«, kam es zurück.

»Dein Buch. Taugt's was?«

»Schräg.«

»Hab mich schon gewundert«, sagte Faulhuber. »Also, dass du was anderes als Buchstaben auf deinem Smartphone liest.«

»Um was geht's denn?«, fragte Luginger.

»*Axolotl Roadkill*«, sagte Sammy.

Alle nickten.

»Axolotls sind doch Salamander, die irgendwo in Mexiko rumlaufen oder schwimmen«, sagte Faulhuber. »Amphibien, stimmt's?«

»Wow«, sagte Sammy.

»Klugscheißer«, bemerkte Luginger.

»Roadkill«, sagte Moni. »Passt ja.«

»Starker Tobak«, meinte Sammy. »Berlin, Drogen, Clubs, Ficken, die haben alle ein Rad ab.«

»Arbeitet da auch mal jemand?«, fragte Joe, der mitgehört hatte und einen Zehner auf den Tresen legte.

»Nee, Geld liegt in der Schublade.«

»Außer Rechnungen liegt bei mir nix in der Schublade«, brummte Joe. »Wir packen's. Hab um halb sechs 'ne Fahrt zum Flughafen.«

Faulhuber zerbröselte seinen Bierdeckel. »Und was lernen wir daraus?«

»Schön brav bleiben und den Schwanz einklemmen«, sagte Sammy. »Sonst kriegst im Hammer-Eck kein Bier mehr.«

* * *

Clara Weibel räumte die Spülmaschine voll. Ihre Gäste waren gegangen, die Uhr über der Küchentür zeigte halb zwölf. Ein letztes Glas Rotwein stand auf der Arbeitsplatte. Den ganzen Abend über hatte sie sich zurückgehalten. Mario hatte schon vermutet, sie würde nur deshalb halbherzig trinken, um ihn wegen seiner Dekantierermacke zu bestrafen. Alles ganz wunderbar, hatte sie zu ihm gesagt, dein Glasding, der Wein, der endlich atmen darf, dass ihr hier seid, nur ich bin einfach geschafft. Die Grippe steckt mir noch in den Knochen, dazu eine tote Frau mit wenig Spuren und zu vielen Vermutungen, das Übliche eben, du kennst das ja.

Auf dem Weg ins Schlafzimmer griff sie nach dem Brief ihres jüngsten Sohns auf der Anrichte. Seit einem halben Jahr lebte Ben jetzt in Berlin. Er war Schauspieler und hatte ein Engagement an der Schaubühne angenommen. Ben war der Letzte, den sie kannte, der noch Briefe schrieb. Ansonsten gab's Postkarten aus den Ferien, zu Weihnachten, zum Geburtstag oder Mails und SMS. Sie setzte sich aufs Bett, steckte sich ein Kissen ins Kreuz und las. Nach wenigen Zeilen spürte sie, wie ihr die Augen zufielen. Sie legte den Brief zur Seite, stand auf und holte Wein aus der Küche. Ein toller Rioja, ein Tipp von Meisner. Nie und nimmer hätte sie gedacht, dass ihr Kollege was von Wein verstand. Tat er aber. Der Wein war hervorragend. Sie füllte ihr Glas, schmiss Hose, Bluse und Unterwäsche auf den Boden, schlüpfte in ihren Schlafanzug und ging zum Schreibtisch.

Ungeordnet lagen Notizen vor ihr. Meisner hatte bei Aora Medical Care nichts Spektakuläres erfahren. Bestürzung, Unglaube wegen der Tat, nette Kollegin, gute Verkäuferin, im Job eher unauffällig, beliebt, seit fünf Jahren dabei. Ihr direkter Vorgesetzter hieß Gerd Pockel. Er kannte Ann-Charlotte Gruber schon lange, sie war seit 2010 in seinem Team. Über ihr Privatleben war weder ihm noch den Kollegen und Kolleginnen etwas bekannt. Verheiratet, keine Kinder. Nein, den Ehemann hatte niemand kennengelernt. Keine Feinde, keine Mitarbeiter, die ihr was neideten. Meisner hatte gemeint, Motive aus dem beruflichen Umfeld würde er erst mal ausschließen.

Dann Senta Grabowski und Matthias Heilmann. Beide waren nicht zu erreichen gewesen. Heilmann war bei einem Kunden und würde vor Mitternacht nicht zurück sein, Frau Grabowski hatte ihre Eltern in Stephanskirchen besucht. Termin morgen um zwölf.

Telefonate mit allen Taxiunternehmen, die fünfzig Kilometer vom Heilmann-Haus in Bruckmühl entfernt waren. Gespräche mit zehn Fahrern, einige fehlten noch. Das Haus in der Rätestraße 29 kannten viele. Zu der Adresse wurden häufig Gäste gefahren und auch wieder abgeholt. Auch am vergangenen Freitag. Eine Fahrt von und nach Bad Aibling, eine von der Rätestraße nach Miesbach.

Schließlich der Besuch bei Ann-Charlotte Grubers Eltern in Rosenheim. Furchtbar! Gute Ehe, guter Mann, keine Kinder, schade, aber nicht zu ändern, soll es ja geben, Paare, die auch ohne

Kinder glücklich sind. Eitel Sonnenschein. Völlige Ahnungslosigkeit vom wirklichen Leben ihrer Tochter. Wie ihr Manfred Gruber mittags schon gesagt hatte: Wenn Sie den beiden die Wahrheit sagen, können Sie gleich einen Bestatter benachrichtigen.

Sie las noch einmal, was sie nach ihrem Besuch bei Manfred Gruber notiert hatte: Ein Masochist! Einer, der sich hemmungslos durch das Fremdgehen seiner Frau stimulieren lässt. Ein Voyeur, der nichts sehen muss, dem Wissen reicht. Ein Mann, der seine Frau trotzdem liebt (!) und auf sie aufpasst. Der erleichtert sein wird wie ein Suchtkranker nach dem Entzug. Ronninger überprüfen. Observation über 6 Monate. Keine Affären außerhalb der Sexpartys bei Heilmann / Grabowski. Die Partys sollen dort alle 4 bis 6 Wochen stattgefunden haben. Exklusives Publikum. Ca. 30 Gäste. Teuer. Ein Abend nicht unter 500 Euro. Keine Huren. Nur Paare, selten Ausnahmen. Für eine Frau, die viel Sex haben möchte, zu lange Zeiträume. Ann-Charlotte zahlte nie etwas (woher weiß Ronninger das?). Kein Sex mehr mit Gruber. (Aus freien Stücken erzählt, warum?) Die Partys hält er für weniger gefährlich als ihre Affären zuvor. Machte sich Sorgen, dass sie an die Falschen geriet. Ist überzeugend. Zuvor alle 2 Monate neue Männer (seine Schätzung). Ja, seine Frau hatte als Jugendliche einen Spitznamen, Charlie. Nein, später wollte sie so nicht mehr genannt werden, sie bestand auf ihrem richtigen Vornamen. Und dann in Großbuchstaben die Frage aller Fragen: WARUM?

Sie trank einen großen Schluck Wein. WARUM? Keine Antwort von Gruber. Nur Tatsachen. Und Tatsache war, dass seine Frau mit dem wilden Rumvögeln (seine Wortwahl) aufgehört hat, nachdem sie regelmäßig zu den Partys ging. So Detektiv Ronninger. Tatsache war auch, dass er nicht eifersüchtig war. So Gruber. (Hier Ronninger fragen. Reaktion seines Auftraggebers nach dem Bericht.) Und: Soweit Gruber das beurteilen wollte, keine außergewöhnlichen sexuellen Wünsche. Siehe Ronningers Bericht und

Bildmaterial. Keine Gewalt, keine Perversionen, es sei denn Sex zu dritt oder Anal- bzw. Oralverkehr würden heute immer noch als ungewöhnlich oder besonders schmutzig gelten.

Schmutzig, dachte Clara Weibel. Wie alt muss man werden, um sich mit solchen Fragen nicht mehr rumschlagen zu müssen? Korrekter oder schmutziger Sex. Wer bewertet da was? Mit welchem Recht? Eine Frau, die nicht darauf wartet, dass der Richtige kommt, um das Richtige zu tun. Eine, die selbst loslegt.

Ganz unten auf ihrem Block stand ein Satz, der ihr jetzt, da sie ihn wieder las, mehr zu schaffen machte als zum Zeitpunkt seiner Niederschrift: Gruber ist über nichts schockiert. Und dann kleines Gekritzel: Wohin mit den Aggressionen?

Dienstag, 1. Januar 1991

Sie saß auf einer Schaukel und blickte in die Nacht. Die Raketen waren längst abgeschossen, Böllerreste lagen im Garten, und die vielen abgefackelten Tischfeuerwerke hatte irgendein Hirni mit den Füßen neben die Terrassentür bugsiert. Charlie war betrunken, nicht so betrunken wie Mütze, der vorhin alles vollgekotzt hatte, aber betrunken genug, um frische Luft zu brauchen. Die Silvesterparty war aus dem Ruder gelaufen. Die Küche im Haus von Mützes Eltern sah schlimm aus, und im Wohnzimmer bildeten lauter Pfützen kleine Seen. Umgefallene Bier- und Sektflaschen bedeckten den Boden. Auf den Tischen und Fensterbänken stand schmutziges Geschirr, zwischen den Polstern hingen Kartoffelchips. Laura war sogar dermaßen hackedicht, dass sie die Klotür, die sie selbst von innen verschlossen hatte, nicht mehr aufbekam, nachdem ihr der Schlüssel auf den Boden gefallen war. Erst Sally war es mit viel Mühe gelungen, ihre Panik wegzuquatschen und sie dazu zu bringen, den Schlüssel aufzuheben, ins Schloss zu stecken und wieder aufzusperren.

Charlie streckte ihre Beine aus, um Schwung zu holen, legte den Kopf nach hinten und schaukelte vor und zurück. Als sie Schritte hörte, stemmte sie die Hacken in den Boden und bremste ab.

Senta kam mit Peter im Arm in den Garten gelaufen.

»Geht's dir gut?«, nuschelte Senta, mehr als sie sprach.

Charlie nickte.

»Bist du auch so fertig?«

»Geht so.«

»Hab zu viel intus.«

Peter kicherte. »Zu viel ist gut. Viel zu viel. Senta hat zugeschlagen, als gäb's kein Morgen.«

»Und du?«, fragte Charlie, während sich in ihrem Kopf alles zu drehen begann.

»Nur Bier, nichts durcheinander.«

»Klugscheißer, bist und bleibst ein Scheißer klug.«

»Scheißer klug«, lallte Senta. »Nicht schlecht, nicht schlecht.«

»Wir sollten uns verdrücken«, sagte Peter. »Da drin sieht's nicht gut aus.«

Tischtennisspieler, dachte Charlie, gute Figur, manchmal auch richtig nett, aber Tischtennisspieler.

Senta bot ihr eine Zigarette an.

Sie winkte ab.

»Alle sind besoffen«, sagte Peter. »Wie Mütze das Chaos seinen Eltern klarmachen will, ist mir ein Rätsel.«

»Der kriegt das schon hin«, blubberte Charlie.

Senta fragte, wie es weitergehe.

»Durst oder kein Durst«, murmelte Charlie. »Hat jemand das Klo sauber gemacht?«

»Keine Ahnung«, meinte Peter und zog Senta Richtung Terrasse. »Lass uns wieder reingehen. Mir wird kalt.«

Charlie fror nicht. Obwohl es Neujahr war, lagen die Temperaturen über null Grad. Ihr Mantel war warm genug, Handschuhe und Mütze brauchte sie nicht.

Mütze! Vorhin hatte er sie fürchterlich angemacht, wollte mit ihr tanzen, sie betatschen, küssen. Würde sie zurück zur Party gehen, ginge alles von vorn los. Schlimmer noch. Mütze mit seinen vollgekotzten Schuhen. Hätte er ja wenigstens mal wechseln können. Sally hatte gesagt, wenn er dich nicht kriegt, säuft er sich noch um den Verstand. Mütze und Verstand! Nee, und dann die Schuppen. Ein Meer von Schuppen. Deshalb auch

Mütze. Weil er sie darunter verstecken konnte. Aus den Augen, aus dem Sinn. Er hatte zwei schwarze und eine rote. Die rote sah bescheuert aus.

Noch einmal stieß sie sich ab, und während sie langsam vor- und zurückschaukelte, sah sie erneut Raketen in die Luft fliegen. Ein bunter Feuerregen fiel vom Himmel. Sie dachte an Blüten und Träume, die nicht in Erfüllung gehen würden.

Im Haus hatte sich nichts verändert. Die einen knutschten, andere tanzten, der Rest stopfte Nudelsalat in sich rein. Der Getränkevorrat ging zur Neige. Sie nahm sich eine Colaflasche aus dem Kasten unter der Treppe und suchte Sally. Sally saß in Mützes Zimmer und durchstöberte eine Schublade mit Kassetten.

»Hallo! Siehst mitgenommen aus«, sagte Sally.

Charlie nickte.

»Noch ein Spielchen gefällig«, fragte Sally, die erstaunlich frisch wirkte.

»'ne Wiederholung?« Charlie glaubte sich verhört zu haben.

»Klar, wir könnten improvisieren. ›Smoke on the water‹, zum Beispiel. Mein Bruder hat mir gezeigt, wie man den Song so richtig zur Sau macht.«

»Bist du verrückt, hier kriegt doch keiner mehr was mit. Und so wie's aussieht, würden die meine Gitarre ruinieren.«

Sally und Charlie waren die Wundertüte des Abends gewesen, als die Party noch in normalen Bahnen verlaufen war. Gitarre und Staubsauger, wobei Sally den Vogel abgeschossen hatte. Ihr ältester Bruder Lucky war Bassist der Punkband Fuck off und weit über die Rosenheimer Stadtgrenzen hinaus berühmt für seine Erfindung, den Staubsauger auf die Bühne gebracht zu haben. Gitarre, Schlagzeug, Staubsauger, Gesang, so waren sie aufgetreten, und Punks, die sonst nur Die Toten Hosen oder Die Ärzte hörten, waren aus dem Häuschen gewesen. Lucky hatte Sally alles gezeigt, um dem Gerät durch Manipulation der Luftzufuhr am Staubsaugerrohr unterschiedliche Töne zu entlocken, danach war sie auf die Idee gekommen, mit Charlie auf Mützes Silvesterparty als Duo aufzutreten. Klassische Gitarre und Siemens brutal, der Gedanke hatte zuerst sie und später auch Charlie elektrisiert. Charlies Vater hatte sich gar nicht mehr eingekriegt, als er davon Wind bekam. Seine Tochter, seine Investition in die Zukunft, und dann so eine jeden Geschmack beleidigende Idee. Für ihn war das blanker Terror. Albert Weißenberger hatte gedroht, geschimpft und sogar ein Weinglas zerdeppert, um seiner Tochter den Unsinn auszureden. Wäre Sallys hartnäckiges Drängen nicht gewesen, auf der Party unbedingt einen absoluten Kracher abzuliefern, hätte er es auch fast geschafft.

Gut, falls sich morgen überhaupt noch jemand an irgendetwas erinnern konnte, hatte sie ihr Ziel erreicht. Frenetischer Jubel, Zugaberufe, in die Höhe gereckte Fäuste, besser hätte es nicht laufen können. Danach verbale Begeisterungsstürme. Super, super super, supersupersuper!

»Ich muss um zwei daheim sein«, sagte Charlie und kratzte ihre letzte Energie zusammen, um wenigstens noch einen verständlichen Satz herauszubringen. »Du weißt, mein Vater wacht über mich.«

Sally lachte. »Lass dir nicht alles gefallen, das Leben ist kurz. Dein Alter kann dich ja nicht festbinden.«

»Würde er aber gern.«

»Und deine Mutter?«

»Die hält nicht zu mir.«

»Klassische Missbrauchssituation«, rief Sally und stopfte einige Kassetten in die Schublade zurück.

»Hä?«, knurrte Charlie.

»Vergiss es. Stört's dich, dass Senta mit deinem Peter hier ist?«

»Ist mir so was von egal.«

Plötzlich stand Mütze in der Tür. Er schwankte. Mit der linken

Hand stützte er sich an der Zarge ab, die rechte hatte er hinterm Rücken versteckt. »Meine Lieblingstörtchen«, lallte er.

»Brauchst ’ne Mütze Schlaf«, sagte Sally. »Willst dich hinhauen?«

Mütze stöhnte. Dann zog er eine Grimasse und baute sich zu voller Größe auf. Sein Hemd hing aus der Hose, Charlie sah, dass es falsch geknöpft war. Während er den Mund aufriss, kam seine rechte Hand hinterm Rücken hervor.

Sally und Charlie glotzten entgeistert. Ohne zu zögern, schob er sich den Lauf einer Pistole in den Mund.

Sally schrie als Erste.

Dienstag, 17. September 2013

Luginger hatte keine Mühe, für seinen Pick-up am Hauptbahnhof einen Parkplatz zu finden. Fünf vor sieben, die Münchner Innenstadt war noch nicht richtig erwacht. Nachdem er sich an einem der Bahnhofskioske einen Kaffee besorgt hatte, schlenderte er zu Gleis elf. Barbara hatte ihm gestern Nacht noch eine SMS geschickt: Fahr mit dem Nachtzug. Macht hier alles keinen Sinn mehr. Holst Du mich ab? Ankunft 7.05 Hbf.

Er sah auf die Anzeigentafel über dem Bahnsteig. Was er las, war unerfreulich. Barbaras Zug hatte dreißig Minuten Verspätung. Luginger wollte rauchen und suchte was zum Sitzen. Sitzen war schwierig. Sitzen und rauchen unmöglich. Eine Frauenstimme machte eine Ansage, die er nicht verstand. Ein alter Mann hustete, Koffer wurden über den Bahnsteig gezogen. Ein junges Paar küsste sich.

Lugingers Handy meldete den Eingang einer neuen Nachricht. Tut mir leid. Dauert noch. Denk an was Schönes. B. Luginger schrieb zurück: Ich halte durch. Wie immer. Postwendend kam die Antwort: TOLL!

Luginger steckte seine Zigarette zurück in die Brusttasche der Jeansjacke und ging zum Restaurationsbereich. Nachdem er bei einer jungen Asiatin zwei Croissants und einen weiteren Kaffee bestellt hatte, rückte er einen Hocker zurecht. Auf der Tischplatte vor ihm lagen Krümel und die Bildzeitung. »Warum Männer alles falsch machen!« Große Buchstaben, große Titten. Darunter und etwas kleiner: »Penetration allein ist nicht der Königsweg zum weiblichen Orgasmus«. Wortlos schob Luginger die Zeitung zu einer Frau, die lauthals ihre Beziehungsprobleme diskutierte. In der einen Hand hielt sie ihr Handy, mit der anderen trommelte sie verärgert auf ein Tablett.

Luginger hörte Kurzformeln: »Auf keinen Fall« und »Du musst es ja wissen« und »Ausgerechnet du« und »Natürlich bin ich schuld. Ich bin ja immer schuld«.

Er deutete auf die Bild-Headline.

Die Frau stutzte, unterbrach ihren Redefluss und klappte ihr Handy zu. Dann sagte sie: »Stimmt. Alles Arschlöcher.«

Luginger nickte.

Die Frau wischte sich Haare aus dem Gesicht.

Er hörte sie hastig ein- und ausatmen und sagte: »Gehen Sie's langsam an. Der Tag hat ja erst begonnen.«

Die Frau lachte spöttisch und griff nach ihrer Handtasche. Mit einem »Das kann ja heiter werden« drehte sie sich weg und marschierte zu den Gleisen.

Wie Barbara, dachte Luginger. Wenn Frauen abrechnen, rechnen sie ab. Kein Pardon für niemanden. Massenvernichtung pur.

Luginger biss in sein Croissant. Gut, Barbara war mit den Jahren auch ruhiger geworden. Wenn sie heute loslegte, gab's wenigstens kleine Chancen, Widerspruch einzulegen. Mit vierzig hatte sie eben nicht mehr die Power, alle Männer gnadenlos niederzumachen. Früher war das anders gewesen. Früher gab's kein Vertun. Mistkerl war Mistkerl und tschüs, basta, aus.

Als sie Luginger vor dreizehn Jahren auf dem Leuterdinger Volksfest kennengelernt hatte, brauchte sie nur eins: Ruhe. Sie war müde. Eine längere Affäre mit einem verheirateten Studienrat hatte ihr den Rest gegeben. Für das bisschen Nähe, Sex und Aufmerksamkeit der ganze Schlamassel? Nee, Franz, ich bin's leid, sorry, aber meine Männergeschichten liefen alle so beschissen, das kann nicht nur an mir liegen. Kurz darauf hatte sich zwischen ihnen eine lose Verbindung ergeben. Jeder führte sein Leben, jeder wohnte in seiner Wohnung, jeder machte seine Arbeit. Zwei-, dreimal in der Woche sahen sie sich, gingen aus, schliefen zusammen, frühstückten und taten so, als ob sie ein Arrangement getroffen hätten, das nur funktionierte, weil es frei von Ansprüchen war. Nach einem halben Jahr kamen dann erste Zweifel. Eigentlich möchte ich so nicht weitermachen, hatte Barbara gesagt. Ich brauche mehr Verbindlichkeit, mehr Überzeugung, verstehst du. Ich bin nicht der Typ, der mit einem Mann ins Bett geht, ohne Pläne zu haben. Eigentlich leben wir doch ohne wirkliche Idee nebeneinanderher. Eigentlich wissen wir beide gar nicht, was wir voneinander wollen.

Luginger schaute zur Uhr. Noch fünfzehn Minuten. Sein Kaffee war heiß und stark. Er rührte einen weiteren Löffel Zucker in die Tasse. »Eigentlich« und »wirklich« waren Kernwörter aus Barbaras Sprachschatz, wenn sie etwas zu fassen versuchte, von dem sie vermutete, dass es tiefgründig war und so lange verborgen blieb, bis sie es begrifflich ausgelotet hatte. Dabei war seine Aufgabe einfach und schwierig zugleich. Er musste nur zuhören. Aufmerksam und ernsthaft. Wehe, sie driftete ins Grundsätzliche ab und er war nicht auf der Höhe. Höchststrafe! Wichtig, Franz, sagte sie immer, wenn sie glaubte, ihm mangle es an verständigem Bemühen. Das ist jetzt wirklich wichtig, also bitte, Franz. Gut, wir haben schönen Sex, wir unterhalten uns, wir fühlen uns wohl, wenn wir zusammen sind. Aber fehlt da nicht irgendwas? Irgendein Versprechen, was Zukunftweisendes, was Einmaliges. Was meinst du? Das war der Weckruf. Was meinst du? Obwohl es schon immer unerheblich war, was er meinte, weil er nie etwas anderes gemeint hatte, als den Ball schön flach zu halten. Kein hoher Ton. Kein Seelenkäse, nichts Luftiges, nichts Flatterndes, was je nach Stimmung so oder so ausgelegt werden konnte. Ich meine, hatte er ihr vor dreizehn Jahren geantwortet, du denkst zu viel, und du suchst etwas, was es wahrscheinlich gar nicht gibt. Männer und Frauen sind zusammen, weil sie es allein nicht aushalten. Und weil nicht jeder mit jedem kann, treffen sie eine Wahl. Das ist alles. Mehr nicht. Barbara hatte die Stirn gerunzelt und gemurmelt: So siehst du das. Irgendwie abgehangen, oder?

Zwei Croissants schaffte er nicht. Zu süß, zu labbrig. Luginger musste rauchen. Ohne Tabak war die Warterei zu anstrengend. Außerdem lenkte Rauchen ab. Und Ablenkung brauchte er jetzt, wollte er nicht Gefahr laufen, etwas zu tun, was er zu vermeiden gelernt hatte. Ausgiebiges Nachdenken! Seiner Meinung nach half die ganze Denkerei nämlich nichts. Es war, wie es war, fertig. Den Lauf der Dinge hatte noch niemand geändert, nur weil er von morgens bis abends nachdachte. Außerdem behinderte zu viel denken das Sichabfinden, und neben der Haltung des Sichabfindens gab es nichts, was half, den eigenen Irrsinn und den der anderen zu ertragen. Nachdenken drängte nach Veränderung, sich abfinden nach Frieden. So sah er das. Meistens. Manchmal. Heute in jedem Fall.

Zwei Jahre lang waren sie dann ein glückliches Paar gewesen. Luginger hatte damals gehofft, sie habe ihren Hang zum Überspannten um das Wahre und Wirkliche aufgegeben, bis sie eines Tages einen anderen Mann aus dem Hut zauberte, der ihr offensichtlich etwas gab, das er ihr nicht bieten konnte. Perspektive! Nicht nur ein Leben zu zweit, nein, ein intensives und leidenschaftliches Leben zu zweit, ein Leben als Paar. Als wirkliches Paar.

Sie: Franz, ich habe jemanden kennengelernt.

Er: Hhm. (*Ansonsten schweigen, sammeln, sacken lassen.*)

Sie: Da wächst was. Da wird was mehr.

Er: Was?

Sie: Ich weiß nicht.

Er: Solltest du aber.

Sie: Wünsche eben.

Er: Welche Wünsche denn? Was soll das jetzt?

Sie: Das sollten wir zusammen rausfinden.

Er: Ich will nix rausfinden, ich hab, was ich brauch.

Sie: Es betrifft dich aber, weil es uns beide betrifft.

Er: Verstehe, du vögelst rum, und ich soll auf die Couch.

Sie: Du weißt genau, was ich meine.

Er: Absolut.

Sie: Na also

Für vier Wochen war dann Funkstille. Ihm ging's schlecht, sehr schlecht sogar. Aber wenn er eins aus früheren Frauengeschichten gelernt hatte, dann, dass man zum Volldepp wurde, wenn man in so einer Situation Beziehungsquasselrunden mitmachte. Die, die ihre Matratze mit anderen teilten, drängten auf verminderte Schuldzurechnungsfähigkeit oder verdonnerten einen gar zur Mittäterschaft, weil sie ausgesprochen oder unausgesprochen unterstellten, dass du sie nicht richtig verstanden hast, dass du zu wenig geben würdest, dass du nicht aufmerksam genug warst und überhaupt! Blödsinn. Nicht so. Auf keinen Fall. Frauen mochten das. Einen mitziehen in ihren Sumpf aus Sehnsüchten, Ängsten, Vorwürfen und weiß der Himmel was. Sie suchten andere Typen, um ihren eigentlichen Typen mit Müll zuzuballern.

Er rauchte. Rauchen und Frauen unterstellen, dass sie Männer in grässlich und besonders grässlich unterteilten, war in Ordnung. So war das nun mal. Mit einem Bein stand man immer im Abseits.

Luginger ging zurück zu Gleis elf. Zwei Minuten noch. Zwei Minuten, um einer Bemerkung nachzuhängen, die Moni damals gemacht hatte. Was Sexuelles, Franz. Glaub mir, es gibt so Phasen, da bauen wir Mist, weil im Bett die Post abgeht, auch wenn sonst nicht viel los ist. Legt sich aber. Wenn's Barbara hinter sich hat, ist's abgehakt. 'ne Wiederholung wollen nur die ganz Blöden.

* * *

Wenn Meisner pünktlich war, hatte sie noch eine halbe Stunde Zeit. Clara Weibel überlegte, ob sie einkaufen solle. Vorhin, als sie einen Parkplatz gesucht hatte, bevor sie in Grubers Praxis Nicole Zechleitner getroffen hatte, war ihr ein Supermarkt aufgefallen, der zu Fuß in wenigen Minuten zu erreichen sein musste. Sie ging eine Treppe hoch, überquerte eine kleine Seitenstraße und bog an einer Bäckerei links ab. Nach wenigen Metern machte sie kehrt. In der Bäckerei bestellte sie Kaffee und Semmelhälften mit Schinken. Sie freute sich, dass sie wieder Appetit hatte. Im Laden roch es gut. Frisches Brot, gemahlener Kaffee, süße Stückchen. Die Einkäufe konnten warten. Während sie in ihrem Portemonnaie nach Münzen suchte, dachte sie an Frau Zechleitner. Eine Frau, die sich nichts vormachte, die wusste, dass sie auf einem Pulverfass saß. Nicht nur die Grubers hatten Mauern um sich gezogen, die ohne einen enormen Aufwand an Selbstbeherrschung einzustürzen drohten, auch Nicole Zechleitner war der Liebe wegen in Abhängigkeiten geraten, die sie längst durchschaut hatte.

Die Semmel waren frisch und der Kaffee genau richtig. Nicht zu stark, nicht zu heiß. Kein Lippenverbrenner, kein Herzrasenverursacher. Ihr Handy klingelte.

»Wo stecken Sie? Ich stehe vor der Praxis.«

Meisner. Wie so oft überpünktlich. Zu viel Eifer zur falschen Zeit.

»Ich komme. Aber zuerst frühstücke ich zu Ende. Sie wissen doch, frühmorgens kriege ich selten was runter.«

Während sie kaute, ging sie im Kopf noch einmal die wichtigsten Punkte ihres Gesprächs durch. Nicole Zechleitner hatte für die Tatzeit kein Alibi. Theoretisch hätte sie ihre Nebenbuhlerin töten können. Die Frau war sich sicher, dass Scheidung für die Grubers kein Thema war. Auf eine schwer verständliche Art hätten sie sich geliebt. Dass Manfred Gruber Freitagnacht trainieren wollte, hatte er ihr gesagt. Deshalb hatte sie auch nicht bei ihm übernachtet, sondern war allein in ihrer Wohnung geblieben. Manfred Gruber war kein eifersüchtiger Typ. Auch nicht gewalttätig. Sie hatte ihn als Meister der Selbstbeherrschung bezeichnet.

Meisner lief vor ihrem Dienstwagen auf und ab. Wie immer war er gut gelaunt. Wie immer strahlte er Optimismus aus. Wie immer wollte er anpacken und loslegen und helfen, die Welt ein klein wenig besser zu machen.

»Sie sind zu früh«, sagte Clara Weibel.

»Stimmt«, sagte Meisner. »Im Büro war aber nichts mehr zu tun. Die Bankauskunft bekommen wir später, und die Taxifahrer, die ich noch nicht erreicht habe, kann ich auch von unterwegs anrufen. Sind eh nur noch zwei.«

»Also nichts Neues?«

»Doch. Das Sperma ist nicht von Max Greulich, Irrtum ausgeschlossen.«

»Hat ja lange genug gedauert, bis wenigstens das geklärt ist.«

»Bei den Taxifahrern bin ich allerdings pessimistisch«, sagte Meisner. »Bisher kein Treffer.«

Clara Weibel öffnete den Wagen. »Die Hoffnung stirbt zuletzt«, brummte sie, während ihre Handtasche auf dem Rücksitz landete.

Meisner gab Ronningers Adresse ins Navi ein. Sekunden später zeigte das Display, was zu tun war. Losfahren und den Anweisungen folgen.

»Das Ding schickt uns über Aßling«, sagte Meisner. »Über Wasserburg wäre es zwar weiter, dafür aber schneller.«

»Aßling klingt gut«, erwiderte sie. »Schneller brauchen wir nicht.«

Während sie sich in den Verkehr einfädelte, fragte Meisner: »Was hat Frau Zechleitner denn gesagt?«

Clara Weibel referierte das Wesentliche.

Meisner sagte: »Klingt nicht nach stichhaltigen Verdachtsmomenten.«

»Eine Frau, die sich nach so vielen schmerzvollen Jahren eine Nacht um die Ohren schlägt, nach Leuterding fährt, ihre Konkurrentin würgt, auszieht und im Wald liegen lässt? Sehr unwahrscheinlich.« Am Stadtausgang bremste sie, fuhr rechts ran und stieg aus. »Herr Meisner, fahren Sie bitte. Ich schau ein wenig aus dem Fenster. Geht das?«

Meisner nickte. »Kein Problem. Kennen Sie Straußdorf?«

Sie verneinte.

»Oder Weiching?«

Sie schüttelte den Kopf.

»Gut, dann fahr ich Sie jetzt mal dahin«.

Meisner drückte aufs Gas.

»Sie lieben die Gegend hier, stimmt's?«, fragte Clara Weibel.

»Und ob«, antwortete Meisner. »Ich kenne hier jeden Grashalm. Bin in Grafing geboren. Ich möchte nirgends sonst leben.«

Wenigstens einer, der weiß, wo er hingehört, dachte sie. Bei ihr war das schon immer anders gewesen. Bevor sie vor über zwanzig Jahren in München gelandet war, hatte sie in vier verschiedenen Städten gewohnt. Mainz, Stuttgart, Villingen-Schwenningen und Bielefeld, wo sie Kindheit und Jugend verbracht hatte. Mit Heimat konnte sie nichts anfangen, Wurzeln gab's selbst im Westfälischen nicht, trotz der neunzehn Jahre, die sie dort gelebt hatte. Bielefeld war hart gewesen, sehr hart. Zu viele Geschwister, zu katholische Eltern, kaum Freundinnen, langweilige Jungs und Freizeitmöglichkeiten, die zum Gähnen waren. Jetzt eben Erding. Erding gefiel ihr, das kleine Städtchen taugte zum Altwerden.

»Sie wollten wirklich nie mal weg?«, fragte sie. »Berlin oder London oder irgendeine Stadt in Asien. Mal was ganz anderes sehen?«

»Nicht die Bohne«, erwiderte Meisner. »Mal dorthin reisen, klar, das ist okay. Aber woanders leben? Kommt nicht infrage, ich bin hier viel zu gern.«

Drei Kinder von zwei Männern in zwei verschiedenen Städten,

das Pensum hatte sie sich aufgehalst. Alles Jungs, alle klug, alle unverheiratet. Wie sie. Für die Ehe war sie nicht gemacht. Männer hatte sie immer nur lieben können, wenn sie wusste, wo der Ausgang war.

»Was erhoffen Sie sich eigentlich von dem Besuch bei Ronninger?«, fragte Meisner. »Den hätten Sie doch auch anrufen können?«

»Habe ich ja. Heute Morgen. Vielleicht erzählt er uns aber mehr, wenn wir ihm gegenübersitzen.«

»Über Manfred Gruber meinen Sie? Wie er reagiert hat, als ihm Ronninger die Fotos auf den Sexpartys gezeigt hat?«

»Ja, das könnte uns weiterbringen. Seine Reaktion. Oder wie er dabei über seine Frau gesprochen hat.«

»Gruber ist also ihr Hauptverdächtiger«, sagte Meisner. »Vielleicht war's aber ganz anders, ein dummer Zufall. Ein Fremder, der sich nachts eine Frau geschnappt hat?«

Feld, Wald und Wiesen. Wie im Bilderbuch. Grüne Flächen und Stoppeln, weil das Getreide schon gemäht war. Und dann das Licht! Das Licht war das Beste am Spätsommer.

Sie blickte aus dem Fenster. »Betrogene Partner haben die stärksten Motive. Und wenn sie kein gutes Alibi haben wie Herr Gruber, schauen wir da genau hin. Sehr genau. Außerdem gibt's für eine zufällige Begegnung nachts im Wald keine Hinweise. Dann die Ausführung der Tat, die Leiche, die Sexpartys.«

»Vielleicht war Gruber ja gar nicht so cool, wie er tut«, sagte Meisner. »Vielleicht ist er nach dem Joggen nach Bruckmühl gefahren und hat seine Frau abgepasst. Zeitlich wäre das drin gewesen.«

»Ja, vielleicht«, bestätigte sie. »Wenn sie wirklich am Freitag auf der Party war.«

* * *

In Klaus-Dieter Ronningers Büro herrschte heilloses Durcheinander. Kleidung mischte sich mit DVDs, Büchern, Bierflaschen und Toilettenartikeln. Hier eine Lederjacke über einer Stuhllehne, dort Rasierwasser mit ungespülten Tassen und Brezenresten auf einem Tisch, der alles in einem war: Schreibtisch, Esstisch, Ablageplatz. Zusammengeklappt stand ein Bettgestell neben einem Waschbecken. Davor Matratze und Bettzeug.

Ronninger räumte zwei Stühle frei. »Setzen Sie sich. Ist alles nicht erste Sahne, ich hatte aber keine Zeit, Ordnung zu schaffen.«

»Viel Arbeit«, bemerkte Meisner.

»Sehr viel«, sagte Ronninger. »Ich komme gar nicht mehr heim. Sie sehen ja, alles da, Bett, was zu essen, Klamotten. Ist halt so.«

Clara Weibel wusste nicht, was sie denken sollte. Ein Saustall, der gut gelüftet war. Ein Mann um die vierzig, der gepflegt aussah, aber in einem Loch hauste, in dem sie freiwillig keine Minute hätte zubringen wollen.

»Wir ermitteln in einem Todesfall, Herr Ronninger«, begann sie, »und benötigen Ihre Mithilfe. Wir brauchen keine Details, wenigstens nicht heute, nur ein paar einfache Auskünfte. Wir wissen natürlich, dass Sie lieber schweigen wollen, wenn es um einen Ihrer Auftraggeber geht, aber …«

»Es geht um Herrn Gruber, ich weiß schon Bescheid«, unterbrach Ronninger. »Herr Gruber hat mich angerufen und mir gesagt, dass Sie kommen würden. Der Tod seiner Frau ist wirklich tragisch. Wissen Sie, das war ein ganz normaler Auftrag. Ging über sechs Monate. Untreue Ehefrau. Überprüfung, Dokumentation, Bericht, fertig.«

»Wann hat Herr Gruber Sie denn angerufen?«, war Clara Weibel sichtlich überrascht.

»Gestern Abend. Er wollte von mir erklärt haben, wie meine Unterlagen in die Hände seiner Frau gelangen konnten. Ich hatte keine Erklärung. Ich habe ihm gesagt, dass ich grundsätzlich nur eine Kopie auf Papier für meine Auftraggeber anfertige. Je mehr nämlich rumliegt, desto mehr kommt in die falschen Hände.«

»Wie lang war Ihr Bericht denn?«

»In solchen Fällen sind Berichte immer kurz. Wichtiger sind ja die Fotos. Also zwei Seiten Text und dann Fotos, je nachdem zwanzig oder dreißig.«

»Sie archivieren alles elektronisch«, bemerkte Meisner.

»Genau. Festplatte und Sticks.«

»Was war denn so normal an der Untreue von Frau Gruber?«, fragte Clara Weibel.

»Normal war, dass sie untreu war. Alles andere war eher außergewöhnlich. Sie besuchte Sexpartys, sie spielte nicht Versteck, sie zeigte offen, dass sie Sex mit anderen Männern hatte.«

»Provozierte sie? Ihren Mann zum Beispiel?«

»Nein. Sie ging zum Sex wie andere Leute zu einem guten Essen. Keine Maskerade, keine heimlichen Treffpunkte. Ihr Mann war ihr egal. Wenigstens nehme ich das an, ich bin ja kein Eheberater.«

»Wie hat Herr Gruber denn reagiert? Ich habe ja einige Fotos gesehen. Sehr freizügig, sehr eindeutig.«

Ronninger nickte. »Ja, die Frau kannte keine Tabus, wenn Sie verstehen, was ich meine. Und Herr Gruber hat meine Fotos kommentarlos entgegengenommen. Sachlich, wie einer, der seine Versicherungspolice prüft. Das war absolut nicht normal. Keine Regung, keine Enttäuschung, kein Entsetzen, nichts.«

»Sind Ihnen während Ihrer Beobachtungen Männer aufgefallen, die sich merkwürdig verhalten haben?«

»Daran habe ich natürlich nach dem Anruf gestern auch gedacht. Kann es einer von denen gewesen sein, die mit seiner Frau zusammen waren? Die Fotos geben aber nichts her. Ich fotografiere keine Dritten, besser gesagt, ich versuche es zu vermeiden.« Ronninger deutete auf seinen Computer. »Heute Morgen habe ich mir das ganze Material noch einmal angesehen, und ich habe mich zu erinnern versucht. Ist ja schließlich ein Weilchen her. Tut mir leid, aber da ist nichts, was Ihnen weiterhelfen wird.«

»Können wir die Fotos haben?«, fragte Meisner. »Also möglichst alle, auch die, die Sie Herrn Gruber nicht gezeigt haben.«

»Können Sie. Das ist schon vorbereitet. Auf dem Waschbecken hinter Ihnen liegt eine DVD. Herr Gruber hat mir versichert, dass er nichts dagegen hat. Nur erwarten Sie sich nicht zu viel davon. Ende Juni habe ich alles, was älter als ein Jahr ist und nicht mehr benötigt wird, gelöscht. In ihrem Fall gibt es also nur noch das, was Herr Gruber auch hat.«

Clara Weibel war schon aufgestanden. »Wussten Sie eigentlich, dass Herr Heilmann solche Partys gibt, bevor Sie Frau Gruber dort hingeführt hat?«

»Nein, das war mir neu. Und glauben Sie mir, ich war überrascht. In Bruckmühl, herrje. Bruckmühl ist eine Schlafstadt. Die meisten, die dort wohnen, fahren tagsüber nach München oder Rosenheim. Da ist nichts.«

»Eben drum. Haben Sie Männer oder Frauen auf den Partys erkannt, als Sie Ihre Fotos gemacht haben? Sie waren sehr nahe dran.«

»Nein. Die Gesichter haben mir alle nichts gesagt. Glauben Sie mir, neugierig bin ich nicht nur von Berufs wegen. Und ein Prominenter mit heruntergelassener Hose wäre mir sicher aufgefallen. Da waren aber nur Frauen und Männer, die mal was ganz anderes erleben wollten. Wenn man es genau bedenkt, lauter harmlose Idioten, die viel Geld bezahlt haben, um sich zu beweisen, dass sie keine Spießer sind.«

* * *

Luginger fuhr, so schnell er konnte. Zur Fitnessecke war es nicht weit, und Ulis Anruf hatte ihn aufgeschreckt, nachdem er mit

Barbara einen ruhigen Vormittag bei ausgiebigem Frühstück und viel Palaver verbracht hatte.

Uli wartete schon am Eingang. »Sie sitzt unten, Franz. Lässt keinen an sich ran und sagt auch nix.«

Luginger umkurvte Laufbänder und Rudergeräte, nahm die Treppe zum Keller und klopfte an die Damenumkleide. Nichts. Er klopfte nochmals, dann öffnete er die Tür und ging rein. Moni saß mit angezogenen Knien auf einer Bank vor lauter Schließfächern. Sie hatte Tränen in den Augen und wippte leicht vor und zurück.

»Was ist?«, fragte Luginger. »Was machst denn hier?«

Moni schwieg. Nur lautes Atmen.

Er setzte sich neben sie. »Uli hat mich angerufen. Er weiß nicht, was er machen soll. Er sagt, du bist oben gewesen und wolltest gehen. Dann bist plötzlich umgekehrt und runtergerannt. Er hat gedacht, dir wär schlecht oder so. Du sagst aber nix. Soll ich dich mitnehmen?«

Moni schüttelte den Kopf.

Luginger blickte sie an. »Fehlt dir was? Hast dich übernommen?«

Sie schwieg.

»Soll ich Hanno anrufen?«

Moni schluchzte. »Nee.«

»Willst reden?«

Sie verzog ihr Gesicht und blickte auf den Boden.

Uli stand in der Tür und wedelte mit einer Wasserflasche.

Moni winkte ab.

»Kann ich dich allein lassen?«, fragte Luginger. »Ich komm in ein paar Minuten wieder.«

Moni nickte.

»Tut mir leid, Franz, aber ich hab keine Ahnung, was passiert ist«, sagte Uli, als beide oben an seiner kleinen Bar standen. »Wie gesagt, sie wollte gehen, stand an der Tür, und dann, von einer Sekunde auf die andere, war sie ganz anders.«

»Wie kommt sie überhaupt hierher?«, fragte Luginger.

»Freitag war ich bei Hanno. Der macht meinen Steuerkram. Moni war auch da. Sie sah schlecht aus. Ich hab ihr angeboten, zu mir zu kommen und ein bisschen zu trainieren, um den Kopf frei zu kriegen. Heute kam sie dann.«

»Moni in deiner Muckibude? Die hat doch noch nie Sport gemacht.«

»Sie ist ja auch noch nie überfallen worden, Franz.«

Luginger nickte.

»Und jetzt?«, fragte Uli.

»Hat irgendeiner was gesehen?« Luginger schaute sich um. Ein kräftiger Typ mittleren Alters stemmte Hanteln, ein anderer lief auf einem Laufband.

»Die sind erst gekommen«, sagte Uli. »Vorhin waren nur ein paar Frauen hier oben. Zwei von denen kenn ich. Ich könnt sie anrufen.«

»Lass mal. Irgendwann wird Moni schon sagen, was los ist.«

Uli ging zur Eingangstür. »Da draußen ist doch nix. Autos, Straße, ab und an mal Fußgänger.«

Der Hanteltyp hatte seine Gewichte weggelegt. Muskelshirt, Schweiß, kräftige Oberarme, Haare mit blonden Strähnchen drin.

»Sind Sie vor Kurzem mit dem Auto gekommen?«, fragte Luginger.

Der Mann bejahte.

»Vor ’ner halben Stunde etwa?«

»Kann hinkommen.«

»Ist Ihnen draußen was aufgefallen?«

»Aufgefallen? Nein, nur ein junger Typ, der Schwierigkeiten hatte, auszuparken.«

Moni schlich zur Bar, nachdem Luginger gesehen hatte, wie sie langsam die Treppe hochgekommen war.

»Hab gar nicht gewusst, dass du trainieren willst«, sagte er.

Wortlos schenkte sie sich Wasser ein.

»Willst gesünder leben?«

Moni zeigte auf ein altes Foto von Uli, das an der Wand hing. »Wie du, lange Haare und Zopf. Sieht beschissen aus.«

Uli brachte ihre Sporttasche. »Nicht dass du die noch vergisst. Kannst auch einen Kaffee haben.«

»Gut, dass du dir die Haare hast schneiden lassen«, sagte Moni. »Wenigstens einer, der kapiert, dass man nicht rumlaufen muss wie der letzte Depp.«

Uli stellte ein Tasse unter den Automaten. Dann legte er irgendeinen Riegel auf den Tresen. »Iss das. Baut auf.«

»Also, was ist?«, fragte Luginger. »Ich hab Barbara versprochen, sie zur S-Bahn zu fahren. Könntest jetzt mal den Mund aufmachen?«

Während Moni den Riegel auspackte, flüsterte sie vor sich hin. »Die Kanzlei, das könnte über die Kanzlei gelaufen sein.«

* * *

Clara Weibel stand mit ihrem BMW im Fuchsweg und wartete auf Faulhuber. Es war halb elf. Bernhard Faulhuber, geboren am 1. März 1957, wohnhaft im Fuchsweg 79, verheiratet, zwei Kinder, war mit einem Taxi am frühen Morgen des 14. September von der Rätestraße 29 in Bruckmühl nach Hause gefahren. Vor vier Stunden hatte Meisner mit einem Fahrer gesprochen, der genau das ausgesagt hat. Fuchsweg 79, sicher, ja, ein Mann, mittelgroß, zwischen fünfzig und sechzig, gut gekleidet, Anzug, weißes Hemd, großzügiges Trinkgeld.

Faulhuber, hatte sie gedacht, der Mann mit dem Rotwein, Dauergast im Hammer-Eck, Zahnarzt. Sie kannte ihn, er war ihr sympathisch gewesen. Der Typ ist doch Zeuge im Fall Monika Hallgart, hatte Meisner gesagt. Ein Mann, eine Name, zwei Verbrechen. Sie hatte genickt und gespürt, dass sich in ihrer Magengegend irgendwas zusammenzog. Meisner hatte im Büro schnell kombiniert, nachdem die Taxifahrerinfo durch war. Leuterding ist die Klammer. Und dort wohnt Herr Faulhuber. Und Herr Faulhuber war auf der Bruckmühler Sexparty, auf der er Ann-Charlotte Gruber kennengelernt hat. Wenig später liegt die Frau ein paar Meter von seinem Haus entfernt nackt im Wald. Den nehmen wir jetzt in die Mangel.

Herr Heilmann und Frau Grabowski hatten heute Mittag ihren Termin platzen lassen. Herr Heilmann sei krank, hatte Frau Grabowski am Telefon gesagt, und sie sei wieder bei ihren Eltern. Ihrem Vater gehe es schlecht. Demenz, sie komme aus Stephanskirchen nicht weg. Sie habe aber etwas Zeit, um zu telefonieren. Sie wisse, was passiert sei. Ann-Charlotte Gruber sei getötet worden, ihr Mann habe Bescheid gesagt. Furchtbar, ganz furchtbar, sie könne es noch gar nicht fassen. Sie seien gut befreundet gewesen. Und dann kam das Wesentliche. Frau Gruber war am Freitagabend bei ihnen auf einer Sexparty gewesen. Gegen neun oder halb zehn war sie allein gekommen und gegen eins allein gegangen. Während der Party war sie mit einem Mann zusammen, über fünfzig, mittelgroß, dunkler Anzug, dunkelblonde Haare, nicht wirklich schlank. Der Mann hat eine schwarze Augenmaske getragen. Er war zum ersten Mal da, ohne Begleitung. Er hat sich als Günter Becker vorgestellt. Der Name konnte aber falsch sein, sie kontrollierten keine Ausweise. Männer, die ohne Frauen kamen, waren eigentlich tabu, die Partys waren für Paare, der Mann aber war ihnen empfohlen worden. Frau Gruber war regelmäßig bei ihnen, also alle vier bis sechs Wochen. Eine Gästeliste würde sie nicht zusammenstellen. Das ginge nicht, hatte sie am Telefon gesagt, unmöglich. Diskretion, Loyalität, ihr Freund Matthias habe deswegen schon einen Anwalt eingeschaltet.

Dieses Sexpartygedöns steckte ihr quer im Hals. Paare, die sich beim Fremdgehen zuschauten! Ein jeder irgendwie befriedigt, angetörnt, belustigt oder auch enttäuscht oder gar angeekelt auf einer gemeinsamen Heimfahrt ins Partnerschaftsidyll. Teure Wohnungen, schöne Häuser, ein letztes Glas Wein, bevor man ins Bett kroch. Und was dann?

Meisner hatte sie am Nachmittag noch mit allerlei Google-Wissen über die Grabowski-Heilmann-Verbindung gefüttert, nachdem klar war, dass sie sich erst mal auf die telefonischen Auskünfte beschränken mussten. Die Grabowski ist die treibende Kraft, hatte Meisner gesagt. Alles, was ich lese, läuft darauf hinaus. Die will aufsteigen, mehr sein als nur die Freundin des großen Caterers Heilmann. Wenn man so will, hat sie seine Bekanntheit ausgenutzt, um die Partymaschine zum Laufen zu bringen. Sie hat genau gewusst, so kriegt sie die Schönen und Reichen und Wichtigen. Wer kann denn sonst so viel Geld hinblättern, nur um die Frau des Nachbarn zu besteigen. Ungefähr fünfhundert Euro, hatte Senta Grabowski gesagt und damit die Angabe von Ronninger bestätigt, als sie sie gefragt hatte, wie hoch denn der Unkostenbeitrag sei.

Die Frau des Nachbarn. Den Mann der Nachbarin. Natürlich stand über die Partys nichts im Netz, aber Meisner hatte es gefallen, ein Grabowski-Profil zu erstellen. Warum tut jemand so was? Welche Risiken sind damit verbunden? Was, wenn es entdeckt wird? *Orgien in der Heilmann-Villa. Bekannter Caterer lässt die Puppen tanzen.* Oder: *Unten ohne. Promi-Rudelbumsen zwischen München und Salzburg.* Meisner hatte genüsslich Zeitungsüberschriften zitiert, die vor seinem geistigen Auge vorbeigezogen waren.

Hatten sich die Gäste untereinander gekannt? Gab es Stammgäste? Wenn es stimmte, was Meisner in seinem jugendlichen Leichtsinn vermutete, würde es dauern, bis sie eine Liste mit Namen hatten, die zudem noch Decknamen sein konnten. Was, wenn auch aus der Staatsanwaltschaft oder der überschaubaren Richterriege der eine oder die eine Gast bei Heilmann war? Faulhuber musste zum DNA-Test anrücken, das in jedem Fall. Die Beschreibung von Frau Grabowski passte. Und sollte sich herausstellen, dass sein Sperma mit dem identisch war, das sie auf dem Kleid von Frau Gruber gefunden hatten, würde es keine Liste geben, weil sie einen Tatverdächtigen hatten, was ausreichte, um Schmutziges aus den eigenen Reihen außen vor zu lassen. Große Hunde hoben ihr Bein eben höher als kleine.

Ronninger hatte gelogen. Niemals hatte er alle Fotos bis auf die, die er Gruber ausgehändigt hatte, vernichtet. Solche Informationen waren viel wert. Damit konnte man richtig gut verdienen. Und Ronninger wusste das. Wenn seine Detektei mal in Schwierigkeiten steckte, waren die Fotos ein goldener Ausweg. Nur würden sie an den Rest der Bilder ohne Unterstützung von ganz oben nicht herankommen, falls der Rest bis dahin überhaupt noch vorhanden war.

Clara Weibel hörte ein Motorengeräusch. Im Rückspiegel erkannte sie, wie ein alter Daimler in die Garageneinfahrt der Hausnummer 79 einbog.

Donnerstag, 18. August 1994

Hätte Mütze nicht in allerletzter Minute seine Wasserpistolensammlung verkauft, wäre die ganze Chose sogar in die Hose gegangen. Dreihundert Mark hatten gefehlt, obwohl alle ihre Taschen mehrfach umgedreht hatten. Als das Geld dann endlich zusammen war, war Mütze auch noch krank geworden. Er arbeitete als Zivi im Münchner Klinikum Großhadern und hatte sich einen Virus eingefangen, der ihn mit vierzig Fieber und Dauerdurchfall ans Bett fesselte. Also waren sie zu sechst in Holgers klapprigem VW-Bus losgefahren, nachdem Mütze einverstanden war, seinen Reisekostenanteil als Darlehen im Topf zu lassen. Laura und Charlie hatten gerade ihr Abitur bestanden und warteten auf Eingebungen, was sie denn studieren sollten, Senta hatte wie Monika einen Job als Aushilfsverkäuferin bei Kaufhof hingeschmissen, und Holger war zusammen mit Schorsch auf der Suche nach einem Lebensplan, der mehr beinhaltete, als in der Hotellerie für wenig Kohle tagein, tagaus schuften zu müssen.

Die ersten Tage in Cerva, einem Badeort an der italienischen Riviera, waren gut verlaufen. Das Haus, das sie über die Eltern eines Freundes von Mütze für zwei Wochen gemietet hatten, war für so viele Leute zwar zu klein, dafür hatten sie aber alles, was nötig war, um unbeschwert Urlaub zu machen. Die Gasflaschen unterm Herd waren voll, einen kleinen Supermarkt gab's wenige Meter entfernt, die Sonne schien, das Meer war warm, und am Strand konnte man relaxen, ohne totgetrampelt zu werden, wenn man sich an bestimmte Uhrzeiten hielt.

Sie tranken billigen Rotwein, rauchten filterlose Zigaretten und grillten Fische. Abends zirpten Grillen, und Musik von Meat Loaf, Bryan Adams oder Bruce Springsteen sorgte für angenehme Träume. Sie spielten Karten, tauschten Bücher und bekämpften die Hitze mit kaltem Wasser, das sie direkt aus einem Gartenschlauch über ihre Körper spritzten. Holger verwaltete die Reisekasse, Monika kochte Töpfe voller Spaghetti mit Tomatensauce, und Senta kaufte Ansichtskarten im Doppelpack, damit jeder auch rechtzeitig ein paar Grüße nach Hause schicken konnte. Wäre nicht Charlies Vater gewesen, der täglich anrief, um seine Tochter mit undurchsichtigen Fragen und Anliegen zu nerven, hätten sie keinen Grund gefunden, um irgendeinen Gedanken an daheim zu verschwenden.

Die Idylle endete abrupt. Holger und Charlie hatten versprochen einzukaufen, die anderen waren zum Strand gegangen. Während Senta, Monika und Schorsch im Meer Frisbee spielten, rieb sich Laura Sonnencreme auf ihre braune Haut. Neben ihr schnarchten dicke Italiener, und ein paar Handtücher weiter versuchten Afrikaner krebsroten Touristinnen Sonnenbrillen zu verkaufen. Die Afrikaner scherzten, die Touristinnen kicherten, und Laura beobachtete, wie Senta einer zu hoch fliegenden Frisbeescheibe hinterherrannte, bis sie stürzte. Als sie wieder auf den Beinen stand, fuchtelte sie wild mit den Armen und zeigte auf ihren Fuß. Auf Schorsch und Monika gestützt, humpelte sie zum Strand. Laura untersuchte die Wunde. Ein Schnitt in der Fußsohle, nicht allzu tief, aber stark blutend. Senta musste auf etwas Scharfes getreten sein, als sie versucht hatte, die Frisbeescheibe aus dem Wasser zu fischen. Sie packten ihre Sachen. Senta biss die Zähne zusammen und schaffte es zurück zum Haus.

Laura sah als Erste, was kurz darauf bei allen schieres Entsetzen auslöste. Charlie vögelte Holger. Sie saß nackt neben der Terrassentür auf seinem Schwanz, während aus einem Kassettenrekorder seichte Popmusik dudelte.

Stunden vergingen mit peinlichem Schweigen. Holger war verschwunden, Charlie hockte abseits im Steingarten und rauchte, der Rest kümmerte sich um Sentas Fuß und ihre Fassungslosigkeit, die sich abwechselnd in Tränen, Zappeln und Flüchen äußerte.

Erst als es längst dunkel war und Charlie mit gepackten Sachen in der Küche auftauchte, bewegte sich was. »Ich nehm ein Taxi nach Imperia, von dort gibt's bestimmt einen Zug zurück. Tut mir leid, das mit Holger meine ich. Ich weiß nicht, was ich sagen soll, gibt ja auch nichts zu sagen.«

Laura fiel fast ihr Weinglas aus der Hand. »Bist du bescheuert, natürlich gibt's was zu sagen. Oder ist das jetzt normal, dass du mit Typen vögelst, die zu anderen gehören?«

Charlie ging zur Tür. »Tut mir leid, Senta, ist halt passiert.«

»Wir sind Freundinnen«, rief Laura, »wenigstens hab ich das gedacht. Seit fünf Jahren sind wir das, und dann so was. Kannst du nicht mal zwei Wochen die Beine zusammenlassen, das gibt's doch gar nicht, wie viele Typen hast du in den vergangenen Monaten gehabt, drei, vier, oder waren es noch mehr?«

»Lass nur«, flüsterte Senta. »Ist eh egal. Dass Charlie da ein Rad ab hat, hätt ich ja wissen müssen. Von wegen einkaufen. So 'ne Scheiße, Dreck, elender, aber Holger, dass der da mitmacht. Mein Holger, Mensch, wie blöd muss man sein.«

»Ich geh dann mal. Unten an der Pizzeria ist ein Taxistand.«

»Kriegst du eigentlich mit, wie spät's ist?« Schorsch war aufgestanden und nahm Charlie entschlossen die Reisetasche aus der Hand. »Um die Uhrzeit nach Imperia, vergiss es, da fährt kein Zug oder sonst was.«

Mit leeren Händen und ohne jeden weiteren Kommentar trottete sie auf die Terrasse.

»Jetzt lasst uns die Sache mal vernünftig angehen«, sagte Schorsch. »Klar, das ist eine riesige Scheiße, aber Charlie jetzt allein loslaufen lassen, geht doch auch nicht.«

»Kannst ja mitgehen«, brummte Laura.

»Außerdem müssen wir Holger finden«, meinte Schorsch und wandte sich an Senta. »Ihr seid seit zwei Jahren zusammen, also du und Holger, das schüttelt man doch nicht einfach so aus den Klamotten. Wer weiß, wo der steckt.«

»Ich such ihn«, hörten sie Charlie rufen, während sie schon auf der Treppe stand, um nach unten zur Straße zu laufen.

Niemand hielt sie zurück.

Inzwischen hatte Monika Kaffee gekocht und füllte einige Tassen voll. »Wir brauchen einen Plan, wie's weitergeht, oder?«

»Gar nichts geht weiter«, brüllte Senta von ihrem Sessel aus. »Und hört auf, einen auf vernünftig zu machen. Holger, der Arme! Glaubst du, dass er sich ins Bein schießt, Schorsch, also, weil er sich so danebenbenommen hat, weil er meine beste Freundin gefickt hat, glaubst du das? Holgerlein, ach wie fein, steckst dein Pimmelein in Charlie rein.« Dann lachte sie hysterisch und zog Grimassen. »Hätte auch dich treffen können, Schorsch, bei Charlie weiß man nämlich nie. Wärst du auch abgehauen, ohne einen Ton zu sagen? Also, nach Vollzug und so. Abhauen, wie ich das hasse, einfach abhauen ist doch das Letzte. Und jetzt sollen wir uns auch noch Sorgen machen, weil er so daneben ist vor Schmerz und Scham. Dreck, elender. Lässt meine beste Freundin aufsitzen und reitet durch Nacht und Wind, Scheiße, verdammte Scheiße.«

Monika hielt Senta Kaffee hin. Sie winkte ab. Monika versuchte es ein zweites Mal. »Trink, ist besser als Saufen, du musst wieder klar werden.«

Senta kauerte sich zusammen.

»Seit fünf Jahren seid ihr schon befreundet?«, fragte Schorsch Laura. »Also du, Senta und Charlie. Das hat mir Holger so nie erzählt.«

»Sechs«, flüsterte Senta mit dem Kopf auf den Knien. »Sechs lange Jahre, und nie hat's Stress gegeben.«

»Wir haben beim Sport so oft unsere Tage gehabt, dass die olle Herrmann uns schon zum Arzt schicken wollte.« Laura äffte jetzt ihre Lehrerin nach. »Mit vierzehn, Kinder, mit vierzehn darf man doch nicht alle zwei Wochen seine Periode kriegen.«

Senta zog die Nase hoch. »Wir mussten halt ratschen und hatten keine Zeit für die Herrmann und Jazzgymnastik. Charlie, Laura, Sally und ich, Mann, ich glaub's einfach nicht.«

»Wo ist denn Sally?«, fragte Monika.

»Nach Hamburg gezogen, letztes Jahr. Ihr Vater ist beim *Stern* Redakteur. Sie will da auch hin, Journalismus, deshalb ist sie mit.«

»Und Charlie hat andauernd andere Typen?«, fragte Schorsch. »Hätte ja jemand mal sagen können, bevor wir hierhergefahren sind. 'ne Solofrau in Lauerstellung ist schließlich nicht ohne.«

»Könnt ihr zwei ja alles gar nicht wissen«, sagte Laura. »Da hängen halt Geschichten dran, also Charlie und die Typen, das ist nur ein Thema, weil ihr Alter 'nen Schatten hat.«

Monika verteilte weitere Kaffeetassen, reichte Zucker rum und wischte Löffel sauber. »Ist das der, der hier immer anruft?«

Laura nickte. »Genau der. Ein Kontrollfreak vor dem Herrn, und dann der ganze Mist mit meine Tochter hier und meine Tochter da. Der hofiert die, das ist nicht mehr feierlich.«

»Und du meinst, deshalb macht sie einen auf Nimmersatt?«, fragte Schorsch ungläubig.

»Vielleicht, vielleicht auch nicht«, murmelte Senta. »Sally könnte das jetzt besser erklären, also Protestfickerei und so.«

Zuerst kicherte nur Laura leise für sich, dann schlug sich Senta mit der Faust gegen die Stirn, wieder und immer wieder, und fing an, mit angezogenen Beinen auf ihrem Sessel vor- und zurückzuwippen, ehe Schorsch das eben Gehörte mit seinen Lippen nachformte und alle loslachten, als gelte es, die letzten Stunden in lautem Getöse hinter sich zu lassen.

Mittwoch, 18. September 2013

Faulhuber schwieg. Luginger hatte sich einen Stuhl aus der Essecke geholt und sortierte seine Beine. Vor ihm stand ein doppelter Espresso auf dem Boden. Er war müde und viel zu früh aufgestanden, nachdem ihn Faulhuber vor einer guten halben Stunde aus dem Bett geklingelt hatte. Bis kurz nach Mitternacht hatte er gestern mit Sammy und Joe über Monis besorgniserregenden Auftritt in der Fitnessecke diskutiert, nachdem die Bayern ZSKA Moskau klar besiegt hatten. Dabei waren die Tore von Alaba, Mandzukic und Robben dermaßen prächtig gewesen, dass er den Überblick über die Anzahl seiner Biere verloren hatte und jetzt dringend etwas brauchte, um richtig wach zu werden.

»Also, was ist?«, fragte Luginger. »Kaffee hab ich, kann losgehen.«

Faulhuber schlürfte Saft. Dann verteilte er Zigaretten auf einem Glastisch, der zwischen Küche und Wohnzimmer stand. »Wenn wir die geraucht haben, wirst du mich hassen.«

»Bernie, fang an, bitt schön. Es ist halb acht, und ich bin noch im Halbschlaf. Ohne Grund wirst mich ja nicht so früh herbestellt haben.«

»Willst vielleicht einen Alkohol dazu?«, fragte Faulhuber.

»Spinn nicht rum, Kaffee reicht.«

»Ich sitz in der Scheiße, Franz. Und zwar tief, richtig tief.« Faulhuber nahm die erste Zigarette vom Tisch, steckte sie sich an und blies Rauch in die Luft. »Ich hab die Frau gebumst, die tot im Wald lag.«

Luginger traute seinen Ohren nicht. »Wie bitte? Wen hast du gebumst?«

»Die Tote, kurz bevor sie erwürgt worden ist. Auf 'ner Sexparty.«

»Auf einer was?« Luginger stürzte seinen Kaffee runter. »Bernie, bist narrisch.«

Faulhuber rauchte. Seine Hände zitterten.

»Bernie, ich versteh nur Bahnhof. Geht's a bisserl genauer?«

»Weißt du, seit wann zwischen mir und Sabine nix mehr gelaufen ist? Seit drei Jahren. Drei Jahre ohne Sex, Franz. Ich bin zwar nicht mehr der Jüngste, aber so vergesslich, um mich nicht zu erinnern, dass da mal was war, bin ich auch wieder nicht.«

»Aber Sexpartys? Was soll das denn?«

»Eine Sexparty. Ich war da einmal. Am Freitag.«

»Und dort hast die Frau getroffen, die dann bei uns im Wald gelegen ist.« Luginger schluckte. »Erwürgt. Woher weißt das eigentlich?«

»Die Weibel von der Kripo war gestern Abend hier und hat's erzählt. Die Tote heißt Ann-Charlotte Gruber, war verheiratet und regelmäßig auf solchen Partys.«

»Du aber nicht, sie schon. Verstehe, alles klar.«

»Weil sie's mir gesagt hat, Franz. Deshalb.«

»Gruber, ist das der Kniewunderdoktor aus Ebersberg? Jesus Maria, und die Tote ist seine Frau, oder?«

Faulhuber nickte.

»Verdammte Scheiße, 'ne ermordete Promitante, mehr oder weniger direkt vor deinem Haus. Bist mit der denn später zu dir gefahren?«

»Nein. Ich bin mit dem Taxi zurück. Allein. Und den Taxifahrer hat die Kripo jetzt ausfindig gemacht, und der hat ausgesagt, dass er mich um kurz nach eins von Bruckmühl hierhergebracht hat.«

»Von Bruckmühl? Ficken in Bruckmühl, Bernie, hast du 'ne Vollmeise?«

»Hab dich nicht so, ja. Wäre Ficken in Grafing besser gewesen?«

Luginger griff nach dem Aschenbecher. »Ich glaub's nicht, echt, das kann doch nicht wahr sein. Denkt die Weibel, dass du die Frau erwürgt hast? Denkt sie das, Bernie?«

Faulhuber nickte. »Ist ja auch nicht ganz ohne Sinn und Verstand, Franz. Zuerst die Party, dann die Tote mit Hämatomen am Hals. Ich muss jedenfalls nachher in Erding antanzen. Fingerabdrücke, Speichelprobe, das ganze Programm halt.«

Luginger biss auf seine Finger. »Warst du's, Bernie? Was ist da passiert? Heilandsacknocheins, jetzt red schon.«

»Glaubst du, ich könnt jemanden umbringen? Traust du mir das zu?«

»Jeder kann so was. Hör auf, ja. Wenn zu viel zusammenkommt, passiert das ruckzuck.«

Faulhuber umklammerte sein Saftglas. »Ja, wahrscheinlich. Aber ich war's nicht. Ich hab die Frau vor dem Haus in Bruckmühl zum letzten Mal gesehen. Das war Freitagnacht, so gegen eins.«

»Was ist das denn für eine Hütte? Wem gehört die?«

»Matthias Heilmann, einem Caterer aus Rosenheim.«

»Kenn ich, also der Name sagt mir was.«

Faulhuber nickte. »Ja, und eine Hütte ist das ganz und gar nicht. Eher eine Villa mit allem Drum und Dran.«

Luginger zog hastig Nikotin durch die Lungen. Er musste sein Hirn in Schwung bringen, um besser zu kapieren, was Bernie da vom Stapel ließ.

Faulhuber steckte sich auch noch eine an.

»Um eins hast die Frau also zuletzt gesehn. Dann bist mit dem Taxi heim, hab ich das richtig verstanden?«

»Später, ja, aber zuerst habe ich noch ein Feuerzeug aus ihrem Wagen geholt. Es lag im Handschuhfach. Eine Abschiedszigarette im Freien, also vor dem Heilmann-Haus. Wir waren eben beide auf dem Absprung und hatten nix zum Anzünden dabei.«

»Auch das noch. Du warst in ihrer Karre, also jede Menge Fingerabdrücke. Da können sich die Bullen ja freuen.«

Faulhuber stöhnte. »Ja, verdammt noch mal. Die haben in dem Touareg auch ein Feuerzeug gefunden. Ein blaues, und ich hab ein blaues da rausgeholt.«

»Beim Vögeln hast wenigstens ein Kondom benutzt, oder?«

»Natürlich, oder glaubst du, ich bin ganz bescheuert?«

»Also kein Sperma. Hast das Gummi weggeschmissen?«

Faulhuber stöhnte noch mehr. Seine Zigarette glimmte auf dem Aschenbecher. »Was hätte ich denn sonst machen sollen? Das Ding mitnehmen und hier irgendwo an die Wand nageln? Als Zeichen, dass ich's noch kann?«

»Warum bei uns im Wald, Bernie? Hat die Weibel was dazu gesagt?«

»Hat sie. Im Navi der Toten war als letztes Ziel der Fuchsweg 19 eingegeben. 19, Mann, fast so gut wie 79. Und die Kripo glaubt nun, dass die Gruber eigentlich zu mir wollte und wahrscheinlich auch bei mir war. Sie hat eben die falsche Hausnummer eingegeben, kann ja passieren, meint die Weibel.«

»Wer wohnt denn in der 19?«

»Alte Leute. Die kennen keine Ann-Charlotte Gruber, und sie haben auch keinen Besuch erwartet. Die können sich überhaupt nicht erklären, wie ihre Adresse in das Navi der Toten gekommen sein soll.«

Luginger war aufgestanden und marschierte zum Kaffeeautomaten.

»Ann-Charlotte, was ist das eigentlich für ein Scheißname?« Leiser als leise lief tiefschwarze Brühe in Lugingers Tasse. »Was hat die Frau hier gesucht, nachts, allein in ihrem Scheißtouareg? Das kann doch kein Zufall sein?«

»Was weiß ich, Franz. Ich hab wirklich keine Ahnung, wie das zusammenhängt, ich meine, die Party und ihre Fahrt hierher.«

»Hatte sie deine Adresse?«

»Nein, natürlich nicht. Auf so Partys wollen alle anonym bleiben.«

Luginger hatte sich wieder hingesetzt. »Alles spricht doch gegen dich, Bernie. Und der Navieintrag ist der Hammer. Warum hat dich die Weibel nicht gleich mitgenommen?«

»Ich hab kein Motiv, Franz. Und ohne Motiv können die mich nicht einbuchten. Die Fingerabdrücke, das Navi, die Party, das beweist ja alles nichts. Warum hätt ich denn eine Frau töten sollen, mit der ich vorher einvernehmlich Sex hatte?«

»Hattest du? Lief alles wirklich sauber ab?«

»Spinnst du? Denkst du, ich hab sie verprügelt?«

»Herrgott noch mal, tu doch nicht so. Wenn du da Stress gemacht hast, hat die Weibel ihr Motiv. Gibt's Zeugen, die dich auf der Party gesehen haben? Also zusammen mit dieser Ann-Charlotte?«

»Stress gemacht! Franz, beim Vögeln hab ich noch nie Stress gemacht.«

Luginger wippte nervös vor und zurück. »Mann, ist das eine Scheiße, ich glaub's nicht.«

»Natürlich gibt's Zeugen. Ich war da ja nicht allein«, erklärte Faulhuber. »Aber das hilft nicht weiter. Das war eine Art Maskenball. Ich war verkleidet.«

»Wie bitte? Was denn noch? Eine Sexparty mit Verkleidung? Hast als Napoleon gefickt?«

»Da trägt man Gesichtsmasken oder Augenmasken, mehr nicht. Du zeigst dich nicht, das ist so ein spezieller Kick, verstehst du?«

»Und du hast so ein Ding? Für die Augen, schwarz wahrscheinlich?«

»Richtig.«

»Mein lieber Schwan«, rief Luginger fassungslos. »Da kommt was auf dich zu. Deine Kinder, die Praxis, Bernie, die Leut hier werden sich das Maul zerreißen. Und nach dem DNA-Scheiß nachher und den Fingerabdrücken bist du platt. Die buchten dich ein, was anderes kann's nicht geben. Ich glaub's einfach nicht.«

Faulhuber griff nach Lugingers Kaffee. »Ich auch nicht, aber so ist's nun mal. Am Sonntag dacht ich schon, mich tritt ein Pferd, als ich gehört hab, dass ein weißer VW Touareg im Wald steht. Gut, montags stand in der Zeitung nichts Genaues, sonst hätt ich mich ja bei der Kripo melden müssen, um nicht noch blöder dazustehen. Aber ein mieses Gefühl hatte ich von Anfang an.«

Luginger war bedient. Gestern Moni mit ihrem Irrsinn und jetzt Bernie. Die eine hatte ins Dunkle gefaselt, der andere 'ne Ann-Charlotte flachgelegt, die danach nichts Besseres zu tun gehabt hatte, als sich abmurksen zu lassen.

»Vielleicht tritt die Weibel ein wenig auf die Bremse«, meinte Faulhuber, und Luginger hörte aus seiner Stimme Hoffnung, wo keine war. »Sie war zuvorkommend gestern, hat zugehört und nicht so getan, als wäre alles klar und ich schon so gut wie im Knast.«

»Hast du sie noch alle? Zuvorkommend? Das ist 'ne ausgekochte Bullentante mit x Dienstjahren auf dem Buckel. Glaubst du wirklich, die macht dich hier rund? Ganz allein, spät am Abend? Die muss doch nur abwarten, was da heut rauskommt.«

Faulhuber nahm sich seine dritte Zigarette vom Tisch, zerquetschte sie mit den Fingern und ließ das Gebrösel auf den Boden fallen.

»Das Sperma, also der DNA-Test. Hat die Weibel gesagt, warum?«, fragte Luginger. »Wo soll denn Sperma von dir sein, wenn du ein Kondom übergestreift hast? Haben die was an der Frau gefunden? Oder auf ihren Klamotten?«

»Keine Ahnung, Franz. Mit Ermittlungsergebnissen hält sich die Weibel zurück. Ist doch klar, die lässt nur raus, was sie muss.«

»Du brauchst sofort einen Anwalt. Allein gehst du unter.«

»Einen Anwalt? Wozu? Was du jetzt weißt, weiß die Weibel auch.«

Luginger sehnte sich nach frischer Luft. Er war aufgestanden und zur Haustür marschiert, während Faulhuber hinter ihm herlief und über die kulinarischen Delikatessen seines Bruckmühlabenteuers schwafelte.

»Bernie, was immer du dir da gegönnt hast, es war Scheiße. Ob Rehrücken oder Grand Crue, leck mich einfach am Arsch.«

Betreten blickte Faulhuber Richtung Gartentor.

Luginger trat gegen einen Blumenkübel. »Aber vielleicht hast du ja mehr Glück als Verstand. Moni brütet irgendwas aus, und wenn ihr Arschloch dasselbe ist, das die Gruber umgebracht hat, bist du aus dem Schneider.«

»Moni?«, fragte Faulhuber überrascht.

»Ja, wenn ich was Genaueres weiß, erfährst du's als Erster.«

Faulhuber schluckte schwer. Moni, ausgerechnet Moni. Dass sie ihn jemals retten würde, war schwer zu glauben.

* * *

Männer in Anzügen gibt's im Vernehmungsraum auch nur noch selten, dachte Clara Weibel, als sie Meisner und Faulhuber durch die Trennscheibe beobachtete. Dass Meisner am Morgen in hellgrauem Businesszwirn erschienen war, hatte sie besonders überrascht. Für gewöhnlich trug er Sportliches. Jeans und Hemden saßen immer einwandfrei, Meisner hatte Geschmack, er kaufte nichts vom Krabbeltisch.

»Herr Faulhuber«, hörte sie Meisner fragen, »versetzen Sie sich doch einmal in unsere Lage. Warum sollen wir glauben, dass Frau Gruber am Samstagmorgen nicht zu Ihnen wollte? Sie kennt außer Ihnen niemanden in Leuterding, wenigstens haben unsere Ermittlungen bis heute nichts anderes ergeben. Sie hat in ihrem Navi den Fuchsweg eingegeben, auf ihrem Kleid ist Ihr Sperma, wenigstens halten Sie das für sehr wahrscheinlich, Sie hatten Sex mit ihr, und ihre Leiche wurde nur wenige Hundert Meter von Ihrem Haus gefunden. Außerdem, auch das haben Sie ausgesagt, sind Ihre Fingerabdrücke im Auto der Toten, und wir haben genügend Anhaltspunkte, um davon ausgehen zu müssen, dass Frau Gruber genau dort getötet worden ist. Alles passt, nur Sie wollen uns weismachen, Sie waren es nicht.«

Müde wischte sich Faulhuber über die Stirn. Clara Weibel hatte schon bei ihrer Begrüßung vor gut einer halben Stunde den Eindruck gehabt, dass er wenig geschlafen hatte. Unruhige Blicke, feuchte Hände, hängende Schultern. Trotz gediegenem Dresscode war er ihr wie ein Häufchen Elend erschienen.

Sie schlürfte grünen Tee und biss in alten Zwieback. Ihr Magen rebellierte. Sie befürchtete, sich übernommen zu haben. Zu schnell zu viel Arbeit nach einer Grippe, die ihr womöglich noch in den Knochen steckte.

»Frau Gruber hat ganz offensichtlich den Fuchsweg 19 gesucht und nicht die 79«, hörte sie Faulhuber antworten. »Und wenn sie dort jemanden aufsuchen wollte, den sie dann nicht angetroffen hat, ist es so unwahrscheinlich nicht, dass sie am Ende der Straße in den Wald gelangt ist.«

»In den Wald gelangt ist, in den Wald gelangt ist! Herr Faulhuber, welchen Grund hätte Frau Gruber denn gehabt haben können, zu einem alten Ehepaar zu fahren? Mitten in der Nacht. Soweit wir wissen, gibt es keinerlei Verbindung zwischen den alten Leuten und der Toten. Wir haben ihnen ein Foto gezeigt, nichts, nur Kopfschütteln. Auch Herrn Gruber haben wir befragt. Er hat genauso wenig eine Erklärung wie wir. Er kennt kein Ehepaar Seibel und glaubt auch nicht, dass seine Frau eines kannte.«

»Warum erwarten Sie, dass ich Ihre Probleme löse? Ich habe Frau Weibel gestern erzählt, was ich zu Freitag beziehungsweise Samstag zu sagen habe, und Ihnen gegenüber alles noch einmal wiederholt. Auch wenn Sie es nicht glauben wollen, ich habe keine Ahnung, wie sich das zusammenreimt.«

Grüner Tee ging nicht. Zwieback auch nicht. Während Clara Weibel sah, wie sich Faulhuber bemühte, höflich zu bleiben, schob sie Teller und Tasse beiseite.

»Hatten Sie Streit mit Frau Gruber?«, fragte Meisner weiter. »Hat sie Sie vielleicht beleidigt?«

»Wie bitte?«

»Sie haben ausgesagt, zum ersten Mal auf solch einer Party gewesen zu sein, Frau Gruber war da viel erfahrener. Waren Sie nervös?«

»Nervös, Sie sind ja gut. Wie erfahren muss man denn sein, um nicht nervös zu sein, wenn man zum ersten Mal mit einer Frau zusammen ist? Natürlich war ich nervös.«

»Vielleicht waren Sie zu nervös und konnten nicht, und Frau Gruber hat was Blödes gesagt.«

Faulhuber fuhr sich erneut über die Stirn. Dann beugte er sich schnaufend nach vorn: »Sie meinen, ich hätte mein Sperma mitgebracht und später auf ihr Kleid laufen lassen.«

Da müssen wir nachhaken, dachte Clara Weibel. Die Spermaspuren auf Frau Grubers Kleid beschäftigten Faulhuber, das war offensichtlich. Warum sonst hatte er vorhin völlig überrascht reagiert, als ihm Meisner zu Beginn der Vernehmung erklärt hatte, dass sie getrocknete Reste davon gefunden hatten.

»Ich meine gar nichts«, sagte Meisner. »Ich versuche mir eine Situation vorzustellen, die Sie dazu getrieben hat, so zu handeln, wie Sie ganz offensichtlich gehandelt haben. Das ist alles.«

»Sie suchen ein Motiv, ich habe aber keins«, erwiderte Faulhuber. »Warum hätte ich denn mit einer Frau, die mich beleidigt hat, zum

Abschied eine Zigarette rauchen sollen? Fragen Sie doch bitte die anderen Partygäste, ob zwischen Frau Gruber und mir etwas Unangenehmes vorgefallen ist? Sie werden nichts dergleichen hören.«

»Sie leben von Ihrer Frau getrennt, Herr Faulhuber. Haben Sie eine Freundin, eine neue Partnerin?«

»Was geht Sie das an? Mein Privatleben steht doch nicht zur Debatte.«

»O doch, das wird sich nicht vermeiden lassen. Sie stehen unter Tatverdacht, dringendem Tatverdacht sogar. Sie haben sich unter falschem Namen Einlass zu einer Art Maskenball mit der Absicht, Sex zu haben, verschafft. Ist das nicht ungewöhnlich?«

»Da waren noch mehr Leute, sind die alle ungewöhnlich?«

»Würgen kommt bei Sexspielen häufiger vor. Frauen, die sich von Männern zur eigenen Stimulation die Luft nehmen lassen. Eine Sexparty, Masken, Würgespiele, dazu ein Deckname, können Sie verstehen, warum ich so denken muss?«

Faulhubers Hand donnerte auf den Tisch. »Was Sie hier andeuten wollen, ist verrückt. Mir ist in meinem ganzen Leben noch keine Frau begegnet, die es darauf angelegt hätte, von mir gewürgt zu werden. Hören Sie mit Ihren absurden Unterstellungen auf, sofort, oder ich sage kein Wort mehr.«

Den Mann in die Enge zu treiben, war der falsche Weg. Clara Weibel knetete ihre Finger. Meisner war drauf und dran zu überziehen. Er hatte zu viel Druck aufgebaut. Dabei hatten sie sich klar abgesprochen. Nach ihrem gestrigen Treffen mit Faulhuber sollte er allein mit ihm reden. Respektvoll und ohne falschen Schmus, einerseits hart und klar in der Sache, andererseits aber auch so geschmeidig, dass er nicht dichtmachte. Herr Meisner, hatte sie gesagt, Faulhuber wird reden, weil er reden muss. Dieser Ausflug nach Bruckmühl liegt ihm schwer im Magen. Er glaubt, damit einen Fehler gemacht zu haben, er schämt sich und möchte, dass jeder ihm verzeiht, der davon erfährt. Lassen Sie ihn kommen, bremsen Sie ihn nicht, so erfahren wir am meisten. Und jetzt der völlig unnötige Einstieg ins Duell, Hahnenkämpfe, das würde nicht gut gehen.

»Sie haben meiner Kollegin gesagt, Frau Gruber auf der Party zum ersten Mal gesehen zu haben. Weiter haben Sie gesagt, ihr weder Ihren richtigen Namen noch Ihren Beruf noch Ihre Adresse mitgeteilt zu haben. Zudem hatten Sie den ganzen Abend Ihre Maske auf. Hat Frau Gruber ihrerseits auch so ein Geheimnis um ihre Person gemacht?«

»Nein, hat sie nicht. Sie hat später ihre Maske abgenommen und sich gewundert, dass ich nicht das Gleiche tat. Sie hat mir auch ihren Namen genannt, Ann-Charlotte.«

»Hat sie nicht nach Ihrer Frau oder Ihrer Partnerin gefragt? Auf diesen Partys sind Singles ja die Ausnahme, wenn ich das recht verstanden habe.«

»Sie hat, und ich habe gesagt, dass ich allein bin. Das hat sie gefreut.«

»Warum das denn?«

»Dazu hat sie nichts gesagt, und ich habe nicht weiter danach gefragt.«

»War es denn schwierig, als Alleinstehender auf die Gästeliste zu kommen? Wie haben Sie sich angemeldet?«

»Ich habe angerufen, also die Nummer, die mir der Kollege auf dem Ärztekongress gegeben hat. Am Telefon begrüßte mich eine Frau Grabowski. Sie hat wissen wollen, wer mich empfohlen hat, wie ich heiße, was ich beruflich mache und ob ich wüsste, dass die Partys eigentlich nur für Paare sind. Ich habe ihre Fragen beantwortet, und sie hat mir den Freitag als Termin für eine Party mit Masken, also Gesichtsmasken, genannt. Und den Unkostenbeitrag natürlich.«

Die Tür zum Verhörraum sprang auf. Clara Weibel nickte Faulhuber zu.

»Herr Meisner, haben Sie noch Fragen?«

»Nein, im Wesentlichen bin ich durch.«

»Dann warten wir die Laborergebnisse ab. Es spricht ja viel dafür, dass Ihre Angaben bestätigt werden, Herr Faulhuber.«

Faulhuber schob seinen Stuhl zur Seite. Sein Anzug war zerknittert, die Krawatte verrutscht, und seine Gesichtszüge verrieten, dass er müde war und keine Kraft mehr hatte.

»Eine Frage habe ich noch«, sagte Clara Weibel. »Wie kommt Ihr Sperma auf das Kleid der Toten?«

Faulhuber stützte sich auf die Tischplatte. »Wie bitte?«, fragte er ungläubig. »Als wir miteinander geschlafen haben, wird es irgendwie passiert sein. Was weiß ich.«

»Sie benutzten ein Kondom, das haben Sie ausgesagt. Für gewöhnlich schützen Kondome davor, dass Sperma nach außen dringt. Bei Ihnen muss das anders gewesen sein. Ich versuche mir nur vorzustellen, wie es auf das Kleid von Frau Gruber gekommen ist.«

»Wir werden nicht richtig aufgepasst haben; also ich werde beim Abstreifen nicht richtig aufgepasst haben. So was kann doch passieren.«

»Es wäre gut, könnten Sie sich genau erinnern. Das Kleid von Frau Gruber war teuer. Lag es achtlos unter Ihnen, als sie miteinander geschlafen haben? Hatte sie es über einen Stuhl gehängt? Wo und wie haben Sie Ihr Kondom abgestreift? Hatten Sie Oralverkehr? Ist es dabei passiert?«

»Herrgott noch mal, was nützt es Ihnen, wenn ich es noch wüsste? Was könnte das denn beweisen?«

»Ihre Glaubwürdigkeit, Herr Faulhuber. Der Mord war sexuell motiviert, da gibt es überhaupt keinen Zweifel. Und Sex ist ein weites Feld, das wissen Sie so gut wie ich.«

»Und jetzt soll ich Ihnen beschreiben, wie wir es gemacht haben? Ist das Ihr Ernst, ja?« Mit jedem Wort war Faulhubers Stimme flacher und tonloser geworden.

Clara Weibel wollte zum Ende kommen. »Mich interessiert nicht, wie zwei Menschen miteinander schlafen, so lange die roten Linien nicht überschritten werden. Und im Fall von Ann-Charlotte Gruber wurden die Linien überschritten. Sehen Sie das auch so?«

»Natürlich. Was glauben Sie denn?«

»Also müssen Sie sich schon gefallen lassen, dass wir von Ihnen sehr genau wissen wollen, was passiert ist, wenn wir davon ausgehen, dass die Tote nicht noch mit einem anderen Mann Sex hatte.«

Faulhuber war zur Tür gegangen. »War's das? Kann ich jetzt gehen?«

Meisner nickte, und Clara Weibel sagte noch: »Sie werden einen Anwalt brauchen, einen sehr guten. Kümmern Sie sich.«

* * *

Im Hammer-Eck summte der Beamer, und auf der Leinwand redeten zwei Gestalten, die aus der Zeit gefallen waren.

»Morgen«, rief Sammy.

»Morgen«, sagte seine Studentin.

»Morgen«, brummte Luginger. Vor gut einer Stunde war er von Faulhuber zurückgekommen und hatte bis eben in seiner Küche gehockt und vor sich hin gebrütet. Dass Bernie auf 'ner Sexparty gewesen war, wollte ihm nicht in den Kopf. Warum nicht ins Puff oder online 'ne Frau klarmachen? So was gab's doch heute alles. Plattformen, Sexseiten, Chatrooms, wer hat noch nicht, wer will noch mal. Warum keine Kontaktanzeigen, Volksfeste oder ab ins Museum? Alleinstehende Frauen in Museen, das hatte er mal gelesen, waren der Hit. Zuerst de Kooning und wilde Bilder, später dann 'ne schnelle Nummer obendrauf. Nein, sein bester Freund ließ sich bis nach Bruckmühl kutschieren, um 'ne Frau flachzulegen, mit Maske, die auf so Partys Stammgast war. Irre, schwer zu glauben und dazu eine Welt, mit der er Bernie nie in Verbindung gebracht hätte. Dann seine kaputte Ehe. Hätte er sich nicht doch einmischen müssen? Warum hatte er alles laufen lassen, selbst als absehbar war, dass sich ein Debakel anbahnte? Klar, Bernie war ein Abwiegler, schon immer gewesen, von wegen, das wird schon wieder, wirst sehen, das regelt sich. Sprüche halt, leeres Gerede, bis Sabine die Schnauze voll gehabt hatte und ausgezogen war. Und jetzt der endgültige Schlussstrich, Scheidung. Statt Sabine Maskenbumsen in Bruckmühl. So sah's aus, und er saß daheim und bekam's nicht zusammen.

Sammy rückte einen Stuhl zurecht. »Kannst mitschauen? Kennst den Film? Ist schon älter.«

»Um die Uhrzeit Filme gucken. Habt ihr sie noch alle.«

»Alles für die Wissenschaft«, sagte Sammy. »Mila sagt, der Streifen war in den Siebzigern ein Hammer.«

Luginger blickte zur Leinwand, dann zur Studentin, die Mila hieß. »Das ist mein Neger, Mädchen, verstanden!«

Sammy lachte.

Mila schüttelte den Kopf. »Sie sind ja drauf.«

»Bin ich, ja. Ich heiß Franz. Siezen ist hier nicht.« Luginger schaute zur Leinwand. »Der Typ mit dem Bart da ist ein richtiges Arschloch. Johan oder so, und die Frau, die er zutextet, ist seine. Marianne.«

Sammy klatschte. »Nicht schlecht, Franz, nicht schlecht. Und wie heißt der Streifen?«

»Das ist jetzt die Fünfhundert-Euro-Frage, oder? *Szenen einer Ehe.* So ein Scheiß konnte nur vorm Großen Vaterländischen Krieg gedreht werden.«

Sammy klatschte noch mehr. »Du überraschst mich. Echt, also Hut ab.«

»Ist das die lange oder die kurze Fassung?«

»Der Kinofilm«, sagte Mila. »Den Mehrteiler fürs Fernsehen hält heute keiner mehr aus.«

»War früher auch schon ’ne echte Herausforderung. Quasselei ohne Ende.«

»Sie haben ein gutes Gedächtnis«, sagte Mila.

»Geht so«, meinte Luginger. »Und du bitte, ja.«

»Franz kann dir innerhalb von zehn Sekunden alle Bayern-Spieler der letzten fünfzig Jahre aufsagen, deren Namen mit X anfangen. Phänominal, glaub mir.« Sammy klopfte sich auf die Schenkel.

Mila quälte sich ein Lächeln ab.

Luginger steckte sich eine an. »Sonst alles klar?«

»Sowieso«, bemerkte Sammy.

»Morgens um die Uhrzeit Ingmar Bergman muss man wollen.«

»Ich brauche den Film für eine Seminararbeit«, sagte Mila. »Und wir haben gedacht, hier unten auf der großen Leinwand ist es lustiger.«

»Semesterferien«, erwiderte Luginger.

»Pah, vergiss es, Franz. Mila ist immer am Ball. Ferien gab’s früher mal, heute ist das eine ganz andere Generation.«

Luginger schaute wieder zur Leinwand. Johan quatschte immer noch auf seine Frau ein. Von wegen Sex in der Ehe sei ein Grab und so.

»Wie heißt denn deine Seminararbeit?«

»Paarbildung als kultureller Code. Also, das ist der Arbeitstitel.«

Luginger nickte. »Würd ich so stehen lassen. Klingt gut, und jeder weiß sofort, was gemeint ist.«

»Du willst mich verarschen, oder? Mann, du bist ja ein Brocken.«

Luginger drückte die Pausetaste. Dann aschte er ins Spülbecken und stellte Zucker auf den Tisch. »Dreimal Espresso, ja?«

»Du machst einen auf Prolo, dabei bist du es gar nicht«, grummelte Mila.

Schweigend schob Luginger sein Haarband höher. Paarbildung

als kulturelles Gedöns, Volltreffer, das passte ja. Johan und Bernie, diese Marianne und Sabine. Überall Murks, ob vor vierzig Jahren oder jetzt grad. Er öffnete die Kaffeedose und kratzte das restliche Pulver zusammen. Ihm war schlecht. Sein Kopf dröhnte. Zu viel Restalkohol, kaum Schlaf und keine Hoffnung, dass sich alles, was er kommen sah, in Luft auflöste.

»Vergiss es«, sagte Sammy zu Mila. »Was Nettes gibt's von Franz erst gegen Abend. Wenn überhaupt. »

»Das Buch, das du am Montag gelesen hast, wie heißt das noch mal?«, fragte Luginger, während er Untertassen auf den Tresen stellte.

Sammy überlegte. Mila sagte: »*Axolotl Roadkill.*«

»Worum geht's da?«

»Um junge Typen, die im Berghain abhängen, Drogen nehmen, viel zu viel reden und nur deshalb Sex haben, weil ihnen langweilig ist.«

»Sex als Zeitvertreib, oder?«, fragte Luginger und blies Rauch in die Luft. »Es geht doch um nichts, also keine Gefühle, keine Liebe, nichts Tiefes. Richtig?«

Mila nickte.

»Und jetzt Bergman. Bei dem geht's doch um alles oder nichts, Wahrheit und Lüge. Wenn ich was behalten hab, dann das. Also schwere Geschütze, Sinn des Lebens, Sinn der Ehe und so. Die reden, und dann vögeln sie rum, und immer nur die besten Absichten, trotz aller Vorwürfe und Gemeinheiten. So ist's doch?«

Die Kaffeemaschine gurgelte.

Mila nickte erneut.

Luginger griff nach den ersten beiden Espressotassen. »Also, guter Titel, Mädchen. Paarbildung als kultureller Code. Passt immer, versteht sogar Sammy.«

* * *

Als er bei seiner Mutter vorm Haus stand, hatte er reichlich Bergman intus. Seelengemetzel vom Feinsten und eine Schwere zum Heulen. Nur Sexpartys hatte es bei Bergman noch nicht gegeben. Wer mal wen anderen in der Kiste haben wollte, musste sich schon auf die Socken machen. Und zwar allein. Und heimlich. Von wegen Gruppensex unter Aufsicht mit Büfett und Suff vom Großcaterer. Nix da. Alles der Reihe nach. Langeweile, Fremdgehen, Lügen, Beichten, Zoff und K. o. nach harten Schwingern unter die Gürtellinie. Von wegen Partys! Mit Masken!

Während er Annas Tür aufschloss, hatte er noch einmal Bernies Stimme im Ohr. Allles mit Stil, Lust und Kultur, mal hart, mal weich, mal sanft, mal schmutzig, zu zweit, zu dritt, zu viert, dazu Angusrind, feinster Bordeaux und ein Single Malt aus Fässern, wie sie schottischer nicht sein konnten.

Anna saß in der Küche und starrte die Wand an.

»Bist allein, Mama? War noch niemand da?«

»Doch. Resi hat Kaffee gekocht. Jetzt ist sie wieder rüber.«

Luginger schaute sich um. »Hast nix gefrühstückt?«

»Bist hier, damit ich was ess, Franz?«

»Genau, Mama. Deshalb gibt's jetzt auch was G'scheites.«

Luginger öffnete den Kühlschrank. »Wer hat denn den Leberkäs mitgebracht?«

»Resi.«

»Gut, den brat ich jetzt. Mit 'nem Ei obendrauf.«

»Dr. Brettmann kommt aber gleich.«

»Bis dahin hast gegessen. Dauert nur fünf Minuten. Was will Brettmann denn?«

»Wir schauen mal, was aus dem Landgruber geworden ist?«

»Aus wem?«

»Markus Landgruber, den kennst doch noch.«

Und ob Luginger den kannte. Der Bursche, von allen damals nur Ringo genannt, weil er aussah wie der Schlagzeuger der Beatles, war Ende der Sechziger Leuterdings Bürgerschreck schlechthin gewesen. Lange Haare, schlecht rasierte Visage, zu wenig Seife, zu viel Rauschgift.

»Was willst denn mit dem?«

»Wegen der Toten damals. Wegen dem Mädel, das auch tot im Wald gelegen ist. Weißt das nimmer?«

Luginger schmiss Fett in die Pfanne. »Mama, das erinnert jeder im Ort, der damals hier gelebt hat. Auch ich.«

»Dr. Brettmann hat die Geschicht zum ersten Mal gehört. Also gestern, als ich sie erzählt hab.«

»Brettmann ist ja auch später erst hergezogen.«

»Später, Franz, später. Weißt noch, dass dem Markus sein Vater Adolf heißt?«

»Nee, hab ich glatt vergessen.« Der Leberkäse brutzelte vor sich hin. »Wo steckt der alte Knochen jetzt eigentlich?«

»Zweiundneunzig ist er, gesund und munter, und wohnen tut er bei seiner jüngsten Tochter, der Waltraud, die den Jürgen Vorstatt geheiratet hat.«

Heiliger Bimbam, das kann jetzt dauern, dachte Luginger. Zuerst Adolf, dann Waltraud, dann Ernsti, dann Maria und zuletzt Markus, der Unglücksrabe, der den ganzen Stammbaum der Landgrubers in Verruf gebracht hat mit seinen Partys, seinen Exzessen, den Drogen und all den Langhaarigen, die hackedicht, wie sie waren, samstags den Wald vollgeschissen haben, um den anständigen Leuterdingern ihren Sonntagsspaziergang zu versauen.

»Was magst denn trinken, Mama?«

»Wasser, und stell die Herdplatte runter. Verbrennt ja alles.«

Luginger kippte das Küchenfenster.

Anna erzählte: »Dr. Brettmann konnt das gar nicht glauben, dass zu uns nach dem Krieg so viele Münchner rausgefahren sind, um sich zu erholen und zu amüsieren. Der Adolf hat doch in seinem Keller Konzerte veranstaltet, Jazz, also so amerikanische Musik mit richtigen Kapellen. Der hat ja einen Keller gehabt so groß wie 'ne Turnhalle, und da sind alle hin, also die, die Geld gehabt haben, um den Eintritt zu bezahlen. Da sind immer Münchner dabei gewesen, am Wochenende, und der Adolf hat Frauen eingeladen, leichtlebige Frauen, weißt schon, die bei guter Bezahlung mit dem Erstbesten ins Bett sind. Kam alles aus Amerika, Franz, die Musik, die Stimmung, das Ehrlose, verstehst.«

Luginger nickte.

»Und den Keller vom Vater hat später der Markus umgebaut und so Partys gemacht, und bei einer von den Partys ist das Madel gestorben. Marianne hieß die, das ist mir wieder eingefallen, als ich die Geschicht Dr. Brettmann erzählt hab. Nackert hat sie im Wald gelegen, mit Drogen im Blut, hat die Polizei festgestellt, gespritzt hat sie sich was, das kam aus London, wo die Pilzköpf Musik gemacht haben, also die Drogen, die hat die Uschi Obermaier mitbracht, die war ja damals die Wildeste. Dr. Brettmann hat gesagt, die hätt über ihr Leben ein Buch geschrieben und dass er die klasse gefunden hat, also die hätt immer so ausgeschaut, als könnt jeder sie haben, und Fotos hat sie gemacht mit nix an, und dann hat sie den Leut zeigt, wie man Hasch raucht. Also Dr. Brettmann kann über die Obermaier erzählen, als wär er dabei gewesen.«

Als Anna Luft holte, fuhr Luginger dazwischen: »Was willst mir denn damit sagen, Mama? Das ist lang her. Das Mädchen hat sich 'ne Überdosis Heroin gespritzt, das kam öfter vor, und soweit ich weiß, hat sie niemand angelangt. Die hat sich ausgezogen, ist im Wald rumgelaufen, weil sie auf 'nem Trip war, dann wird sie ohnmächtig geworden sein – und Schluss. Das hat doch mit unserer toten Frau vom Samstag nix zu tun.«

»Die ist umgekommen, weil niemand bei ihr war, Franz. Allein war die, und der Partykeller vom Landgruber Markus war nur hundert Meter weit weg. Warum hat da niemand was gehört oder gesehen? Wie jetzt, eine Frau beim Fuchsweg umgebracht, die schreit doch, da muss doch was los gewesen sein, also die wird sich gewehrt haben, aber nix. Der Polterer sagt, nix, kein Laut. Und er sagt auch, keine Übergriffe, also kein Sexualdelikt.«

»Kein was? Was redest denn da von Sexualdelikt.« Luginger schlug ein Ei auf.

»So heißt das eben.«

»Und der Polterer plaudert da so daher. Bist denn sicher, dass der das wirklich weiß?«

»Als ob ein Polizist so was nicht wissen müsst, Bub. Wenn der nicht, wer denn?«

»Also gut, Markus Landgruber, Mama. Was willst über den jetzt rausfinden?«

»Dr. Brettmann bringt nachher meinen Computer wieder mit, und dann schauen wir nach. Wir suchen den im Internet.«

»Ist was mit deinem Laptop?«

»Irgendwas war da gestern auf dem Bildschirm gestanden.«

»Und Brettmann regelt das jetzt?«

Anna nickte.

»Damit ich das alles auch versteh, Mama. Ihr wollt nach unserm Ringo suchen?«

»Ringo, siehst, den Namen hab ich nicht mehr gewusst. Alle haben den Markus ›Ringo‹ genannt.«

»Der ist aber doch nach dem Skandal mit der toten Fixerin verduftet. Also, wo willst da denn suchen?«

»Verduftet worden, Franz. Sein Vater, der Adolf, hat den fortgeschafft wegen dem Gerede. Zuerst hat's geheißen Kanada, weil da Verwandtschaft war, dann wurd erzählt, Markus würd zur See fahren. Vielleicht lebt er auch nimmer.«

Luginger schaufelte das Spiegelei über den Leberkäs. Dann fragte er: »Wann kommt Brettmann denn?«

»Wie spät ist's?«

»Gleich zwölf.«

»Also jetzt dann. Kann nicht mehr lang dauern.«

»Gut, Mama. Wenn Brettmann kommt, stör ich eh. Ich geh wieder rüber, ja. Und iss jetzt, sonst fällst mir noch vom Fleisch.«

»Schneidst mir noch ein Brot ab?«

»Dick, dünn, eins oder zwei Scheiben?«

Annas Messer stach ins Eigelb. »Dünn.«

Als Luginger ins Brotfach griff, sah er durchs Fenster Brettmann kommen. Er öffnete die Eingangstür. »Anna wartet schon. Schön, dass Sie Zeit haben.« Dann deutete er auf den Laptop, den Brettmann unterm Arm trug. »Geht er wieder?«

»War ja nie kaputt. Aber die vielen Updates machen Ihre Mutter ganz verrückt.«

»Uschi Obermaier, also Sie waren ein richtiger Fan, hab ich grad gehört.«

Brettmann grinste. »Kann man wohl sagen. In meinem Zimmer hing sogar ein Poster. Uschi oben ohne mit Jeans und Ledergürtel und so abgebrüht die Finger im Haar.«

»Granatenmäßig«, sagte Luginger.

»Granatenmäßig«, wiederholte Brettmann.

* * *

Clara Weibel nutzte ihre Mittagspause, um einzukaufen. Ben hatte sich vorhin überraschend per SMS zu einem Besuch auf ihrem Sofa angemeldet, und sie wollte ihrem jüngsten Sohn keinen leeren Kühlschrank anbieten. Brot, Butter, Käse, Tiefkühlpizza, viel mehr musste sie nicht besorgen. Ben war nicht nur anspruchslos, er war sehr anspruchslos. Essen war Zeitverschwendung, gegessen wurde nur, weil es nicht anders ging.

Vernünftig kochen oder gar ein Restaurantbesuch waren ausgeschlossen, wollte sie sich nicht dem Verdacht aussetzen, seine Essgewohnheiten zu kritisieren. Ben hasste Umstände, und er erwartete, dass sich andere auch keine machten. Sofa, Decke, Kaffee, Bier, Pizza. Dazu ein Handtuch und ausreichend Zeit, um ihm zuzuhören. Dass sie zuhörte, war wichtiger als alles andere. Ben redete, sie schwieg. Was er vorhatte, war wichtig, was der Rest tat, unwichtig.

Cola, Salzstangen und was Frisches fehlten noch. Ihr Durchfall musste weg. Tee mit Zwieback reichte nicht, später würde sie es mit geriebenem Apfel versuchen und am Abend Salzstangen mit Cola runterspülen.

Ihr Sohn würde ihr Löcher in den Bauch fragen. Dass er neben seiner Schauspielerei jetzt auch eigene Stücke schrieb, hatte sie überrascht. Wenigstens war seinem letzten Brief genau das zu entnehmen gewesen. Großes Drama aus eigener Feder, Schulkinder, die sich prostituierten, junge Mädchen zwischen dreizehn und siebzehn, die kein Problem damit hatten, sich Männern auszuliefern, wenn sie gut dafür bezahlten. Mindestens dreihundert Euro sei in Berlin ein üblicher Tarif, hatte sie gelesen. Mädchen, die sich langweilten, die Geld für Drogen oder neue Handys brauchten, die ein Doppelleben führten, morgens Mathe, nachmittags Strich. Ob sie dazu was wüsste? Wie das in München ablief?

An der Kasse ging's nicht voran. Ein Mann mit zotteligen Haaren hatte schon mehrmals seine Plastikkarte in den Schlitz geschoben, ohne dass der Bezahlvorgang abgeschlossen worden war. Alle stöhnten, der Mann suchte Bargeld. Seine Scheine reichten nicht. Mit hochrotem Kopf schob er seinen Einkaufswagen zur Seite.

Sie musste noch mal mit Meisner reden. Ihr Kollege hatte nach dem Faulhuber-Verhör deutlich gemacht, dass er auf einer Hausdurchsuchung bestand. Er wollte sichergehen, dass Ann-Charlotte Gruber vor ihrem Tod nicht doch im Fuchsweg 79 gewesen war. Für Meisner war Faulhuber so gut wie überführt. Sex, Würgespiele, Exitus, der Zusammenhang gefiel ihm viel zu gut. Dazu seine

Idee vorübergehender Impotenz und einer spöttischen Gruber, die Faulhuber veranlasst haben könnte, die Nerven zu verlieren und zuzudrücken.

Die Grabowski musste her, und zwar schleunigst. Ohne sie blieb der ganze Sexpartykram viel zu undurchsichtig. Welche Rolle hatte die Tote dort gespielt? War sie nicht was Besonderes? Überall Paare und dann eine Frau, die tun und lassen konnte, was sie wollte. Ann-Charlotte Gruber hatte immer die Wahl, die anderen mussten sich abstimmen. Konnte so was gut gehen? Eifersucht, Konkurrenz, alles weg, nur weil es so sein sollte? Wenigstens hatten sich zwei offene Punkte am Vormittag noch erledigt. Zum einen konnten sie finanzielle Abhängigkeiten bei den Grubers ausschließen. Die Bankauskunft hatte nichts ergeben, was darauf schließen ließ, dass sie aus Geldgründen nicht voneinander loskamen. Zum anderen war Frau Herrlich, die Nachbarin von Max Greulich, aufgetaucht. Wie vermutet, hatte sie sich unter falschem Namen im Münchner Krankenhaus Rechts der Isar einer Hüftoperation unterzogen und würde noch einige Tage dortbleiben müssen. Meisner fuhr da später hin. Greulich konnten sie abhaken. Warum er irgendwas mit der versuchten Vergewaltigung an Moni oder dem Mord an Frau Gruber zu tun haben sollte, leuchtete einfach nicht ein.

Sie verstaute ihre Einkäufe. Zuerst die Colaflaschen, dann die Pizzen, dann den Rest. Als sie das Päckchen Salzstangen in Händen hielt, fiel ihr ein, was sie bei den bisherigen Ermittlungen übersehen hatte. Sie holte tief Luft und fluchte leise, ehe sie mit ihrem Korb zum Parkplatz trabte.

* * *

Faulhubers Daimler fuhr mehr von selbst, als dass er ihn steuerte. Seit über zwei Stunden war er unterwegs, ohne dass er gewusst hätte, was er tun sollte. Kurz vor Markt Schwaben hatte er schon gedacht, den Tag überstehst du nicht, ein paar Kilometer weiter war er dann an einer Tankstelle ausgestiegen, nachdem er an einem Zebrastreifen fast ein Kind überfahren hätte. Benebelt, niedergeschlagen und ohne jede Notwenigkeit hatte er den Reifendruck geprüft, die Windschutzscheibe gewischt und für zwanzig Euro Benzin in seinen Tank laufen lassen, obwohl der noch halb voll war.

Jetzt stand er vor einer Bäckerei in Pöring, rauchte und beobachtete Bauarbeiter, die kauend und Kaffee trinkend um einen Stehtisch lümmelten. Er sollte heimfahren, duschen und schlafen. Seit mehr als vierundzwanzig Stunden hatte er kein Auge mehr zugemacht. Nach dem nächtlichen Weibel-Auftritt war an Schlaf nicht zu denken gewesen. Immer wieder hatte er sich gefragt, was er tun könne, um das Schlimmste abzuwenden. Dabei waren die Verdächtigungen wegen der ermordeten Ann-Charlotte Gruber nicht das Schlimmste gewesen. Dass die Frau zufällig so nah an seinem Haus gefunden worden war, würde sich im Lauf der Ermittlungen aufklären. Da war er sich sicher. Das Schlimmste war das Drumherum. Seine Töchter Sandra und Melanie, die Praxis, Sabine und seine Vergangenheit als notgeiler Mittfünfziger, der viel zu oft an Orten war, die er besser hätte meiden sollen.

Die Bauarbeiter warfen Plastikbecher und Papiertüten in einen Mülleimer. Sie lachten und trotteten gemeinsam zu einem weißen Lieferwagen. Faulhuber trat seine Kippe aus. Ihm war schlecht. Neben Schlaf fehlten ihm ordentliche Mahlzeiten. Seit Tagen quälte er sich mit ein paar Happen ab, wenn sein Hungergefühl zu groß wurde. Um seinen Magen zu schonen, hatte er schon auf Kaffee verzichtet und war auf Wasser und Säfte umgestiegen. Nachher würde er seinen Weinkeller abschließen und den Schlüssel wegwerfen. Alkohol musste tabu sein. Würde er jetzt saufen, wäre das sein endgültiger Knock-out.

Schnaufend stieg er wieder in seinen Wagen. Das Handy zeigte den Eingang einer SMS an: Wie geht es Ihnen? Kommen Sie morgen wieder? Frau Dürnbach hatte aus der Praxis geschrieben. Vor vier Stunden hatte er sich mit dem lapidaren Hinweis krankgemeldet, er habe wahnsinnige Rückenschmerzen und könne sich kaum bewegen. Die Dürnbach hatte ihm versichert, alle Patienten zu benachrichtigen und neue Termine zu machen. Er simste zurück: Bin beim Arzt, fühlt sich nicht gut an. Dank für Ihre Umsicht.

Er musste Luginger Bescheid sagen. Dass er ihn heute Morgen eingeweiht hatte, war das einzig Positive, was er seit Samstag zustande gebracht hatte. Wenigstens einer, mit dem er reden konnte. Nicht über alles, nicht über das ganze Ausmaß seines Schlamassels, aber immerhin über Ann-Charlotte Gruber und diese vermaledeite Sexparty. Natürlich würde er andere Eskapaden unerwähnt lassen. Was wäre denn die Alternative gewesen? Zu gestehen, dass er schon mehrmals solche Partys besucht hatte, und nicht nur das? Sollte er mit Beichten seinen besten Freund vor den Kopf stoßen und Fragen provozieren, die er nicht beantworten wollte? Franz würde zu ihm halten, solange er nicht vollends die Hosen runterließ, und helfen, wenn die Karre im Dreck steckte. Wenigstens hoffte er das.

Da steckte sie jetzt nämlich, im Dreck. Die Weibel und Meisner hatten ihn an die Wand genagelt. An dem verdammten Sperma hatte sich die Kommissarin festgebissen. Dabei hätte er ja nur klarzustellen brauchen, wie es aufs Kleid gekommen war. Dass er dazu geschwiegen hatte, machte alles nur noch schlimmer, peinlicher und absurder.

Er startete seinen Wagen. Das Geräusch des alten Daimlermotors beruhigte ihn. Er fuhr los. Schalten, beschleunigen, wieder schalten, bremsen, blinken, abbiegen, wieder beschleunigen. Wie im Film liefen jetzt unheimliche Bilder in seinem Kopf ab. Der weiße Touareg nachts im Wald und Ann-Charlotte, die ihre Zigarette auf den Boden warf. Dann Hände, die zudrückten, und eine völlig überraschte Frau, die auf ihrem Fahrersitz hin- und herzappelte, bis sie das Bewusstsein verlor. Schließlich die Leiche im feuchten Moos mit einem Blick, der den, der das getan hatte, nicht mehr loslassen würde.

* * *

Weil Sammy seinen Pick-up mitgenommen hatte, stand Luginger vorm Hammer-Eck und schwankte zwischen Laufen und Fahrradfahren. Beides war übel, obwohl ihm Laufen, nach dem, was er an Telefonaten zu verdauen hatte, angemessener erschien. Dr. Hilgard, die Anwältin, die sich um Faulhuber kümmern sollte, war im Urlaub. Sylt, zwei Wochen, keine Chance: Ich bleibe, rufen Sie meinen Kollegen Wimmer an, jemand Besseren finden Sie nicht. Wimmer war dann aber bei Gericht, inklusive umständlichem Gelaber irgendeiner bemühten Vorzimmertante mit Hinweis auf Mails, die er auch dort lesen würde.

Dann Moni. Wie es ihr gehe? Ob er mal vorbeikommen solle? Warum sie bei Uli so ausgetickt sei? Schlecht, nein, später mal. Warum später mal? Lass gut sein, Franz, ich red heut Abend mit Hanno. Mit Hanno? Ja, mit Hanno.

Zuletzt Bernie: Kein Pardon, die werden mich fertigmachen, dieser junge Typ, dieser Meisner, hat mich schon verurteilt, lebenslänglich wegen Würgespielen mit Maske und anschließendem Tod der Gefährtin. Stell dir vor, die haben auf dem Kleid der Toten einen Spermafleck gefunden. Herrgott, ich weiß auch nicht, wie der da hingekommen ist.

Spritzt der Lady seinen Saft aufs Kleid, wie Billy Clinton seine Monika besabbert hat, dachte Luginger, während er am Maibaum die Straße überquerte. Das wurde ja immer doller. Angeblich ein Kondom, und dann die Schmuddelnummer direkt aufs feine Tuch. War das logisch? Musste man so was verstehen?

Er wollte mit Gmeiner reden. Peter Gmeiner kannte Manfred Gruber, das war mal sicher. Wer kaputte Knie operierte, hatte es auch mit Tennisarmen. Und wenn es um Tennis ging, gab's keine bessere Quelle als Peter. Seit Anfang der Achtzigerjahre hatte er seine Anlage gleich hinterm Sportgelände. Lange bevor der Boom mit Boris Becker und Steffi Graf begonnen hatte, hatte er schon ein paar Plätze angelegt und zwei Hallen gebaut. Gmeiner war Tennisnarr. Als Spieler hatte er es zwar nicht weit gebracht, als Fan war er aber bis nach Wimbledon gepilgert, um 1991 das legendäre Finale zwischen Michael Stich und Boris Becker zu sehen. Seine Frau Maria, die letztes Jahr nach einer Krebserkrankung gestorben war, hätte ihn damals am liebsten auf den Mond geschossen. Tausend Mark für Ticket und Übernachtung hatte Gmeiner auf den Kopf gehauen, nur um mit ansehen zu müssen, wie sein Idol Bum-Bum-Becker zeternd und jammernd in drei Sätzen untergegangen war.

Am Kindergarten sah er Gernot mit Rad und Anhänger. Eine Frau in grauem Hosenanzug redete auf ihn ein. Gernot stand still neben ihr. Luginger wusste, dass der kleine Mann nicht viel sagen würde. Reden war nicht sein Ding, noch nie gewesen. Wenn Gernot den Mund aufmachte, bestellte er was zu trinken, rauchte oder bejubelte ein Bayerntor.

Als Luginger näher kam, überquerte die Frau mit schnellen Schritten den Drachenweg. »Das war doch die von der CSU, die Bürgermeisterin werden will«, sagte er zu Gernot.

Gernot spielte mit was Stiftähnlichem.

»Was ist das?«

»Sonnenschutz.«

Luginger las *Lotion* und *Für eine sonnige Zukunft.*

»Straßenwahlkampf«, brummte Gernot.

Luginger steckte sich eine an, dann reichte er seinen Tabak weiter. »Hat sie dich überzeugt?«

Gernot stopfte Tabak in ein Papierchen. »Sie stellt sich.«

»Tapfer«, sagte Luginger.

Seit Wochen bestimmte die Bürgermeisterwahl das Leuterdinger Ortsbild. An allen Ecken und Enden hingen Plakate. Neben der CSU-Lady, die sich dynamisch-sportlich gab, kandidierte eine Sozitante, haltungsmäßig mehr seriös-dynamisch, und ein echter Ureinwohner von den Freien Wählern, der mit seinem Dauerlächeln einen auf heimatverbunden und bayerisch-vertrauensvoll machte.

»Den ganzen Tag klingeln, Flyer hinhalten, reden. Das ist schon was«, sagte Gernot.

»Wär nix für dich, ich weiß.« Luginger bückte sich zum Anhänger und nahm farbig bedruckte Bögen aus einem Karton. »Was hast denn da Schönes?«

»Speisekarten.«

»Speisekarten? Seit wann machst du Speisekarten?« Luginger las Burritos, Fajitas, Tapas, Bebidas. »Lernst jetzt Spanisch? Patatas bravas und Ensalada con trullala. Respekt.«

»Hat Gabi gemacht. Am Computer.«

Luginger fand das Deckblatt. Restaurante Zambrano. Tapas & Bar. Dann murmelte er: »Bei uns geht's ja zu.«

»Läuft wie geschmiert, immer voll der Laden.«

»Warst schon mal da?«

Gernot schüttelte den Kopf.

»Zuerst Griechen und Italiener, dann die Chinesen und jetzt auch noch Spanier. Tapas, wenn Sammy das sieht, gibt's bei mir wieder 'ne Futteroffensive.« Luginger gab Gernot Feuer.

»Meinst wie mit der Pizza?«

Luginger nickte. Zwei Jahre war es erst her gewesen, dass Sammy die Hammer-Eck-Speisekarte drastisch erweitert hatte. Hatte es bis dahin nur Schnitzelsemmel, Wiener, Kartoffelsalat, Erdnüsse und Kartoffelchips gegeben, wurden seitdem auch so originelle

Pizzakreationen wie Pizza Salami, Pizza Schinken, Pizza Margherita und Pizza funghi angeboten.

»Und Gabi arbeitet jetzt für die?«, fragte Luginger.

»Macht so Grafikzeug.«

Beide rauchten. Gabi war Gernots Tochter. Luginger wusste nicht viel über sie. Mit siebzehn war sie nach München abgehauen, dann unglückliche Männergeschichten, Jobs, Geldsorgen und keinen richtigen Lebensplan.

»Sieht jedenfalls gut aus. Und das fährst jetzt in die Karl-Böhm-Straße?«

Bevor Gernot antworten konnte, hielt ein alter Passat neben ihnen. Gmeiner ließ das Seitenfenster runter.

»Kommst wie gerufen«, sagte Luginger. »Bin auf dem Weg zu dir.«

»Dann ist's ja gut. Steig ein.«

* * *

Auf vier Plätzen wurde gespielt. Rüstige Rentner, eine Kindergruppe und Frauen, die die Nachmittagssonne genossen, sorgten für Betrieb. Gmeiner rückte Stühle zurecht und bat Luginger, Platz zu nehmen.

Kurz darauf kam er mit einem Tablett zurück. Zwei Kaffee, Milch, Zucker, zwei Cognac, ein Aschenbecher.

»Hast was auf dem Herzen?«, fragte er gut gelaunt.

»Die Tote im Wald ist die Frau von dem Gruber, dem Orthopäden in Ebersberg. Kennst den?«

Gmeiner schlürfte Kaffee. »Woher weißt das mit der Gruber?«

»Kontakte.«

»Bist immer am Ball, wie?«

»Wie kommt die Frau zu uns, Peter?«

»Was weiß ich. Dein Kaffee wird kalt.«

»Der Gruber, was ist das für einer?«

»Guter Arzt, Sportmediziner, erfolgreich, nur seine Ehe war schwierig.«

»Aha«, brummte Luginger.

Gmeiner lachte. »Hörensagen, Gerüchte, Kontakte.«

»Du meinst, seine Frau hat's nicht so genau genommen?«

Gmeiner schob seinen Stuhl weiter in die Sonne. »Was ist, Franz? Warum interessierst dich dafür?«

»Moni glaubt, dass ihr Arschloch dasselbe ist, das die Gruber umgebracht hat. Gestern war sie bei Uli, 'ne Art Probetraining, und plötzlich ist sie ausgerastet. Irgendwas hat sie da gesehen, aber weil sie nix sagt, steh ich auf dem Schlauch.«

»Die Gruber war 'ne Schlampe, Franz. Affären, andere Männer, ein richtiges Miststück, wenn du's genau wissen willst.«

Luginger trank Kaffee. »Hatte sie auch Typen, die bei dir gespielt haben?«

»Kann ich nicht sagen. Hier war sie jedenfalls nie. Aber als Greulich noch Fußball gespielt hat und er mit seinem kaputten Meniskus bei Gruber in Behandlung war, soll sie auch mit ihm was gehabt haben.«

»Mit Greulich? Die Gruber und Greulich?« Luginger hätte fast seine Tasse umgeschmissen.

Gmeiner nickte. »Ist bestimmt schon zehn Jahre her.«

»Davon hab ich nie was gehört, Peter. Das gibt's doch gar nicht. Unser Max und die Frau vom Doktor.«

Gmeiner prostete Luginger zu. »Bist beleidigt? Weißt eben auch nicht alles.« Sie tranken Cognac, und als Gmeiner sah, dass Luginger nicht aufhören wollte, ungläubig vor sich hinzustarren, sagte er: »Gruber hat doch hauptsächlich Privatpatienten, und die kommen zu mir und nicht zu dir. So einfach ist das. Du hast die AOK und ich die Bessergestellten. Was bei mir geredet wird, schafft's nicht immer bis zum Hammer-Eck.«

Luginger rieb sich die Stirn. Wenn die Gruber Greulich flachgelegt hat, hat Greulich beide Frauen gekannt, Moni und diese Ann-Charlotte. Führte das irgendwohin?

Gmeiner ahnte, was Luginger dachte. »Dein Max ist ein kleiner Pisser, der auf junge Mädchen steht, aber noch lang kein Mörder. Und er würd's nie wagen, deine Moni zu überfallen.«

»Ist Max nach seinem Wechsel zu Haching nicht nach Taufkirchen gezogen? Das ging doch alles ganz schnell damals. Ich weiß nur noch, dass er auch andere Angebote hatte und dann Knall auf Fall weg war.«

»Der hätte mal hierbleiben sollen.« Gmeiner lachte spöttisch. »Penthouse in Taufkirchen, so ein Schmarrn.«

»Könntest dich mal umhören?«

»Wegen der Gruber? Wegen Männern, die bei mir spielen und mit dem Luder rumgemacht haben?«

Luginger nickte. »Ist wichtig, Peter.«

»Warum lässt das die Kripo nicht klären?«

»Die stellen die falschen Fragen. Und um Moni kümmert sich da niemand mehr.«

* * *

Luginger hatte sich nach draußen verzogen und blickte zum Himmel. Um kurz vor halb zehn war's dunkel, ein kühles Lüftchen wehte, der Mond klebte hinter Wolken, und wenn ihn nicht alles täuschte, würde es regnen heute Nacht.

Im Hammer-Eck war es laut geworden. Stimmengewirr, Lachen und Raunen drangen nach draußen. Die erste Halbzeit des Champions-League-Spiels SSC Neapel gegen Borussia Dortmund würde gleich vorbei sein. Lief blöd für den BVB. Nach dem 1 : 0 der Italiener würde es schwer werden. Ein Gegentor zum Haare raufen. Hummels verletzt an der Außenlinie, unsortierte Abwehr, Flanke, und Higuain hatte die Kugel ins Netz geköpft. Dabei hatten die Borussen bis dahin alles im Griff gehabt, aber so ging's nun mal. Wenn's scheiße laufen sollte, lief's auch scheiße.

Zumindest hatte sich der Anwalt gemeldet. Er werde sich kümmern, hatte Wimmer verlauten lassen, Frau Hilgard habe ihm eine SMS geschickt. Dass die Hilgard auf Sylt hockte, war gar nicht gut. Gute Frau, immer nur das Wesentliche im Blick. Ablenken ließ sie sich nicht. Zweimal schon hatte sie eingegriffen, als es schlecht stand um Sammy und Gernot. Blöde Anschuldigungen in noch blöderen Todesfällen. War schon 'ne Weile her, und die Hilgard hatte das geradegebogen.

Die Tür ging auf. »Weidenfelder ist vom Platz geflogen«, rief Sammy. »Mensch, Franz, die sind jetzt einer weniger, und Hummels kann kaum noch laufen.«

»Ein Helles, bitt schön«, brummte Luginger, während er Sammy sein leeres Glas hinhielt. »Wird schon, ist ja nur Fußball.«

»Wird schon, wird schon! Was ist das denn für ein Spruch.«

»Bier, Sammy, und gut ist, ja.«

Gernot und Heider kamen zum Rauchen.

»Mafia«, sagte Heider. »Neapel, da kannst nix gewinnen.«

»Spaghettifresser«, murmelte Gernot.

»Kennt ihr den Gruber?«, fragte Luginger.

Keine Antwort.

»Habt ihr mal gehört, dass seine Frau seine Patienten vernascht hat?«

Kleine Rauchwölkchen trieben zum Himmel.

»Weiber«, grummelte Gernot.

»Selbst unser Greulich soll mit der was gehabt haben«, legte Luginger nach.

Heider hielt ihm sein Zigarettenpäckchen hin. »Aus Max hätt was werden können«, sagte er schließlich. »Er hat's falsch angepackt, und dann war er eben weg vom Fenster.«

Ein BMW bog in die Hofeinfahrt und parkte neben Lugingers Pick-up.

»Guten Abend«, sagte Frau Weibel. »Genießen Sie die Stimmung, bevor es regnet?«

Heider und Gernot drückten ihre Kippen aus.

»Wollen Sie Rabatz machen?«, fragte Luginger.

»Wie kommen Sie denn darauf?«

»Ich hör so einiges.«

»Ich muss mit Moni reden. Alles andere spielt keine Rolle.« Schwungvoll öffnete sie die Eingangstür und war verschwunden.

»Was geht ab?«, fragte Heider.

»Ich brauch noch eins«, sagte Gernot und deutete auf sein leeres Glas.

* * *

Als Luginger wieder im Gastraum stand, sah er stürmende Neapolitaner und Barbara, die Sammy tröstete. Seit die Bayern Götze gekauft hatten, schlug sein Herz für die Dortmunder Borussia. Und die hatte kaum noch Chancen, das Spiel zu gewinnen. Neapel marschierte, gewann die Zweikämpfe und machte Druck ohne Ende. Wie bei uns in Afrika, hatte Sammy zu Luginger gesagt, als der Wechsel des Dortmunder Edeldribblers am Ende der letzten Bundesligasaison bekannt geworden war, die Bayern machen alles platt wie die Weißen früher. Die legen einfach Scheine hin, und weg sind die Rohstoffe.

Freistoß. Ein ganz ein Kleiner legte sich den Ball zurecht. Anlauf, Schuss über die Dortmunder Mauer, und schon schlug die Kugel oben im Dreieck ein.

Wütend trat Sammy gegen ein Tischbein. »Scheiße, verdammte, zwei Tore, zwei Tore!«

Luginger schnappte sich sein Bier und ging in die Küche. Moni und Frau Weibel standen am Herd.

»Sie stören«, sagte Frau Weibel.

»Lassen Sie nur«, sagte Moni.

»Passt alles?«, fragte Luginger.

Moni schniefte. »Hören Sie, wenn ich mich täusche, wird alles nur noch schlimmer. Der Mann ist ein Kunde von Hanno. Ich kann doch jetzt nicht anfangen, jeden zu verdächtigen, der Kapuzenpullis trägt.«

»Ihr Freund wird nichts erfahren. Wir prüfen das mit der notwendigen Vorsicht.«

»Worum geht's hier eigentlich?« Luginger stand ratlos neben ungespülten Tellern.

Moni liefen Tränen übers Gesicht.

Frau Weibel legte ihr die Hand auf die Schulter. »Darf ich Herrn Luginger einweihen?«

Nicken, Schniefen, Armgewedel.

»Moni hat mich heute am späten Nachmittag angerufen. Ihr ist bei ihrem Training im Fitnessstudio etwas eingefallen, was helfen könnte, den Überfall auf sie aufzuklären. Sie hat dort einen Mann beobachtet, der einen Kapuzenpullover und eine Sonnenbrille aus seinem Auto genommen hat. Der Mann war jung, zwischen dreißig und vierzig, sie kennt ihn aber nicht. Dabei ist ihr eingefallen, dass sie vor drei Wochen einen Mandanten bei ihrem Freund gesehen hat, der etwas sehr Ähnliches getan hat. Nachdem er Herrn Wagners Büro verlassen hat, also Hannos Büro, hat auch er einen solchen Pullover aus seinem Wagen geholt und übergestreift. Ihr ist das im Gedächtnis geblieben, weil der Mann nass geschwitzt war und sie sich gefragt hat, warum sich jemand, der so schwitzt, einen Pullover anzieht, wenn er in sein Auto steigt. Im Auto hat er dann sogar die Kapuze über den Kopf gezogen und eine Sonnenbrille aufgesetzt. Später hat sie Herrn Wagner gefragt, was das denn für ein komischer Kauz war, und ihr Freund hat geantwortet, ein typischer IT-Freak, selbstständig, chaotisch, wirr.

Seit gestern hält sie es für möglich, dass dieser Mann ihr Vergewaltiger sein könnte. Daraufhin hat sie heimlich Herrn Wagners Terminkalender durchgesehen und den Namen des Mannes gefunden. Sie möchte aber nicht mit ihrem Freund über den Mann sprechen, weil sie sich sorgt, dass sie sich was zusammenreimt, das unsinnig ist.«

»Wie heißt der Typ?«, fragte Luginger.

»Nonnenmeier«, erwiderte Moni.

»Nonnenmeier«, wiederholte Luginger. »Was gibt's noch? Adresse?«

Moni schüttelte den Kopf.

»Und warum glaubst du, dass der das Arschloch ist?«

»Größe und Alter passen, Franz. Und ich hab sein Auto hier mal gesehen.«

»Wo hier?«

»Auf der Straße. Wo früher die Bäckerei war. Die Beifahrertür stand offen, und auf dem Sitz lagen ein Laptop und lauter Papiere.«

»Ihn hast aber nicht gesehen?«

»Nein. Ich hab mir doch nix dabei gedacht. Erst seit gestern denk ich drüber nach.«

»Was war das für ein Auto?«

»Ein Audi, glaub ich, weiß, mit einem Dachgepäckträger. So ein Sarg, deshalb erinner ich mich ja. Das Ding war auch drauf, als er bei Hanno war.«

»Und jetzt fragst dich, was der Typ bei uns gesucht hat?

Moni nickte.

»Hast dir das Kennzeichen gemerkt?«

»Nein. Irgendwas mit München.«

»So viele Männer zwischen dreißig und vierzig, die Nonnenmeier heißen, wird's in und um München nicht geben«, sagte Frau Weibel. »Das kriegen wir raus.«

»Der Typ, den du bei Uli gesehen hast, war's nicht, da bist dir sicher, Moni?«

»Der war viel zu klein.«

»Nonnenmeier«, murmelte Luginger. »Noch nie gehört.«

»So, ich denke, das reicht für heute«, sagte Frau Weibel. »Ihre Handynummer habe ich ja, Moni. Wenn wir was wissen, rufe ich Sie an. Es wäre bestimmt hilfreich, wenn der geäußerte Verdacht unter uns bleibt. Sehen Sie das auch so, Herr Luginger?«

Luginger nickte.

»Schön, dann fahre ich nach Hause. Soll ich Sie mitnehmen, Moni?«

»Ich bleib noch, danke. Daheim krieg ich eh nur 'nen Vogel.«

Freitag, 25. November 1994

Charlie lag in der Badewanne und starrte auf ihre Füße. Sie fror, obwohl an der Decke ein Heizstrahler glühte und sie gerade heißes Wasser nachgefüllt hatte. Mit den Fingern stippte sie in Schaumkronen und befühlte ihre seifigen Kuppen, die nach Rosmarin rochen.

Einem vorsichtigen Klopfen folgte die Stimme ihrer Mutter: »Kind, mach nicht zu lang, das ist ungesund.«

»Einen Moment noch, Mama, ich komme gleich.«

Ein Blick auf ihre Swatch verriet, dass sie schon über eine halbe Stunde im Wasser lag und vor sich hin brütete. Gegen sechs würde ihr Vater nach Hause kommen. Bis dahin musste sie so weit sein. Auch wenn es noch so schwer war, heute wollte sie es durchziehen.

Die Füße mit den kerzengeraden Zehen gefielen ihr. Schmal und nach außen hin schön gleichmäßig abfallend. Bei Laura war das anders. Ihre Freundin hatte so Knubbel, krumm und schief und in der Mitte viel zu lang. Sah komisch aus, also die Zehen wie drangeklebt und nicht aufgepasst, dass die Reihenfolge stimmte. Laura war schon weg. Seit drei Wochen lebte sie in einer Wohngemeinschaft, München, Alpenstraße, ein Zimmer war noch frei, wenn sie aber nicht zum ersten Dezember einzog, würde es jemand anderes nehmen. Laura hatte sich für BWL entschieden, sie für Deutsch und Englisch auf Lehramt. Die ersten Wochen war sie gependelt, ihr Vater hatte ihr extra einen gebrauchten Golf in der Hoffnung gekauft, sie würde auch während des Studiums zu

Hause bleiben. Bleiben ging aber nicht, Bleiben würde sie verrückt machen. Zu viele Fragen, zu viel Kontrolle, zu viel Fürsorge. Wie war das Mensaessen? Kommst du voran? Wie sind die Professoren? Stau auf der Autobahn, ja oder nein? Die Fahrerei war natürlich das Letzte. Jeden Tag bis zu drei Stunden in der alten Blechkiste, darauf hatte sie jetzt schon keinen Bock mehr.

Natürlich wusste sie, was kommen würde. Warum denn ausziehen, du hast es doch gut hier. Du musst dich um nichts kümmern, kannst dich ganz auf dein Studium konzentrieren. München, was willst du denn in München? So eine Stadt lenkt einen nur ab, und dann die Mieten. Was das kostet? Willst du wirklich arbeiten, um für etwas zu bezahlen, das du hier umsonst haben kannst? Und zum Schluss die dickste aller Keulen: Deine Mutter braucht dich, Ann-Charlotte, bleib, ohne dich wird es für sie schwer, sehr schwer.

So würde es laufen, das Gespräch mit Papa. Mama würde nichts sagen, sie würde dabeisitzen und traurig gucken. Sie würde auch dann den Mund halten, wenn es um sie ging, dass sie nämlich ihre Tochter brauchte, um stabil zu bleiben. Dabei war das nur die halbe Wahrheit, also Mama und ihre Stimmungsschwankungen, ihre Müdigkeit, die Apathie, dieses immer wiederkehrende Versinken ins Dunkle und Unaussprechliche.

Sie holte kurz Luft, hielt sich die Nase zu und tauchte unter. Dann spritzte sie Shampoo auf ihre Hand und wusch die Haare. Klar, ohne Papa wäre der ganze Familienladen schon längst in die Luft geflogen. Also früher, heute nicht mehr. Heute war er es, der alles bremste, der einem die Luft zum Atmen nahm, deshalb auch das Auto; plötzlich hatte es vor der Tür gestanden, und dann sein Siegerlächeln, siehst du, Ann-Charlotte, schon geregelt, musst nur noch einsteigen und losfahren.

Als sie fünf war, hatte er das Kommando übernommen. Zusammen mit den Hubers, ihren Nachbarn, hatte er dafür gesorgt, dass es noch ein Zuhause gab, nachdem ihre Mutter für viele Wochen in der Psychiatrie verschwunden war. Er hatte kochen gelernt, Sonderangebote studiert, Schulaufgaben betreut und Elternabende besucht. Wenn Sebastian oder sie krank waren, hatte er sich frei genommen und war zu Ärzten marschiert. Morgens gab's Frühstück, mittags stand zum Aufwärmen was im Backofen, und abends wurde Wäsche gemacht. Was er nicht gepackt hatte, haben die Hubers übernommen. Helga und Toni, also die Hubers, waren jahrelang bei ihnen ein und aus gegangen, als wäre es überhaupt keine Frage, dass sie dauerhaft Ersatz benötigten.

Charlie trocknete sich ab. Halb sechs, viel Zeit blieb nicht mehr. Die Härchen an ihren Beinen nervten nur. Eigentlich waren es gar nicht viele, dazu nur kurze, blonde, aber trotzdem. Bei ihrer Mutter war's genauso, überall zarter Flaum, logisch, da schlugen die Gene durch. Also, bliebe es bei den blöden Härchen, sollte es ihr recht sein. Die Depressionskacke war da schon was ganz anderes. Rein in die Klapse, raus aus der Klapse, Therapien, Ärzte, Untersuchungen, große Pillen, kleine Pillen, ein Kreislauf ohne Ende. Dabei wusste niemand, warum ihr Gehirn von Fehlfunktionen gesteuert wurde und es so schwierig war, die Stopptaste zu drücken.

»Ann-Charlotte, ziehst du den blauen oder den gelben Pullover an?«

»Ich ziehe überhaupt keinen Pulli an, Mama. Lass gut sein, ja.«

Sebastian hatte sich schon vor drei Jahren verdrückt. Ihr Bruder war nach Berlin abgehauen, je weiter weg, desto besser, hatte er damals gesagt. Die spießern uns zu, Charlie, glaub mir, die haben sich eingerichtet, anders können die gar nicht mehr. Papa, der Pfleger, der Heilige, der macht und tut und ausharrt, Treue bis in den Tod, und Mama, die längst weiß, dass es am besten läuft, wenn sie ihre Psychonummer durchzieht. So ist das, Charlie, der eine rackert, damit er sich auf die Schulter klopfen kann, der andere leidet, hält die Klappe und duckt sich weg, weil was anderes noch anstrengender wäre. Mama und Papa sind ein beschissenes Team, Schwesterchen, die brauchen sich so, wie sie sind; wenn du klug bist, gehst du auch.

Sally hatte vorhin am Telefon was Ähnliches gesagt: Deine Eltern sind wie Herr und Knecht. Sie definieren ihr Selbstbewusstsein über ihre Rollen. Der Herr ist nur Herr, weil er den Knecht schlagen kann, und der Knecht ist Knecht, weil er sich schlagen lässt. Würde der Knecht nicht geschlagen, wüsste er nicht, dass er Knecht ist. Er wäre ein Nichts und müsste sich was Neues suchen, ohne zu wissen, ob er was findet, das besser zu ihm passt.

Ins Badehandtuch gehüllt, stand sie am Fenster, malte Kreise ins beschlagene Glas und beobachtete, wie ihre Mutter am Zaun lehnte und mit Helga Huber sprach. Helga zeigte auf einen Sportwagen, der auf der gegenüberliegenden Straßenseite parkte. Als die Frauen die Straße überquerten, hörte Charlie einen Motor aufheulen und Reifen quietschen. In hohem Tempo schoss das Auto aus der Parklücke und war Sekunden später verschwunden.

Donnerstag, 19. September 2013

Ben weckte seine Mutter um sechs. Mit einem Becher Kaffee in der Hand stand er in ihrem Schlafzimmer und blickte auf sein Smartphone. »Ich geh gleich. Die S-Bahn fährt in zwanzig Minuten.«

Clara Weibel hievte ihre Füße aus dem Bett. »Ich bring dich. Muss mir nur schnell was anziehen.«

»Lass nur, die paar Meter schaff ich zu Fuß.«

»Hast du was gefrühstückt?«

»Alles bestens. Ich esse was im Zug.«

Sie schlüpfte in ihren Morgenmantel. Als sie die Vorhänge zurückzog, schaute sie auf nasse Balkonplatten.

»Es regnet«, rief sie.

»Nicht schlimm«, kam es zurück.

Ihr Sohn stand im Flur. Lederjacke, vom Duschen noch feuchte Haare, Jeans, Turnschuhe.

»Ich schick dir eine Nachricht, wenn ich in Rom bin.«

Im Toaster steckten Brote, daneben standen Kaffee, Butter und Marmelade. Ben! Aufmerksam, optimistisch, immer auf dem Sprung.

Der Abend war unterhaltsam gewesen. Ihr Sohn hatte von Berlin erzählt, von seiner Arbeit am Theater, von seinen Ambitionen als Autor, von seiner Freundin, die glücklicherweise viel Geld verdiente und ihn durchfütterte, wenn er mal knapp bei Kasse war. Der Schauspieler und die Beraterin, die Kombination gefiel ihm, hier der Künstler und da die Geldmaus, so was hatte ihn schon immer gepackt, Ungleichgewichte, Unterschiede, wenn etwas so offensichtlich nicht passte, dass es schon wieder gut gehen konnte. Deshalb auch sein Interesse an den Schülerinnen, die sich prostituierten, und die Reise nach Rom. Er wollte einen Signore Rossi treffen, Leiter einer Sonderkommission, die sich um einen spektakulären Fall kümmerte, in den auch hochrangige Politiker und reiche Industrielle verwickelt waren. In Rom war ein Prostituiertenring aufgeflogen, der ausschließlich aus Mädchen und Frauen unter zwanzig bestanden hatte. Wenigstens dreißig Schülerinnen aus meist gutbürgerlichem Elternhaus hatten Freier mit Sexdienstleistungen beglückt und für große Ratlosigkeit gesorgt. Warum, wieso? Polizisten und Psychologen hatten viele Fragen und keine Antworten. Akuter Geldmangel, Erpressung oder Drogen schienen als Motive keine Rolle gespielt zu haben. Die Ermittler waren auf nichts gestoßen, was auf übliche und bekannte Abhängigkeiten schließen ließ. In Berlin in Ansätzen ein ähnliches Bild, hatte Ben gesagt. Was er in seinem Brief schon angedeutet hatte, hatte er noch einmal präzisiert. Alles Porno, so seine Meinung, die Mädchen sagen sich, warum soll ich für acht Euro die Stunde kellnern, wenn ich für zweihundert meinen Körper verkaufen kann? Die sind dermaßen abgebrüht, die zeigen sich sogar gegenseitig, wie sie am besten ihren Hintern dehnen, bevor sie anal genommen werden. Sagenhaft, Mama, für die Kids ist Sex reine Technik, eine Erwerbsquelle und sonst nichts. Die können sich aufspalten, hier das Wesen, das Ich, und dort die Körperöffnungen.

Clara Weibel biss in trockenen Toast. Zwar hatte sich ihr Magen beruhigt, doch traute sie dem Frieden nicht. Obwohl sie am Abend große Mengen Cola und Salzstangen verputzt hatte, während Ben über immer neue Ungeheuerlichkeiten im Sexgeschäft zu berichten wusste, wollte sie abwarten, was die nächsten Stunden brachten. Auf dem Küchentisch lag ein Fragenkatalog, den ihr Sohn mit der Bitte zurückgelassen hatte, ihn mit ihren Kollegen durchzusprechen. Welche Vergütungsmodelle sind in München im Umlauf? Nach Stunden, nach Leistung, nach Einkommen der Freier? Welche Praktiken werden nachgefragt? Anal, oral, genital, sonstige? Welche Locations werden bevorzugt? Hotel, Auto, privat, im Freien, sonstige? Wie viel Taschengeld bekommen die Mädchen monatlich? Unter 50 €, zwischen 50 und 100 €, zwischen 100 und 150 € oder mehr? Wird Verkleidung angeboten? Krankenschwester, Schulmädchen, Sekretärin, Hure? Und so war es weiter gegangen. Zwanzig Fragen, auf die er exakte Antworten wünschte, um seinem Drama die nötige realistische Würze zu geben. Darauf hatte er besonders insistiert: dass jeder Text nur so gut war, wie die Wirklichkeit, die er abbildete. Dass Erfindung eine Basis brauchte, dass er nicht schwadronieren, sondern darstellen wollte.

Sie schenkte Kaffee ein. Kaffee war natürlich schlecht für ihren Magen, doch würde sie jetzt wieder Tee trinken, wäre schon der Beginn des Tages im Eimer. Und der Tag würde lang werden. Ihre To-do-Liste war zwar nicht so vollgepackt wie Bens DIN-A4-Blatt, dennoch hatte sie einiges abzuarbeiten, um mit ihren Fällen voranzukommen.

In weniger als einer Stunde würde Meisner mit einem Trupp von Technikern Faulhubers Haus auf den Kopf stellen. Ob das weiterführte, bezweifelte sie. Den Durchsuchungsbeschluss hatte sie gestern aber nicht mehr verhindern können, die besseren Argumente waren auf Meisners Seite. Insbesondere das fehlende Notizbuch wog schwer. Lag es im Fuchsweg 79? Hatte Ann-Charlotte Gruber es bei Faulhuber verloren oder liegen lassen? Gab es in seinem Haus irgendeinen Hinweis, der ihre Anwesenheit in der Nacht von Freitag auf Samstag bestätigte? Ihr junger Kollege schoss aus der Hüfte und konnte nur hoffen, dass er richtig lag.

Sie selbst würde direkt ins Büro fahren. Sie war mit Frau Grabowski verabredet, nachdem sie ihr unmissverständlich klargemacht hatte, eine weitere Terminverschiebung nicht zu dulden. Ihr Lebensgefährte Matthias Heilmann war immer noch erkrankt, ein ärztliches Attest, das per Fax gekommen war, hatte das bestätigt.

Als Erstes wollte sie sich aber um diesen Nonnenmeier kümmern. Mit etwas Glück ließ sich die Überprüfung von Monis Verdacht ohne große Umstände und diskret erledigen. Ein Mann zwischen dreißig und vierzig, auf den ein weißer Audi mit Münchner Kennzeichen zugelassen war, sollte ja zu finden sein.

Sie blickte zur Uhr. Halb sieben. Manfred Gruber war bestimmt schon auf den Beinen.

»Gruber.«

»Guten Morgen, Weibel hier. Entschuldigen Sie den frühen Anruf, aber ich benötige eine Auskunft. Es ist dringend.«

»Was wollen Sie wissen?«

»Wir haben am Fundort der Leiche Ihrer Frau keine Armbanduhr gefunden. In ihrem Zimmer habe ich aber zwei schöne Uhren im Regal gesehen, also glaube ich, dass sie gern welche getragen hat. Ist Ihnen nicht aufgefallen, dass bei den aufgelisteten Dingen, die Ihnen Herr Meisner gezeigt hat, keine Uhr dabei war?«

»Natürlich ist mir das aufgefallen, es schien mir nur nicht wichtig zu sein. Bei dem, was am Abend vor ihrem Tod alles passiert sein musste, ist eine fehlende Uhr, dazu eine völlig wertlose, doch lächerlich. Ihre kostbaren Uhren liegen ja in ihrem Zimmer, wie Sie richtig beobachtet haben. Sie hat sogar noch drei weitere, die sind in einer Schachtel im Wohnzimmerschrank.«

»Welche Uhr hat Ihre Frau am Freitagabend denn getragen?«

»Da kommt nur ihre Swatch infrage, ein billiges Ding aus ihrer Jugend, das sie sehr geliebt hat.«

»Haben Sie ein Bild von der Uhr? Oder können Sie sie beschreiben?«

»Sie meinen, der Mörder meiner Frau hat die Uhr an sich genommen und alles andere liegen lassen. Ihr Geld, die Kreditkarten, ihre Papiere?«

»Möglich, ja.«

»Ein Bild? Ich müsste suchen.«

»Schaffen Sie das im Lauf des Tages?«

»Ich schicke Ihnen was per Mail.«

»Es wäre wichtig, dass wir die Uhr als Ausschnitt vergrößern können.«

»Wenn es der Wahrheitsfindung dient.«

»Gut, vielen Dank.«

* * *

Luginger klopfte laut, nachdem er gemerkt hatte, dass Greulichs Türklingel den Geist aufgegeben hatte. Nichts rührte sich. Er klopfte erneut und legte sein Ohr an die Tür. Ruhe im Karton. Schließlich steckte er sich eine an und blickte den Flur entlang. Abgelaufener Boden, graue Wände, zu wenig Licht und Wohnungen, die alle gleich aussehen würden.

»Du«, brummte Greulich, nachdem er seine Tür einen Spalt breit aufgemacht hatte.

»Ich«, brummte Luginger. »Muss mit dir reden.«

»So früh?«

»Wann denn sonst. Hab schon befürchtet, du bist bei Reifen-Müller.«

»Fang heute später an.«

Greulich verschwand im Bad. Luginger hörte Wasser laufen, dann Husten, Würgen, Rotzen, Stöhnen.

In T-Shirt und fleckiger Cordhose fläzte Greulich wenig später auf einem Sofa, Marke IKEA und Resterampe.

»Siehst schlecht aus, Max.«

Greulich nickte.

»Fang jetzt ja nicht mit dem Saufen an.« Luginger zeigte auf eine leere Wodkaflasche.

Greulich nickte.

»Was war mit dir und der Gruber? Wann hast du die zuletzt gevögelt?«

Greulich guckte erstaunt.

»Hast du auch nur den blassesten Schimmer, was da auf dich zukommt? Der Verdacht wegen Moni ist längst nicht aus der Welt, und jetzt erfahr ich, dass du mit der Gruber was gehabt hast. Max, zwei Frauen als Opfer von Verbrechen und du mittendrin. Kapierst du das?«

Greulich winkte ab. »Wegen Moni können die mir nix mehr, Franz. Mein Alibi, du weißt ja, die Bullen haben die Herrlich aufgetrieben, und die hat alles bestätigt.«

»Schön, aber die Gruber, wann war das, Max?«

Greulich öffnete eine Wasserflasche und trank große Schlucke. »Ist zehn Jahre her, wenn nicht länger. War nichts Ernstes. Nur so, fürs Bett.«

»Und danach war da nix mehr, auch nicht, als du aus dem Knast raus warst?«

»Die hätt mich doch nicht mehr mit dem Arsch angeguckt. Ein Knacki, ein Vergewaltiger, hast du sie noch alle.«

»Was ich weiß, weiß über kurz oder lang auch die Kripo. Und die werden dir das erst mal nicht glauben.«

Greulich feuerte die Wodkaflasche in seinen Papierkorb. »Die Sache ist durch, ich hab da nix mehr mit zu tun. Gestern war der junge Bulle, dieser Meisner, hier. Hatte sogar ’nen Anzug an. Von dem weiß ich das mit der Herrlich. Und er hat auch gesagt, dass sie im Wald und an der Leiche von mir nichts gefunden haben. Keine Fingerabdrücke, keine DNA, ich bin raus, Franz.«

»Das ist ja mal was.« Luginger atmete hörbar durch. »Aber die Gruber, was war das für eine?«

»Scharf, geil, so halt.«

»Und ihrem Mann war das egal?«

»Keine Ahnung. Die waren damals noch nicht verheiratet.«

»Wo hast du sie kennengelernt?«

»In der Praxis. Die hat da als Helferin oder so was gearbeitet.«

»Und wie lang ging das zwischen euch?«

»Zwei, drei Wochen.«

»Dann hat sie dich abserviert?«

Greulich nickte.

»Aber sie war mit Gruber schon zusammen, oder?«

»Sah so aus, ja.«

Luginger zog noch mal an seiner Kippe, ging zum Spülbecken und tröpfelte Wasser über die Glut.

»Was für ein Typ ist denn der Gruber?«

»Wie Typ? Der ist Arzt.«

»Jetzt mach keinen auf blöd, Max. Du warst doch ständig mit dem zusammen, zuerst dein Meniskus, dann die Kreuzbänder, das ging doch über Monate.«

»Über Jahre, Franz, über Jahre. Ich hätt bei dem einziehen können.«

»Also da kriegt man doch ’nen Eindruck. Arschloch, nett, angespannt, cholerisch, irgendwas?«

Greulich schnürte Sportschuhe. »Ich muss los. Die Arbeit, weißt schon.«

»Gruber, ich höre.«

»Der war völlig entspannt, Mann, ein ruhiger Typ eben. Kam vielleicht von seinem Hobby. Gruber war Modelleisenbahnbauer.«

»Modelleisenbahn!«, wiederholte Luginger verblüfft. »Also Märklin oder Fleischmann oder so was?«

»Märklin. Der war sogar in ’nem Club. In Rosenheim.«

»Und darüber hat er mit dir gequatscht?«

»Pausenlos, das hat den richtig begeistert. In Leuterding muss es damals auch so ’nen Verrückten gegeben haben. Schuhmann oder Schuhmacher. Die zwei haben dauernd an ihren Anlagen rumgebastelt.«

Lugingers Handy klingelte. Auf dem Display sah er Annas Nummer. Seine Mutter redete ohne Punkt und Komma, und weil der Empfang schlecht war, verstand er nicht viel. Was er verstand, reichte aber, um in großen Schritten aus Greulichs Wohnung zu stürmen.

* * *

Im Flur saß Senta Grabowski. Dunkler Hosenanzug, hochgesteckte Haare, zurückhaltend geschminkt, um die vierzig, eine Frauenzeitschrift auf den Knien.

»Entschuldigen Sie, ich hatte noch etwas zu erledigen«, sagte Clara Weibel zur Begrüßung. »Kommen Sie bitte in mein Büro.«

Die Frauen setzten sich. Senta Grabowski schlug ihre Beine übereinander.

»Möchten Sie was trinken? Kaffee oder ein Wasser?«

»Nein, danke.«

»Gut. Ich habe Sie hergebeten, weil ihre telefonischen Auskünfte natürlich nicht ausreichen. Dass Frau Gruber bei Ihnen am Freitagabend auf einer Sexparty war, hat sich bestätigt. Auch Ihre Zeitangaben stimmen mit unseren Ermittlungen überein. Außerdem wissen wir, dass Frau Gruber regelmäßig bei Ihnen zu Gast war. Am Telefon haben Sie gesagt, dass Sie mit Ann-Charlotte Gruber gut befreundet waren. Seit wann kannten sie sich?«

»Wir sind zusammen zur Schule gegangen und haben uns auf einer Klassenfahrt angefreundet. Das war 1989. Danach waren wir richtig dicke, also bis zum Abitur passte kein Blatt zwischen uns, wie man so schön sagt. Später gab es dann Unterbrechungen, aber aus den Augen verloren haben wir uns nie.«

»Sind Sie auch immer in Rosenheim geblieben? Frau Gruber hat die Gegend ja nie verlassen.«

»Nach dem Abi bin ich zum Studieren nach Göttingen gezogen, da haben wir uns dann auch selten gesehen. Als ich wegen einer Affäre zurückgekommen bin, wurde der Kontakt wieder intensiver.«

»Was haben Sie denn studiert?«

»Jura. Also ich habe das angefangen, dann aber abgebrochen. Zurück in der alten Heimat wollte ich wieder was ganz anderes machen. Naturheilverfahren, Heilpraktikerin, in diese Richtung habe ich gedacht. Schüssler Salze, das war damals schwer im Kommen. Charlie, also Ann-Charlotte, ist mit mir zu so einem Kurs gegangen, sie fand das auch spannend. Zu der Zeit hatte sie in München noch Englisch und Deutsch studiert, aber bis auf die Erkenntnis, dass Lehrer der falsche Beruf für sie war, nicht viel zustande gebracht. Dann eben Schüßler Salze, hatte sie gesagt. So war sie schon immer, offen für Neues.«

»Charlie war der Spitzname von Ann-Charlotte Gruber, richtig?«

»Ja, als Kind fand sie Ann-Charlotte furchtbar, später hat sich das geändert, da wollte sie nicht mehr Charlie genannt werden. Ich habe das aber nie richtig hingekriegt, die Macht der Gewohnheit, Sie wissen schon.«

Clara Weibel nickte. »Und dann ist Ihre Freundin Pharmareferentin geworden?«

»Ja, sie hat ihr Studium nach dem ersten Staatsexamen abgebrochen und eine Zusatzausbildung gemacht. Im Außendienst war sie richtig, die Unabhängigkeit, der Kontakt zu Leuten, ich bin mir sicher, dass sie ihren Job gern gemacht hat.«

»Und Sie? Wie ist es bei Ihnen weitergegangen?«

»Als Heilpraktikerin habe ich nicht viel getaugt, also bin ich in die Gastronomie gewechselt. Der Weg zu Matthias war dann irgendwie vorgezeichnet. In Rosenheim stolpert man zwangsläufig über seinen Cateringservice, er war und ist der Platzhirsch, wie man so schön sagt.«

»Lassen Sie uns über die Sexparty am vergangenen Freitag reden. Sie haben am Telefon gesagt, dass Frau Gruber einen Mann getroffen hat, der zum ersten Mal da war. War sie noch mit jemand anderem zusammen?«

»So viel ich weiß, nicht. Ich habe sie aber auch nur sporadisch gesehen. So gegen halb zwölf stand sie mit ihrem Partner an der Bar. Wie so oft hat sie nur Wasser getrunken. Die beiden haben sich mit einem anderen Paar unterhalten, es wurde gelacht, die Stimmung war gut.«

»Also kein Streit, keine Unstimmigkeiten?«

»Nicht dass ich wüsste.«

»Wann kam Frau Gruber denn zum ersten Mal zu Ihren Partys?«

»Das war im Dezember 2010. Ich war völlig überrascht, weil ich ihr nie davon erzählt hatte. Sie war in Begleitung eines gut aussehenden Mannes, jünger als sie, sehr sportlich, exklusiv gekleidet, Maßanzug und Fliege. Wegen der Fliege erinnere ich mich gut, Fliegen sind selten bei männlichen Gästen. Wir haben ein paar Worte gewechselt, unverfänglich, so als ob unsere Begegnung das Normalste von der Welt sei, und sie ist später mit ihrem Partner und einem anderen Paar auf ein Zimmer gegangen. Danach saßen alle vier an der Bar und haben ordentlich gebechert, Charlie war ausgelassen, ich habe mich dazugesetzt und gemerkt, dass sie sich perfekt verstellen konnte. Mit keinem Wort hat sie erwähnt, dass wir befreundet sind, obwohl sie beschwipst war und sich hätte verplappern können.«

»Hat Sie es nicht überrascht, dass sie einen fremden Mann dabeihatte?«

»O ja, das war schon eine Überraschung. Ich habe sie auch gefragt, was mit Manfred ist, also warum er sie nicht begleitet hat. Sie hat aber nur ausweichend geantwortet.«

»Und Sie wollten es nicht genauer wissen? Sie waren gute Freundinnen, kannten sich über zwanzig Jahre, da ist man doch neugierig.«

»Ich wusste davor schon, dass Manfred eine Tretmine war. Charlie hat ihre Ehe immer ausgeklammert, wenn wir uns getroffen haben. Das war ein dunkler Fleck, wenn Sie verstehen, was ich meine.«

»Nein, das verstehe ich nicht, Frau Grabowski. Frauen reden doch über so was. Männer schweigen, die wollen nicht reden, aber gute Freundinnen?«

»Charlie war in diesem Punkt sehr eigensinnig. Über Männer hat sie schon früher nicht viel verlauten lassen.«

»Frau Gruber hat also seit 2010 regelmäßig Ihre Partys besucht, und Sie haben nie erfahren, warum sie ihren Mann auf diese Weise betrügt? Ist das richtig?«

Senta Grabowski nickte.

»Und Manfred Gruber hat davon nichts gewusst?«

»Einmal hat sie mir gesagt, dass Manfred nicht wissen will, wenn sie mit anderen Männern zusammen ist. Also wird er es nicht gewusst haben.«

Clara Weibel zog ihre Stirn in Falten. »Schwer zu glauben. Wann haben Sie mit den Partys denn angefangen?«

»Vor vier Jahren, 2009 ging es los.«

»Und von wem konnte Frau Gruber gewusst haben, dass Sie auf so ungewöhnliche Weise feiern?«

»Sie hat es mir nie verraten. Ich habe öfter nachgefragt, aber sie hat den Namen nicht rausgerückt. Glauben Sie mir, es hat mich brennend interessiert, wie das zu ihr durchgedrungen ist.«

»Na ja, Ebersberg ist von Bruckmühl ja nicht weit weg«, sagte Clara Weibel. »Das kann sich schon rumgesprochen haben.«

»Natürlich, ab einem gewissen Punkt sind solche Partys nicht mehr wirklich geheim zu halten, wir haben uns aber immer bemüht, dass nur in bestimmten Kreisen über sie gesprochen wurde. Genau genommen gab es die eine oder andere Party auch schon früher, das war alles aber viel kleiner und intimer. Matthias kam 2006 auf die Idee. Wir waren in Frankreich und wurden von einem mit Matthias befreundeten Paar eingeladen. Ich wollte das anfangs nicht, mir war es schon peinlich. Aber Matthias hat mich überredet, und es war wirklich aufregend. Frivol, prickelnd, so in der Art. Ich hätte nie für möglich gehalten, dass ich so was kann. Mit fremden Menschen Sex haben, mit mehreren schlafen, auch mit Frauen.«

»Frau Grabowski, ihre Freundin wurde heftig gewürgt. Sie lag nackt im Wald, wurde aber offensichtlich nicht vergewaltigt. So wie wir ihre Leiche gefunden haben, könnte man denken, sie wurde irgendwie gebettet. Wir versuchen das alles einzuordnen, die Umstände sind ja sehr ungewöhnlich. War ihre Freundin leichtsinnig, was Männer anbelangte? Hat sie sich auch allein verabredet, vielleicht sogar an gefährlichen Plätzen?«

»Nein, das glaube ich nicht. Charlie war bestimmt kein Kind von Traurigkeit, aber sie hat genau gewusst, wo Gefahren lauern.«

»Haben Sie sich über solche Gefahren unterhalten?«

Senta Grabowski schüttelte den Kopf. »Wissen Sie, über so was redet man doch nur, wenn was schiefgegangen ist. Und bei uns ist nichts schiefgegangen.«

»Hat sich Frau Gruber Feinde gemacht? Männer, die eifersüchtig waren? Oder Frauen, die ihr den Teufel an den Hals gewünscht haben?«

»Über solche Fragen habe ich natürlich auch nachgedacht. Ich weiß es einfach nicht. Sie war nicht der Typ, der Feinde hatte. Dazu war sie zu einfühlsam, zu rücksichtsvoll.«

»Meinen Sie, dass ihr Mann sie genauso sehen würde?«

»Keine Ahnung. Wie gesagt, ihre Ehe war kein Thema zwischen uns.«

»Wie würden Sie Ihre Freundin denn noch beschreiben?«

»Sie hat gemacht, was sie wollte. Das war Charlie. Selbstbewusst, lebenslustig, auch schamlos, ja, aber nur, wenn es passte.«

»Hatte sie sexuell spezielle Vorlieben?«

»Nicht dass ich wüsste, nein, wobei man natürlich streiten kann, was speziell ist.«

»Würgespiele zum Beispiel?«, fragte Clara Weibel.

»Ausgeschlossen, das halte ich für vollkommen abwegig.«

»Sich unterwerfen, Fesseln, sich aus Lustgewinn demütigen lassen.«

»Nein, so was habe ich weder gehört noch gesehen.« Frau Grabowski beugte sich nach vorn. Nachdem sie einen Moment lang nachgedacht hatte, sagte sie: »Charlie hatte eine ganz besondere Ausstrahlung, das kann ich mit Bestimmtheit sagen. Das ging aber in eine ganze andere Richtung. Offen, spielerisch, experimentierfreudig, aber nicht provokativ, verstehen Sie. Bei unseren Partys gab es Paare, die nur gekommen sind, weil sie mit ihr schlafen wollten. Sie konnte auch sehr gut mit Frauen, so was ist selten und auf Sexpartys immer delikat. Wer mit wem und zu wievielt. Es gibt da Regeln, und die machen es Frauen nicht immer einfach, je nachdem, was sie wünschen. Zwei Frauen und ein Mann gehen meistens, zwei Männer und eine Frau weniger. Männer wollen sich untereinander nicht zeigen, irgendwo steckt da ein tief sitzender Konkurrenzkomplex. Sie kennen das doch bestimmt, also, dass Männer nicht urinieren können, wenn ihnen ein anderer zuschaut. Für Charlie spielte das aber alles keine Rolle. Bei ihr waren nicht die Konstellationen entscheidend, sondern einzig und allein die Anziehung. Für sie war Anziehung Schönheit, wie Sex auch. Ich glaube, sie brauchte keine riskanten Varianten. Sie brauchte Abwechslung, das Neue, vielleicht auch das Unerwartete. Ich denke, sie langweilte sich schnell mit einem Partner.«

»Keine guten Voraussetzungen für eine Ehe«, bemerkte Clara Weibel.

»Ja, warum sie sich und ihrem Mann das hat antun müssen, weiß der Himmel. Ich jedenfalls weiß es nicht.«

»Die Grubers hätten sich scheiden lassen können. Heute geht doch fast jede zweite Ehe auseinander.«

Senta Grabowski lehnte sich wieder zurück und sagte leise: »Glauben Sie mir, ich kann Ihnen da nicht helfen. Charlie hat mit mir während ihrer ganzen Ehe keine fünf Sätze darüber gewechselt, wie sie mit Manfred zusammengelebt hat.«

»Haben Sie Frau Grubers Mann kennengelernt?«

»Natürlich. Ich kenne Manfred, wir waren ein paarmal zusammen essen und haben uns auch auf diversen Geburtstagsfeiern getroffen. Allerdings war das, bevor sie zu unseren Partys gekommen ist.«

Clara Weibel öffnete ein Fenster. »Ich brauche frische Luft. Stört sie das?«

»Ganz und gar nicht.«

Nach kurzem Klopfen streckte Meisner seinen Kopf durch die Tür.

»Herr Meisner, was gibt es denn?«

»Ferdinand Nonnenmeier, Edelweißstraße 5. Sie können Ihren Kollegen Mario Rossner noch zehn Minuten lang erreichen, dann ist er weg.«

»Edelweißstraße«, sagte Clara Weibel. »Die ist doch in Giesing.«

Meisner nickte. »Schönstes Giesing sogar.«

»Charlie hat da auch mal gewohnt«, sagte Frau Grabowski. »In der Alpenstraße, Ecke Tegernseer Landstraße, als Studentin, bestimmt drei Jahre lang.«

* * *

Sein Haus war wieder leer, und eine gespenstische Ruhe lag über allem. Kein Getrampel mehr, kein Getuschel, kein Möbelrücken und keine Türen, die zu oft zu laut zugefallen waren. Seit fünf Minuten saß er jetzt auf einem Hocker in der Küche und rauchte. Er musste was trinken, sein Mund war trocken, und er bildete sich ein, schmecken zu können, was die vielen Zigaretten heute Morgen angerichtet hatten. Als hätt man 'ne Couch im Mund, hatte Luginger mal gesagt, so fühlt's sich an, wenn du mit der Quarzerei nicht mal Pause machst.

Er war am Ende. Schon beim Türgeläut hatte er gewusst, jetzt schießen sie dich vom Stuhl. Er hatte am Fenster gestanden und auf die Straße geschaut, als ob er geahnt hätte, dass die Häscher längst unterwegs waren. Meisner, die Karrieresau, heute ohne Anzug, dafür aber mit einem Durchsuchungsbeschluss vor seiner stolzen Brust, Stempel, Unterschrift, alles ordnungsgemäß, und einem Lächeln, das mehr verriet als seine gespielt höfliche, wortkarge Zurückhaltung. Perverse Wichser kriegen wir immer. Feinsten Champagner schlürfen und einen auf Zampano des Säuischen machen. Zuerst Muschis lecken und dann Gurgeln zudrücken. Geld hinblättern, schicke Kleider besudeln, um am Ende alles auszulöschen, wofür man sich nur noch schämen kann.

Wie die Typen dann durch sein Haus gewuselt waren. Schränke auf und zu, Schubladen raus und wieder rein, Kissen, Matratzen hoch und wieder runter, alle auf die Knie, alle wieder aufrecht, und nichts, aber auch gar nichts war dabei rumgekommen. Kein Spielzeug, kein Fetischkram, noch nicht mal Pornos. Das wird ihn geärgert haben, den Meisner, die Karrieresau, keine einzige DVD mit wild gewordenen Weibern, die nur kommen, wenn sie gewürgt werden. Oder vertrimmt oder aufgehängt, am besten mit dem Kopf nach unten und die Beine gespreizt. Blieb natürlich noch der Laptop, also Pornoportale, Blocks, Infobörsen, danach wird er seine Spezialisten suchen lassen, die Verlaufsprotokolle der Browser studieren, vermeintlich Gelöschtes wiederherstellen, um ihn mit überheblicher Siegerfresse hinhängen zu können.

Dass die Weibel nicht mitgekommen war, hatte ihn überrascht. Zu sechst waren sie einmarschiert, nur der Boss vom Ganzen hatte gefehlt. Als er Meisner danach gefragt hatte, war ihm die Kinnlade verrutscht. Reichen wir Ihnen nicht? Glauben Sie, die Frau Hauptkommissarin hätte schlechtere Augen?

Sein Handy klingelte. Gott im Himmel, Sandra hätte er fast vergessen, das war ihre Nummer.

»Ja, was ist?«

»Hallo, Papa, ich wollte nur sichergehen, dass ich ins Haus komme. Mein Schlüssel ist weg, und ich finde ihn gerade nicht. Liegt unser Ersatzschlüssel noch da, wo er immer liegt?«

»Wann willst du denn hier sein?«

»Gegen zehn. Ich pack noch ein paar Sachen, dann nehm ich die Bahn.«

»Gut, ich bin zu Hause.«

»Wieso das denn? Bist du nicht in der Praxis?«

»Nein, mir geht's nicht gut. Bis nachher, ja.«

»Bist du krank? Du bist doch nie krank.«

»Komm einfach, dann sehen wir weiter.«

Was ihm gestern noch als schwierig, aber beherrschbar vorgekommen war, drohte sich jetzt zur Katastrophe auszuwachsen. Seine Tochter hatte angerufen, übrigens nicht zum ersten Mal seit der vermaledeiten Nacht am vergangenen Freitag, um weniger zu bitten als vielmehr mitzuteilen, dass sie ein paar Tage zu Hause verbringen wollte. Sie musste mal raus aus ihrer Münchner Wohnung, hatte sie gesagt, ihre Nerven brauchten Ruhe, sie würde sich auch nützlich machen, einkaufen, kochen oder im Garten Hand anlegen. Sie hatte Stress, so viel hatte er verstanden, ohne genauer erfahren zu haben, warum. Mögliche Gründe lagen ja auf der Hand. Die Liebe, ihr Studium, Geldmangel, falsche Freunde, sicher war nur, dass sie aus allen Wolken fallen würde, hatte sie erst mal verstanden, was in ihrem Elternhaus Sache war. Hausdurchsuchung, Mordverdacht und ein Vater, der nicht nur sie peinlichsten Situationen aussetzen würde, weil er wie Oberarschlöcher à la Strauss-Kahn seinen Schwanz nicht unter Kontrolle hatte. Der ehemalige Direktor des Internationalen Währungsfonds war vor über zwei Jahren ihr letzter richtiger Zankapfel gewesen. Während sie für ihn Zuchthaus, Arbeitslager, Guantanamo oder zumindest lebenslang Hindukusch gefordert hatte, hatte er den Franzosen verteidigt. Dass einer Frauen als Freiwild betrachtet, macht ihn noch lange nicht zum Kriminellen, hatte er gesagt. Und die Putzfrau in dem New Yorker Hotel kann sich mit findigen Anwälten im Rücken genauso ein hübsches Sümmchen mit einer clever inszenierten Falschaussage verdienen, wie das andere Frauen auch tun, wenn sie einen Geldsack über den Tisch ziehen. Sie hatte das alles aber nicht hören wollen, und jetzt würde seine Besserwisserei mit brutaler Wucht auf ihn zurückfallen.

Sein Zigarettenpäckchen war wirklich leer. Nervös trommelte er gegen die Kühlschranktür, ehe er zur Garderobe lief und hektisch alle Mantel- und Jackentaschen durchsuchte, obwohl er wusste, dass er nichts finden würde. Er musste sich zusammenreißen. Für Panikattacken wegen Nikotinentzugs war jetzt keine Zeit.

In fünfzig Minuten würde sie vor der Tür stehen, und er hatte keine Ahnung, was er ihr sagen sollte. Alles totschweigen ging auf keinen Fall. Schließlich hatte die Nachbarschaft mitgekriegt, wie zwei Streifenwagen und ein Bus vorgefahren waren und uniformierte Polizisten zusammen mit zivilen Kollegen und Köfferchen sein Haus, seine Garage und sein Grundstück in Beschlag genommen hatten. Was er brauchte, war ein Plan, eigentlich mehr als das, eine Strategie, eine richtige Kommunikationsstrategie, die so gut und offen war, dass er zu einem späteren Zeitpunkt neue Inhalte hinzufügen konnte, die das bereits Gesagte und Eingestandene um mögliche weitere Ungeheuerlichkeiten ergänzten, ohne dass er als verdammter Lügner dastand. Sexfreak ja, Lügner nein, so in der Art, das könnte die Marschroute sein. Zuerst Sandra, dann Melanie und später Sabine. Die Kinder in der Poleposition, ganz klar, Melanie würde er gleich nach der Schule anrufen und seine Nochehefrau am frühen Abend. Drei Gespräche mit Pausen dazwischen, das traute er sich zu, dazu sollte seine Kraft reichen.

Er trank seinen Saft und fühlte sich besser, hoffnungsvoller. Per SMS teilte er Frau Dürnbach mit: »Schwierige Situation, rufe um die Mittagszeit an. Praxis bis kommenden Montag geschlossen. F.«

Viertel nach neun. Die Reihen schließen, Kräfte bündeln. Luginger! Wenn der Shitstorm losbrach, brauchte er Unterstützung, und wen außer Franz konnte er sofort mobilisieren? Er schaute seine Telefonliste durch. Fünf Anrufe kurz hintereinander, Franz hatte ihn zu erreichen versucht. Zuletzt gab's eine Nachricht auf der Mailbox: Ruf an, dringend. Franz konnte ihm bestimmt auch mit der Hilgard weiterhelfen. Die Anwältin war im Urlaub, und in ihrer Kanzlei war niemand bereit gewesen, ihre Handynummer rauszurücken. Urlaub ist Urlaub, Herr Faulhuber, hatte eine junge Frau mit Bestimmtheit gesagt, nachdem er gebeten und gebettelt hatte. Schicken Sie Dr. Hilgard doch eine Mail, Mails liest sie regelmäßig. Eine Mail war aber ganz und gar unmöglich. Was hätte er denn schreiben sollen? Dass sein Leben wegen seiner Fickgewohnheiten den Bach runterging? Dass er trotz höchster Geheimhaltungsstufe aufgeflogen war und nicht wusste, inwieweit er was preisgeben sollte?

Er spürte, wie ihm der Schweiß ausbrach. Feuchter Rücken, nasse Achseln und Perlen, die von der Stirn auf die Nase tropften. Er würgte Flüssiges, Galliges ins Spülbecken. Was bis jetzt in aller

Schärfe noch nicht in sein Bewusstsein gedrungen war, brach in Sekunden aus ihm heraus. Franz würde ihn hängen lassen. Mehr als das, er würde ihn zum Teufel jagen, nie mehr angucken, ihn aus seinem Leben streichen. Wüsste sein bester Freund erst mal, was er sich vor Jahren geleistet hatte, wäre er komplett erledigt. Also vollständig, umfassend, in toto, in summa, restlos. Restlos traf es am besten. Ohne Rest, nichts mehr würde übrig bleiben. Frau weg, Töchter weg, Praxis weg, Franz weg, Kneipe weg. Seine Faust schlug auf die Spüle. Moni würde ihn hinrichten. Mit jedem neuen Hieb sah er deutlicher, dass ihr gar nichts anderes übrig blieb, nachdem alle Welt wusste, dass er unter Mordverdacht stand. Eine Hausdurchsuchung, klarer war ein Verdacht nicht öffentlich zu machen. Würde sie schweigen, konnte die Weibel ihr sogar einen Strick daraus drehen, von wegen Behinderung polizeilicher Ermittlungen und Vertuschung einer Straftat, die im Licht aktueller Ereignisse völlig neu zu bewerten war. Moni musste reden, und er würde als gewaltbereiter, geiler Bock dastehen, der die Nerven verlor, wenn Frauen sich wehrten.

* * *

Meisner hatte für Frau Grabowski grünen Tee organisiert, und Clara Weibel rührte Zucker in einen Kaffee, der frisch aus der Maschine gekommen war.

Ihr alter Freund und Kollege Mario hatte seine Hilfe angeboten. Nach einer Besprechung, die nicht lange dauern würde, würde er in die Edelweißstraße fahren und nachsehen, ob Herr Nonnenmeier zu sprechen war. Senta Grabowski hatte wissen wollen, ob der Mann im Zusammenhang mit dem Mord an ihrer Freundin gesucht würde, und Clara Weibel hatte geantwortet, nein, wir benötigen nur eine Auskunft zu einem Delikt, das erfreulicherweise von einem Kapitalverbrechen weit entfernt ist. Gedacht hatte sie aber etwas anderes. Zwei Angriffe auf Frauen, ein Mann, und jedes Mal Orte, die Bezüge zu den Opfern nahelegten. Meisner hatte nämlich noch etwas herausgefunden. Nonnenmeier arbeitete laut eigener Webseite als IT-Spezialist für verschiedene Unternehmen. Er vereinfachte Prozesse und kreierte Plattformen, auf denen Informationen so abgelegt waren, dass sie ohne großen Aufwand für unterschiedlichste Medien genutzt werden konnten. Einer seiner Kunden hieß Aora Medical Care.

»Gut, kommen wir noch einmal auf die Party am Freitag zurück«, sagte Clara Weibel. »Ich denke, wir können das schnell zu Ende bringen. Haben alle Gäste Masken getragen? Und wurden die Masken nie abgelegt?«

»Das ist bei Maskenpartys ganz unterschiedlich, so auch am Freitag«, erwiderte Frau Grabowski. »Charlie zum Beispiel trug ihre rote Maske nur wegen der Show, sie erregte das nicht besonders. Sie tat es für andere, nicht für sich. Es gibt aber auch Gäste, die haben Masken, die das ganze Gesicht bedecken, und sie wollen sie auch nicht ablegen, was natürlich beim Essen und Trinken hinderlich ist. Da gab es schon sehr komische Situationen, glauben Sie mir.«

»Zu diesen Partys kommen auch andere Gäste als zu den gewöhnlichen Feiern? Ist das richtig?«

»Ja, wir haben Gäste, die kommen nur mit Maske. Für sie ist es was Besonderes, erregt zu sein, ohne dass andere sehen können, was sie empfinden oder wie sehr sie ihr Empfinden genießen. Umgekehrt ist das genauso. Lust teilt sich anders mit, wenn Sie die Reaktionen dessen, den Sie berühren, im Gesicht nicht wahrnehmen.«

»Frau Gruber war doch mit einem Mann zusammen, der seine Maske nicht abgenommen hat?«

»Soweit ich weiß, ja. Ich sagte ja bereits, dass ich die beiden nur an der Bar zusammen gesehen habe. Er mit Maske, sie ohne.«

»Und der Mann hat sich bei seiner Anmeldung unter dem Namen Günter Becker vorgestellt, eine Name, der nicht sein richtiger sein muss.«

Frau Grabowski nickte.

»Gibt es denn viele Besucher, die einen Decknamen benutzen?«

»Wie sollte ich das wissen? Aber Gäste, die nur einmal oder unregelmäßig kommen, dürften ihre Namen eher verheimlichen wollen.«

»Stört Sie das nicht? In vielen Clubs geht ohne Ausweiskontrolle gar nichts.«

»Wir sind kein Club, Frau Weibel. Wir betreiben kein Gewerbe. Wir werben nicht. Unsere Partys sind privat. Auf Silvesterpartys ist es ja auch jedem freigestellt, sich vorzustellen oder nicht.«

»Werden denn Telefonnummern hinterlassen?«

»Manchmal ja, manchmal nein. Das kann jeder halten, wie er will.«

Clara Weibel wusste, dass sie hier nicht weiterkommen würde. Jede weitere Frage hinsichtlich verlässlicher Regeln zur Identifikation ihrer Partybesucher würde Frau Grabowski nur ausweichend beantworten.

»Ich gehe davon aus, dass Sie sich unter Ihren Gästen umgehört haben, nachdem Sie erfahren hatten, dass Ihre Freundin getötet worden ist«, sagte sie. »Hat irgendjemand etwas gesehen oder gehört, was uns weiterhelfen könnte?«

Senta Grabowski verschränkte die Arme und biss sich auf die Unterlippe. Sie schwieg.

»Was wissen Sie, Frau Grabowski? Ihre Freundin wurde umgebracht, kurz nachdem sie bei Ihnen gefeiert hat. Das muss Sie doch verrückt machen, also jetzt mal raus mit der Sprache. Was ist passiert?«

Senta Grabowski holte Luft. »Es wird keine Partys mehr geben. Nicht morgen und nicht übermorgen. Ich werde nicht weitermachen als ob nichts geschehen wäre, obwohl am Freitag nichts geschehen ist. Charlie ist mit dem Mann, den vorher noch niemand bei uns gesehen hat, in eines unserer Zimmer gegangen. Das muss um kurz nach zehn gewesen sein. Die Tür war zu. In dem Zimmer gab es nichts, was für irgendwelche Sexspiele geeignet gewesen wäre. Auch kein Bildschirm. In drei unserer Zimmer haben wir Bildschirme installiert, weil es Gäste gibt, die gerne gemeinsam Pornofilme ansehen. Alles, was ich in Erfahrung gebracht habe, läuft darauf hinaus, dass Charlie und der Unbekannte einen schönen Abend verbracht haben. Nach ein Uhr hat ihn auch niemand mehr gesehen. Der Mann kann also zur selben Zeit wie sie gegangen sein.«

»Ihre Partys waren für Paare, der Mann kam aber allein. Warum haben Sie ihn eingeladen?«

»Er hat gesagt, er käme mit seiner Frau, und hat erst wenige Stunden vor Beginn am Telefon darum gebeten, allein kommen zu dürfen, weil seine Frau erkrankt sei. Ich habe ihn nicht enttäuschen wollen.« Senta Grabowski drückte ihre Finger zusammen, und Clara Weibel sah, dass ihr der nächste folgerichtige Gedanke schwer zu schaffen machte. »Vielleicht war das ein furchtbarer Fehler. Wenn sich herausstellen sollte, dass richtig ist, was ich befürchte, werde ich mir ein Leben lang wahnsinnige Vorwürfe machen.«

»Frau Gruber war eine erwachsene Frau. Zudem hat sie gemacht, was sie wollte, das haben Sie selbst gesagt. Und die Möglichkeit, an die Sie denken, ist wirklich nicht die einzige, der wir unsere Aufmerksamkeit schenken.«

Frau Grabowski nickte schwach.

»Was sagt denn das Paar, das mit dem Unbekannten und Frau Gruber an der Bar gewesen ist?«

»Leider nichts. Sie sagen, sie haben nur Belanglosigkeiten ausgetauscht.«

»Haben Sie mittlerweile mit allen Partygästen sprechen können?«

»Mit einigen, ja. Und glauben Sie mir, ich verheimliche nichts. Wenn ich irgendwo einen Hinweis finde, dass einer von ihnen in Charlies Tod verwickelt ist, würden Sie von mir jeden Namen bekommen, den Sie wollen und den ich habe.«

»Das würden wir sowieso, Frau Grabowski. Sie können unsere Ermittlungen nicht behindern, da gibt es klare juristische Regeln, auch wenn Ihnen oder Herrn Heilmann so etwas nicht gefällt.«

»Matthias denkt nur ans Geschäft, Frau Weibel. Er ist Caterer mit Leib und Seele. Wenn sein Name beschädigt wird, ist er am Ende. Verstehen Sie, er wird verrückt, wenn er sich vorstellt, was morgen schon auf uns zukommen könnte.«

Clara Weibel trank Kaffee. »Gab es Besucher, die überfordert waren? Männer oder Frauen, die sich zu viel zugemutet haben und denen dann das Herz in die Hose gerutscht ist?«

»Natürlich gab es auch Paare, die nur einmal bei uns waren. Dann gab es welche, da hat sich der eine mehr amüsiert als der andere. Aber Streit, also lautstarke Auseinandersetzungen oder gar Handgreiflichkeiten, gab es nicht. Ich denke, Unstimmigkeiten wurden auf dem Heimweg oder zu Hause geklärt. Sie dürfen ja nicht vergessen, wer kam, war irgendwie vorbereitet. Und glauben Sie mir, es gab auch Gäste, die haben nur gegessen und getrunken. Lust können Sie ja nicht programmieren. Deshalb haben wir auch den ganzen Aufwand betrieben. Das Büfett, die Getränke, insbesondere die Whiskey-Verkostungen, an denen Matthias so hing.«

»Whiskey-Verkostungen, ist das nicht eher was für Männer?«

»Eher Männer, ganz klar. Aber daran können Sie sehen, warum Matthias so viel Erfolg hat. Er ist umsichtig und versucht alles zu bedenken, auch das, worüber sich andere keinen Kopf machen würden. Wissen Sie, es sind ja eher Männer, die voller Tatendrang und manchmal etwas großmäulig zu uns kommen und dann den Schwanz einziehen. Also, das ist jetzt etwas drastisch ausgedrückt, aber das Bild stimmt schon. Und für solche Fälle hat Matthias seine Whiskey-Tipps parat gehabt und Brücken gebaut, über die viele sehr gern gegangen sind.«

Wirklich alles ganz schmerzfrei, dachte Clara Weibel. Wer nicht konnte, naschte Hochprozentiges, und nach dem einen oder anderen Glas war schnell vergessen, dass man doch nur ein kleiner Feigling war. »Wenn Ihre Freundin nur alle vier bis sechs Wochen auf Ihren Partys ihre Lust ausgelebt hat, ist das keine attraktive Quote für eine Frau, die auf diesem Gebiet besonders offen war.«

»Es gibt Frauen um die vierzig, die haben seltener Sex, wenn sie mit ihren Partnern schon zehn, zwanzig Jahre zusammen sind«, sagte Frau Grabowski. »Und in Ehen, die nur wegen des Geldes halten, sieht es bestimmt nicht besser aus.«

»Ja, vielleicht. Ist ja auch egal. Wissen Sie etwas über andere Männer, mit denen Frau Gruber zusammen gewesen sein könnte?«

»Nein, tut mir leid. Wenn es sie gegeben hat, hat sie es sich nicht anmerken lassen.«

»Gut, dann sind wir fürs Erste durch.« Clara Weibel war aufgestanden.

»Ich weiß nicht, wie ich mich verhalten soll, Frau Weibel. Da ist noch was, die Beobachtung eines männlichen Gastes, der aber in keinem Fall genannt werden will. Das habe ich versprechen müssen, also dass ich das nicht weitergebe, obwohl es natürlich unsinnig ist.«

»Wenn Sie etwas zu sagen haben, sagen Sie es. Es ist wirklich nicht der Zeitpunkt für falsche Rücksichtnahmen.«

»Gegen ein Uhr hat Charlie, also wahrscheinlich war es Charlie, mit einem Mann zusammen im Eingangsbereich unseres Hauses, also draußen, es war ja total mild in der Nacht, eine Zigarette geraucht. Dabei soll sie den Mann mit der Hand masturbiert haben. Der Zeuge will die zwei aber nur von hinten und von der ersten Etage aus gesehen haben. Zwischen seinem Fensterplatz und ihrem Standort liegen gut und gern dreizehn Meter, ich habe das mit Matthias überprüft. Und beschwören kann er auch nicht, dass das wirklich Charlie war, schließlich war es dunkel, und das einzige Licht kam von der Beleuchtung neben der Tür. Über den Mann wusste er ebenso wenig zu sagen, also zu seinem Aussehen, seiner Größe, nur dass er seine Maske getragen hat, da war er sich sicher.«

»Wie will er denn die Maske erkannt haben, wenn er den Mann nur aus der Ferne und von hinten gesehen hat?«

Frau Grabowski zuckte mit den Schultern.

»Trauen Sie Ihrer Freundin so was zu, also öffentlich einen Mann zu befriedigen?«

»Ja, schon, aber die Beobachtung ist trotzdem komisch. Die Entfernung, die Dunkelheit, dann die Maske, wie sie selbst gesagt haben. Außerdem handelt es sich bei dem Gast um jemanden, der gern zu viel trinkt. Ich weiß einfach nicht, was ich davon halten soll.«

Alles fügt sich, dachte Clara Weibel und reichte Frau Grabowski die Hand.

* * *

Luginger war völlig von den Socken. Wie festgenagelt saß er im Sessel seiner Mutter und versuchte klarzukriegen, was sie ihm erzählt hatte, bevor sie mit Resi nach oben ins Bad gegangen war, um sich ihre Haare waschen zu lassen. Brettmann hatte um kurz nach acht vor Faulhubers Haus zwei Streifenwagen und einen Kleinbus gesehen, war vom Rad gestiegen, zur Tür gegangen und hatte geklingelt, bis ein Polizist gekommen war, der ihn schließlich freundlich und entschieden mit der Aufforderung, ihre Arbeit nicht zu behindern und weiterzufahren, zurück zur Straße begleitet hatte. Danach war er schnurstracks zu Anna geradelt.

Seine Mutter hatte den alten Polterer aktiviert, der wiederum von seinem Sohn wusste, dass die Kripo Faulhubers Haus durchsuchen würde.

Die Dynamik wuchs, und alles ging rasend schnell, das hatte Luginger in jedem Fall begriffen. Vorgestern zu nachtschlafender Zeit der Weibel-Besuch, gestern in der Früh die Vernehmungsscheiße und heute die Hausdurchsuchung. Bernie wurde plattgemacht. Zuerst lockeres Geplauder, dann handfeste Verdächtigungen und jetzt Bullenschüsseln vorm Haus mit dem Auftrag, das Unterste nach oben zu kehren.

Anna rief. »Franz, ich schaff die Treppe nicht allein. Kannst helfen?«

Resi schüttelte ein Handtuch aus, Anna stand zittrig am Geländer. Stufe für Stufe krabbelte sie nach unten, während Luginger ihren schmächtigen Körper unterm Arm hielt.

Mitten auf der Treppe hielt sie an. »Du hast's gewusst und nix gesagt. Das will mir nicht in den Kopf, dass du nix gesagt hast.«

»Weil's nix zu sagen gab, Mama. Oder glaubst, ich würd hier rumhocken, wenn ich was gewusst hätt.«

Im Schnelldurchgang hatte er nach Annas Bericht zu Brettmanns Ausflug seiner Mutter und Resi erzählt, dass Faulhuber mit der toten Frau Gruber eine Affäre gehabt hatte und die Kripo offensichtlich ausschließen wollte, dass er in irgendeiner Form tatverdächtig sein könnte.

Langsam gingen sie weiter. Unten angekommen schnaufte Anna schwer.

Luginger fragte: »Dein Brettmann, warum ist der denn vorm Frühstück schon unterwegs?«

»Macht er öfter«, brummte Anna, während sie nach Atem rang.

»Warum das denn?«

»Weil er schlecht schläft und dann frische Luft braucht«, ergänzte Resi.

Anna schlurfte ins Wohnzimmer. Dann stellte sie fest: »Die Tote war verheiratet, und Bernhard ist auch verheiratet.«

Luginger nickte.

Anna schwieg.

»Und?«, fragte Luginger.

Seine Mutter verzog das Gesicht.

»Lebst hinterm Mond, Mama. Doppelter Ehebruch, willst Bernie erschießen?«

»Hatten die Streit?«

»Woher soll ich das wissen? Das Blöde ist einzig und allein, dass die tote Gruber so nah bei Bernies Haus gefunden worden ist. Dazu nachts und nackt, also glaubt die Kripo, da könnt's einen Zusammenhang geben. Das versteht doch jeder.«

»Aber ich nicht. Willst das sagen, Franz? Dass ich deppert bin?«

Luginger stöhnte.

»Die waren verheiratet, also ist's drunter und drüber gegangen, und die Frau musste sterben. War's so?«

»Ich weiß es nicht, Mama, geht das in deinen Dickschädel.«

»Was machst denn jetzt?«

»Was ich mach? Hinfahren, mit ihm reden, einen Anwalt auftreiben. Was soll ich sonst machen?«

Anna ruckelte auf ihrem Sessel hin und her. »Alles dreht sich ums Bett. Treu sein will keiner mehr.«

»Willst wieder von früher anfangen?« Luginger spürte, wie er die Geduld verlor. »Hast mir nicht gestern erst die Geschichte von dem Landgruber erzählt? Mit seinen Partys und den Nutten, die den reichen Münchnern a bisserl zur Hand gegangen sind? Wo waren denn da deine treuen Ehemänner?«

Anna knetete ihre Finger. »Hat Bernhard die Frau ermordet? Franz, hat er das getan?«

»Dr. Faulhuber ist doch kein Mörder«, rief Resi aufgebracht von der Küche her. »Wer so was denkt, ist doch verrückt.«

»Kennt Ihr einen Schuhmann oder Schuhmacher?«, fragte Luginger.

»Hat der was damit zu tun?«, fragte Anna sofort.

»Nein, aber ich weiß, dass der Gruber den gut kennt. Und für mich ist der Kniedoktor viel wichtiger als Bernie. Ich würd mit ihm reden wollen.«

»Einen Schuhmann gibt's in der Karl-Böhm Straße«, sagte Resi. »Der hat früher im Kirchenchor gesungen.«

»Ich such einen Modelleisenbahnbauer. Gruber und der Typ beschäftigen sich mit Eisenbahnen, als Hobby. Die bauen Strecken, Tunnel, Dörfer, was weiß ich.«

Anna saß jetzt aufrecht im Sessel. »Dr. Brettmann sucht den, wird nicht lange dauern.«

* * *

Luginger parkte seinen Pick-up direkt vor Leonardos Eisdiele. Er brauchte einen gescheiten Kaffee und ein Gesicht, das mit der ganzen Faulhuber-Misere nichts zu tun hatte. Bernie hatte sich gemeldet, als er im Auto saß und auf dem Weg in den Fuchsweg war. Sandra kommt gleich, hatte er gesagt, ich muss mit ihr reden, Franz, allein, wir treffen uns später. Wann? Später eben, ich ruf dich an. Was ist mit der Praxis? Bis Montag geschlossen. Weiß die Dürnbach Bescheid? Nein, ich hab ihr gesagt, dass ich krank bin, Rückenprobleme. Haben die Bullen was gefunden? Spinnst du, die Gruber war nicht bei mir, was sollen sie also finden.

»Hallo, Franz«, rief Leonardo aus seiner Abstellkammer, die ihm auch als Büro diente. »Ist noch geschlossen.«

»Einen Cappucco. Avanti, Leonardo.«

»Avanti, avanti. Null Italienisch, Mann, aber avanti, avanti.« Leonardo lachte.

Lugingers Blick fiel auf eine farbige Zeichnung, die auf dem

Tisch neben dem Tresen lag. »Gelateria Leonardo«, las er laut vor. »Gelati bei Leonardo, Gelateria Balotelli. Was soll das denn?«

»Du musst mit der Zeit gehen, Mann. Eisdiele hat keinen Klang, ein Wort ohne alles. Gelateria, Mann, sprich das mal aus, klingt wie Musik, wie Oper, Gelateria, das ist Himmel und Liebe und Sonnenuntergang. Verstehst du?«

Luginger zog die Nase hoch. »Aber Balotelli? Bist du irre.«

Mario Balotelli war italienischer Nationalstürmer und Leonardos Idol, seit der Sohn schwarzer Einwanderer Deutschland mit zwei blitzsauberen Toren bei der letzten Europameisterschaft im Alleingang besiegt hatte. Für Luginger war der Fußballer mit seiner zwanghaften Neigung, sich das Trikot vom Leib zu reißen, um seinen muskulösen Oberkörper zu zeigen, allerdings eine absolute Nullnummer. Ronaldo, Balotelli, Andi Möller, so lautete seine Reihenfolge aktiver und nicht mehr aktiver Fußballer, denen er nie im Leben ein Bier ausschenken würde. Zu viel Friseur, zu viel Fallsucht und zu wenig Grips unterm Pony.

»Gelateria Balotelli hat einen super Sound, Mann, aber geht nicht, ganz klar. Ich bin Leonardo, jeder kennt Leonardo, und Balotelli ist nur bla, bla, bla, verstehst du?«

Luginger verstand. »Also dann Gelateria Leonardo. Wenn du weiterhin Bananensplit im Angebot hast, soll's mir recht sein.«

Leonardo kramte ein Anzeigenblatt hinterm Tresen vor. Dann zeigte er auf den Charakterkopf des Kandidaten der Freien Wähler für die Bürgermeisterwahl. »Was soll das, Franz?«, fragte er, und seine Stimme klang ratlos und entrüstet zugleich. »Ein Bauer, Mann, ein Bauer, seit wann kann ein Bauer Büro? Verwaltung ist Büro, und Bürgermeister ist Verwaltung, also warum dann der da?«

»Die Leute mögen ihn, das ist alles. Der gehört hierher, und die Weiber der anderen Parteien eben nicht.«

»Zu dick, Franz, wie in Italien. Ich denke, Politik ist was für

Profis, für Sesselfurzer, so sagt man doch, Sesselfurzer, und der da ist gut auf einem Traktor, aber nix für Büro. Berlusconi, verstehst du. Gut für Geschäft, schlecht für das Land. Gut für Nutten, schlecht für die Kinder.«

Luginger sah, wie sich Leonardos Blick immer tiefer in das lächelnde, vertrauenswürdige, väterliche Gesicht des einzigen männlichen Kandidaten für das wichtigste Leuterdinger Amt bohrte. Er rauchte und wartete, bis sich sein italienischer Freund wieder gesammelt hatte.

»Was will er für uns tun?«, fragte Leonardo schließlich. »Für mich, für dich, für kleine Leute?«

»Er wird möglichst wenig tun«, antwortete Luginger. »Die Leute wollen ja, dass endlich einer mal nix macht. Alles, was die anderen angepackt haben, ist ja in die Hose gegangen.«

»Du meinst unser Ortszentrum, die Grundschulen, der Gemeindeentwicklungsplan und die Gewerbeansiedlung beim Segmüller.«

Luginger war überrascht. »Leonardo, was redst denn da so fehlerfrei daher. Willst mir Angst machen?«

Leonardo schüttelte eine Zigarette aus einem Päckchen, das er aus seiner Hosentasche geholt hatte.

»Also, ich sag dir was, Mann. Je weniger Sesselfurzer, desto schlimmer. Für mich und meine Erfahrung aus Italien ganz klar, Mann. Verwaltung muss stimmen, gute Verwaltung, keine Korruption, Verwaltung topp, Leben topp.«

»Also bist du für eine der Frauen, Leonardo? Sesselfurzerinnen?«

Leonardo lachte. Beide zogen Nikotin durch die Lungen.

Dann fragte Leonardo: »Wie geht es deiner Mutter?«

»Nicht so gut. Die Sache mit Moni hat sie getroffen. Und jetzt die Tote da hinterm Fuchsweg.«

»Alte Leute immer pessimistisch«, sagte Leonardo. »Je älter, desto schlimmer die Welt. Mein Vater ist genauso.«

»Hast du was gehört? Ich meine, wegen der toten Frau Samstagnacht?«

Leonardo schüttelte den Kopf und blies Rauch in die Luft. Dann sagte er: »Polterer war hier, am Sonntag mit ganzer Familie. Er hat nichts gesagt, kein Wort, hat nur geschwiegen, so wichtig geschwiegen, verstehst du.« Leonardo schnitt Grimassen. Verkniffenes Gesicht, spitzer Mund, Augen zu und verschränkte Arme vor der Brust. »Wie Priester nach Beichte, Mann.«

Polterer in Bestform, dachte Luginger. Tat so, als wäre er Geheimnisträger, dabei plapperte er wie ein Buch, wenn ihn sein Vater löcherte. Und der hatte dann seine helle Freude, Anna mit allem Wichtigen zuzutexten.

»Also gibt's noch keinen Verdächtigen?«, fragte Luginger.

Leonardo schüttelte den Kopf.

Luginger entspannte sich. Wenn die Hausdurchsuchung bei Faulhuber noch nicht bis hierher vorgedrungen war, blieben noch ein paar Stunden, in denen er so tun konnte, als wäre alles halb so schlimm. Was Leonardo nicht wusste, war nämlich nicht passiert. So einfach war das. Ereignisse, über die in seiner Eisdiele nicht geredet wurde, waren so unwichtig wie ein Kropf.

Luginger roch am Kaffee. »Besser geht's nicht, niemand kriegt einen Cappuccino so hin wie du.«

»Muss alles stimmen, Mann. Bohnen, Maschine, Temperatur, Herz, verstehst du?«

Hinter ihnen bremste ein Fahrrad. Als Luginger sich umdrehte, sah er Brettmann mit Parka und Antiatomkraftsonne am rechten Arm.

»Der Mann heißt Schuhmacher, Herr Luginger. Ich sage Ihnen später, wo er wohnt. Eine Straße im Komponistenviertel, Mozart, Bach, Brahms, irgend so was.«

»Sie sind ja schneller, als die Polizei erlaubt«, sagte Luginger. »Also hat meine Mutter sie schon erreicht.«

»Sie hat mich angerufen, ja. Und ich kenne Herrn Schuhmacher, weil ich vor ein paar Jahren ein kleines Programm für ihn geschrieben habe.«

»Was für ein Programm denn?«

»Zur automatischen Steuerung der Zugfolge im Bahnhof seiner Eisenbahn. Also Signal- und Weichenschaltung, Zugeinfahrt, Zugabfahrt, Geschwindigkeit etc. Als Mathematiker interessiert mich so was.«

Luginger klopfte Brettmann auf die Schulter. »Klingt prima. Da gehen wir heute Nachmittag zusammen hin.«

* * *

Meisner saß kleinlaut hinter seinem Schreibtisch und versuchte erst gar nicht, die Pleite von heute Morgen schönzureden. Faulhubers Haus war sauber gewesen. Sie hatten nichts gefunden, was den Verdacht begründete, Frau Gruber könnte in der Nacht von Freitag auf Samstag bei ihm gewesen sein. Keine Fingerabdrücke, kein Notizbuch, überhaupt keine Spuren von irgendwas. Nicht mal Schmutziges auf seinem Laptop. Der Mann lebte in seinen vier Wänden so tadellos, dass Meisner sich gefragt hatte, wie er überhaupt auf die Idee gekommen war, eine Sexparty zu besuchen.

»Die Feierlichkeiten bei Frau Grabowski muss man sich wahrscheinlich ganz harmlos vorstellen«, sagte Clara Weibel. »Gut situierte Bürger, die ihrem Hedonismus frönen, das deckt sich doch mit Ihren Recherchen bei Herrn Faulhuber. Diese Menschen haben alles und dazu noch genügend Geld übrig, um es für irgendeinen erotischen Kitzel zu verpulvern. Und sie tun es, weil sie es können, weil Grabowski und Heilmann die Gelegenheiten bieten. Ein sauberes Geschäft, ohne die üblichen Risiken im Milieu, Krankheiten, Erpressung, Drogen, falsche Bekanntschaften. Verstehen Sie, Herr Meisner, ein gerader Weg ist das, der gefahrlose, anonyme Konsum von Pornografie im Internet bis zu solchen Partys, die noch nicht mal peinlich werden, wenn einem die Lust einschläft, weil an der Bar bester Whiskey wartet. Mein Sohn hat mir gestern etwas Ähnliches erzählt. Schulmädchen, die sich prostituieren, einfach weil es geht, weil niemand sie daran hindert, weil die Bedingungen stimmen.«

Meisner blickte auf seinen Bildschirm. »Das Foto von Gruber wird uns nur weiterhelfen, wenn wir irgendwo eine Swatch finden, die genauso aussieht, vorausgesetzt seine Frau hat Freitagabend überhaupt diese Uhr getragen.«

»Jetzt sind Sie mal nicht so verdrossen, Herr Meisner. Wenn der Täter die Uhr an sich genommen hat, muss sie für ihn eine ganz bestimmte Bedeutung haben. Sie ist alt, wertlos, also so was lässt man nur mitgehen, wenn man damit etwas verbindet. Das heißt aber doch, dass es sich bei dem Täter um jemanden handeln dürfte, den Frau Gruber lange gekannt hat. Prüfen Sie mal, ob Sie das Modell im Internet finden, also eines, das zum Beispiel zwischen 1987 und 1992 auf den Markt gekommen ist.«

Ihr Telefon läutete.

»Tut mir leid, Clara, aber der gute Nonnenmeier ist ausgeflogen«, sagte Mario. »Bei ihm wohnt zurzeit ein spanisches Pärchen, und das noch bis Ende Oktober. Er hat untervermietet, und wo er in der Zwischenzeit steckt, können mir weder die Spanier noch die Nachbarn sagen. Mehr kann ich fürs Erste nicht tun, leider.«

»Wie sind denn die Untermieter an die Wohnung gekommen?«

»Übers Netz, Clara. Nonnenmeier bietet seine Wohnung regelmäßig auf einschlägig bekannten Seiten an. Vier Wochen bringen ihm über dreitausend Euro.«

»Ein ganzer schöner Batzen, Mario.«

»Vier Zimmer, Altbau, gute Lage, alles drin, was glaubst du denn, wie sich viele Freiberufler über Wasser halten? Die vermieten und ziehen selbst zu Freunden oder sonst wohin, wo es nichts kostet.«

»Hat Nonnenmeier eine Telefonnummer hinterlassen?«

»Hat er. Hast du was zum Schreiben?«

»Leg los.«

»015229534928.«

»Danke dir.«

»Gern geschehen.«

Meisner blickte an seinem Computer vorbei und fragte: »Bewegung im Fall Monika Hallgarth?«

»Schon, ja, aber dieser Ferdinand Nonnenmeier ist nicht zu Hause. Wir müssen ihn suchen.«

»Ich schreibe ihm eine Mail, kein Problem, der ist doch Geschäftsmann.«

In den folgenden beiden Stunden war bis auf eine Nachricht von Aora Medical Care nicht viel vorangegangen. »Herr Pockel teilt mit, dass sie Nonnenmeier 2012 wegen des Verdachts sexueller Belästigung von ihrer Liste mit Dienstleistern gestrichen haben«, sagte Clara Weibel. »Eine Mitarbeiterin aus Pockels Team, übrigens nicht Frau Gruber, das schreibt er ausdrücklich, hat sich über sein Verhalten beschwert, ohne dass die Angelegenheit wirklich aufgeklärt worden ist.«

»Das ist doch was«, sagte Meisner.

»Stimmt«, erwiderte Clara Weibel. »Moni hat Herrn Nonnenmeier in der Nähe ihres Arbeitsplatzes gesehen; da fangen wir an zu suchen, nachdem wir ein Phantombild haben. Übernehmen Sie das?«

Meisner nickte.

»Und heute Abend fahren Sie bitte in die Rätestraße nach Bruckmühl. Treiben Sie einen oder zwei Kollegen auf, und befragen Sie die Nachbarn von Herrn Heilmann. Abends wird ja hoffentlich jemand da sein. Wenn dort regelmäßig Sexpartys stattgefunden haben, wird sich der eine oder andere auch regelmäßig aus dem Fenster gelehnt haben, um zu schauen, wer so kommt. Mit etwas Glück kann uns jemand zu Freitagnacht etwas sagen, zum Beispiel, ob Manfred Gruber auf seine Frau gewartet hat.«

»Gut«, sagte Meisner. »Und was machen Sie?«

»Ich fahre zu Herrn Faulhuber, schließlich wissen wir jetzt, wie sein Sperma auf das Kleid der Toten gekommen ist.«

* * *

Gernot war blass. Vor ihm stand ein halb volles Weißbier, und auf seinem Deckel waren so wenige Striche, dass Luginger hätte glauben können, der kleine Mann mit strengem Seitenscheitel wollte beim Saufen kürzertreten. Sammy kauerte unter der Leinwand, schwarzes T-Shirt, schwarze Jeans, obwohl er schwarz nicht leiden konnte, und blätterte in einem Buch, das ihm Mila in die Hand gedrückt hatte, ehe sie zu Joe geschlendert war, um eine Kippe zu schnorren. Moni bearbeitete ihr Handy, und Barbara lief ziellos vom Flipper zum Kicker, vom Kicker zum Spielautomaten und vom Spielautomaten zum Tresen, auf dem ein doppelter Cognac stand, von dem niemand mehr wusste, ob es nicht doch ihrer war.

Joe schenkte sich Tequila ein, und Luginger hörte ihn murmeln: »Ohne Salz, Faulhuber, und keine Zitrone, verstehst du. Den ganzen Quatsch braucht keiner, sauberer Schnaps, fertig, alles klar, Herr Doktor.«

Das Hammer-Eck war wie ausgestorben. Niemand wollte reden, und keiner brachte die Nachricht in seinen Schädel, dass die Kripo Faulhubers Haus durchsucht hatte, weil er verdächtigt wurde, die Frau im Wald getötet zu haben. Seit Stunden herrschte Schockstarre. Eine Mischung aus Trauer, Verständnislosigkeit und Entsetzen lag über allem und lähmte jeden Gedanken, die Ereignisse zurechtzurücken. Noch war ja nichts entschieden, noch gab es nur einen Verdacht, und den auch nur, weil Faulhuber mit Ann-Charlotte Gruber kurz vor ihrem Tod gevögelt hatte und ihre Leiche unweit seines Hauses gefunden worden war. Trotzdem, und das machte Luginger zu schaffen, war die Depression so umfassend, dass ihn der Gedanke quälte, irgendwas Dunkles, Unbekanntes, Unvorstellbares wartete nur darauf, ans Tageslicht zu kommen, etwas endgültig Niederschmetterndes, das Bernie als Freak entlarven würde, als jemand, der, gut getarnt und jeden hinters Licht führend, ein Zweitleben geführt hat, vor dem ihm angst und bange wurde. Dass Barbara sauer war, weil er ihr bis zum frühen Abend verschwiegen hatte, was er seit gestern über Bernies Bruckmühlbesuch wusste, konnte er noch verstehen. Dass Gernot nichts weiter brauchte, als schweigend dasitzen zu dürfen, auch, dass aber Moni seit Stunden wie ein Gespenst hinterm Tresen stand und bis jetzt nichts, aber auch gar nichts gesagt hatte, erschreckte ihn. Nachdem sie aus Erding zurück war, wo sie geholfen hatte, das Phantombild von Nonnenmeier zu zeichnen, hatte sie ihre Handtasche abgestellt, Wasser für einen Tee aufgesetzt, die Arme verschränkt und seitdem so getan, als wäre sie gar nicht anwesend.

Mark Knopfler sauste über seine Gitarre. Luginger hatte alte Songs der Dire Straits aufgelegt, weil er glaubte, was Weiches und Balladenhaftes könnte helfen, die Stimmung zu heben.

»Weißt du eigentlich, was der Bandname bedeutet?«, fragte ihn Mila.

»Bandnamen sind Bandnamen«, sagte Luginger.

»Pleite«, nuschelte Joe.

»Große Pleite«, verbesserte Mila.

»Passt ja«, sagte Luginger.

»Eben«, meinte Mila. »Das nennt man eine unbewusste Korrespondenz. Ihr hier mit eurem Freund, der jede Menge Scheiße an der Hacke hat, und du mit deiner Musikauswahl. Hättest ja auch was anderes spielen können.«

Pleite, dachte Luginger. Pleite war viel zu harmlos für das, was Bernie heute mitgemacht hatte. Nachmittags hatten sie telefoniert, nachdem Faulhuber außerstande gewesen war, Luginger zu treffen. Mir fliegt alles um die Ohren, hatte er gesagt. Sandra und Melanie glauben mir kein Wort. Von wegen einmal und sonst nie. Meine Töchter sind fertig, ihr Alter und eine Affäre, statt seine Ehe und ihre Familie in Ordnung zu bringen. Sandra ist gleich wieder abgehauen. Ihr Leben sei gerade beschissen genug, da brauche sie keinen Vater, der sich eben mal zum Deppen macht und noch was obendrauf packt. Melanie hat nur zugehört und aufgelegt. Kurze Zeit später hatte auch noch Sabine angerufen und Schadensbegrenzung gefordert. Keinen Skandal, habe sie empört geschrien, und dann so viele Anwälte aufgezählt, dass ihm endgültig klar geworden sei, wie teuer seine Scheidung werden würde. Er gehe nicht aus dem Haus, hatte er gesagt, weil er absolut nicht in der Lage sei, ihm oder sonst wem zu begegnen.

Sammy legte sein Buch neben Mila. »Echt, das geht jetzt gar nicht.«

Luginger las *Schoßgebete.* »Ob beten hilft, bezweifle ich.«

Mila zitierte was vom Rückentext. »*Schoßgebete* erzählt von Ehe und Familie wie kein Roman zuvor. Radikal offen, selbstbewusst und voller grimmigem Humor…«

»Lass, ja«, mahnte Sammy.

»Grimmigen Humor werden wir brauchen«, sagte Joe.

Luginger sah, wie Moni die Augen zusammenkniff und ihr Nasenbein rieb. Dann wandte sie sich ab und schluchzte.

Mila erschrak. »Ich hab doch nur was vorgelesen. Sammy, hab ich was falsch gemacht?«

Barbara nahm ihre Hand. »Heute macht hier keiner was richtig, Mila. Vergiss es, duck dich weg. Du brauchst ein halbes Leben, um zu kapieren, was hier abgeht.«

Inzwischen war Gernot aufgestanden und schlich hinter den

Tresen. Ganz vorsichtig legte der kleine Mann seinen Arm um Monis Schulter. Zuerst weinte sie bittere Tränen, dann beruhigte sie sich etwas und flüsterte: »Vorhin bei der Kripo hab ich ein Foto von der Gruber gesehen. Ich kenn die Frau von früher. Wir haben mal zusammen in Italien Ferien gemacht, in einem Haus am Mittelmeer, das irgendjemand gemietet hat, ist bestimmt schon zwanzig Jahre her. Und jetzt ist sie tot. Die liegt da nackt im Wald, so komisch, so friedlich, wie aufgebahrt, also Moos drum herum, kleine Zweige neben ihr und mickriges Grünzeug unterm Kopf.«

Dienstag, 28. September 1999

Sally sah einfach umwerfend aus. Schwarze Lederjacke, weiße Bluse, knallenge Jeans, dazu rot lackierte Fingernägel, kurze blonde Haare und ein Meg-Ryan-Gesicht, dem niemand die zwei Maß Bier ansah, die sie auf dem Oktoberfest getrunken hatte, bevor sie ins Tabacco gezogen waren. Die Bar, gleich gegenüber vom Bayerischen Hof, war genauso stilvoll wie das Hotel, in dem Sally für drei Tage abgestiegen war. Charlies alte Freundin war von Hamburg nach München gekommen, um an einer Geschichte über die politischen Ambitionen von Bayerns Ministerpräsidenten Edmund Stoiber zu arbeiten, nachdem der seinen Justizminister Sauter wegen Unregelmäßigkeiten bei der halbstaatlichen Wohnungsbaugesellschaft LWS entlassen hatte und der Geschasste wenig später mit seinem Chef öffentlich in den Clinch gegangen war. Stoiber, hatte Sally gesagt, steht für die absolute Mehrheit der CSU und ist einer der möglichen Kanzlerkandidaten bei der kommenden Bundestagswahl, gleichzeitig ist er aber nicht das erste Mal richtig angeschossen. Der Mann liebt Überraschungen, und wir beim *Spiegel* wüssten gern, welche Pfeile er im Köcher hat, um nicht über einen Typen wie Alfred Sauter zu stolpern.

»Ich brauch einen Espresso, sonst lieg ich gleich unterm Tisch«, sagte Charlie.

»Bestell, was immer du willst, du bist mein Gast«, erwiderte Sally gut gelaunt.

»Vorhin bei der Fischer Vroni hast du schon bezahlt, ich möcht's ja nicht übertreiben.«

»Wer hat, der hat, und wer hat, der blecht.«

Charlies Blick suchte einen Kellner, während Sally an ihrem Prosecco nippte. »Wo du bist, komm ich so schnell nicht hin. Wie viel Geld du schon ausgibst, da wird mir ganz schwindelig.«

»Spesen, meine Liebe, Spesen. Ich arbeite.«

»Schöne Arbeit. Über die Wiesn flanieren, zechen und Hendl verdrücken. Aber ich hab's immer gewusst, aus dir wird was.«

»Vergiss nicht Mütze. Was der vorhin erzählt hat, ist ja noch einen Zacken schärfer. All die neuen Unternehmen, deren Aktienkurse in den Himmel schießen. Kinowelt, EM.TV, Intershop, Namen, die es vor ein paar Jahren noch gar nicht gegeben hat, und jetzt will jeder beim Abkassieren dabei sein.«

»Kannst ja auch Aktien kaufen. Vielleicht hast du Glück und machst Kohle wie er.«

»Hab ich schon, Charlie. Der Neue Markt ist eine Gelddruckmaschine, da kann jeder seinen Schnitt machen.«

»Mütze sieht aber gestresst aus.«

»Der wettet auch mit mächtigen Hebeln. Und wie ich ihn kenne, hat er jede Menge geliehenes Geld im Depot.«

»Einen Espresso bitte«, sagte Charlie zu einem Herrn mit Schürze und aalglatten, nach hinten gekämmten Haaren.

Sally drehte ihr Glas. »Was ist jetzt eigentlich mit dir und Mütze? Das muss doch irgendwann mal ein Ende nehmen.«

»Er kapiert's nicht, Sally, und er wird's nie kapieren, weil er's nicht kapieren will.«

»Hat er wenigstens eine Freundin?«

»Glaub schon. 'ne Traderin, also die zwei vögeln nur, wenn die Börsen geschlossen sind.«

Sally grinste. »Rund um den Globus hat aber immer eine offen, da kann ja nicht viel bei rumkommen.«

»Sonntag ist der Tag der Tage«, sagte Charlie und lachte.

»Und du?«, fragte Sally.

»Nichts Ernstes. Die meisten haben's nicht drauf. Weder im Bett noch sonst wo.«

»Vielleicht bist du zu ungeduldig, meine Liebe. Guter Sex muss reifen, und von schnellen Nummern haben wir doch nichts.«

»Abwechslung schon und Spaß auch«, flötete Charlie.

»Abwechslung und Spaß kannst du in die Tonne treten, wenn die Ergebnisse nicht stimmen. Abwechslung, Charlie, wir sind Mitte zwanzig, da will man doch was anderes als Typen, die keinen Bock haben, uns dahin zu tragen, wohin wir getragen werden wollen.«

Während der Schürzenmann den Kaffee abstellte, schlug Charlie vor, das Thema zu wechseln.

»Auf keinen Fall, Charlie. Seit du weißt, dass du einen Halbbruder hast und Mister Saubermann eben auch nicht sauberer ist als der Rest der Welt, spinnst du rum.«

Charlie verdrehte die Augen. »Bitte, Sally, keine Vorträge.«

»O doch! Du liebst ja auch sonst meine Vorträge. Dass Mütze nicht dein Typ ist, ist okay. Dass du aber Männer im Dutzend abschleppst, weil du dich dein Leben lang an deinem Vater abarbeiten willst, geht nicht. Zuerst war Daddy viel zu lieb und zu naiv, also hast du ihn an deinem Geburtstag nach trautem Familien- und Kinderglück mit deiner Entjungferung abgestraft, und jetzt ist er die große Enttäuschung. Seinem schrägen Gefühlskram mit blöden und lieblosen Fickgeschichten zu begegnen, ist doch beknackt.«

Vor drei Jahren war Charlies heile Papa-Welt zusammengebrochen. Albert Weißenberger hatte einen unehelichen Sohn, von dem er selbst nichts gewusst hatte. Jonas war das Ergebnis einer kurzen, aber heftigen Beziehung. Als sie beendet war, war seine schwangere Mutter nach Hannover gezogen und hatte sich ihrem Sohn gegenüber strikt geweigert, den Namen seines leiblichen Vaters zu nennen. Erst als sie während eines Segelausflugs tödlich verunglückt war, hatte er auf eigene Faust und mithilfe einiger spärlicher Unterlagen begonnen, nach ihm zu suchen. Im November 94 war er dann zum ersten Mal vor ihrem Haus aufgekreuzt. Charlie hatte die Szene unterm Badezimmerfenster bis heute nicht vergessen. Der flotte Schlitten, der mit quietschenden Reifen aus der Parklücke geschossen kam, als ihre Mutter mit Helga Huber auf den Fahrer zugehen wollte, der Schreck der Frauen, die überhaupt nicht verstanden hatten, was vorgefallen war, und schließlich ihr Vater, der nur Sekunden später seinen Volvo in der frei gewordenen Lücke abgestellt hatte. Danach hatte es noch zwei Jahre gedauert, bis Jonas Albert Weißenberger begegnet war. Ängste und Zweifel hatten ihn nach Australien getrieben. Am anderen Ende der Welt hatte er sich immer wieder gefragt, ob es nicht besser wäre, dem Starrsinn seiner Mutter zu folgen und Dinge ruhen zu lassen, die so viele Jahre zurücklagen und nicht mehr zu ändern waren.

»Ich habe keine lieblosen Fickgeschichten«, sagte Charlie scharf. »Und dass du zur Sexpolizei gehörst, ist mir auch neu.«

»Spiel jetzt nicht die beleidigte Leberwurst. Heute Morgen hab ich Laura getroffen, die findet's gar nicht lustig, dass du meist nur noch schlecht drauf bist. Die Typen tun dir nicht gut, weil du nicht suchst, sondern nimmst, was geboten wird. Ich halte jede Wette, dass du nicht mal 'nen Orgasmus hast, während die Burschen ihr Ding durchziehen.«

Charlie war sprachlos. Ihr Kopf war puterrot. Doch gerade als sie Sally zusammenstauchen wollte, legte Mütze sein schickes Armani-Sakko über die Lehne des letzten freien Stuhls am Tisch.

»Weiberkram?«, fragte er mit breitem Grinsen. »Oder eher Coaching in Sachen ›Lehrer ist scheiße‹, mach's wie ich?«

»Mütze«, stöhnte Sally gespielt. »Weiberkram natürlich. Oder warum ihr Jungs öfter mal Pornos anschauen solltet, in denen wir Frauen abgehen wie Raketen.«

»Kitzler und so«, frohlockte Mütze und lümmelte sich auf seinen Stuhl. »Hab schon von gehört, schwieriges Thema. Ist der Schampus okay?«

»Prosecco«, erwiderte Sally. »Champagner ist selbst beim *Spiegel* nicht drin.«

Mütze schnippte mit den Fingern. Der Schürzenmann lächelte und tat so, als ob er nicht verstanden hätte. Entschuldigend hob Mütze die Hände, stand auf und bestellte drei Gläser Champagner.

»Also wo wart ihr stehen geblieben?«, fragte er kurz darauf.

»Bei Frauen, die die falschen Männer lieben, und umgekehrt«, meinte Sally.

»Wer suchet, der findet. Wo steht das eigentlich? In der Bibel, im Koran, bei Marx? Na ja, ich drück euch jedenfalls die Daumen.« Dann griff er in die Innentasche seines Sakkos und kramte ein kleines in Geschenkpapier eingewickeltes Päckchen hervor. Voller Stolz schob er es über den Tisch. »Für dich, Charlie. Ich hoffe, du hast Freude dran.«

Freitag, 20. September 2013

Clara Weibel blickte von ihrem Balkon nach unten. Kinder mit Schulranzen auf dem Rücken liefen auf eine Bushaltestelle zu, Jungen klatschten sich ab, und ein altes Paar schlurfte Händchen haltend zu einem Mini, vor dem eine junge Frau stand und in ihr Handy quatschte.

Ein leichter Wind wehte von Osten her, und sie machte auch noch den letzten Knopf ihres Schlafanzugs zu. Immer noch Sommer, immer noch warm, immer noch viel zu wenig Regen. Ihre Balkonpflanzen waren längst vertrocknet. Ohne himmlische Unterstützung passierte ihr das Jahr für Jahr. Worum sie sich im Mai und Juni noch kümmerte, verlor später seinen Reiz und nahm danach zwangsläufig den Weg alles Lebendigen. Balkonbegrünung war einfach ihre Sache nicht, und wäre nicht jedes Frühjahr der unerklärliche Impuls gewesen, die Terrakottatöpfe doch wieder zu füllen, müsste sie sich jetzt nicht mit der Entsorgung ihrer vertrockneten und verbrannten Pflanzenwelt beschäftigen.

Sie war spät dran. Halb neun war keine Zeit, zu der sie sonst noch zu Hause war. Heute schon, heute war sie noch einmal eingeschlafen, nachdem ihr Wecker wie üblich um kurz nach sechs geklingelt hatte. Sie sollte duschen und sich auf den Weg machen. Kaffee könnte sie auch im Büro trinken, schließlich wartete jede Menge Arbeit auf ihrem Schreibtisch. Dieser Nonnenmeier musste aufgetrieben werden. Wenn er seine Wohnung untervermietete, weil er Geld brauchte, konnte er nur eine Bleibe gebrauchen, die umsonst war. Zwei Mieten ergaben keinen

Sinn, selbst wenn er für seine Münchner Residenz ordentlich abkassierte.

»Guten Morgen«, grüßte Helge. Nackt und viel zu entspannt stand er in der Balkontür. »Bist ja noch da.«

Clara Weibel schlenderte auf ihn zu und fuhr ihm liebevoll über sein unrasiertes Gesicht. »In unserem Alter sind Hosen ganz praktisch, mein Lieber.«

Er lachte. »Bist und bleibst eine Spießerin, selbst wenn du mit dem ersten Vogelgezwitscher mit mir schlafen willst.«

Sex mit Helge, neben Mario ihr ältester Freund aus Münchner Zeiten, war das Beste, was sie haben konnte, seitdem sie auf feste Beziehungen mit romantischem Touch, kühnen Versprechungen, Halbwahrheiten und umständlichen Arrangements hinsichtlich Beruf und Freizeitgestaltung verzichtet hatte. Seit über zwölf Jahren brauchte sie das nicht mehr und war allein gut zurechtgekommen. Ab und an ein Mann im Bett war das Einzige, was ihr gefehlt hatte, und als sie Helge das erste Mal eingeladen und kurz darauf verführt hatte, waren sie zuerst stillschweigend und später offen übereingekommen, dass sie zusammen sein konnten, ohne die Vorzüge ihrer bisherigen Lebensgewohnheiten aufzugeben.

»Hast du dich an meinen Rhythmus gewöhnt?«, fragte sie in einem Ton, der verriet, dass sie sich nicht sicher war, was er von ihren Wünschen hielt.

»Sehr gern sogar. Morgens, das hat was.«

»Aber dass du dann einfach noch mal einschlafen kannst, ist mir ein Rätsel«, sagte sie beruhigt. »Ich bin wach, um sechs krieg ich kein Auge mehr zu.«

»Schlafen ist wie guter Sex, Clara. Alles Übung.«

Sie drückte ihren Zeigefinger in seinen Bauch und ging nach drinnen. »Ich dusche und dann ab ins Büro. Du kannst gern noch bleiben.«

Wenig später suchte sie im Schlafzimmer was Helles zum Anziehen, während Helge in der Küche mit Tellern klapperte.

»Jetzt aber«, rief er, als er sie abmarschbereit im Flur stehen sah. »Roter Pulli und kakifarbene Hose. Also nicht mehr mausgrau wie gestern. Woran das wohl liegen mag?«

»Spinn nicht rum. Hast du meine Schlüssel gesehen?«

»Nee. Nicht doch 'nen Schluck Kaffee? Extra stark.«

Clara Weibel durchsuchte ihre Handtasche. Genervt hob sie die Hände.

»Was machst du heute eigentlich?«, fragte Helge.

»Ich suche einen Mann, was sonst?«

»Könntest ja auch hinter einer Frau her sein.«

»Sexualdelikte sind immer noch eine Männerdomäne. Die Schlüssel? Hilf gefälligst suchen.«

»Manteltaschen, Jackentaschen, was weiß ich denn?«

Clara Weibel spurtete zurück ins Schlafzimmer.

Helge rief ihr nach: »Auf ein paar Minuten kommt's doch nicht an. Jetzt setz dich mal auf deinen Hintern, trink einen Kaffee, dein Schlüssel findet sich schon.«

Aus dem Toaster hüpfte Brot. Helge zündete eine Kerze an.

»Was soll das denn?«, fragte sie gereizt. »Soll mir ein Licht aufgehen?«

Er grinste. »Als Steuerzahler verpulvere ich meine Kohle an eine ganz miese Ermittlerin. Als Mann mit mieser Biografie verpulvere ich meine Energie an eine tolle Frau.«

»Ja, ich weiß, nur Pleiten, Pech und Pannen«, knurrte sie und sah, wie er lässig mit ihrem Schlüsselbund spielte. »Sehr gut, her damit.« Sie war aufgesprungen.

Helge hielt ihre Schlüssel fest. »Dieser Wirt, von dem du gestern erzählt hast, ist nicht ohne. Bist du verknallt?«

»Du hast die ganze Zeit gewusst, wo die Schlüssel waren, stimmt's?«

Helge nickte. »Draußen, im Türschloss.«
»Gestern Abend draußen stecken gelassen, echt?«
»So ist es. Passiert jedem mal.«
»Scheiße, ich werd alt. Los jetzt, ich muss arbeiten.«
»Bist du verknallt?«
»Ich geh auf die hundert zu, Herrgott, Helge, hör auf, ja.«

* * *

Luginger hatte seinen Pick-up um kurz nach neun großzügig auf dem Parkplatz vor dem Einstieg in den Ebersberger Forst abgestellt und blies bei offenem Seitenfenster Rauch in die frische Morgenluft. Noch war er allein, nichts rührte sich. Leer und ausgebrannt starrte er durch die Windschutzscheibe in den Wald. Er fror, obwohl er sonst nie fror. Innen drin fehlte was, Wut, Scham, Verzweiflung. Egal, unwichtig, bedeutungslos, so kam ihm seine Gefühlslage vor, seit er vorhin vom Hammer-Eck aus losgefahren war. Hätte er die Zeit anhalten können, hätte er Punkt acht Uhr dreizehn die entsprechenden Knöpfe gedrückt.

Er hatte in seiner Küche gesessen und im Internet Vorberichte zum kommenden Bundesligaspieltag gelesen, als im Radio eine männliche Quasselstrippe die Hörer gefragt hatte, welcher Bayernspieler an einem 19. September um acht Uhr dreizehn geboren worden war. Sekunden später klingelte das Telefon, und Bernie hatte nach kurzer Zustandsbeschreibung bei ihm zu Haus – meine Kinder finden mich zum Kotzen, meine Ex findet mich zum Kotzen, ich find mich zum Kotzen – die Sau rausgelassen. Total zwanghaft, wie gestört und fremdgesteuert hatte er sich eine lang zurückliegende Geschichte von der Seele gelabert, die Luginger niemals für möglich gehalten hätte. Ohne Punkt und Komma, ohne Unterbrechung, ohne Luft zu holen, war es aus ihm herausgeplatzt. Moni wird reden müssen, Franz, sie muss den Bullen sagen, dass ich über sie hergefallen bin, dass ich sie bedrängt hab, dass ich sie wollte, obwohl sie nicht wollte, obwohl sie um sich geschlagen und geschrien hat, lass das, bist du verrückt, Hände weg, lass mich los, du Arschloch, du tust mir weh, und ich erst viel zu spät aufgehört hab, von ihr weg bin, wie ein gewalttätiger Drecksack erst weg bin, als sie vor Wut und Scham mich hätte umbringen können. Franz, alles war falsch, so furchtbar falsch; sie hat dann bei mir auf der Couch gesessen, hat geweint, war fassungslos, und ich hab um Verzeihung gebeten; also als ich wieder klar war, hab ich gerufen, tut mir leid, es tut mir so leid, Moni, ich weiß, ich kann das nie wieder gutmachen; ich weiß nicht, was in mich gefahren ist, Moni, liebe Moni. Ich war so erschrocken über mich selbst, Franz, ich meine, ich hätte mich erschießen können in dem Augenblick, ehrlich, 'ne Kugel ist mir völlig logisch erschienen, und Moni ist dann heim, ich hab mich zu beruhigen versucht, sie angerufen, also später, immer wieder, sie hat aber nicht abgenommen; also bin ich zu ihr hin, ich hab geschwitzt wie ein Schwein, es war so ein scheißheißer Sommertag, sie hat dann die Tür aufgemacht und nur gesagt, zu niemandem ein Wort, Faulhuber, niemals, du sagst nix, ich sag nix. Alles andere macht mich verrückt, kapiert?

Luginger schmiss seine Kippe auf den Parkplatz und griff nach einem Flachmann, der direkt neben ihm lag. Er trank einen tiefen Schluck regional Selbstgebranntes, ehe er fast brüllend ausatmete und seinen Handballen gegen das Lenkrad donnerte. Moni war bei mir, Franz, nach deinem Sommerfest vor vier Jahren, am Abend davor haben wir aufgeräumt, und ich hab sie Sonntag zu mir eingeladen, einfach so, also ohne Hintergedanken, ich dacht nur, wär doch schön, zuerst ausschlafen, dann zusammen Kaffee trinken, 'ne Kleinigkeit essen, bisschen reden, später wieder zu dir, da war kein Gedanke an Sex, nie die Vorstellung, dass mit Moni was laufen würde, und dann das! Franz, verstehst du, für die Kripo bin ich ein gewalttätiges Schwein, ein Killer, was weiß ich, und wenn Moni jetzt nicht sagt, was damals los war, macht sie sich mitschuldig. Oder irgendwie so. Sie darf nicht mehr schweigen, das bringt sie in die Bredouille, und ich sag dir's jetzt, weil ich's jetzt gerad schaff, ehe du's von wer weiß wem erfährst.

Luginger beobachtete, wie Faulhubers Daimler langsam um die Ecke bog, auf ihn zurollte und wenige Meter neben seinem Pickup stoppte. Als Faulhuber ausgestiegen war, herrschte nichts als Stille. Es dauerte, bis er sagte: »Ich kann mich auch bei dir nur entschuldigen, Franz. Und bedanken, dass du trotzdem gekommen bist.«

Luginger schmiss die Schnapsflasche auf den Beifahrersitz, öffnete seine Tür und stellte seine riesigen Quastenslipper direkt vor Faulhubers Füße.

»Wenn ich könnte, würde ich dir in die Fresse hauen. Ich kann aber nicht, weil ich gar nichts mehr kann.«

Faulhuber hatte vorgeschlagen, sich möglichst weit weg von seinem Haus zu treffen. Er brauche frische Luft, hatte er gesagt, und einen Platz, wo ihm niemand begegnen würde. Zu Hause falle ihm die Decke auf den Kopf, außerdem sei ein Treffpunkt im Wald besser als jeder andere, nach dem, was er habe loswerden müssen.

»Ich fahr nachher zu Moni«, sagte Faulhuber leise. »Zuerst muss ich aber zu diesem Wimmer. Danke übrigens, dass du mir seine Adresse gegeben hast.«

Luginger griff in seine Jeansjacke und kramte Kippen hervor. »Moni lässt du bleiben. Wenn du da aufkreuzt, kriegt sie 'nen Flitz.«

»Aber sie soll wissen …«

»Halt's Maul, Bernie. Gar nix soll sie wissen. Kümmer dich um deinen Anwaltsscheiß, alles andere geht dich nix mehr an.«

Faulhuber guckte betreten. »Die Hilgard wär mir lieber gewesen«, sagte er schließlich.

»Moni kennt die Gruber, Bernie. Gestern war sie bei den Bullen in Erding und hat ihr Bild gesehen. Die Frauen waren mal zusammen im Urlaub, ist sehr lange her, so 'ne Art Gruppenreise mit Jungs und Mädels in 'nem Haus in Italien, das war, als Moni noch in Bad Aibling gewohnt hat.«

Faulhuber schluckte, dann ging er los, und Luginger folgte ihm.

»Die Gruber hat mir vor dem Heilmann-Haus zum Abschied einen runtergeholt. Deshalb auch das Sperma auf ihrem Kleid.«

Breit und wie frisch geputzt lag ein Waldweg vor ihnen.

Was Faulhuber gerade gesagt hatte, ging Luginger am Arsch vorbei. »Die Scheiße mit Moni hast du bis heute niemandem erzählt. Keiner weiß was, oder?«

»Du bist der Erste, dem ich's gesagt hab, Franz.«

»Und Moni hat echt vier Jahre lang die Klappe gehalten?«

Faulhuber nickte.

»Ist schwer zu glauben, Bernie. Die ganze Zeit nix, nie, kein Ton, wie geht so was?«

»Was glaubst du, wie ich am Anfang gelitten hab? Dass Moni doch was sagt, dass sie die Nerven verliert, mir mein Bier ins Gesicht schüttet, irgend so was, aber nichts. Sie hat Wort gehalten und keine Miene verzogen von Anfang an.«

Luginger aschte auf den Waldweg. »Hat Wimmer am Telefon schon was gesagt?«

»Dass die Kripo in solchen Fällen immer wieder mit Kanonen auf Spatzen schießt, hat er gemeint. Sexualdelikte würden wegen des Drucks der Öffentlichkeit und der Medien mit besonderem Eifer verfolgt. Solange es aber außer den unglücklichen Umständen, die ich ihm geschildert hab, nichts weiter gibt, wird es weder zu einer vorläufigen Festnahme noch zu einer Anklage kommen. Außerdem kennt er die Weibel, die beiden sind sich beruflich schon öfter begegnet.«

»Wie ist das mit der Gruber gelaufen? Ficken, Kondome, Saft ablassen beim Heimgehen? Das versteht doch keine Sau.«

Faulhuber atmete durch. »Ich hab mit ihr schlafen wollen, konnt aber nicht, also meine Erektion war nicht so gescheit. Wir haben's anders hingekriegt, sie war da ganz locker und überhaupt nicht beleidigt. Draußen vor der Villa muss sie dann gemerkt haben, dass ich noch mal scharf war. Na ja, den Rest kannst dir ja denken.«

»Null Stress?«, fragte Luginger.

»Null Stress«, wiederholte Faulhuber.

»Und deine Familie? Wie geht's da weiter?«

»Da kann nix weitergehen, ist doch klar. Alle sind entsetzt. Sandra hat's zuerst nicht glauben wollen, dann aber irgendwie weggesteckt. Melanie hat gesagt, ich soll mich zum Teufel scheren, und Sabine kann zwar alles irgendwie verstehen, hat aber die Hosen voll, weil sie furchtbaren Tratsch befürchtet.«

»Was kann denn Sabine da verstehen?«, fragte Luginger erstaunt.

»Ach, sie findet es eben richtig, dass ich mich nicht mehr binde, so wie ich drauf bin, also ohne Ehrgeiz, einen anderen zu lieben, mich einzulassen, zuzuhören, anzunehmen, so in der Richtung halt.«

»Sie klatscht also Beifall, wenn du auf Sexpartys gehst?«

»Davon weiß sie nichts, Franz. Ich hab ihr nur gesagt, dass das mit der Gruber eher eine unbedeutende Affäre war.«

»Wie oft bist du bei Frauen schon ausgetickt? So wie bei Moni. Hast du Sabine auch mal vermöbelt?«

Faulhuber war stehen geblieben. Luginger sah, wie er an sich halten musste.

»Moni war das erste und einzige Mal. Glaub mir, ich war deswegen sogar bei 'nem Seelenklempner, vier Sitzungen, ich kann dir die Rechnung zeigen.« Faulhuber schoss jetzt Steinchen vor sich her. »Franz, meine furchtbare Entgleisung Moni gegenüber darf nicht bekannt werden. Versprich mir das. Ich meine, wenn Moni es allen erzählt, okay, dann ist das so, aber du, ich bitte dich, kein Wort zu Barbara oder Sammy oder sonst wem.«

»Auf wie vielen von so Partys warst du schon? Zehn, zwanzig, hundert? Wie bist du drauf, Bernie?«

»Normal, ganz normal. Ich ticke nicht anders als du und tausend andere. Ich wollte vögeln, ich wollte es so haben, wie es mir gefällt, nicht irgendwie übers Internet oder im Puff oder so. Was Gepflegtes, kein Schmuddelkram, verstehst du?«

»Du kennst dich aus, stimmt's? Sexpartys, wo gibt's die noch?«

»Dass ich's verschissen hab, weiß ich selbst. Hör aber auf, mir was vorzuwerfen, womit ich nichts zu tun hab. Reicht dir das nicht, die eine Scheißparty und Moni? Also mir reicht's, Franz, auf immer und ewig.«

Faulhuber suchte seine Zigaretten.

Luginger fragte: »Die Hausdurchsuchung, hast du da irgendwas gehört von?«

»Ja, hab ich. Die Weibel war gestern noch mal bei mir. Sie suchen das Notizbuch der Toten und hatten den Verdacht, dass es bei mir sein könnte. War es aber nicht. Auch sonst hab ich wenigstens in dieser Angelegenheit gute Karten. In meinem Haus ist nichts aufgetaucht, was sie mir anhängen können.«

»Fein«, brummte Luginger.

»Und bei dir? Was war denn da gestern los? Zerreißen sie mich in der Luft?«

»Es versteht halt keiner, Bernie. Und so blöd, dass jeder glaubt, die Bullen seien grundlos bei dir aufgetaucht, ist auch niemand.«

Faulhuber nickte. »Solange sie mich nicht durchs Dorf jagen, muss ich zufrieden sein, klar.«

»Moni hat 'nen konkreten Verdacht, wer sie vergewaltigen wollte«, sagte Luginger. »Genaues weiß ich nicht, es gibt aber ein

Phantombild, und Polterer soll den Typen bei uns suchen, weil ihn Moni in der Nähe vom Hammer-Eck mal gesehen hat.«

»Vorm Hammer-Eck? Wie ist sie denn da draufgekommen?«

»Eingebung, was weiß ich. Sie war bei Uli, wollte Gewichte stemmen, Rad fahren, sich auf dem Laufband quälen, und da hat sie auf der Straße 'nen Typen mit 'nem Auto gesehen, der sie an jemanden erinnert hat, für den Hanno den Steuerkram macht.«

»Ein Déjà-vu«, meinte Faulhuber.

»Sehr schön, Bernie, ganz ausgezeichnet, genau so was.«

»Und der könnte es gewesen sein?«

»Vielleicht, vielleicht auch nicht. Wird sich halt zeigen müssen.«

»Seit wann rennt Moni denn in eine Muckibude?«

»Sie braucht Muskeln, um Typen wie dir die Eier zu polieren.«

Faulhuber zuckte zusammen. Eine ganze Weile herrschte Funkstille. Dann strecke er seine Arme aus: »Ich würde beide Hände dafür geben, könnte ich ungeschehen machen, was passiert ist. Ich hab mich fürchterlich geschämt, und ich schäm mich heute noch fürchterlich. Ich hab mich bei Moni mehrmals entschuldigt. Wenn Sie von mir verlangt hätte, ihr nie mehr unter die Augen zu treten, hätte ich das akzeptiert, wie ich alles andere auch akzeptiert hätte. Als Moni bei mir war, waren Sabine und die Mädchen verreist, ich war allein, ich war wegen meiner Ehe schlecht drauf; das entschuldigt nichts, Franz, gar nichts, und ich hab mich in die völlig schwachsinnige Idee hineingesteigert, Moni würde mit mir schlafen wollen. Ende der Durchsage. Mir muss niemand mehr die Eier polieren.«

Luginger stöhnte. Faulhubers Selbstgeißelungen gingen ihm auf die Nerven. »Ich latsch zurück. Wenn ich dich so quasseln hör, wird mir ganz anders. Fahr du mal zu Wimmer. Der soll Akteneinsicht verlangen oder wie immer das heißt. Du musst wissen, was die Kripo über Manfred Gruber rausgekriegt hat. Wo war der Typ, als seine Frau umgebracht worden ist? Wie hat der das ausgehalten, dauernd betrogen zu werden? Da geht's lang, willst du aus der ganzen Scheiße wieder rauskommen.«

»Und du? Hilfst du mir noch?«

»Ich treff jetzt gleich einen Bekannten von Gruber. Vielleicht erfahr ich ja was über seine Ehe.« Luginger hatte sich umgedreht und schaute auf die schnurgerade Strecke, die er zurücklaufen musste, als in seinem Rücken so was wie krampfiges Schluchzen oder unterdrücktes Flennen zu hören war. Er blickte sich um. Faulhuber zitterte. Mit gesenktem Kopf stand er da und wischte sich mit seinem Handrücken die Augen trocken.

* * *

Mila hackte Wörter in ihren Laptop, während Luginger eine Tüte mit Brezen auf den Tresen schmiss und die Kaffeemaschine startete.

»Wo steckt Sammy?«

»Schläft noch«, sagte Mila.

»Warum das denn?«

»Er ist fix und fertig. Was hier abgeht, ist ja auch heftig.«

»Magst was mitessen?«

»Gerne.«

»Kaffee?«

»Gerne.«

Luginger schob zwei Tassen neben die Maschine. »Und du arbeitest schon wieder?«

»Muss endlich mal vorankommen.«

»Paarbildung als kultureller Code«, murmelte Luginger.

Mila nickte.

»Bergman, *Axolotl Roadkill, Schoßgebete.*«

»Unter anderem, ja.«

»Und schon was rausgekriegt?«

»Interessiert's dich echt?«

Luginger stellte Teller hin, holte Butter aus dem Kühlschrank und fischte Messer aus einer Schublade. Dann fragte er: »Kennst du *Vom Winde verweht,* uralter Schinken, ist mir vorhin im Auto wieder eingefallen. Im Radio ging's um Filme mit vielen Oscarnominierungen, und da hält der Streifen immer noch den Rekord.«

»Scarlett und Rhett«, sagte Mila. »Die Frau, die fast ihr ganzes Leben den falschen Mann geliebt hat.«

»Ja, und die kämpfen musste. Krieg, Krankheiten, Ruin, falsche Männer, die ganze Palette von Murks, der ihr im Weg stand. Irgendwann am Schluss erst hat sie gemerkt, dass Rhett der Typ ist, den sie brauchte, da war's aber schon zu spät.«

Mila lächelte. »Deine Mutter wird auch für Clark Gable geschwärmt haben. Alle Omas fanden den damals toll. So ein Draufgänger, ein klasse Macho, heute gibt's ja nur noch Til Schweiger und Matthias Schweighöfer.«

»Heute hat jeder, was er braucht«, brummte Luginger. »Krieg gibt's nur noch woanders, gegen Thypus gibt's Medikamente, und wenn du keine Kohle hast, rennst du zur Bank, zu deinen Alten, zum Arbeitsamt, was weiß ich.«

»Willst du tauschen?«

»Paarbildung als kultureller Code. Darauf läuft's hinaus, Mila. Also in dem Film durfte das nicht gut gehen, das ist der Punkt. Du kriegst nicht, was du brauchst, du kriegst, was dir zusteht. Und zustehen tut dir nicht der Himmel auf Erden, sondern nur das Fitzelchen, das dich daran erinnert, dass du ein ganz kleines Licht bist.«

»Soll ich das so aufschreiben.« Mila kicherte leise. »Du willst das große Drama zurück, stimmt's?«

Luginger ließ Kaffee in eine Tasse laufen und stellte Zucker auf den Tresen. »Vergiss es.«

»Nein, red nur weiter. Ist schon interessant. Kommt ja selten vor, dass du mal mehr als einen Satz sagst.«

»Heute ist doch alles cool, Hauptsache kein Skandal, und wenn die Liebe ’nen neuen Kick braucht, rennst du in ’nen Swingerclub.«

»Also niemandem werden mehr die Augen ausgekratzt«, meinte Mila. »Keine Eifersucht, keine Szene, alles schön austariert.«

Luginger nickte.

»Und was ist dagegen einzuwenden?«

Ehe er antworten konnte, marschierte Frau Weibel mit einem kräftigen »Hallo!« in die Kneipe. »Entschuldigung. Die Tür war nur angelehnt. Krieg ich auch eine Tasse?« Sie schmiss Handtasche und Jacke auf einen Hocker und reichte Mila die Hand. »Clara Weibel, Kommissarin aus Erding.«

»Mila Schmitt, Studentin.«

»Wissen Sie, Frau Schmitt, Herr Luginger möchte den Wahnsinn zurück, die Obsession, das Zerstörerische, das große Elend. Typisch Mann übrigens. Einerseits so viel wie irgend möglich mitnehmen, andererseits klagen, dass nichts mehr im Topf ist, das die Mühe lohnt.«

»Die Lauscher immer schön weit aufgesperrt«, brummte Luginger, ehe er fragte: »Persiko und Wasser dazu?«

»Wasser reicht mir, vielen Dank.«

»Würden Sie uns einen Moment allein lassen, Frau Schmitt? Ich möchte mit Herrn Luginger gern unter vier Augen sprechen?«

Mila klappte ihren Laptop zu.

Frau Weibel warf einen Blick auf die Bücher, die vor ihr lagen. »*Schoßgebete* von Charlotte Roche. Hat Ihnen das Buch gefallen?«

»Schon, ja.«

»Da hat Herr Luginger doch sein Drama. Eine Frau, die ihre Brüder bei einem Autounfall verloren hat. Viel schlimmer geht’s ja nicht. Außerdem will sie alles auf einmal sein: perfekte Mutter, perfekte Ehefrau, perfekte Liebhaberin.«

»Sie haben das Buch echt gelesen?«, fragte Mila erstaunt.

Die Kommissarin nickte. »Eine Frau, die ihren Mann sogar ins Bordell begleitet, mit ihm Pornos schaut und ständig damit beschäftigt ist, noch geileren Sex zu erfinden, um ihn glücklich zu machen, das ist doch mal was.«

»Sie hat aber ’ne Macke, vergessen Sie das nicht. Die ist so drauf, um loszulassen, ihr Elend, ihren Verlust, und um ihren Typen zu behalten, nicht weil sie frei entscheidet. Sie hat ein Leben im Rücken, das sie furchtbar antreibt. Deshalb rennt sie ja auch zum Psychiater.«

»Wie auch immer«, meldete sich Luginger. »Ich muss gleich los.«

Mila verschwand im Treppenhaus. Luginger schenkte Wasser in Gläser und wartete, was Frau Weibel zu sagen hatte.

»Ich bin mir sicher, dass wir Herrn Nonnenmeier finden werden. Leider wissen wir nicht, wo er sich gerade aufhält, aber das sollte sich klären lassen. Herr Polterer wird heute Abend Ihren Gästen ein Phantombild zeigen, vielleicht haben wir Glück und jemand hat ihn hier irgendwo gesehen. Ich möchte Sie bitten, die Zeichnung bei sich auf dem Tresen liegen zu lassen. Je mehr Leute sie sehen, desto besser; Herr Polterer wird nicht den ganzen Abend über bleiben wollen. Heute ist ja Fußball, kommen da viele zum Gucken?«

Luginger blickte die Kommissarin lange an. Dann holte er Luft, hob seinen Arm, hielt inne, atmete aus und sagte ruhiger als ruhig: »Die Hausdurchsuchung war eine Riesenschweinerei, das wissen Sie so gut wie ich. Faulhuber wird sich nirgends mehr blicken lassen können, alle zeigen mit dem Finger auf ihn. Der Mann hat hier ’ne Zahnarztpraxis, der hat Kinder, was glauben Sie, was jetzt alle denken?«

»Ich frage mich bloß, ob wir mit dem Phantombild keine Pogromstimmung auslösen. Ich benötige Ihre Einschätzung, Herr Luginger. Gesetzt den Fall, jemand wüsste, wo Nonnenmeier wohnt, würden dann nicht alle losrennen und sich den Mann zur Brust nehmen, vorausgesetzt sie würden ihn finden?«

»Das Scheißnotizbuch hätten sie auch unauffälliger suchen lassen können. Faulhuber ist vielleicht moralisch nicht ganz katholenrein, ihn aber so vorzuführen, ist das Letzte.«

»Er kann schlafen, mit wem und wie er will, solange seine Partnerin nicht wenig später getötet vor seinem Haus liegt. Übrigens haben sich Frau Gruber und Moni gekannt. Wussten Sie das?«

»Moni hat's erzählt.«

»Moni ist wirklich tief verletzt. Lassen Sie ihr Zeit, ertragen Sie ihre Launen, der Angriff auf sie hat vielleicht etwas hochgekocht, das ihr früher mal passiert ist und worüber sie mit niemandem hat reden können. Es gibt genügend Frauen, die nicht nur einmal überfallen werden. Jedenfalls braucht sie Verständnis, Aufmerksamkeit und eine Umgebung, in der sie sich aufgehoben fühlt.«

»Glauben Sie, dass ich auf dem Mond lebe«, sagte Luginger gereizt, weil er absolut nicht hören wollte, was die Kommissarin gerade angedeutet hatte. »Was soll der Frauenversteherscheiß?«

»Haben Sie Ihre Truppen unter Kontrolle?«, fragte Frau Weibel erneut und nachdrücklich.

»Hier hat niemand mehr was unter Kontrolle«, brummte Luginger. »Wer die Kavallerie schickt, braucht sich später nicht wundern.«

»Pogromstimmung, nicht gut, aber damit musste ich rechnen.« Frau Weibel legte ihre Jacke über den Arm. »Wir hören voneinander. Ihr Kaffee schmeckt übrigens etwas weinerlich.«

* * *

Im Fuchsienweg wurde eine Straßenseite aufgerissen. Rohre und dicke Kabel lagen auf dem Bürgersteig. Überall standen Schilder, die Parken schwierig machten. Clara Weibel hatte ihren Wagen in einer der wenigen Lücken abgestellt und wartete auf Meisner.

Sie waren verabredet, um Frau Darius zu sprechen. Laura Darius hatte heute Morgen angerufen und mitgeteilt, dass sie erst gestern von einer Geschäftsreise zurückgekommen war und beim Durchblättern der Zeitungen gelesen hat, was ihrer Freundin Ann-Charlotte Gruber zugestoßen war.

Frau Gruber hatte bei ihr übernachten wollen. Der Eintrag im Gruber-Navi hatte dem Fuchsienweg 19 und nicht dem Fuchsweg gegolten, wie sie die ganze Zeit über geglaubt hatten. Ihre Ermittlungen waren durch eine simple Verwechslung möglicherweise in eine völlig falsche Richtung gelaufen, nur weil Frau Gruber bei der Adresseingabe in ihr Navi nach den ersten Buchstaben des Straßennamens auf das automatisch generierte Angebot »Fuchsweg« statt »Fuchsienweg« gedrückt hatte. Meisner war nach dem Telefonat mit Frau Darius kreidebleich durchs Büro gelaufen. Ihre Aussage hatte seine Überzeugung, Faulhuber sei der Hauptverdächtige, nach der ergebnislosen Hausdurchsuchung ein weiteres Mal schwer erschüttert. Weiter hatte sie ausgesagt, dass sie Frau Gruber vor drei Wochen im Café Knopp in Leuterding getroffen hat. Sie hätten über dies und das geredet, am Rande auch über ihre Ehe und dass Ann-Charlotte immer mal wieder einen Fluchtpunkt brauchte, um dem schwierigen Zusammenleben mit ihrem Mann zu entgehen. Daraufhin hat sie ihr ihre Wohnung angeboten. Da sie die meiste Zeit unterwegs war und zudem allein lebte, war das überhaupt kein Problem für sie.

Ein blonder Mann mit nacktem Oberkörper winkte einen Bagger herbei. Braun gebrannt stand er neben einem Presslufthammer. Clara Weibel sah Muskeln, straffe Haut und nirgends Fett. Der halb nackte Bauarbeiter bückte sich. Sein Hintern war phänomenal. Sie machte mit ihrem Handy ein Foto und schickte es Helge. Dann schrieb sie: Ich verfolge Männer, guter Job.

Ihr Handy klingelte. Meisner sagte, dass Frau Darius überraschend und sofort zum Flughafen müsse. Sie habe ihn gerade angerufen und angeboten, ihren Termin auf morgen zu verschieben. Während Meisner noch auf die Unzuverlässigkeit hochgestochener Businesstanten schimpfte, hielt ein Taxi vor der Hausnummer 19. Kurz darauf lief eine Frau mit dunklem Hosenanzug und Tasche über der Schulter auf den Wagen zu. Clara Weibel stieg aus.

»Entschuldigen Sie, sind Sie Frau Darius?«

»Ja, bin ich.«

»Meine Name ist Weibel von der Erdinger Kripo. Wir sind verabredet.«

»Stimmt. Ich habe Ihrem Kollegen aber doch Bescheid gesagt, dass ich unerwartet nach London muss. Hat er sie nicht erreicht?«

»Nein. Kann aber auch an meinem Handy liegen. Ich hab's vorhin erst wieder eingeschaltet und nicht auf Nachrichten geachtet.«

»Wenn wir jetzt reden wollen, fahren Sie doch mit zum Flughafen.« Frau Darius öffnete eine Wagentür. »Kommen Sie. Ich erledige viel in Taxen.«

Nachdem Clara Weibel Frau Darius' Fragen zu den näheren Umständen des gewaltsamen Todes von Ann-Charlotte Gruber so gut wie möglich beantwortet hatte, erfuhr sie in aller Kürze, was Laura Darius beruflich machte und wie sie ihre alte Freundin wiedergesehen hat. Frau Darius arbeitete bei einer großen Versicherung im Bereich Business Development. Bis vor einem halben Jahr hat sie noch in Frankfurt gelebt, dann erst war sie nach Leuterding gezogen, um näher am Konzernsitz zu wohnen. Frau Gruber hat sie vor einem Monat zufällig am Grafinger Bahnhof getroffen. Beide Frauen haben auf einen Zug aus Salzburg gewartet, um Angehörige abzuholen. Die Jahre davor haben sie sich nur selten gesehen, ohne konkreten Anlass war es eben schwer zusammenzukommen. Die Hochzeit von Frau Gruber sei so ein Anlass gewesen. Auf der Feier waren auch viele frühere Freundinnen dabei, ein Umstand, der sie seit gestern immer wieder beschäftigt hat, ihre Mädchenclique, das Zugehörigkeitsgefühl damals und die Wege, die jede so eingeschlagen hat. Am Bahnhof haben sie auch Telefonnummern ausgetauscht und sich ein paar Tage später im Café Knopp erneut getroffen. So was Komisches, hat Frau Darius gesagt, da sieht man sich eher selten, und trotzdem ist alles wie immer gewesen.

Zum dritten Mal schon wurde ihr Gespräch durch einen Anruf unterbrochen. Laura Darius hörte zu, sagte: »Darauf wird es hinauslaufen«, und: »Ist schon in Ordnung«, und: »Wenn die mich mit stundenlangen Präsentationen langweilen, werde ich ungemütlich«, und: »Bis dann«.

Clara Weibel schaute aus dem Fenster. Trotz vieler Spuren zäh fließender Verkehr. Die Autobahn zwischen München Nord und Garching war ein Gräuel.

»Können Sie Ihr Telefon nicht mal ausschalten?«, fragte Clara Weibel.

»Entschuldigung, aber die spinnen alle. Ich muss erreichbar bleiben, tut mir leid.«

»Sie müssen gar nichts, ich muss auch nichts. Also schalten Sie das Ding bitte ab.«

Frau Darius guckte irritiert.

Clara Weibel lächelte mild: »Ein Funkloch verzeiht jeder.« Dann fragte sie: »Gab es in Ihrer Clique auch Jungen? Nur Mädchen kann ich mir nicht vorstellen.«

»Natürlich gab es hin und wieder Jungs, die haben es aber nie lange ausgehalten. Wir waren so fest zusammengeschweißt, das nervte jeden. Nur einer hat sich nicht abschrecken lassen, Mütze, der war nicht kleinzukriegen.«

»Mütze«, wiederholte Clara Weibel, während Laura Darius mit den Fingern über ihr Display huschte.

»Ein Spitzname wie Charlie. Richtig hieß der Klaus-Dieter. Der Typ war damals völlig vernarrt in Charlie.«

»Wann war denn damals?«

»Mitte, Ende der Neunziger. Lange her.«

»Ist aber nichts geworden mit den beiden, wie?«

»Nein, er war nicht Charlies Typ, trotzdem eine treue Seele. Er hat später an der Börse viel Geld verdient und sich mit anderen Frauen vergnügt. Ich denke, er ist drüber hinweggekommen.«

»Haben Sie Männer von Frau Gruber kennengelernt, als sie in München zusammengewohnt haben? Also bevor sie Manfred Gruber geheiratet hat?«

»Sie meinen Männer, mit denen sie was hatte?«

Clara Weibel nickte.

»Da gab es einige, sie hatte Phasen mit besorgniserregendem Verschleiß. Wissen Sie, das war ein heikles Thema zwischen uns, Männer. Charlie hat immer irgendwas gesucht und nie gefunden.« Frau Darius Stimme war leiser geworden, und Clara Weibel hatte zum ersten Mal den Eindruck, so was wie Trauer herauszuhören.

»Haben Sie irgendeine Vorstellung, was sie gesucht haben könnte?«

»Warum ging Charlie auf so Partys? Sie hat immer gut ausgesehen, sie war finanziell unabhängig, sie hätte sich doch scheiden lassen können, wenn ihre Ehe scheußlich war. Senta muss doch was wissen, Charlie und Senta auf einer Bumsparty, gemeinsam, mehrmals, ich weiß einfach nicht, was ich davon halten soll.«

»Frauen, die mit vielen Männern zusammen sind, suchen meist Aufmerksamkeit, Bestätigung. Sie fühlen sich sonst nicht anerkannt oder begehrt.«

»Das ist doch Quatsch. Charlie hatte keinen obsessiven Charakter. Sie war selbstbewusst, klar, alles andere als getrieben. Nur weil eine Frau tut, was Männer seit Jahrtausenden tun, müssen sie doch keinen Minderwertigkeitskomplex haben.«

»Worüber haben Sie sich im Café unterhalten?«

»Über unsere Eltern, über meinen Umzug, über ihren Job. Was man halt so redet, wenn man sich selten sieht.«

»Erinnern Sie irgendein Detail, das uns weiterhelfen könnte?«

»Nein, tut mir leid, aber da war nichts. Wir haben aber auch nicht über intime oder sehr persönliche Dinge geredet. Das wäre eher unpassend gewesen.«

»Frau Gruber hat aber über ihre Ehe gesprochen, sonst hätten Sie ihr ja nicht Ihre Wohnung angeboten.«

»Das war so im Vorbeigehen, verstehen Sie? Sie hat mir erzählt, dass sie Manfred manchmal nicht aushält und dass sie dann am liebsten für ein, zwei Tage verschwinden möchte. Ich habe sie gefragt, was sie denn nervt, und sie hat geantwortet, dass sie ihn liebt, dass sie aber nie hätte heiraten dürfen. Weiter sind wir nicht gekommen, sie musste weg, ich musste weg, wie es halt geht, wenn man Sachen auf später verschiebt, die sich dann nie mehr klären lassen.«

Laura Darius blickte stur nach vorn. Das Taxi fuhr jetzt schnell, sehr schnell. Die Autobahn hinterm Neufahrner Kreuz war frei, und der Fahrer versuchte alles, die verlorenen Minuten von vorhin wieder aufzuholen.

»Hat Frau Gruber Ihnen Bescheid gegeben, dass sie letzten Freitag zu Ihnen wollte?«

»Sie hat kurz angerufen, ja.«

»Wissen Sie noch an welchem Tag das war?«

»Mittwoch.«

»Und Sie haben sie später nicht zu erreichen versucht, also am Samstag oder Sonntag. Wie war's denn? Hast du dich zurechtgefunden? So was in der Art?«

»Nein. Ich stand enorm unter Druck. Das komplette Wochenende über lauter Scheißmeetings, danach Mails, Beurteilungen, Einschätzungen, neue Meetings, Teamarbeit, Telefonate, ein wahnsinniger Zirkus rund um die Uhr.«

Als Clara Weibel nichts sagte, fragte sie: »Wann wird denn Ann-Charlotte beerdigt?«

»Montag oder Dienstag.«

Während das Taxi in die Parkzone vor dem Lufthansa-Terminal einbog, sagte Frau Darius: »Ihr Kollege hat ja meine Nummer. Bitte geben Sie mir Bescheid, wenn Sie den genauen Termin kennen. Könnten Sie noch kurz mit mir aussteigen?«

Frauen mit Ziehkoffern eilten zu Drehtüren. Aus einem Van hob ein Mann große Gepäckstücke und stellte sie akkurat nebeneinander. Clara Weibel hörte Polnisch, Englisch und eine weitere Sprache, die sie nicht einordnen konnte.

»Charlie hatte mal was mit drei Typen gleichzeitig, also wirklich gleichzeitig. Sex mit mehreren Männern, das war wenige Wochen bevor sie aus unserer WG ausgezogen ist. Sie war bekifft oder hatte sonst irgendwas genommen und kam aus einem Club oder einer Disco. Die Typen hatte ich vorher noch nie gesehen. Ich dachte, ich werde verrückt, und sie dachte, ich wäre nicht da. Ich wollte an dem Abend eigentlich wegfahren, das hatte aber nicht geklappt. Zu viert sind sie in ihrem Zimmer verschwunden, und ich bin weggerannt. Also, ich wollte mir das nicht antun, verstehen Sie? Als ich zurückgekommen bin, waren die Typen weg, und Charlie saß heulend in der Küche. Sie hatte ihren Bademantel an, den trug sie immer, wenn es ihr schlecht ging. Ich habe gefragt, was los sei, ob sie Hilfe braucht, was das denn überhaupt für eine blöde Scheiße gewesen sei. Sie ist aufgestanden, völlig verrotzt, und ich habe Striemen gesehen, am Hals und an den Unterarmen. Es sah nicht wirklich schlimm aus, kein Blut, keine Wunden, wissen Sie, nur Abdrücke eben. Ich bin in ihr Zimmer gerannt, und da lagen Fesseln und Handschellen auf ihrem Bett, dazu Kondome und Unterwäsche. Ich war total erschrocken. Charlie hat ihre Tür zugeknallt und mich angeschrien: Zufrieden, ja? Wolltest du das sehen? Also gut, dann weißt du jetzt, wie ich drauf bin. Irgendwelche Fragen?

Am nächsten Morgen haben wir dann geredet. Sie hat gesagt, dass sie sich schon oft Sex mit mehreren Männern vorgestellt hat. Gestern hätte sie es dann ausprobiert. Drei Schwänze, und sie völlig wehrlos. Darum war es ihr gegangen, sich auszuliefern, sich nehmen zu lassen. Es war aber ein totales Desaster, sie konnte es nicht. Was sie im Kopf scharfgemacht hat, war eben nichts fürs Leben.«

Frau Darius starrte ins Innere der Abfertigungshalle. Neben ihr rannten Kinder um die Wette, und eine Frau schrie: »Das reicht jetzt. Kevin, Justin, kommt her.«

Laura Darius flüsterte: »Ich rede schlecht über Charlie, jetzt, wo sie tot ist. Ich mache eine blöde, geile Gans aus ihr, die sich von fremden Männern fesseln lässt. Das ist schlimm, wissen Sie das, sehr schlimm.«

»Niemand wird in der Weltgeschichte herumlaufen und Dinge über Frau Gruber verbreiten, die keine Menschenseele etwas angehen, Frau Darius. Was Sie mir erzählt haben, bleibt unter uns, das verspreche ich Ihnen.«

Laura Darius blickte zur Uhr. »Ich muss los. Mein Flieger, tut mir leid.«

Clara Weibel fragte: »Wissen Sie eigentlich noch, wie sich die drei Männer verhalten haben, als klar war, dass die Orgie ausfällt?«

»Charlie hat gesagt, die wären gut drauf gewesen. Irgendwie sind sie alle wieder runtergekommen.«

»Kennen Sie Manfred Gruber näher?«

Frau Darius blickte erneut zur Uhr. »Ganz kurz noch, ja. Näher habe ich ihn nicht gekannt, nein. Aber was ich auf seiner Hochzeit erlebt habe, hat mir gereicht. Es gab einen dummen Streit, und da hat er Senta eine gelangt.«

»Wie bitte?«

»Senta hat irgendwas Abfälliges über Charlie gesagt, weil sie ihr mal ihren Freund ausgespannt hat, eine blöde Bemerkung eben, es waren ja auch alle schwer betrunken, da hat er ihr eine gescheuert. Nicht richtig fest, nicht brutal, verstehen Sie, für mich war es aber genug, um mit ihm nichts mehr zu tun haben zu wollen.«

* * *

Luginger spurtete los. In Höchstgeschwindigkeit rannte er vom Hammer-Eck Richtung Zirkusweg. Der weiße Audi war abgebogen. Er musste dranbleiben, wäre er nicht schnell genug, könnte der Wagen gleich schon wieder verschwunden sein. Während er lief, arbeitete sein Hirn auf Hochtouren. Zirkusweg hinten links weg, Audi weg, Zirkusweg gleich vorn rechts weg, Audi im Tannenweg. Er hoffte auf rechts weg. Nur noch wenige Meter. Er war zu schnell, das Tempo würde er niemals durchhalten. Er keuchte. Rein in den Zirkusweg, kein Audi. Ab in den Tannenweg, Stopp und Augen auf. Während sein Herz pumpte und ihm Schweiß über die Schläfen rann, sah er den Wagen, hinten am Parkplatz beim Taxler, weiß mit Dachbox. Hundert Meter, vielleicht auch mehr, er rannte noch mal los. Die Quastenslipper nervten. Er schleuderte sie weg und lief barfuß, ohne auf irgendwas zu achten. Gleich hatte er's geschafft, vorbei an Jägerzäunen, Thujen und parkenden Autos, der Audi war zum Greifen nah.

Doch was war das denn? Luginger traute seinen Augen nicht. Die Karre fuhr los. Mühelos vergrößerte sich der Abstand zwischen ihm und dem Wagen, und Luginger blieb nichts außer verzweifelndem Armgewedel und kraftlosem Fluchen. Nachdem er total frustriert seine Hände auf die Knie gestützt hatte, beobachtete er in gebückter Haltung, wie der Audi am neuen Kinderhaus Richtung Hauptstraße abbog.

Er hatte es verbockt, er war zu langsam gewesen. Nach einer gefühlten Ewigkeit machte er sich auf den Rückweg. Mühsam schlüpfte er wieder in seine Schuhe. Plötzlich fiel ihm auf, dass niemand zu sehen war. Die kleine Straße war menschenleer. Der Audi samt Arschloch war verschwunden, und keiner konnte ihm weiterhelfen. War der Wagen schon mal jemandem aufgefallen? Kannte jemand den Fahrer? Wohnte er hier? Nach und nach fielen ihm weitere Fragen ein. Warum hatte der Audi gerade dort angehalten, wo niemand mehr wohnte? Warum nicht vor irgendeinem Haus? Warum hatte der Fahrer überhaupt gestoppt, wenn er kurz darauf, ohne auszusteigen, einfach weitergefahren war?

Luginger erinnerte das Bild, bevor die ganze Rennerei begonnen hatte. Er hatte seinen Pick-up aufgeschlossen, weil er zu Schuhmacher wollte. Ihm gegenüber parkte ein Kleintransporter. Dann sah er einen blinkenden weißen Audi mit langer Dachbox, der an dem Transporter vorbeimusste. In Sekundenbruchteilen schaltete sein Bewusstsein auf Alarm. In dem Audi saß ein Mann, allein, um die vierzig, Sonnenbrille, T-Shirt. Als der Wagen überholte und der Fahrer in den Zirkusweg abbiegen wollte, hatte Luginger ein Münchner Kennzeichen gesehen und war losgerannt.

Platt und ohne Plan hockte er auf einem Schemel in seiner Dusche und ließ heißes Wasser über sich laufen. Seine Füße schmerzten, die Beine waren Matsch, sein Nacken war steif, und als sein müder Blick seinen Schwanz streifte, hatte er den Eindruck, dass außer dem schlaffen Teil dort unten nichts heil geblieben war.

Nackt und feucht von Wasser und Restschweiß hatte er sich in seine kleine Küche geschleppt. Er rauchte und trank eimerweise Leitungswasser. Er fühlte sich alt, zermürbt, verweichlicht und brauchte lange, ehe er mit Polterer telefonieren konnte. Der Ortsbulle hörte schweigend zu, während er erzählte, was passiert war. Als am anderen Ende der Leitung außer Sprachlosigkeit nichts kam, wollte Luginger Polterer auf Trab bringen. »Und was machen Sie jetzt?«, fragte er verärgert.

»Im Tannenweg«, flüsterte Polterer, mehr als er sprach.

»Soll ich's Ihnen buchstabieren?«

»Ein weißer Audi mit Münchner Kennzeichen und Dachbox«, nuschelte die Polizistenstimme.

Luginger versuchte sich am Riemen zu reißen. »Genau, das habe ich gesagt.«

»Wieso denn gerade im Tannenweg?« Polterers Stimme hatte noch mehr an Deutlichkeit eingebüßt.

»Sagen Sie, geht's noch. Oder glauben Sie, ich leide unter Halluzinationen? Jetzt kommen Sie mal in die Gänge, aber plötzlich.«

* * *

Barbara saß mit Faulhuber im Café illy am Münchner Goetheplatz, nachdem sie ganz in der Nähe einen Verleger getroffen hatte, der davon träumte, Ökologie und Nachhaltigkeit so populär zu machen, dass sie quotenmäßig jede Fußballübertragung in den Schatten stellten. Der Verleger war ein leidenschaftlicher Mann, hatte sie Faulhuber erzählt. Er hatte Überzeugungen. Und eine davon lautete, die Bedingungen für den Erfolg seiner Bücher seien aktuell besser denn je. Er schwärmte von Kampagnen, Events und einem Marketing, das wenigstens so gut war wie die Kicker des FC Bayern.

Faulhuber war bei Dr. Wimmer gewesen. Nach seinem Treffen mit Luginger hatte ihn Barbara angerufen und gefragt, ob er sich nicht mit ihr treffen wolle. Sie wusste Bescheid. Sexparty in Bruckmühl, Ann-Charlotte Gruber, seine Misere seit der Trennung von Sabine, seine Unlust auf eine neue feste Bindung. Luginger hatte sie gestern eingeweiht. Nicht übertrieben im Detail, aber eindeutig im Wesentlichen.

Während Faulhuber einen zweiten doppelten Espresso bestellte, lächelte Barbara ihn an und sagte: »Weißt du, ich war bei meinem Besuch gerade nicht immer bei der Sache. In der U-Bahn hab ich eine Zahl gelesen, die mich echt beschäftigt. Männer denken neunzehnmal am Tag an Sex, Frauen zehnmal. Neunzehnmal, Bernie, ist das viel oder wenig?«

Faulhuber wirkte müde, Barbara aufgekratzt. »Ist doch okay, dass du zu so Partys gehst, also finde ich jedenfalls. Warum denn nicht? Ich versteh das.«

Faulhuber lockerte seine Krawatte und machte den obersten Hemdknopf auf. »Neunzehn ist eine gute Zahl, Barbara, zehn auch. Ich meine, neunzehn ist genauso gut wie dreiunddreißig oder zwölf. Als unsere Ehe den Bach runterging, haben Sabine und ich jeden Scheißdurchschnitt nach unten durchbrochen. An Sex haben wir nur gedacht, weil wir keinen mehr hatten.«

»Also, Franz und ich leben manchmal auch nur nebeneinanderher. Die Neunzehn bei ihm, zurzeit, nee, glaub ich nicht.«

»Was hast du eigentlich bei einem Verleger gemacht? Bücher gehören doch nicht zu deinem Geschäft?«

»Mein Chef kennt den. Die Gutmenschen-Mafia gluckt eben auch zusammen. Deshalb. Ich sollte da mal hin und hören, ob wir was tun können. Wegen Öko und dem Gewissen und überhaupt. Chefchen fährt Porsche, der Verleger geht zu Fuß. Der Porschefahrer fühlt sich schlecht, also schickt er mich los.«

Faulhuber lächelte gequält. Als sein Kaffee gebracht wurde, hellte sich seine Miene auf. Mit der Nase über der Tasse sagte er: »Wie das riecht! Seit Montag hab ich meinen Magen geschont, weil ich so gut wie nichts mehr essen konnte. Säfte und Wasser, noch und noch.« Er trank und prüfte den Kaffeegeschmack, als ob er bei einer Weinprobe wäre. »Prima, herrlich. Die Kaffeebohne ist eine der besten Entdeckungen der Menschheit.«

»Weißt du, während meines Besuchs bei dem Verleger ist mir noch eine Statistik eingefallen. Paare, die zehn Jahre und länger zusammen sind, schlafen im Schnitt zweimal wöchentlich miteinander. Ich finde, das ist gut, also wenn die Zahl stimmt. Mein Ergebnis dagegen ist unterirdisch. Null, Bernie. Eine kugelrunde Null für die vergangenen acht Tage. Also, warum dann keine Sexpartys?«

»Du willst mich aufheitern, wie? Mein Dilemma kleinreden, alles auf Normaltemperatur bringen?«

Barbara nahm seine Hand. »Ich wollt dir sagen, dass du dich ruhig ein bisschen scheiße fühlen kannst, dass du damit aber nicht allein bist.«

»Danke. Nur lag bei dir keine ermordete Frau im Wald.«

Barbara nickte. »Wie schätzt dein Anwalt die Situation denn ein?«

»Positiv, durchweg positiv. Der Mann ist Optimist, dafür wird er ja auch bezahlt.«

»Geht's genauer?«

»Er wird sich mit Frau Weibel in Verbindung setzen und schauen, was sie wirklich hat. Er sagt, bis jetzt sprechen nur Zufälle und moralische Vorurteile gegen mich.«

»Vertraust du ihm?«

Faulhuber räusperte sich. »Vertraust du mir?«

»Ja. Voll und ganz.«

Faulhuber atmete durch. »Danke. Das klingt gut, sehr gut sogar.« Gleichzeitig dachte er, dass Barbara ihn auf den Mond schießen würde, wüsste sie die ganze Wahrheit. Nicht nur die um Moni, auch die, die er Wimmer erzählt hatte. Dass er seit Jahren mit vielen Frauen geschlafen hat, dass er Sabine schon betrogen hat, als sie noch nicht getrennt waren, dass er immer wieder auf Sexpartys gewesen war und dass seine beschissene Suche nach immer neuen Bettgeschichten dazu geführt hat, dass die Kripo sein ganzes herzloses Intimleben aufdeckte, wenn sie nur tief genug graben würde. Das hatte er Wimmer gesagt. Bruckmühl war kein Ausrutscher, nichts Einmaliges, ich war oft unterwegs, viel zu oft, und wenn die Weibel mein Foto in gewissen Etablissements rumzeigt, bin ich aufgeflogen und stehe als Lügner da. Wimmer war ganz ruhig geblieben. Probleme bekommen Sie nur, wenn Sie als unbeherrscht oder gar gewalttätig aufgefallen sind. Sind Sie das? Nein. Ich bin zwar ruiniert, aber kein Schläger, nie gewesen, verlassen Sie sich drauf. Können Zeugen auftauchen, die Sie mit harten Sexpraktiken in Verbindung bringen, hatte Wimmer noch gefragt? Sadismus, Masochismus? Nein. Sicher? Ja.

»Hat Moni mit dir mal geredet?«, fragte er Barbara. »Wegen ihrer Sache, meine ich.«

»Nein. Wir sind ja nicht befreundet, Bernie. Mein Verhältnis zu ihr war schon immer eher distanziert. Aber es geht ihr wirklich schlecht. Gestern war sie in Erding und hat ein Foto von der toten Gruber gesehen. Sie hat sie gekannt, also ich muss schon sagen, das war noch mal ein richtiger Nackenschlag.«

»Ich weiß. Franz hat's mir erzählt. Wir haben uns vorhin gesehen.«

Barbara war überrascht. »So früh schon?«

Faulhuber nickte. »Er ist mein einziger echter Freund und hält trotz allem zu mir. Dass du das auch tust, freut mich wirklich.«

Barbara spielte mit ihren Haarspitzen. »Darf ich dich mal was fragen?«

»Selbstverständlich.«

»Mit Sabine, wie ist das eigentlich zu Ende gegangen?«

»Schleichend, Barbara, wie bei einem Ball, dem langsam die Luft ausgeht. Letztendlich hat uns der Alltag zermürbt.«

»Es gibt aber auch Paare, die schaffen das.«

»Ja, aber ehrlich gesagt, weiß ich nicht, wie die das hinkriegen. Kinder machen einiges wett, wenn die aber mal weg sind, wird's eng, sehr eng.«

»Keine gute Prognose für Franz und mich, Bernie?«

Faulhuber lächelte. »Ihr macht's eben besser.«

»Wirst du noch mal auf so 'ne Party gehen, wenn das alles durchgestanden ist?«

Faulhuber schüttelte den Kopf. »Nein, ich besorg mir was über einen Katalog. Aus Thailand oder Mexiko. Jung, frisch und dankbar, dass ich was auf dem Konto hab.«

»Und dann richtest du sie ab«, flötete Barbara, ohne nachzudenken und mit einem Blick, der Faulhuber endgültig klarmachte, wo er stand. Im Abseits. Total im Abseits. Kein Scherz würde mehr funktionieren, kein Spruch durchgehen, alles, was er in Zukunft sagen würde, würde im Zusammenhang mit einem Ereignis beurteilt werden, das nie wieder aus der Welt zu schaffen war.

Als Barbara bemerkte, wie sehr sie mit ihrer gedankenlosen Bemerkung danebengelegen hatte, hätte sie sich am liebsten auf die Zunge gebissen. »Tut mir leid, Bernie. Das sollte ein Witz sein. Entschuldige.«

Müde winkte er ab. »Sandra hat vorhin angerufen, als ich bei Wimmer war. Sie musste unbedingt was loswerden. Und weißt du was?«

Als Barbara, immer noch beschämt, nicht weiter nachfragte, sagte er: »Dass sie mich nicht mehr sehen will. Dass ich ein Arschloch bin. Dass ich doch auch nur mit dem geringsten Aufwand an Muschis will, ohne zu kapieren, dass Frauen ganz anders sind. Dass Frauen Männer wollen und nicht nur Penisse. Dass Frauen viel zu viel über sich ergehen lassen, nur um geliebt zu werden. Dass wir alle eine Pornomeise haben. Und dass ich genauso wäre. Irgendeine Frau anzumachen, ohne von ihr was anderes zu wollen, als mit ihr ins Bett zu gehen, wäre das Letzte.« Faulhuber legte einen Zehneuroschein auf den Tisch. »Sie wollte keine Antwort, verstehst du, Barbara, sie wollte mich beschimpfen, demütigen, mir was heimzahlen, jetzt und sofort, ohne Rücksicht auf alles.«

* * *

Luginger saß in einem tiefen Sessel und atmete den Geruch von Bienenwachs, während Oskar Schuhmacher in der Küche Tee kochte. Er fühlte sich wieder auf dem Damm. Die Pleite mit Nonnenmeier hatte er genauso abgehakt wie Polterers schreckliche Lahmarschigkeit am Telefon.

Im Wohnzimmer lagen dicke Teppiche, und alte Möbelstücke füllten den Raum bis in den letzten Winkel. Ihm gegenüber stand eine Schrankwand, neben der Küchentür eine Anrichte, die Mitte des Zimmers füllte ein großer Tisch mit sechs Stühlen, dazu kamen eine Couch, weitere Sessel und mehrere Truhen und hohe Nachttische, alle abgebeizt und ordentlich poliert. An den Wänden hingen Ölbilder mit vergoldeten Rahmen. Sie zeigten Landschaften. Luginger tippte auf Kampenwand, Starnberger See und Schneebergc in Bayrischzell.

Oskar Schuhmacher war gestern nicht zu erreichen gewesen. Trotz heftigem Geklingel und einem Marsch ums Haus hatten Brettmann und er nur in Erfahrung gebracht, dass er unterwegs war, um im Chiemgau nach alten Möbeln zu suchen. Brettmann hatte sich dann schnell abgeseilt und zu verstehen gegeben, dass er bei einem weiteren Besuchsversuch nicht mehr dabei sein würde.

Schuhmacher trug Aufgebrauchtes. Sein kariertes Flanellhemd war genauso verwaschen wie seine braune Cordhose, die mit einem Ledergürtel unterm Bauch festgezurrt war, der so rissig wirkte, dass Luginger glaubte, er könne jeden Moment brechen und der Mann würde ihm in einer Unterhose Marke Schiesser mit Eingriff gegenüberstehen.

»Um diese Zeit brauche ich immer eine Kanne Kräutertee«, sagte Schuhmacher und stellte zwei große Tassen auf den Tisch. »Kräutertee spült meine Nieren und ist gut für die Blase.«

»Für mich bitte nicht«, sagte Luginger.

»Nein! Wirklich nicht?«, fragte Schuhmacher.

»Nein danke.«

»Kann ich Ihnen etwas anderes anbieten?«

»Nur keine Umstände«, sagte Luginger.

»Sitzen Sie bequem?«

»Ja, vielleicht etwas tief, aber sonst tadellos.«

Oskar Schuhmacher lächelte zufrieden. »Ich muss den Sessel nur neu beziehen und die Lehnen aufbessern, dann sieht man ihm gar nicht mehr an, wie alt er ist.«

Luginger nickte.

»Sie rauchen bestimmt. Wenn Sie wollen, können Sie. Mir macht das nichts, früher haben alle geraucht.«

Schuhmacher holte einen Aschenbecher aus der Schrankwand. »So, jetzt kann's losgehen. Also, Manfred Gruber. Tja, ein begabter Modellbauer und ein sehr begabter Arzt. Ein wunderbarer Mensch, aber ein talentloser Ehemann, wenn ich so sagen darf. Ohne Fortune, ohne Geschick in Herzensangelegenheiten, verstehen Sie?«

Luginger schüttelte den Kopf.

»Na, wir haben ja Zeit, Sie werden es verstehen lernen, nur Geduld. Ihr Freund, der Herr Faulhuber, übrigens einer der wenigen Zahnärzte, der fast schmerzfrei spritzen kann, ich schätze seine Arbeit außerordentlich, ist da natürlich in eine dumme Sache geraten. Wenn ich ihm helfen kann, würde es mich sehr freuen. Die Polizei ist bei Verbrechen dieser Art häufig überfordert. Sie neigt dazu, Tötungsdelikte, die eine auf den ersten Blick undurchsichtige psychische Komponente aufweisen, mit Verbrechen zu verwechseln, die aus – sagen wir mal – Habgier oder reiner Boshaftigkeit geschehen.« Schuhmacher trank einen großen Schluck Tee. Dann zündete er ein Streichholz an und reichte Luginger Feuer. »Ich habe jahrzehntelang sehr gerne geraucht, immer fünf Stück am Tag. Nie mehr, aber auch nie weniger. Rauchen entspannt, es kann einen gelassener machen.«

»Und jetzt haben Sie damit aufgehört«, bemerkte Luginger, nur um auch mal was sagen zu können.

»Ja, meine Lunge ist nicht mehr die Beste, also Sense mit dem schönen Gift.«

»Was machen Sie eigentlich beruflich? Die vielen Möbel sind doch eher ein Hobby.«

»Ich praktiziere nicht mehr, schon lange nicht mehr. Ich habe als Paartherapeut gearbeitet, aber nach dem Tod meiner Frau hatte ich einfach keine Lust mehr. Wissen Sie, finanziell bin ich nicht darauf angewiesen, also lasse ich es, wenn ich nicht spüre, dass mich meine Talente rufen.«

»Und sie rufen nicht?«, fragte Luginger.

»Richtig, schon lange nicht mehr. Ich bin es einfach leid. Die Menschen erfinden die tollsten Sachen, aber im Zusammenleben sind wir im Mittelalter stecken geblieben. Zu viel Unglück, nur weil unglückliche Menschen glauben, sie wären weniger unglücklich, wenn sie sich zusammentun. Aber lassen wir das Allgemeine und kommen zu Manfred Gruber. Was möchten Sie wissen?«

Luginger zögerte. Dann fragte er: »Na ja, wie Sie ihn kennengelernt haben? Was er für ein Mensch ist?«

Als er nichts weiter hinzufügte, strich sich Schumacher übers Kinn. »Nein, das möchten Sie nicht wissen. Das ist alles papperlapapp. Kommen Sie aus der Deckung, nur Mut.«

»Seine Ehe lief schlecht, seine Frau hatte andere Männer. Ich meine, wie ist er damit umgegangen, vorausgesetzt, Sie können überhaupt etwas dazu sagen. Ich weiß ja gar nicht, ob Sie noch Kontakt haben.«

»Das wollen Sie wissen?« Schuhmacher rümpfte die Nase. »Ich glaube Ihnen kein Wort. Sie wollen nur eins wissen: Ist er fähig, seine Frau zu töten? Ist er der Mörder und nicht Ihr Freund Faulhuber? Richtig?«

Luginger dachte: keine Umwege, kein Schmus, kein Abtasten, direkt auf die Zwölf. Deshalb hat er auch die Schnauze voll von seiner Paartherapie. Da das Kreiseln, hier die Direktabnahme.

»Darf ich Ihnen eine Zigarette abluchsen?«

Luginger lächelte und reichte ihm sein Tabakpäckchen.

»Können Sie mir bitte eine drehen?«

»Ihre Lunge«, sagte Luginger.

»Scheiß drauf«, sagte Schuhmacher.

Während Luginger Tabak in einem Papierchen verteilte, hob Schuhmacher an: »Ich kenne Manfred Gruber seit fast zwanzig Jahren. Wir haben als Modellbauer wunderbar zusammengearbeitet. Als er Ann-Charlotte kennengelernt hat, hat er sich verändert. Er wollte heiraten, eine Familie gründen, ein Leben leben, wie es die meisten von uns bevorzugen. Vorher war er ein Streuner, ungeduldig, herrisch, einer, der zu wenig auf andere gibt. Ann-Charlotte sollte seine Therapie sein, also hat er einen furchtbaren Fehler gemacht. Ein anderer Mensch ist keine Therapie, ein anderer Mensch ist ein anderer Mensch. Er hat zuerst sich und dann sie überfordert. Er wollte Kinder, konnte aber keine zeugen, eins kam zum anderen. Alles wurde immer nur schwieriger. Vor drei Jahren habe ich ihn zum letzten Mal gesehen. Wir haben uns gestritten. Ich habe ihm die Trennung nahegelegt, als Freund, nicht als Therapeut, und er hat gesagt, eher sterbe ich, noch einen Versuch traue ich mir nicht zu.«

Schuhmacher zündete sich die Zigarette an und paffte ein, zwei Züge, ehe er das Nikotin in die Lunge zog.

Luginger schwieg. Der ganze Besuch kam ihm unwirklich vor. Der Mann, sein Gerede, seine Erscheinung, sein Beruf, die Möbel, die Präzision seiner Schilderung und überhaupt die Eile, mit der er vorpreschte, um die Zügel in der Hand zu behalten. Schließlich sagte er: »Sie meinen also, er hätte eher sich selbst als seine Frau umgebracht?«

»Nein. Ich meine, er war verzweifelt, also vor drei Jahren wenigstens. Es gab keinen Ausweg.«

»Wussten Sie, dass seine Frau Affären hatte?«

»Jeder, der die Grubers besser kannte, wusste das. Affären werden ja furchtbar überschätzt. Manfred hat das nicht gemacht, da hat er Größe gezeigt. Ann-Charlottes Affären waren ja auch nicht das Problem, sondern die Liebe, die sich aufgebraucht hat. So ist es bei den meisten Paaren. Wissen Sie, nur die wenigsten sind dafür geschaffen, ein Leben lang miteinander auszukommen. Und wenn die Leben dann nicht enden wollen, kann das zu einer ziemlichen Quälerei werden.«

Luginger sehnte sich nach Alkohol. Bier oder Schnaps, egal was, nur Dämpfendes, um Schuhmachers Weisheiten besser sacken lassen zu können. Außerdem ahnte er, dass das hier tief ins Grundsätzliche abgleiten würde.

»Sie brauchen was zu trinken, stimmt's?«, fragte Schuhmacher.

Ehe er etwas erwidern konnte, war Schumacher schon aufgestanden und stellte einen Obstler nebst Gläsern auf den Tisch. »Wenn Sie öfter kommen würden, würde mein Arzt verrückt werden. Rauchen und saufen, am Morgen, ha, das ist mal wieder was. Wissen Sie, heute werden viele von uns achtzig oder älter. Jetzt stellen Sie sich vor, Sie haben mit fünfundzwanzig oder dreißig geheiratet, dann haben Sie Ihren Partner genauso lange an der Backe, wie Mitte des neunzehnten Jahrhunderts ein ganzes Menschenleben dauerte. Und Manfred hat das gesehen, deshalb war er so verbittert. Weil es nicht aufhören würde und weil er es nicht beenden konnte.«

»Seine Frau hätte ja auch einen Schlussstrich ziehen können«, sagte Luginger.

»Hätte, hätte. Hat sie aber nicht.«

»Haben Sie mit ihr über den ganzen Murks mal geredet?«

»Nein. Zu Ann-Charlotte hatte ich kaum Kontakt.«

»Warum sollen bei Gruber denn nicht die Sicherungen durchgebrannt sein? Das ist doch naheliegend?«, fragte Luginger.

»Gute Frage. Selbstverständlich kommt er als Täter in Betracht.

Warum er aber seine Frau ausgerechnet bei uns getötet haben soll, leuchtet weniger ein, nicht?«

Luginger nickte. Der Alkohol tat ihm gut. Irgendwas wurde weicher, versöhnlicher in ihm. Nach Faulhubers morgendlichem Geständnis und Frau Weibels allgemein gehaltenem Hinweis auf die möglichen Folgen seines Aussetzers vor vier Jahren war die Kombination aus Sessel, Schnaps und Schumachersound ein wenig Balsam auf seine Seele. »Vielleicht wurde seine Frau ja gar nicht bei uns umgebracht?«, sagte er. »Vielleicht hat er sie bei uns nur abgelegt?«

»Jetzt hören Sie aber auf, Herr Luginger. Dafür müsste es schon sehr außergewöhnliche Gründe geben. Manfred Gruber ist ein durch und durch rationaler Mensch. Er ist Arzt und hat gelernt, den Dingen auf den Grund zu gehen. So jemand fährt nicht die Leiche seiner Frau spazieren.«

»Hatten Sie bei Ihren Patienten auch mal Fälle von Mord und Totschlag?«

»Nein, zum Glück nicht. Die meisten von uns haben doch so viel Kultur verinnerlicht, dass sie mit ihrem Scheitern anders umgehen. Alkohol zum Beispiel spielt dabei eine große Rolle. Prost!« Schuhmacher schüttelte sich. »Wissen Sie, für gelungenes Zusammenleben gibt es keine Zauberformel. Nur eins steht fest, felsenfest. Wenn der gegenseitige Respekt flöten geht, ist Feierabend. Respekt und Anziehung sind die Säulen jeder Partnerschaft. Und jetzt kommt es, wie es kommen muss, Herr Luginger. Manfred Gruber hat seine Frau respektiert. Und er war sehr gern mit ihr zusammen. Also bis vor drei Jahren jedenfalls. Und ich vermute, dass es ihr genauso gegangen ist. Die beiden konnten nicht anders als zusammenbleiben.«

»Bis dass der Tod sie scheidet«, brummte Luginger.

Schumacher nickte. »Während meiner Arbeit habe ich Paare kennengelernt, die sich das Leben zur Hölle gemacht haben, ohne auch nur einen Gedanken auf das Naheliegendste zu verschwenden, nämlich sich zu trennen. Wissen Sie, unsere Psyche erzeugt immer wieder verzwickte Entscheidungen, Entscheidungen, die sich sowohl dem gesunden Menschenverstand als auch wissenschaftsgetriebenen Eingebungen entziehen. Es ist auch nicht der Mühe wert, das alles verstehen zu wollen, wichtig ist nur, dass die, die es betrifft, lernen, damit zu leben.«

Luginger steckte sich erneut eine an. »Brauchen Sie auch noch Stoff?«

»Oha! Nein danke, eine reicht mir. Ich rede zu viel, ich weiß, aber ich rede gern, und als Sie mich angerufen haben, habe ich mich richtig gefreut. Die knappen Meldungen in den Zeitungen zum Tod von Ann-Charlotte Gruber geben ja nichts her, und ich habe mich die ganze Zeit gefragt, ob ich mich bei Manfred melden soll. Jetzt weiß ich, dass ich es lasse. Es ist alles zu lange her, und in drei Jahren kann so viel passieren. Was soll sich ein alter Zausel wie ich da einmischen?«

»Ist Gruber ein gewalttätiger Typ? Aufbrausend, irgend so was?«

»Nicht mehr als Sie und ich, Herr Luginger. Mit einer Einschränkung allerdings: Wer so unter Druck steht, wie er unter Druck gestanden hat, braucht sehr viel Kraft, um die Beherrschung nicht zu verlieren. Nur, auch das möchte ich Ihnen sagen, Manfred könnte diese Kraft gehabt haben. Mit einer Einschränkung allerdings: Weil er sich mit aller Macht dagegen gewehrt hat, seinen eingeschlagenen Weg zu verlassen, könnte sich diese Kraft gegen ihn und seine Frau gewendet haben. Das ist sehr gut denkbar, aber reine Spekulation, verstehen Sie?«

Schuhmacher widmete sich wieder seinem Tee, während Luginger seine Gedanken zurechtrückte. »Bei allen Fürs und Widers bleibt doch nur eins: Gruber war nicht eifersüchtig. Wenn seine Frau mit anderen Männern rumgemacht hat, ist er nicht aus den Latschen gekippt.«

»Bis vor drei Jahren wenigstens war das so. Wir haben uns einige Male darüber unterhalten. Die Mehrheit der Liebe Suchenden möchte ja von jemandem erwählt werden, mit dem er sein Intimstes teilt. Wir laufen nicht nackt durch die Welt, wir bedecken unsere Scham, wir haben uns über Jahrtausende hinweg daran gewöhnt, die Mitte unserer Körper besonders auszuzeichnen. Dass das Intime auch nur Körper ist, auch nur funktioniert oder nicht, ist dabei mehr und mehr in Vergessenheit geraten. Manfred hat das sehr genau gesehen. Er hat aber auch gesehen, dass wir der Scham ausgeliefert sind. Genau deshalb spielen Drogen ja eine enorme Rolle, wenn Schamgrenzen verletzt werden. Was ich sagen will: Für ihn war Sex hauptsächlich Technik, wie Skispringen oder Gewichtheben, wenn Sie da gut sein wollen, müssen Sie üben, üben, üben, mit dem kleinen Unterschied allerdings, dass es beim Skispringen egal ist, mit wem Sie üben.«

»Da fahren Ihre Züge übers Gleis, und Sie reden über Skispringen und Gewichtheben«, bemerkte Luginger. »Nicht gerade normal, wie?«

Schuhmacher lachte. »Er musste, ich durfte. Sie hören ja selbst, wer mit mir zusammensitzt, kommt nicht drum herum, den ganzen Quatsch emotionaler und sexueller Ausdünstungen über sich ergehen zu lassen.«

Luginger schraubte sich aus dem Sessel. »Wenn Sie Lust haben, kommen Sie doch mal ins Hammer-Eck. Ich geb einen aus. Bei mir gibt's nämlich auch Ausdünstungen. Jede Menge sogar.«

»Männer und Bier sind nicht unbedingt meine Welt, Herr Luginger. Aber danke für die Einladung.«

»Mögen Sie Fußball?«

»Gott bewahre. Zweiundzwanzig kurze Hosen und nur ein Ball.«

»Das war jetzt aber ziemlich platt«, sagte Luginger.

Schuhmacher grinste und reichte ihm die Hand. »Grüßen Sie

Herrn Faulhuber von mir, und sagen Sie ihm bitte, dass ich so lange an seine Unschuld glaube, bis das Gegenteil bewiesen ist. Das gilt übrigens auch für Manfred Gruber. Wissen Sie, was mir meine Frau immer gesagt hat, wenn mir Entwicklungen in meiner Arbeit zu lange gedauert haben? Geduld ist die Mutter der Porzellankiste.«

* * *

Meisners Notizen lagen vor ihr auf dem Schreibtisch. Wie so oft hatte er gut gearbeitet. Die fehlende Swatch von Frau Gruber war eine Audrey, ein Modell, das 1990 schon im Handel war. Die Uhr konnte heute noch problemlos gekauft werden. Auch was Nonnenmeier betraf, war er weitergekommen. Seit siebzehn Jahren war der Mann in der Münchner Edelweißstraße 5 gemeldet, es war also durchaus möglich, dass er Frau Gruber, die bis zum 30.10.2000 ganz in seiner Nähe in der Alpenstraße gewohnt hat, vor vielen Jahren irgendwo in seinem Viertel begegnet war. Am wichtigsten war aber, was Meisner aus Bruckmühl mitgebracht hatte. Nachbarn von Matthias Heilmann glaubten, Manfred Gruber des Öfteren in der Rätestraße gesehen zu haben. Ob er allerdings auch am frühen Morgen des vergangenen Samstags da gewesen war, konnte oder wollte niemand bestätigen. Meisner hatte vorgeschlagen, ein weiteres Mal nach Bruckmühl zu fahren und neben dem Foto von Manfred Gruber auch eines von seinem Auto mitzunehmen. Er fuhr einen silbernen Kombi, einen Volvo V70, ein Wagen, der bestimmt aufgefallen wäre, hätte er dort nachts irgendwo gestanden. Die Kiste ist einfach zu groß, um sie zu übersehen, hatte Meisner gesagt und hinzugefügt, dass zwei Häuser von der Heilmann-Villa entfernt ein Mann wohnt, der weniger über die Partybesucher als über ihre Autos etwas zu sagen weiß. Der hat sich mächtig aufgeregt, so Meisner, weil Heilmanns Gäste immer mit dicken Schlitten vorfahren würden. Dass die Partys bei Heilmann keine gewöhnlichen Partys waren, hatte weder den Autohasser noch die übrige Nachbarschaft besonders gestört. Alle hatten geglaubt, dass es bei einem bekannten Caterer eben üblich war, wenn ständig Besucher ein und aus gingen.

Sie mussten sich Manfred Gruber zur Brust nehmen. Wenn es stimmte, dass er seine Frau öfter bei Heilmann beobachtet hat, waren seine bisherigen Aussagen zu diesem Punkt nicht mehr viel wert. Und dann die angedeutete Neigung zu Gewaltausbrüchen. Was Frau Darius über die Hochzeit erzählt hatte, legte den Schluss nahe, dass es mit seiner abgebrühten Haltung dem ausschweifenden Sexleben seiner Frau gegenüber doch nicht so weit her war.

Blieben Frau Gruber und ihre möglichen sexuellen Neigungen. Herr Beckenbauer, einer ihrer Lover, hatte am Sonntag gesagt, sie habe auf Macht-Ohnmacht-Spielchen gestanden. Was hieß das? Sich würgen lassen, um die eigene Lust zu steigern? Konnte sie aus Beckenbauers Schilderung im Zusammenhang mit den Informationen von Frau Darius zu den Männern, Fesseln und Striemen ein Muster ableiten, um erotische Vorlieben als Tatmotiv in den Vordergrund zu rücken?

Clara Weibels Computer meldete den Eingang einer Mail.

Ben! Nach üblichen Eröffnungsfloskeln schrieb er: »Die Mädchen in dem römischen Prostituiertenring hier wollen alle Profischlampen werden. Reich, dumm, geil. Es ist nicht zu glauben. Die schauen nur Modelshows im Fernsehen, nacktes Fleisch steht da ganz oben auf der Agenda. Brüste, Ärsche, nichts ist dabei, alles ist okay, wenn man nur auffällt. Es geht nicht um Lust oder Macht, es geht allein darum, genau so dumm zu sein wie irgendwelche RTL-Tussen. Schamlos ist kein Makel, im Gegenteil, schamlos wird zur Auszeichnung. Was ich hier lerne, ist: Was immer die herbeigerufenen Psychologen in ihre Berichte schreiben, es erklärt nichts. Alle sind ratlos. Sex gegen Geld ist für diese Schülerinnen nur eine Verrichtung unter vielen, allerdings eine gut bezahlte. Sie tun es, weil es einfach ist, weil es funktioniert, weil die Nachfrage da ist. Kein Drama, ein Job! Drogen spielen nur in Ausnahmefällen eine Rolle, das Schlimmste für die jungen Dummchen ist, dass ihre Eltern und die Schulen jetzt Bescheid wissen. Ich fahre morgen wieder zurück, hier gibt's nichts mehr zu tun. Grüße Ben.«

Meisner brachte Kaffee.

Clara Weibel lehnte nachdenklich im Stuhl.

»Polterer lässt ausrichten, dass er bei den ersten Befragungen in der Nähe vom Hammer-Eck noch nicht weitergekommen ist«, sagte Meisner. »Mit dem Mann auf dem Phantombild kann dort keiner was anfangen. Er arbeitet jetzt an einem Raster, um schneller voranzukommen. Ich denke, wir sollten erst mal zu Manfred Gruber fahren.«

»Kümmern Sie sich bitte um Herrn Beckenbauer, Herr Meisner. Der Mann sollte aus Polen ja wieder zurück sein. Fragen Sie ihn nach Frau Gruber und ihren sexuellen Vorlieben, und bitten Sie ihn, sein Schamgefühl hintanzustellen. Dann rufen Sie diesen Ronninger noch mal an. Fühlen Sie ihm auf den Zahn. Ich glaube einfach nicht, dass Frau Gruber bis auf die Sexpartys bei Heilmann keine weiteren Kontakte hatte. Und reden Sie mit Dr. Liefers. Kann er wirklich ausschließen, dass das Opfer kurz vor seinem Tod Sex hatte? Nerven Sie ihn, treiben Sie ihn zur Weißglut. Wir müssen endlich mehr wissen als vermuten.«

»Und Manfred Gruber?«, fragte Meisner.

»Da fahr ich allein hin«, erwiderte Clara Weibel. »Wir treffen uns später in Bruckmühl. Es wird Zeit, dass Frau Grabowski und Herr Heilmann Farbe bekennen.«

* * *

Anna löffelte Linsensuppe. Neben ihr standen andere benutzte Teller auf dem Küchentisch.

»Hast Moni noch gesehen?«, fragte Lugingers Mutter, während er Leitungswasser in ein Glas laufen ließ.

»War sie hier?«, fragte Luginger.

»Ist grad weg.«

»Dann werd ich sie verpasst haben.«

»Komm, iss was mit. Ist noch genug da.«

Luginger schaute in den Topf auf dem Herd.

»Wer hat denn gekocht?«

»Resi. Reicht noch für morgen.«

»Also habt ihr zu dritt gegessen? Moni, Resi und du?«

Anna nickte. Ihre Hände zitterten.

Aus leichtem Parkinson wird schwerer Parkinson, dachte Luginger. Schlimmer geht's immer, alles nur eine Frage der Zeit.

»Was wollt Moni denn?«

»Sie hat sich bedankt. Wegen der Therapie, die sie hätt machen sollen. Will sie aber nicht.«

»Dacht ich mir, Mama. So Psychokram ist nicht ihrs.«

Anna schob einen Löffel Suppe in den Mund. Während ihre Kiefer mahlten, schöpfte sich Luginger einen Teller voll.

»Ich hab ihr gesagt, sie soll mal g'scheit Urlaub machen.«

»G'scheit?«, fragte Luginger misstrauisch.

»Sechs Wochen, mindestens.«

Luginger erschrak. »Bist noch zu retten. Sechs Wochen. Meinst eigentlich, die Monis hängen so am Baum, und ich müsst sie nur pflücken.«

»Iss jetzt.«

»Wenn du dich ins Hammer-Eck einmischst, krieg ich 'nen Föhn. Lass das, verstehst.«

»Nimm Salz. Resi macht's zu fad. Weil's gesünder ist, sagt sie. Wenn's nach nix schmeckt, nutzt die ganze Gesundheit auch nix.«

Luginger griff zum Salzstreuer. »Wie geht's denn deiner Moni?«

»Sie hofft halt, dass die Kripo den Nonnenmeier findet.«

»Hat sie dir die Geschichte erzählt? Also, dass sie glaubt, ihr Arschloch gefunden zu haben?«

Anna kleckerte und schimpfte.

»Lass gut sein, Mama. Ist nicht schlimm.«

»Ich hab drüber nachgedacht. Wenn der Mann bei euch wohnen soll, dann über der Bäckerei. Das Haus gehört der Lisbeth Schreiber, und die ist immer auf Mallorca. Warum sollt sie nicht vermieten, wenn sie weg ist?«

»Was macht die bucklige Alte denn auf Mallorca? Ist ja das Erste, was ich hör.«

»Sie hat ein Haus da. Finca heißt das, sagt Dr. Brettmann. Als es noch billig war, hat's der Franz-Josef gekauft. Ist schon dreißig Jahre her. Dr. Brettmann meint, heut wär das ein Vermögen wert.«

»Und jetzt lebt sie mehr oder weniger auf der Insel?«, fragte Luginger nach.

»Viele Monate. Dr. Brettmann war da mal mit seiner Frau.«

Brettmann, Brettmann, dachte Luginger. Was wär Annas Leben ohne den Mathefutzi von nebenan.

»Und wie kommst drauf, dass sie ihre Wohnung bei uns jetzt vermietet?«

»Weil's Geld bringt und die Lisbeth schon immer geschaut hat, dass der Rubel rollt. Dr. Brettmann weiß das.« Luginger nickte, und Anna sagte: »Dr. Brettmann meint, im Internet gibt's so Plattformen, wo das jeder machen kann, also vermieten.«

»Die alte Lisbeth macht doch nichts im Internet.«

»Dr. Brettmann aber.«

Aha, dachte Luginger. Der dreckerte Geizkragen checkte ihre Angebote und flog dafür ab und zu auf die Insel. Für lau, versteht sich. Brettmannsche Tauschgeschäfte. Wie du mir, so ich dir.

»Und ist ihre Wohnung gerade vermietet?«

»Dr. Brettmann sagt, nein. Das heißt aber nix. Manchmal macht sie das auch selber.«

»Wie selber?«

»Die Enkel, Bub. Die studieren, und die schleppen immer mal wieder Studenten an. So zum Übergang, Erstsemester, sagt Dr. Brettmann.

»Ist die Schreiber denn grad auf Mallorca?«

»Dr. Brettmann sagt, die wird bei ihrem Sohn sein.«

Luginger ließ seinen Löffel fallen. »Mama, ich hör nur Dr. Brettmann. Was der alles weiß oder nicht weiß, geht mir grad am Arsch vorbei. Ergebnisse, bitt schön. Also, was ist jetzt und heute mit der Schreiber-Wohnung?«

»Später weiß ich's.«

Luginger fiel Polterers Gestammel ein. »Hast darüber schon mit jemandem gesprochen? Mit dem Polterer zum Beispiel?«

Anna schob einen weiteren Löffel an ihrem Mund vorbei. »Polterer fährt da hin. Ich hab's ihm gesagt.«

»Wann?«

»In der Früh.«

»Hast der Moni davon erzählt?«

Anna schüttelte den Kopf. »Die soll sich nicht verrückt machen, Bub. Das würd sie nur aufregen.«

Die Schreiber-Wohnung ist's nicht, dachte Luginger. Wenn's die wär, wär der Audi schon öfter aufgefallen.

»Nonnenmeiers gibt's nicht in Leuterding«, sagte Anna. »Polterer hat im Computer nachgeschaut. Auch uneheliche Kinder, verstehst. Er sagt, das ist das Naheliegenste. Dass der bei der Verwandtschaft unterschlüpft, da muss er sich nirgends melden und nix bezahlen.«

»Und wie will er den Scheißkerl jetzt finden?«

»Rasterfahndung. So heißt das. Dr. Brettmann kennt sich aus. Wegen früher, Baader-Meinhof, also da haben die das erfunden, also das BKA.«

Luginger ging zum Kühlschrank. BKA, Baader-Meinhof, Rasterfahndung. Und er hätte dem ganzen Spuk ein Ende machen können, wenn er nur schneller gewesen wäre. »Hast ja kein Bier mehr, Mama.«

»Dr. Brettmann bringt welches mit.«

Viel zu laut flog die Kühlschranktür zu. »Weißt eigentlich, wie oft du in den letzten zehn Minuten Dr. Brettmann gesagt hast? Himmel Herrgott, gibt's noch jemand anders, der was sagt oder tut?«

Anna schob ihren Teller beiseite. »Das Auto, das Moni gesehen hat, hat Dr. Brettmann auch schon gesehen. Und weißt, wo?«

Luginger guckte verblüfft.

»Vorm Radlladen. Gestern. Das Ding da auf dem Dach war aufgeklappt, deshalb ist's ihm aufgefallen.«

»Und was war drin in dem Ding?«

»Masken! Stell dir vor, lauter Masken, hat Dr. Brettmann gesagt.«

* * *

Clara Weibel klebte eine Haftnotiz mit den Worten INTIMITÄT und WAHL auf ihr Armaturenbrett, bevor sie losfuhr. Während der knapp dreißig Kilometer bis zur Gruber-Praxis hoffte sie, genug Zeit zu haben, um darüber nachzudenken, was die beiden Begriffe im Zusammenhang mit ihren Ermittlungsergebnissen und Bens Erfahrungen bedeuteten. INTIMITÄT und WAHL schienen ihr treffend zu beschreiben, wenn es darum ging auszudrücken, was sie den ganzen Vormittag über beschäftigte.

Ihr Handy hatte sie auf lautlos gestellt. Der Verkehr war unaufgeregt. Nach wenigen Minuten schon hatte sie Erding verlassen und fuhr in ruhigem Tempo Richtung Süden. Irgendwie fühlte sie sich niedergeschlagen und ohne Energie, um Manfred Gruber aus der Reserve zu locken. Genau genommen war es ihr egal, was er in einer halben Stunde zu sagen hatte. Hätte er seine Frau wirklich getötet, würden sie es herausfinden. So oder so, entweder heute oder morgen, da konnte er lügen, wie er wollte. Was viel mehr auf ihre Stimmung drückte, waren die harten Fakten zur Bereitschaft von Frauen, sich auszuliefern. Das Verhalten von Bens Schülerinnen war natürlich besonders auffällig. Sie verzichteten auf alles, was ihr selbst im Umgang mit Männern wichtig war. Sie suchten keine Intimität und wählten nicht. Sie verkauften sich, ohne sich verkaufen zu müssen. Was sie taten, taten sie, weil es gut bezahlt war und ohne Probleme funktionierte. Angebot und Nachfrage, hirnlos, schamlos, schmerzfrei. Anything goes. Was Ben geschrieben hatte, war traurig, mehr aber auch nicht. Niemand wurde geschädigt, alle waren zufrieden. Die einen, weil sie gegen Geld gefickt wurden, die anderen, weil sie ficken durften. Wer es verstehen wollte, würde sich die Zähne ausbeißen. Warum auch? Frau Gruber hingegen hatte geheiratet, war aber davor und danach aus allen üblichen Konventionen ausgebrochen. Sie hatte gesucht und später die Suche allem Anschein nach eingestellt, weil sie auf Sexpartys gefunden hatte, was sie wollte. Sex, Reibung, Muskelkontraktionen. Gutes Essen, Geplauder und die Bestätigung anderer Gäste, dass sie im Bett besondere Talente hatte. Aber keine Wahl! Keine Intimität! Sie nahm, was ihr geboten wurde. Männer und Frauen mit Wünschen und Vorlieben, die begrenzt waren. Zwanzig oder dreißig Gäste, wahrscheinlich einige, die regelmäßig kamen. Warum tat sie das? Sich hingeben, sich von fremden Händen anfassen, von fremden Augen anschauen lassen, vögeln, ohne sich zu schützen. Natürlich war das eine Verbindung zu Bens Schülerinnen. Der Verzicht auf das Eigene, das Persönliche, das Intime. Wer wählte, nahm nicht den Erstbesten, wer wählte, wollte auch erwählt werden. Zwei, die sich treffen, wo es am innigsten ist, in einem Gefühl, das jeder für sich als so einzigartig empfindet, dass in der Vergangenheit alle gesellschaftlichen Versuche sexueller Befreiung gescheitert waren. Paarbildung und das Versprechen auf Treue waren seit jeher aussichtsreicher als jede andere Form des Zusammenlebens, um Glück und Erfüllung zu finden. Frau Gruber hatte in jungen Jahren mehrere Männer eingeladen, die sie bis zur letzten Konsequenz benutzen sollten. Unter Drogen, natürlich unter Drogen, weil sie irgendwo doch gefühlt hat, dass sie es sonst nicht schaffen würde. Gefesselt, wehrlos, lang und hart penetriert. Laut Frau Darius war das Experiment gescheitert. Statt fantasierter Orgasmen Striemen auf der Haut, Tränen, Entsetzen und das große Glück, Schluss machen zu können, wenn sie Schluss machen wollte.

Vor ihr fuhr ein Sattelzug. Ein Cabriolet hinter ihr hatte schon mehrmals zu überholen versucht. Im Rückspiegel sah Clara Weibel, wie der Fahrer erneut den Blinker setzte. Bis zur nächsten Kurve waren es nur wenige Hundert Meter. Das Cabriolet beschleunigte. Mit heulendem Motor raste es an ihr vorbei und beendete sein Überholmanöver mit einem scharfen Schwenk nach rechts, kurz bevor der Gegenverkehr anrollte.

Sie blies die Backen auf und dachte im selben Augenblick an einen Faulhuber-Satz. Weil es geht, weil einen niemand daran hindert, noch nicht mal das eigene Gewissen. Das hatte er gesagt, als sie ihn gefragt hatte, warum er denn nach Bruckmühl gefahren war, bei all den anderen Möglichkeiten, die es insbesondere für Männer gab, schnell und unkompliziert mit Frauen zu schlafen. Weil es geht! Und weil es mir nicht schäbig vorkommt. Auf so einer Party zahlt man ja nicht für Sex, man zahlt für das ganze Arrangement inklusive der Illusion, durch Verkleidung unerkannt zu bleiben. Wissen Sie, hatte er gesagt, man fühlt sich unter seinesgleichen, es ist eine Art Hypnose, Sie sind drin und wenig später wieder draußen. Keine Fragen, keine Verpflichtungen, ein guter Deal eben. Nicht schäbig, das war ihm wichtig gewesen. Exklusiv, in bester Gesellschaft, wie die jungen Dinger in Rom.

Vor ihr lag jetzt ein kurzes Stück Autobahn. Bis Forstinning konnte sie es bedenkenlos laufen lassen. Ein Deal schützt einen vor Überraschungen, hatte Faulhuber gesagt, vor guten wie schlechten. Ein Deal macht alles einfacher, weil getauscht wird, Geben und Nehmen. In der Liebe gibt's nämlich keine Deals, hatte er hinzugefügt, in der Liebe wird nicht getauscht, wenn Sie da anfangen aufzurechnen, haben Sie schon verloren.

Ihr Handy vibrierte. Auf dem Display erschien Helges Nummer.

»Ja«, rief sie viel zu laut.

»Dein Bauarbeiter sieht wirklich gut aus, Clara. So macht Arbeiten natürlich Spaß.«

»Wo bist du gerade?«

»In der Küche, wo sonst?«

»Sag mal, hast du jemals eine Frau geschlagen?«

»Wie bitte?«

»Aus Wut, aus Eifersucht, aus Verzweiflung?«

»Nein. Du weißt doch, was Friedliebenderes als mich gibt's nicht unter der Sonne.«

»Freut mich zu hören.«

Helge lachte. »Ich schick dir auch gleich ein Foto. Eine meiner Küchenhilfen. Du wirst staunen.«

Er hatte aufgelegt. Während sie auf den Eingang seines Fotos wartete, dachte sie an Helges Leben und seine andauernden Niederlagen. In Emden geboren und nur der Liebe wegen von Ostfriesland nach Bayern gezogen, Scheidung, dann eine zweite Ehe, vier anstrengende Kinder, die Pleite mit seinem Restaurant in Haidhausen, Schulden und Geldsorgen ohne Ende. Was für Deals! Aufrechnen, wo sollte einer wie er anfangen, wo aufhören? Seit sie Helge kannte, war er umzingelt. Dennoch hatte er nie den Eindruck gemacht, aus der Haut zu fahren, wenn es eng wurde oder alle an ihm zerrten. Auch seine neue Arbeit verlangte viel zu viel von ihm, was mit Aufrechnen nicht in den Griff zu bekommen war. Als Vorgesetzter in einer Großküche war er mehr mit unzufriedenen Mitarbeiterinnen, Krankmeldungen und engen Sparvorgaben beschäftigt als mit der Zubereitung von Mahlzeiten. Helge kannte keine Deals, und wenn, waren es keine guten.

Sein Foto kam. Clara Weibel sah eine kräftige, lachende Frau mit schiefen Zähnen. Sie hatte ihre Arme hochgestreckt und zeigte große Brüste und dunkle Schweißflecken unterm Arm. Helge hatte unter das Bild geschrieben: Meine beste Kraft!

Ihr Telefon vibrierte erneut.

»Clara, ich habe doch mal eine Frau geschlagen, meine Tochter, weil sie mich bis aufs Blut gereizt hat und mir die Hand ausgerutscht ist.«

* * *

Manfred Gruber schritt ganz in Weiß durch seine weitläufige Praxis. Polohemd, Baumwollhose, Freizeitschuhe, dazu ein fester Händedruck, entspanntes Lächeln und eine großzügige Geste, die Clara Weibel klarmachen sollte, dass sie jederzeit willkommen war, selbst dann, wenn er zu arbeiten hatte.

»Darf ich bitten«, sagte er. »Vorne rechts sind wir ungestört. Möchten Sie was trinken? Wasser oder Saft?«

»Danke, nein. Ich werde Sie auch gar nicht lange aufhalten.«

Gruber nickte und ging voran. Eine seiner Helferinnen drückte ihm ein Röntgenbild in die Hand. »Sören Metzger wartet in der Zwei.«

Der Behandlungsraum war nüchtern eingerichtet. Zwei Freischwinger, ein Schreibtisch, PC, Drucker, Telefon, eine Liege und an den Wänden gerahmte Poster mit Allerweltsmalerei aus der Moderne deuteten darauf hin, dass hier niemand Zeit zu verschenken hatte.

Nachdem sie Platz genommen hatten, sagte Clara Weibel: »Unsere Ermittlungen haben ergeben, dass Sie mehr als einmal vor dem Haus von Matthias Heilmann gesehen worden sind, während Ihre Frau dort auf Partys war. Warum haben Sie uns das verschwiegen?«

Gruber knetete mit regungsloser Miene seine Finger. »Also muss es dunkel gewesen sein, und Ihre möglichen Zeugen haben hervorragende Augen. Augen wie Nachtsichtgeräte sozusagen.«

Clara Weibel hatte keine Lust, sich schon nach ihrer ersten Frage mit überheblichem Geplapper abzugeben. »Beantworten Sie einfach meine Frage, Herr Gruber. Waren Sie am vergangenen Freitag nach Ihrem Trainingslauf in Bruckmühl in der Rätestraße 29? Und bedenken Sie, wen Sie vor sich haben.«

»Meinen Sie, ich sollte meinen Anwalt hinzuziehen, bevor ich etwas sage?«

»Sie fahren einen silbernen Kombi. Ein Nachbar von Herrn Heilmann kennt sich mit Autos sehr gut aus. Falls Sie seine Sehkraft anzweifeln, Ihr Volvo ist groß genug, um auch unter Laternenlicht aufzufallen.«

»Ich war nicht in Bruckmühl, Frau Hauptkommissarin. Nach unserem leider viel zu kurzen Training habe ich mit Herrn Kister den Wagen getauscht. Nur fürs Wochenende, versteht sich, er musste irgendwas transportieren, da kam ihm mein Kombi gut zupass.«

»Davor waren Sie aber schon dort?«

»Ist das verboten?«

»Nein. Es zeigt nur, dass Ihnen die Sexpartybesuche Ihrer Frau weniger gleichgültig waren, als Sie uns haben weismachen wollen.«

»Glauben Sie, was Sie wollen. Wenn Sie mir etwas vorzuwerfen haben, sagen Sie es. Wenn nicht, lassen wir das.«

Grubers Hände ruhten mit gespreizten Fingern auf seinem Schreibtisch. Sein Blick suchte Clara Weibels Augen.

Ungerührt und mit einer Stimme, der nicht anzumerken war, wie sehr ihr seine Arroganz auf die Nerven ging, fragte sie: »Ist es richtig, dass Sie auf Ihrer Hochzeitsfeier Frau Grabowski geschlagen haben?«

»Sie ermitteln in alle Richtungen, ich verstehe. Was glauben Sie mir damit unterstellen zu können? Dass ich gewalttätig bin? Dass ich meine Frau getötet habe?«

»Beantworten Sie einfach meine Frage? Ja oder nein?«

»Ja.«

Clara Weibel stand auf. »Gut. Sie hören von mir. Darf ich Ihnen eine Denksportaufgabe zumuten? Die Fotos von Herrn Ronninger, erinnern Sie sich?«

Gruber nahm die Hände vom Tisch und verzog fast unmerklich sein Gesicht, doch Clara Weibel registrierte, dass er mit der Frage nicht gerechnet hatte.

»Schauen Sie sich die Bilder noch einmal genau an, und achten Sie auf die Bildausschnitte. Da Sie die Gegebenheiten in Herrn Heilmanns Haus ja kennen, müsste Sie es doch interessieren, wie es Herrn Ronninger gelungen ist, Ihre Frau aus nächster Nähe zu fotografieren. War er nicht auch Gast auf den Partys? Hat Ihre Frau vielleicht schon sehr früh bemerkt, dass Sie sie beschatten lassen, und den Spieß einfach umgedreht? Wie kann es sein, dass er gestochen scharfe Nahaufnahmen gemacht hat? Wissen Sie, was ich glaube? Ihre Frau war gar nicht an Ihrem Safe. Sie hat sich das Bildmaterial von Herrn Ronninger besorgt. Ihr Detektiv und Ihre Frau haben gemeinsame Sache gemacht. Guten Tag, Herr Gruber.«

* * *

Alles war gut. Es war ruhig, er lag im Halbdunkel, Barbara hatte die Augen zugemacht, nichts störte. Die Verbindung zur Außenwelt war gekappt. Sie hatten abgesperrt und kein Wort über den ganzen Schlamassel verloren. Vor seiner Wohnung hing sein Lieblingsschild: Wer klopft, wird erschossen.

Entspannt blickte er auf seine Zehen. Sie bewegten sich. Vor drei Stunden hatte er noch gedacht, sie würden sich nie mehr bewegen. Die Rennerei war furchtbar gewesen. Nicht nur weil er versagt hatte und ihm Nonnenmeier durch die Lappen gegangen war. Nein. Anstrengungen waren ihm grundsätzlich zuwider, und Vollgas zu Fuß gehörte seit jeher zu den Übeln, die er unbedingt zu vermeiden suchte. Am liebsten saß er. Im Hammer-Eck, im Pick-up, bei seiner Mutter. Oder er lag neben Barbara, wie jetzt. Warum immer alle in die Berge wollten, verstand er nicht. Wandern war grauenhaft. Und erst der Radlschmarrn! Runter zum Chiemsee, rauf zum Altmühltal. Sonntags vorm Frühstück Aying hin und zurück. Verschwitzte Visagen, entzündete Ärsche und müde Beine. Wozu? Um hinterher besser drauf zu sein? Er war immer gut drauf, vorausgesetzt seine Kneipenentourage hielt die Backen zusammen und baute keinen Mist.

Er war schwer, aber nicht zu schwer. Alles um die hundert Kilo war in Ordnung. Schließlich war er gesund, wenigstens gab es keine Anzeichen, die dagegensprachen. Was er rauchte und soff, war zu viel, aber nicht viel zu viel. Brauchte er einen Arzt? Brauchte er den ganzen Vorsorgescheiß? Wer kriegte denn Grippe und saute mit seinen verrotzten Taschentüchern die Mülleimer zu? Er? Nein, Sammy. Null Nikotin, null Alkohol, dicke Wadeln und ’ne Figur wie Gomez, bevor er seine kranken Gräten nach Florenz geschleppt hatte, aber Heuschnupfen und anfällig für jeden Virus, der gerade im Umlauf war.

Er hörte Barbaras Atem. Ihr Kopf rutschte auf seinen Brustkorb, und ihre Finger spielten mit Haaren, die da kreuz und quer verteilt waren.

»Das war sehr schön gerade«, murmelte sie.

»Stimmt.«

»Liebst du mich noch?«

»In jedem Fall, Mädchen.«

Er spürte, wie sie ihm zwischen die Beine griff.

»Machen Mädchen so was?«, flüsterte sie.

»Öfter.«

»Oho, Bübchen, aber hallo, Bübchen.«

»Das hört nie auf, nie, ich sag's dir.«

»Als ich ganz, ganz jung war, konnt ich's nicht glauben.«

»Was?«

»Immer einen Steifen zu kriegen, bis man stirbt.«

»Kleine Pausen gibt's schon mal.«

Barbara hob den Kopf. »Wir sollten öfter nachmittags miteinander schlafen.«

Luginger murmelte: »So deine Überstunden abzufeiern hat was.«

»Wenn alles rum ist, nehmen wir uns deine vor.«

Er lachte. »Wie Sammy. Der macht nämlich nichts anderes.«

»Ja«, flötete Barbara. »Sammy kann immer.«

»Außer er rast mit dem Rad durchs Gebüsch.«

»Weißt du überhaupt, dass du seine neue Freundin beeindruckt hast?«

»So junge Dinger steh'n auf mich. War noch nie anders.«

Barbara kniff in seinen Bauch.

»Autsch.«

»Also, sie hat gesagt, du wärst der Typ Suzukifahrer, den sie mögen könnte. Außen ruppig und innen zahm.«

»Ich fahr Dodge RAM, Mädchen.«

»Schön, dass du das noch mal erwähnst.«

»Suzuki«, brummte Luginger.

»Sie hat auch gesagt, dass ihr Männer, die nicht viel quatschen, gut gefallen. Aber du seist eindeutig zu alt.«

»Hab gar nicht mitgekriegt, dass ihr euch unterhalten habt.«

»Haben wir auch nicht, weiß ich von Sammy.«

Luginger schob ihren Kopf zur Seite und küsste sie. »Mädchen wie Mila brauchen was Sportliches, Typen, die weglaufen können, wenn's Ihnen zu viel wird.«

Sie grinste. »Ein bisschen Bewegung würde dir auch nicht schaden. Auch wenn's zum Weglaufen nie mehr reichen wird.«

»Ich fahr aber lieber. Die Nummer vorhin hat mir gelangt.«

»Immerhin hast du's versucht, Franz.« Mittlerweile hatte sie sich auf ihre Arme gestützt und flüsterte mit gespielter Überzeugung: »Ich bin stolz auf dich. Die ganze Nachbarschaft hat mir gratuliert.«

»Lügenmaul«, knurrte Luginger.

»Stell dir vor, du hättest den Typen erwischt. Eine Woche Freibier für alle.«

»Mindestens«, sagte er stramm.

Barbara streichelte seine Stirn. »Franz, Franz. Ich hätt nie gedacht, dass du bei all dem Mist um dich rum mit mir ins Bett gehst.«

»Also, so wie du da aufgekreuzt bist?«

»Wie bitte?«

»Nix drunter, deutlicher kann niemand auf den Putz hauen.«

So war sie vom Rad gestiegen, als sie ihn vorhin vor seiner Kneipe sitzend überrascht hatte. Kleid und Pumps, sonst nackte Haut. Dann hatte sie sich umgeschaut und Platz genommen. Direkt auf ihn drauf, rittlings. Ist jemand da?, hatte sie gefragt und, ohne seine Antwort abzuwarten, sich so entschieden zu bewegen begonnen, dass er gar nicht anders konnte, als seine Hände dorthin zu schieben, wo sie ihrer Meinung nach auch hingehörten.

»Deshalb bin ich auch so gern mit dir zusammen, Franz. Weil du weißt, wann du anzutreten hast.«

Lachend zog er seine Beine an und schwang sich aus dem Bett.

»Hey, wo willst du hin?«

»Ich befürchte Grundsätzliches, Mädchen.«

»Wieso das denn?«

Er blickte durch die Vorhänge auf die Straße. Dann sagte er mild: »Erfahrung, ich riech das. Zuerst ›dirty talking‹, dann der Switch zum Eigentlichen.«

»Und was soll das sein, das Eigentliche?«

»Siehst du!«

»Wie, siehst du?«

»Dein Leben, mein Leben, die Kneipe, die Idioten, die meine Freunde sind, zu wenig Zeit, zu wenig Aufmerksamkeit und, und, und.«

»Och, Franz, jetzt sei doch nicht so.« Barbara hatte sich wieder auf den Rücken gelegt, ihre Beine angewinkelt und dann weit aufgemacht.

Luginger sah, wie sie einladend mit den Augen klimperte. Und er sah, wie ihr Blick auf seinem Schwanz hing, der wieder hart geworden war.

»Du bist eine Maschine, Franz. Bei dir hat alles seine Ordnung. Das freut mich, und es sind nicht die schlechtesten Voraussetzungen, um gemeinsam alt zu werden.«

* * *

Matthias Heilmann wohnte auf einem prächtigen Anwesen. Im Vorgarten blühten Kugelhortensien und Sommerflieder. Das Haus selbst lag nach hinten versetzt und war nur von vorn einzusehen, da das Grundstück rundherum mit dichten Thujen begrenzt war.

Zu viel Toskana-Flair, dachte Clara Weibel, als sie auf die Säulen im Eingangsbereich und die Fensterläden der Vorderfront blickte.

Ihr Handy klingelte.

»Ich bin jetzt vor der Praxis«, sagte Meisner. »Gruber ist noch hier. Wie lange soll ich bleiben?«

Clara Weibel hatte Meisner angerufen, nachdem sie Manfred Gruber verlassen hatte, und ihn gebeten, sofort nach Ebersberg zu fahren. Meisner war überrascht gewesen. Ich bin noch in Bruckmühl mit den Nachbarn beschäftigt, hatte er gesagt, und wollte später nach Leuterding, um Nonnenmeier aufzutreiben. Übrigens hat Dr. Liefers gesagt, dass alles, was es zu wissen gibt, im Bericht steht. Ihm zu unterstellen, er hätte etwas übersehen, sei ziemlich dreist.

»Die Praxis schließt offiziell um sechs«, sagte Clara Weibel. »Folgen Sie Gruber, wenn er rauskommt. Fährt er nach Hause, warten Sie vor seinem Haus. Ich denke aber, er wird sich mit Ronninger treffen. Glauben Sie mir, die Sache mit den Fotos ärgert ihn kolossal.«

Sie drückte auf die Klingel.

»Ja, bitte?«, fragte eine junge Frauenstimme.

»Mein Name ist Weibel. Ich bin von der Kriminalpolizei und möchte Frau Grabowski und Herrn Heilmann sprechen.«

Ein leises Signal ertönte.

Matthias Heilmann erwartete sie an der Eingangstür. Sie roch Haschisch und blickte in ein zerfurchtes Gesicht. Das Erste, was sie dachte, war: Heiner Lauterbach hat Magenkrebs. Heilmann sah dem Schauspieler täuschend ähnlich. Größe, Ausdruck, Frisur, Haltung, dazu ein schwarzes offenes Hemd, schwarze Baumwollhosen und eine Rolex am Arm. Wäre er nicht noch dünner gewesen, er hätte als Double durchgehen können.

»Guten Tag«, sagte Heilmann.

Clara Weibel stellte sich nochmals vor und fragte nach seiner Freundin.

Heilmann zog völlig unverfroren an seinem Joint. Dann schien er über irgendetwas nachzudenken, nickte und bat sie herein.

»Sie ist im Keller«, sagte er, nachdem er einen Korb voller Getränke auf einen riesigen Tisch in der Mitte eines Zimmers gestellt hatte, das kühl, sachlich und sehr reduziert eingerichtet war. Viel Metall, Glas, Leder. Weiße Wände, schwarze Stühle, eine Sitzecke mit schmalen Sesseln und kleinen Tischchen, dazu ein Regal mit Alkoholika und Gläsern.

Clara Weibel setzte sich. Matthias Heilmann rief nach Kaffee und Senta.

»Brauchen wir lange?«, fragte er.

»Hilft Ihnen Haschisch?«, fragte sie so beiläufig wie möglich.

»Meistens. Heute in jedem Fall.«

»Dann sind Sie also wieder gesund?«

Heilmann nickte und öffnete mehrere kleine Flaschen.

»Bedienen Sie sich. Kaffee kommt gleich.«

Senta Grabowski war völlig überrascht, als sie die Kommissarin neben ihrem Freund sitzen sah. Sie hatte trainiert und war verschwitzt. Ganz in Blau stand sie in kurzer Hose und Top etwas verloren in der Tür.

»Matthias, warum hast du mir nicht gesagt, dass wir Besuch haben«, rief sie verärgert. »Wie sehe ich denn aus? Ich hätte mich doch umgezogen.«

»Die Frau hat Fragen, Senta, wir antworten. Unsere Garderobe tut nichts zur Sache.«

Frau Grabowski verschwand, und Heilmann drückte seinen Joint aus, nachdem er ein letztes Mal an ihm gezogen hatte.

Ein Tablett mit Kaffee, Tassen, Milch und Zucker wurde gebracht.

»Waren Sie auch auf der Hochzeit von Frau und Herrn Gruber?«, fragte Clara Weibel.

»Senta war ein Leben lang mit Ann-Charlotte befreundet. Was glauben Sie denn?«

»Eine außergewöhnliche Freundschaft, kann man das so sagen?«

»Kann man.«

»Ihre Freundin hat mir erzählt, dass Sie in der Todesnacht von Frau Gruber bei einem Kunden waren. Der guten Ordnung halber muss ich das noch überprüfen.«

Heilmann nannte Namen und Adresse und fügte hinzu: »Dr. Kohlhammer wohnt nicht weit von hier. Mit dem Wagen sind es höchstens zehn Minuten.«

»Und Sie sind erst am frühen Samstagmorgen gegen fünf Uhr zurückgekommen. Ist das richtig?«

»Richtig.«

»Waren Sie ununterbrochen auf der Feier von Dr. Kohlhammer?«

»Nein, in meinem Job ist man unterwegs, gerade wenn man Gäste bewirtet.«

»Gegen zwei am frühen Samstagmorgen waren Sie aber bei Ihren Gästen?«

»Fragen Sie nach. Ich habe keine Zeiten im Kopf, wenn ich arbeite.«

»Könnten Ihre Mitarbeiter das wissen?«

»Könnten, ja. Ich lasse Ihnen ihre Namen zukommen. Einverstanden?«

Clara Weibel nickte. »Kannten Sie Manfred Gruber näher?«

»Nein. Einen Orthopäden habe ich noch nie gebraucht.«

Heilmann schenkte Kaffee ein. »Milch und Zucker nach Belieben. Nehmen Sie, was Sie brauchen.«

»Und Frau Gruber? Wie würden Sie Ihr Verhältnis zu ihr beschreiben?«

Senta Grabowski rauschte in Jeans und hochgesteckten Haaren herein. Da sie die Frage mitgehört hatte, antwortete sie schnell: »Neutral. Matthias hat kein Verhältnis zu anderen Frauen.«

»Da hören Sie es«, ergänzte Heilmann locker.

»Zu einer Frau wie Ann-Charlotte Gruber gibt es kein neutrales Verhältnis«, erwiderte Clara Weibel und ließ ein Stück Zucker in ihre Tasse fallen.

»Womit können wir Ihnen also helfen?«, fragte Heilmann.

»Warum hat Sie Manfred Gruber auf seiner Hochzeit geschlagen, Frau Grabowski? Und wie kam Herr Ronninger, ein Detektiv aus Rosenheim, an Fotos von Ihrer Freundin, die sie in eindeutigen Posen auf Ihren Sexpartys zeigt?«

Während sich Heilmanns Freundin verblüfft auf einen Stuhl fallen ließ, verzog er selbst keine Miene, als er nachfragte: »Haben Sie Gruber im Visier?«

»Ich frage, Sie antworten. Bitte Frau Grabowski.«

Senta Grabowski spielte nervös mit ihren Fingern, und Clara Weibel spürte, dass sie nach Worten suchte, um einen Anfang zu finden.

»Manfred ist ein schwieriger Mann. Unsere Freundschaft hat ihm von Anfang an zu schaffen gemacht. Wir sind früher durch dick und dünn gegangen, Charlie und ich. Auf ihrer Hochzeit ist es dann zu einem Eklat gekommen, weil ich gesagt hab, dass Charlie jetzt ja aufhören kann, mit meinen Männern zu schlafen. Die Bemerkung bezog sich auf eine blöde Geschichte, die schon Jahre zurücklag; also da war Manfred noch gar kein Thema.« Frau Grabowski löste ihr Haar und fummelte einzelne Strähnen hinters Ohr. »Charlie hat mal was mit einem Freund von mir gehabt. Das war während eines Sommerurlaubs an der Riviera. Wir hatten gerade das Abi hinter uns, die ganze Sache war natürlich sehr unschön, und ich hab ihr deswegen monatelang die Hölle heiß gemacht. Manfred hat an dem Abend irgendwas in den falschen Hals gekriegt, also, eigentlich weiß ich bis heute nicht, warum er so ausgerastet ist und mir eine langen musste. Danach war die Stimmung natürlich im Eimer. Charlie ist weggerannt und hat geheult. Ich hatte es vermasselt. Was glauben Sie, wie lange mir diese Dummheit nachgegangen ist?«

»Ist Herr Gruber öfter mal ausgerastet, wie Sie das nennen?«

»Ich glaube nicht, Charlie hat in der Hinsicht auch später nie was erwähnt.«

»Laura Darius hat mir von einer Clique erzählt, die sich auf dieser Hochzeit noch mal getroffen hat.«

»Laura! Wo haben Sie Laura denn getroffen?«

»Sie wohnt seit Kurzem in Leuterding und hat Frau Gruber in der Nacht ihres Todes ihre Wohnung angeboten. Wussten Sie das nicht?«

»Dass Laura Charlie ihre Wohnung angeboten hat? Nein, das wusste ich nicht.«

»Frau Darius war genauso überrascht wie Sie jetzt, als ich ihr berichtet habe, dass Sie gemeinsam Sexpartys feiern und dass Frau Gruber nach so einer Party, statt bei ihr anzukommen, von einem Unbekannten getötet wurde.«

Senta Grabowski schlug die Hände vors Gesicht und trommelte mit ihren Füßen hektisch aufs Parkett.

Heilmann sagte kühl: »Leg die Karten auf den Tisch, Senta.«

Als seine Freundin kein Wort herausbrachte, murmelte er: »Die Clique gegen den Rest der Welt. Grubers Hochzeit war keine Hochzeit, sie war eine Wiedersehensfeier von vier Mädels, die die Zeit zurückdrehen wollten.«

»Vier Frauen?«, fragte Clara Weibel. »Frau Darius, Frau Gruber und Sie, Frau Grabowski. Wer war denn die vierte?«

»Sally. Wir gehörten zusammen, wie verschweißt, wissen Sie. Als Teenager gab's nur uns, dann lange nichts, so war das eben. Eine schöne Zeit, völlig überdreht natürlich, aber schön.«

Während Clara Weibel wartete, ob Frau Grabowski noch etwas hinzufügen würde, verlor Heilmann die Geduld. »Wenn du erlaubst, Senta, formuliere ich die Kurzfassung, ja. Laura und Sally waren die Überflieger. Die eine ging in die Hochfinanz, die andere machte Journalismus. Senta hat's wie Charlie nicht so weit gebracht. Rosenheim–München und zurück, mehr oder weniger war's das schon. Kein Absprung, keine Karrieren, Bruckmühl und Ebersberg gegen New York, Sydney und Singapur. Jedes Klischee, das einem dazu einfällt, stimmt.«

»Das ist boshaft, Matthias«, murmelte Frau Grabowski. »Boshaft und ungerecht.«

»Richtig, aber zu allererst ist es wahr.« Heilmanns Stimmung war umgeschlagen. In immer aufgebrachterem Ton fuhr er fort: »Und jetzt kommt das Sahnehäubchen. Neben den Hennen gab's nämlich noch einen Hahn, besser gesagt, einen Kapaun, und der ist auch nie weiter als bis nach Bremerhaven gekommen.« Heilmanns Handy meldete sich mit einer Reggaemelodie.

Während er aufstand, um sein Gespräch entgegenzunehmen, sagte er noch: »Ronninger war schon immer der Trumpf in Ann-Charlottes Ärmel, besonders dann, wenn die Kacke am Dampfen war.«

* * *

Clara Weibel sortierte mit Meisner die Ergebnisse ihrer Arbeit, nachdem sie große Portionen Schweinebraten in Dunkelbiersoße verputzt und jeweils zwei Helle getrunken hatten. Vor ihnen lagen Bierdeckel. Die einen waren schon vollgekritzelt, andere warteten noch darauf, mit Stichworten verziert zu werden. Da stand zum Beispiel: RONNINGER SWATCH. Oder: ALIBI HEILMANN.

Nur für Nonnenmeier brauchten sie keine Gedächtnisstützen. Den hatten sie als Ersten abgehakt. Seit vier Wochen wohnte er im Tannenweg 9, betrieb mit einem Freund einen Onlineshop für venezianische Masken und weigerte sich, ans Telefon zu gehen. Nachdem es Polterer gelungen war, seinen Unterschlupf ausfindig zu machen – offiziell war da eine Frau Schachner als Mieterin gemeldet, wahrscheinlich eine Frau, mit der Nonnenmeier geschäftlich verbunden war –, hatte Meisner im Internet recherchiert und herausgefunden, was es mit den von Brettmann entdeckten Masken auf sich hat. Nonnenmeier war ein Hansdampf in allen Gassen, Geschäfte hier, Geschäfte da, neben Masken, auch gebrauchte Unterhaltungselektronik, Rennräder, antiquarische Bücher und eine Facebookseite, die den Schluss nahelegte, dass sein Frauenbild übermäßigem Pornokonsum geschuldet sein musste. Morgen würden sie seine Bleibe auf den Kopf stellen. Ihr Münchner Freund Mario kümmerte sich um einen Durchsuchungsbeschluss für die Wohnung in der Edelweißstraße, und sie hatten das Gleiche für den Tannenweg auf den Weg gebracht. Nonnenmeier würde ihnen ins Netz gehen, die Fahndung lief, und Clara Weibel hatte auf einen Bierdeckel notiert: MONI UND LUGINGER ANRUFEN.

Zu Gruber gab es leider nichts Neues. Er hatte sich nicht gerührt und seine Praxis nicht verlassen, bis Meisner von Clara Weibel zurückbeordert worden war. Im Übrigen hatte Kister den Wagentausch bestätigt. Meisner hatte am frühen Abend noch einmal Michael Beckenbauer am Telefon gehabt. Der Mann wohnte in Nürnberg, also waren sie übereingekommen, wegen der Entfernung ein persönliches Treffen erst dann ins Auge zu fassen, wenn es unumgänglich war. Beckenbauer hatte aber auch nichts wesentlich Neues mitzuteilen gehabt. Während Meisner vor Grubers Praxis wartete, hatte er nur gesagt, dass Ann-Charlotte von Männern mehr verstanden hat als viele andere Frauen. Sie konnte sich hingeben und wollte dominiert werden. Nein, kein Sexspielzeug, keine Würgespiele, überhaupt nichts Perverses, einfach nur geil. Nein, niemals Sex mit anderen, nur sie zu zweit. Auf Meisners Frage, warum die Beziehung denn gescheitert war, hatte er lapidar geantwortet: Sie wollte es so, nach vier Wochen war Schluss.

Ronninger war nach Kärnten gefahren und würde morgen früh wieder zurück sein. Wenigstens hatte das einer seiner Nachbarn ausgesagt, als ihn Clara Weibel weder im Büro noch in seiner Rosenheimer Stammkneipe angetroffen hatte. Auch Meisners Telefonorgie war nicht erfolgreicher gewesen. Ronninger lebte wie ein offenes Buch. Jeder kannte ihn, jeder hatte etwas zu sagen. Ob auf der Etage, auf der sich sein Büro befand, oder in der Bahnhofsstraße, wo er wohnte, oder bei Liu Chan, einem Chinesen, bei dem er regelmäßig zu Mittag aß. Klaus-Dieter Ronninger erzählte jedem, der es wissen wollte, was er tat oder zu tun beabsichtigte.

Dass Ronninger zusammen mit Frau Gruber und Senta Grabowski Manfred Gruber an der Nase herumgeführt hatte, war natürlich ein perfides Stück der Extraklasse gewesen. Die Fotos, die Ronninger seinem Auftraggeber samt Bericht überreicht hatte und für die er bezahlt worden war, waren allesamt getürkt. Nichtsahnend hatte Gruber vor zwei Jahren ausgerechnet den Mann mit der Überwachung seiner Frau beauftragt, der von ihr seit fast fünfundzwanzig Jahren auf eine vertrackte Art und Weise genauso abhängig war wie er selbst. Was Senta Grabowski am Nachmittag noch erzählt hatte, nachdem Matthias Heilmann aufgeregt mit seinem Handy am Ohr davongeeilt war, hatte Clara Weibel fast die Sprache verschlagen. Die drei alten Freunde hatten Manfred Gruber nicht nur auflaufen lassen, sie hatten ihn mit einem an Boshaftigkeit kaum zu überbietenden Bluff lächerlich gemacht. Mütze, ein Spitzname, den auch Frau Darius ins Spiel gebracht hatte, war schon als Fünfzehnjähriger hoffungslos in Ann-Charlotte verliebt gewesen. Er hatte sie angebetet und alles ertragen, was ihm im Lauf der Jahre von ihr zugemutet worden war. Jede Zurückweisung und jede Kränkung. Ronninger hatte nie die Kraft besessen, seiner Charlie die Stirn zu bieten. Erst als er 2001 an der Börse neben seinem eigenen Geld auch das von Bekannten und Partnern verzockt hatte, hatte er sich notgedrungen aus ihrem Dunstkreis zurückziehen müssen. Pleite, verspottet, beschimpft und obendrein von dunklen Typen verfolgt, so hatte es Frau Grabowski geschildert, war er regelrecht geflohen und monatelang untergetaucht, bis er sich eines Tages aus Bremerhaven gemeldet hatte, nur um zu erfahren, ob es seiner Charlie auch an nichts fehlen würde. Erst viel später war er wieder nach Rosenheim zurückgekehrt. Jedem, der es hören wollte, hatte er erzählt, dass seine Schulden mit Zins und Zinsenzins bezahlt waren. Er war sauberer als ein Kinderpopo, so habe er sich damals bezeichnet, hatte Frau Grabowski erzählt, und wollte als Detektiv arbeiten, ein Beruf, auf den er durch Zufall im hohen Norden gestoßen war. Und dann hatte Manfred Gruber mit seinem unglücklichen Auftrag zugeschlagen. Ronninger, übrigens der Einzige aus der ehemaligen Clique, der nicht auf Grubers Hochzeitsfeier war und ihn auch später nie zu sehen wünschte, hatte natürlich gewusst, um wen es sich bei Manfred Gruber handelte, und trotzdem, ohne mit der Wimper zu zucken, zugesagt, Charlie eingeweiht und den Plan ausgeheckt, seinen Auftraggeber mit gestellten Fotos und einem erfundenen Bericht zu hintergehen. Schließlich hatten sie die Show mit einem von Senta eingeladenen Paar durchgezogen, und Ronninger alias Mütze war so aufgekratzt gewesen wie nie zuvor.

Frau Grabowski hatte zu seinem Verhalten eine messerscharfe Analyse parat gehabt. Wissen Sie, hatte sie zu Clara Weibel gesagt, endlich durfte er so betrügen, wie auch er betrogen worden war. Endlich durfte er mit den Gefühlen eines anderen Mannes genauso spielen, wie Charlie mit seinen Gefühlen gespielt hatte. Die nackte Charlie war nicht mehr die Frau, die er bis zum Wahnsinn begehrt hatte, die nackte Charlie war nur noch eine nackte Frau, die einen anderen, dazu noch ihren eigenen Mann, nach Herzenslust demütigte. Durch die Erniedrigung Grubers hatte er sich befreit gefühlt. Und Charlie hatte das genau gespürt. Deshalb hatte sie auch keinen Funken Mitleid mit Manfred. Zum ersten Mal konnte sie für Mütze etwas tun, was auf ganz eigenwillige Art ein

Gleichgewicht herstellte. Und dass Manfred auf die Idee gekommen war, sie beschatten zu lassen, eine Idee, die sie erschreckt hatte, als Mütze damit herausgerückt war, war natürlich auch nicht dazu angetan, sie milde zu stimmen.

Meisner hatte während Clara Weibels Bericht zu den Grabowski-Offenbarungen zu kauen vergessen. Mit offenem Mund hatte er nur gestaunt. Schließlich kritzelte er auf einen Bierdeckel: GRUBER!

»Ja«, sagte Clara Weibel, nachdem sie neben den Namen Gruber noch RACHE geschrieben hatte. »Wenn er von dieser Schweinerei gewusst hat, muss man ihm alles zutrauen. Er könnte ja auch absichtlich seinen Wagen mit Herrn Kister getauscht haben.«

»Bleibt noch der kiffende Heilmann«, sagte Meisner. »Warum hat er seine Freundin ohne Not dermaßen angeschwärzt? Und warum hat seine Senta Ronninger und die Gruber nicht zurückgepfiffen?«

Clara Weibel zeigte auf den Bierdeckel. »Rache. Deshalb hab ich das Wort hingeschrieben. Senta hat Gruber seine Ohrfeige von der Hochzeit heimgezahlt, und Heilmann hatte einfach die Schnauze voll, wie man so schön sagt. Seine Freundin hat ihn nämlich nicht eingeweiht. Die Clique hat das Ding ohne sein Wissen durchgezogen, und er hat erst viel später davon erfahren.«

»Als Gruber um die Heilmann-Villa geschlichen ist«, schlussfolgerte Meisner. »Da gab's Fragen, da mussten Gründe her.«

»Genau«, sagte Clara Weibel. »Gruber ist einigen Gästen aufgefallen, und die haben sich beschwert. Also musste was passieren, und die Grabowski hat gebeichtet. Heilmann war außer sich, und es gab fürchterlichen Streit. Frau Grabowski hat mir gesagt, die Fetzen flogen, so was können Sie sich gar nicht vorstellen, Matthias war außer Rand und Band.«

»Was sagt uns das?«, fragte Meisner.

»Dass Heilmann den ganzen Cliquenkram nicht verknusen

kann. Dass er eifersüchtig ist und völlig die Kontrolle verlor, als seine Senta mit ihrer Geheimaktion seinen Ruf gefährdet hat. Gerede, Meisner, Gerede kann einer wie er überhaupt nicht ab. Fotos von seinen Sexpartys, Fotos, die überall auftauchen können, wenn es sie erst mal gibt. Und wer hat diese Fotos? Ausgerechnet Ronninger, ein Waschlappen, der es nie fertiggebracht hat, Charlie den Kopf zu waschen.«

Meisner notierte: HEILMANN ABHÄNGIG VON RONNINGER.

»Schreiben Sie ›Pulverfass‹, Meisner. ›Pulverfass‹ trifft die Situation beider Paare. Ann-Charlotte hat ihren Manfred hintergangen und Senta ihren Matthias. Die Weiber, die nie aufhören zusammenzuglucken und ihre Männer drangsalieren. Heute, morgen, übermorgen. Sie sind unberechenbar, nicht zu kontrollieren und auf eine für intelligente Alphatiere hinterhältige Art dumm. Sie legen los und sehen nicht die Folgen. Was, wenn Ronninger danach öfter bei den Partys aufgekreuzt ist? Wenn er den einen oder anderen Gast fotografiert hat, um ihn zu erpressen? Oder Heilmann? Was, wenn Ann-Charlotte nicht die Klappe gehalten hat? Beim Sex, beim Rumalbern? Verstehen Sie, für Heilmann gibt es viel zu viele Möglichkeiten, wie er unter Druck geraten kann. Und dann kommt der plötzliche Gruber-Tod, ein Unglück, das seine schlimmsten Befürchtungen in den Schatten stellt, und sein Imperium beginnt zu wackeln.«

»Möchten Sie noch zwei Helle?«, fragte ein Kellner.

»Gerne«, sagte Clara Weibel. »Wir können uns später ja ein Taxi teilen. Was halten Sie davon, Meisner?«

»Nichts, aber wir machen es trotzdem. Also bringen Sie bitte, was die Dame wünscht.«

Während sich der Kellner trollte, dachte Meisner nach. »Wenn der ganze Ronninger-Bericht erstunken und erlogen ist, dann könnte Frau Gruber auch noch andere Möglichkeiten gehabt haben, an Sex zu kommen. Nur durch seine Aussage, dass da sonst nichts war, gehen wir doch davon aus, dass sie neben den Bruckmühler Partys stillgehalten hat.«

Clara Weibel zog die Stirn in Falten. »Wie reden Sie denn, Meisner. An Sex kommen, stillhalten. Glauben Sie, eine Frau, die über die Stränge schlägt, ist deshalb gleich süchtig?«

»Sie haben das mit Frau Grabowski doch bestimmt besprochen«, fragte Meisner, ohne sich provozieren zu lassen. »Hatte sie noch andere Kerle? Oder besuchte sie weitere dieser Partys?«

»Sie sagt, nein, tut mir leid, Herr Meisner. Frau Gruber hat angeblich noch nicht mal die Freiheiten während ihrer Geschäftsreisen ausgenutzt. In Hotels oder Restaurants, wenn sie abends allein war, nichts, keine fremden Männer.«

»Sollen wir das glauben?«, fragte Meisner.

Clara Weibel lachte ihr frisch gezapftes Bier an. »Hab ich einen Durst. Kennen Sie das, wenn's läuft, läuft's.«

* * *

Luginger freute sich. Moni war so locker wie seit Tagen nicht, Sammy hatte Mila am Tresen eingearbeitet, und die Gladbacher Borussia beherrschte die Braunschweiger nach Belieben. Zuerst das 1 : 0 durch einen beherzten Schuss ins lange Eck, wenig später gar das zweite Tor nach einem Kopfball von Raffael.

Gernot und Heider brüteten über Guardiolas Aufstellung zum morgigen Bayernspiel auf Schalke. Dass der Spanier Lahm ins Mittelfeld beordert hatte, gefiel ihnen gar nicht.

Heider fuhr sich durchs lange Haar. »Pep, Pep, Pep, das geht mir so was von auf den Senkel. Tiki-taka, tiki-taka, mir san mir und nicht Barcelona. Sammy hast was G'scheites zum Essen?«

»Nüsse, Ketchup, Senf.«

»Bist narrisch.«

»Magst noch ein Weißbier?«

»Ich hab Hunger.«

»Keine Zeit zum Einkaufen, Mann.«

»Franz, Scheiß den Neger mal zusammen.«

Luginger reichte Heider das Telefon. »Bestell dir ’ne Pizza, kein Problem.«

Aufregung vorm Braunschweiger Strafraum. Geschubse, blökende Spieler und ein Schiedsrichter, der mit erhobenem Zeigefinger mahnende Worte an einen jungen Mann richtete, dessen gespielte Unschuldsmiene Schlimmes erahnen ließ.

»Voll auf den Knöchel«, kommentierte Gernot.

»Und nicht mal Gelb«, sagte Heider.

Als die Tür aufging, blieb Luginger die Luft weg.

Faulhuber stand im Eingang. Fließpullover, Jeans, und ein Gesichtsausdruck, der ihn erschreckte. Faulhuber hatte Angst. Sein Blick verriet nicht nur Unsicherheit, sondern Panik. Und da er nicht wusste, wie er sich verhalten sollte, schien er mit gesenktem Kopf und eingezogenen Schultern darauf zu warten, gesteinigt zu werden. Wenig später fiel Luginger auf, dass er nicht allein gekommen war. Hinter ihm wartete ein kleiner Mann. Als sich Faulhuber nicht rührte, marschierte er entschlossen an ihm vorbei.

Feinster Zwirn, dachte Luginger. Anzug, weißes Hemd, Krawatte und teure Businessschuhe an den Füßen.

»Wimmer«, sagte Wimmer zu Luginger. »Ein alkoholfreies Weißbier bitte schön.«

Luginger roch Eau de Toilette und blickte in ein für abends erstaunlich glatt rasiertes Gesicht, das von wuscheligen grauen Haaren eingerahmt war.

»Wie steht’s?« fragte Wimmer.

»Zwei null«, murmelte Gernot.

Faulhuber war mittlerweile, ohne nach links und rechts zu

schauen, auf Barbara zugegangen, die mit einem Papierstapel auf dem Schoß unter der Leinwand saß. Unbeholfen küsste er sie auf beide Wangen.

Wimmer rückte einen Hocker zurecht. »Mein Mandant braucht ein Glas guten Rotwein. Ist das möglich?«

Mila staunte, Moni nickte und ging in die Küche.

Luginger stellte den Ton der Fußballübertragung leiser. Halbzeit, Werbung und irgendein Gequatsche brauchte jetzt niemand.

»Morgen spielen die Bayern auf Schalke«, sagte Wimmer. »Darf ich bei Ihnen meine Wette abgeben, Herr Luginger?«

Heider langte hinter den Tresen und kramte ein abgegriffenes Buch hervor. »Bitte«, sagte er. »Sie sind der Erste. Oben rechts geht's los.«

Wimmer schrieb: Schalke 0, Bayern 4. Dann fragte er: »Wie hoch ist der Einsatz?«

»Ein Zwickerl«, sagte Heider.

Der Anwalt holte Münzen aus seiner Jacketttasche und legte ein Zweieurostück neben sein Bier.

Moni brachte eine Flasche Chianti.

Wimmer roch am Korken. »Ein Glas noch, und los geht's. Wo steckt denn Herr Faulhuber?«

Er blickte sich um und winkte Faulhuber zu sich. Als der dann mit Barbara am Tresen stand, fragte er: »Was lesen Sie denn da abends, schöne Frau?«

»Eine Seminararbeit.«

»Donnerwetter. Studieren Sie?«

Barbara zeigte auf Mila. »Sie studiert, ich lese nur Korrektur.«

»Um was geht es denn, wenn ich fragen darf?«

»Paarbildung als kultureller Code«, sagte Mila.

Wimmer lächelte freundlich. »Männer und Frauen, die sich verstehen sollten, deren Bemühen aber zum Scheitern verurteilt ist. So in etwa?«

Mila grinste, und Moni wiederholte in spöttischem Ton: »Deren Bemühen zum Scheitern verurteilt ist. Sie sind ja einer.«

Luginger klopfte Faulhuber auf die Schulter. »Schön, dass du gekommen bist.«

Faulhuber versuchte sich zu straffen und sagte zu Wimmer gewandt: »Ich stell Sie mal vor, ja. Dr. Wimmer. Er wird mich verteidigen.«

»Wenn es da überhaupt etwas zu verteidigen gibt, Herrschaften«, sagte Wimmer entschieden und griff zum Bier. »Bisher kenne ich nur Spekulationen, die mich nicht im Geringsten beunruhigen.«

Faulhuber räusperte sich und hob zu einer Erklärung an. »Ich hab Frau Gruber nicht ermordet. Die Kripo war bei mir, weil wir ein Verhältnis hatten und kurz vor ihrem Tod im Bett waren. Deshalb der ganze Aufruhr.«

Niemand rührte sich, keiner sagte ein Wort. Faulhuber schaute ängstlich zu Luginger, dann zu Barbara. Beide gaben ihm mit wohlwollenden Blicken und kurzem Nicken zu verstehen, dass sie die Klappe gehalten hatten und der ganze Sexpartykram nicht im Hammer-Eck angekommen war.

Auf Faulhubers Stirn glänzte Schweiß, und seine Hände drückten Beulen in die Hose.

»Es ist gut, Bernie«, sagte Luginger. »Hier ist niemand, der glaubt, du hättest die Frau umgebracht. Und mit wem du schläfst, ist allein deine Privatangelegenheit.«

Wimmer suchte Gläser zum Anstoßen. »Helfen Sie uns, die Kuh vom Eis zu bringen, Herrschaften. Und hoffen wir, dass die Kriminalpolizei keine weiteren voreiligen Maßnahmen initiiert, um Herrn Faulhubers Ruf zu schädigen.«

Nach verhaltenem Gläserklirren drückte Faulhuber Moni Münzen in die Hand. »Lass uns etwas spielen, bitte.«

Moni zog ihre Brauen hoch und schlenderte mit einem »Bitte. Das sind ja ganz neue Töne« zum Spielautomaten. Faulhuber trottete hinterher.

Eine Stunde später waren Wimmer und Faulhuber wieder verschwunden. Nach der Halbzeitpause hatten sie noch drei Tore gesehen, am Ende hatte Gladbach immer müder werdende Braunschweiger vier zu eins besiegt. Während des Spiels hatte Wimmer für deutlich mehr Unterhaltung gesorgt als die Kicker auf dem Rasen. Faulhubers Anwalt war bekennender Bayernfan der ersten Stunde. Nicht nur dass er an Branchengrößen wie Tschik Cajkovski, Dettmar Cramer oder Udo Lattek erinnert hatte, er hatte auch zum Besten gegeben, dass Jürgen Klinsmann neben Erich Ribbeck der überschätzteste Trainer war, der jemals an der Säbener Straße bunte Leibchen verteilen durfte. Gernot und Heider hatten nicht nur zugestimmt, sondern Faulhuber aufgefordert, seinen neuen Kumpel trotz goldener Manschettenknöpfe und manikürter Fingernägel öfter mitzubringen.

Moni hängte einen Teebeutel in heißes Wasser. Barbara diskutierte mit Mila Passagen ihrer Hausarbeit, und Sammy erklärte Erika und Joe, die gerade erst gekommen waren, dass Faulhuber einen Anwalt hatte, der nicht nur Bayernmitglied war, sondern für eine Jahreskarte Tausende von Euros hinblätterte, um in der Allianzarena seiner Mannschaft nahe zu sein.

»Bernie hat dich vorhin vollgequatscht«, sagte Luginger zu Moni, als er sie allein hinterm Tresen stehen sah. »Worum ging's da?«

»Dass du jetzt Bescheid weißt. Wegen damals. Und dass ich den Bullen alles erzählen soll, wenn ich das für richtig halte.«

Luginger steckte sich eine an.

»Den ganzen Abend hat hier keiner geraucht. Mann, lass das.«

»Sollen wir zusammen aufs Klo gehen?«

Moni knallte einen Aschenbecher neben die Spüle, und Luginger fragte: »Und was machst du?«

»Nichts mach ich, Franz. Bernie hat für alles doppelt und dreifach bezahlt. Ich weiß, was bei ihm daheim los ist. Die Kinder, die Praxis, seine Ex, herrje, da geht ein ganzes Leben den Bach runter.«

»Hat sich Polterer noch mal gemeldet?«

»Ja. Sie wissen jetzt, wo Nonnenmeier abgestiegen ist.«

»Wo?«, fragte Luginger erstaunt. »Dahinten im Tannenweg?«

»Dazu sagt er nix. Morgen früh durchsuchen sie seine Wohnung, mehr hat er nicht rausgelassen.«

»Hast du Hanno endlich davon erzählt?«

Moni schüttelte den Kopf. »Warum denn, Franz? Wenn sie ihn haben, erfährt er es so oder so. Und wenn er nichts damit zu tun hat, weiß niemand, dass mein Hinweis falsch war.«

Luginger nickte. Dünne Rauchkringel zogen nach oben. »Hat Bernie sonst noch was gesagt? Zu seiner Affäre zum Beispiel.«

»Was ist denn jetzt los? Wird das ein Verhör oder was?«

»Red schon, Moni. Bernie ist ein verdammter Rumdruckser. Wie soll man ihm helfen, wenn er so tut, als wäre er der Erste, der fremde Frauen vögelt.«

»Zu der Gruber-Geschichte hat er nix gesagt, Franz. Ich will davon auch nix hören. Ich hab ihn nur gefragt, ob er noch weiß, dass er mit Uschi mal jede Menge Wein an einen Caterer namens Heilmann verkauft hat. Das lief damals über meinen Uraltfreund Schorsch, den ich heut früh wieder gesehen hab.«

»Wer ist denn Schorsch?«

»Ein richtig netter Exlover, leider arg in die Breite gegangen. Der ist schon lang Sommelier bei Heilmann in Rosenheim. Als Uschi mit ihrem Getränkeladen in Schwierigkeiten steckte, hab ich ihr den Kontakt vermittelt. Na ja, und Faulhuber hat dann Weine ausgesucht, die Uschi dahin gekarrt hat.«

Luginger versuchte sich zu erinnern. Nichts regte sich. »Hab ich da was nicht mitgekriegt?«

»Kann sein. Ich hab das damals nicht an die große Glocke gehängt.«

»Und warum hast jetzt deinen Schorsch wieder getroffen?«

»Weil ich mit ihm zusammen war, als mir die Gruber als junges Ding über den Weg gelaufen ist. Und weil ich gestern das Foto von ihr bei der Kripo gesehen hab. Da kamen Erinnerungen hoch, echt komisch. Ich hab das alles wieder vor Augen gehabt. Wie die Gruber den damaligen Freund von der jetzigen Freundin vom Heilmann vernascht hat, im Freien, auf ihm drauf, und wir sind vom Strand gekommen. Das war so was von peinlich. Schorsch weiß das auch alles noch. Also …«

»Stopp«, sagte Luginger, bei dem gerade erst der Groschen gefallen war. »Du kennst Heilmann und Konsorten und hast Kontakte zu seinem Laden? Das ist ja ganz was Neues.«

Moni stutzte. »Was interessiert dich das denn? Ich kenn halt auch noch was anderes als dein Hammer-Eck. Hast mit dem Heilmann mal zu tun gehabt?«

Barbara zog leicht an Lugingers Zopf. »Ich geh heim, Franz. Mila möcht noch was zu *Vom Winde verweht* von dir wissen. Von wegen wahren Gefühlen und den ewigen Niederlagen der aufrichtig Liebenden. Die hat da eine Sache nicht richtig rausgearbeitet.«

»Was denn?«

»Den Unterschied zwischen Sex als Zeichen einer Verbindung und Sex als Zeitvertreib, also zwischen innig oder so oberflächlich. Sie hat ein paar schöne Zitate aus Büchern, da fehlt aber etwas Tiefgang und Lebenserfahrung. Ich hab ihr gesagt, du bist genau der Richtige dafür. Tschüs.«

Ehe Luginger antworten konnte, war Barbara zu Joe gelaufen.

Moni grinste über beide Backen. »Holla, die Waldfee. Du und der Richtige, wenn's um Tiefgang geht. Das ist ja mal was.«

Joe wedelte mit seinem Autoschlüssel. »Bin gleich wieder da. Bring Barbara nur schnell heim.«

»Joe ist echt verdammt aufmerksam«, sagte Moni. »Wie oft der schon hin und her gefahren ist, seit mir das passiert ist.«

Gernot verabschiedete sich ebenfalls. Mila und Sammy hockten noch vor Milas Laptop und tuschelten. Erika und Heider kamen zum Tresen.

Erika berührte Monis Hand. »Heider hat mir erzählt, dass es dir wieder besser geht. Stimmt das?«

»Denk schon. Wenn's sogar Heider auffällt, muss ja was Wahres dran sein.«

»Schön, Moni. Jeder Tag, der dir hilft, ist ein guter Tag.«

»Das hätten wir jetzt, ja«, brummte Luginger. »Also, wie war das mit dir und Schorsch und Heilmann und seiner Freundin und der jungen Gruber und dem ganzen Kladderadatsch?«

Moni erzählte. Von Italien, von ihrer Liebe, von Senta und Charlie und Heilmann, laut Schorsch eine Mischung aus Bob Marley, Terrorist und Rudi Carrell. Unberechenbar und herrisch, total von sich überzeugt, seinen Feinden gegenüber ohne Gnade, dann wieder charmant bis zum Umfallen, ein klasse Gastronom und ein Arbeitstier, das sich von niemandem reinreden lässt.

»Ein Kotzbrocken«, meinte Luginger.

»Aber einer, mit dem alle durch dick und dünn gehen«, sagte Moni. »Viel interessanter sind aber die Gerüchte um seine Partys. Seit Jahren gibt's bei ihm zu Haus Sexpartys, so heißt das wohl. Schorsch meint, Heilmann hätte damit angefangen, ehe seine Freundin Senta das Ruder übernommen hat und aus blödem Rudelbumsen großartige Events wurden. Das kostet richtig Asche, gutes Essen, guter Wein, alter Whiskey, auf Wunsch werden da sogar Edelnutten hingekarrt, und die Reichen lassen es krachen.«

Erika fiel die Klappe runter, Heider knirschte mit den Zähnen, und Luginger ahnte, was kommen würde.

»Seit dem Tod von der Gruber ist aber nichts mehr, wie es war«, fuhr Moni fort, die es sichtlich genoss, etwas erzählen zu können, was so anders war, als alles, was sonst geratscht wurde. »Für Schorsch laufen Heilmann und seine Senta seit Tagen völlig neben der Spur. Er glaubt nämlich, dass die Gruber auf so einer Party war, bevor sie getötet wurde.«

»Häh«, grummelte Erika.

»Genau«, flüsterte Moni. »Und wer jetzt eins und eins zusammenzählt, braucht keine Fantasie mehr, um sich auszumalen, warum die Kripo Faulhuber auf dem Kieker hat.«

Freitag, 13. September 2013

Senta hatte sie bekannt gemacht. Der Mann, der sich Günter nannte, hatte lächelnd genickt und ihre Hand ganz leicht mit den Lippen berührt. Er trug eine schwarze Augenmaske, hinter der Teile seiner Stirn und Nase verborgen waren. Er roch gut. Nicht zu aufdringlich, nicht zu herb. Einige Männer auf Sentas Partys übertrieben bei der Wahl ihrer Parfüms. Sie benutzten zu aufdringliche Düfte, wie sie auch sonst viel zu oft für ihre Erscheinung Entscheidungen trafen, die signalisierten, dass sie ihre Ausstrahlung falsch einschätzten. Dabei ging es nicht um Peinliches wie pinkfarbene Tangas, die hinten in der Falte zu dicker Pobacken steckten und vorn in gepolsterten Beuteln alles Hängende schützten, ganz zu schweigen von Gästen, die schlichtweg zu korpulent waren, um sich nur mit einem Hauch von Stoff zwischen Speckwülsten zu schmücken, nein, es ging eher um dezente Fehlgriffe wie Einstecktücher, denen man ansah, dass sie sonst nicht getragen wurden, oder um Ringe und Kettchen, die auf neureich oder Unterwelt anspielten, obwohl beides nur lächerlich wirkte.

Der Mann, der sich Günter nannte, stand lange am Büfett. Sie sah, wie er zögerte. Zwei-, dreimal war er schon auf und ab gegangen, ohne sich entscheiden zu können.

»Nehmen Sie zuerst die Zucchinicremesuppe«, empfahl Ann-Charlotte. »Sie werden begeistert sein, es sei denn, Sie finden Kokosnussmilch abscheulich.«

»Danke. Und danach?«

»Den Seeteufel, dazu etwas Reis und Gemüse aus dem Wok. Und keine Saucen, die können Ihnen zu schwer im Magen liegen.«

»Sie scheinen sich gut auszukennen.«

»O ja. Ich bin Stammgast, wenn Sie so wollen.«

»Und Ihr Mann? Oder Ihr Freund?«

»Ich komme allein.«

»Hat uns deshalb die Gastgeberin so umstandslos miteinander bekannt gemacht? Weil wir beide allein sind?«

»Vielleicht. Wir sind wohl die Singles heute Abend.«

»Bitte, fühlen Sie sich zu nichts verpflichtet«, sagte Günter.

Ann-Charlotte griff nach einer Flasche Weißwein. »Zum Fisch würde der hervorragend passen. Aus der Gascogne, fruchtig, leicht, ein Wein, der Ihnen schmecken wird.«

»Und Sie? Haben Sie schon gegessen?«

»Ja, das Gleiche, was ich Ihnen empfohlen habe.«

Einige Gäste grüßten sie. Ihre venezianische Maske mit den verspielten Federn war genauso bekannt wie ihre Erscheinung. Luise und Jochen standen ihr gegenüber und winkten dezent. Beide unterhielten sich mit einem Paar, das schnörkellos geformte rote Masken trug, die bis auf Öffnungen für Augen, Nase und Mund das gesamte Gesicht bedeckten. Ihre eigene Maske war auch rot, schon immer, eine andere Farbe hätte sie nie getragen.

»Hallo, Ann-Charlotte«, flüsterte eine schlanke, blonde Frau in einem trägerlosen Kleid, die sich vor Monaten mit Grace vorgestellt hatte. Grace und ihr Mann George, ein muskulöser Typ mit ausgesprochen schönen Händen, waren Amerikaner, die am Tegernsee lebten und seit ihrem ersten Besuch öfter hier zu Gast waren.

Grace musterte Günter schamlos, schließlich lächelte sie, reichte ihm die Hand und verschwand hinter Senta, die sich angeregt mit einem übertrieben gestikulierenden Riesen unterhielt, sodass

Ann-Charlotte für einen kurzen Moment befürchtete, er würde sie mit Rotwein bekleckern.

»Man kennt sich«, bemerkte Günter. »Die Masken können und sollen nicht verbergen, wer wen schon einige Male getroffen hat. Stimmt's?«

»Ja, für viele sind sie nur Spaß, Show, wenn Sie so wollen. Für andere aber auch ein echtes Inkognito oder ein Kick. Sehen Sie das Paar uns gegenüber, die mit den großen Gesichtsmasken, das sind Gäste, die wirklich nicht erkannt werden wollen. Wie Sie, ich glaube, Ihnen geht es auch so.«

Wenn du mit zweihundert Männern geschlafen hast, hörst du auf, dir Notizen zu machen, hatte Sally gesagt, als sie zum ersten Mal nach ihrem Parisumzug telefoniert hatten. Wenn du's bis dahin nicht begriffen hast, geh zum Arzt, echt jetzt, meine Liebe. Typen unterscheiden sich nämlich nur in außerordentlich talentiert und völlig talentfrei, und die Grauzone dazwischen kriegen wir ab. Gaußsche Normalverteilung, schon von gehört, meine Liebe? Spitzen oder Ränder sind Zufall, Glückssache, dafür kann niemand was, die dicke Glocke in der Mitte ist unser Leben, und dafür kann jeder was. Nur eins möchte ich unterstreichen, meine Liebe, die Schwanzgröße ist nicht ganz so unwichtig, wie die Blubberfeministinnen uns glauben machen wollen. Zu klein ist manchmal Scheiße, echt jetzt, meine Liebe.

Während Günter mit der Gabel Fisch auf seinem Teller hin und her schob, bevor er ihn im Mund verschwinden ließ, war Ann-Charlotte ihre Freundin Sally eingefallen, weil sie die gleiche Angewohnheit hatte. Gleich, ob Fleisch, Gemüse oder Salat, alles wurde auch von ihr vor dem Essen einige Male von links nach rechts und von oben nach unten bugsiert, wobei sie immer behauptet hatte, so würde sie vermeiden, zu große Portionen in sich hineinzustopfen. Sally, die Kluge, die, die nie um eine Antwort verlegen war, selbst wenn es keine Antworten brauchte. Nachdem Laura so überraschend aufgetaucht war, wäre es natürlich die Krönung, würde auch sie wieder zurückkommen.

»Worüber amüsieren Sie sich?«, fragte Günter, der gesehen hatte, wie ihre Mundwinkel ein stilles Lächeln andeuteten.

»Sehen Sie die Frau rechts von der Treppe?«

Günter nickte.

»Sie erinnert mich an eine alte Freundin, mit der ich mal über Erotik und Leder gefachsimpelt habe.«

»Sie meinen das Meg-Ryan-Gesicht, nicht?«

»Ja, genau.«

Günter schnalzte mit der Zunge. »Und was hat Ihre Fachsimpelei ergeben?«

»Dass ich Leder nicht mag. Weder Stiefel noch Hosen, noch Rock. Es ist irgendwie obszön. Meine Freundin sprach immer von Lederfummel, Lederfetischismus, sogar von Peitschenscheiße, die Frauen sich nur antun, weil sie besonders taff aussehen wollen.«

»Strenges Urteil«, meinte Günter. »Aber nicht ganz von der Hand zu weisen.«

Ihre Männerbuchhaltung hatte sie bei dem einhundertfünfundachtzigsten abgebrochen und das kleine Büchlein samt Punktesystem in den Müll geschmissen. Sally hatte recht gehabt. Die schiere Menge brachte niemanden weiter, und die, die von ihr mit voller Punktzahl ausgezeichnet worden waren, konnte sie an einer Hand abzählen. Es war wie so oft, wer sich anstrengte, besonders gut sein zu wollen, erreichte meist das Gegenteil. Wenigstens bei ihr hatte es noch nie was genutzt, das ganze Programm abzuspulen, um sie glücklich zu machen.

»Das war wirklich gut«, flüsterte Günter, nachdem er seinen Teller beiseite geschoben hatte und sah, dass Ann-Charlotte in Gedanken festhing. »Wollen Sie mir nicht helfen, mich zurechtzufinden?«

Sie nahm ihre Maske ab. »Kommen Sie, ich zeige Ihnen die Räumlichkeiten.«

Sie gingen zur Bar, hinter der ein Flur zu zwei Zimmern führte. Das erste hatte keine Tür, dafür ein großes Bett mit mehreren Spiegeln, vielen Stühlen und einer Garderobe. Grace küsste ihren Mann, eine zweite Frau stand hinter ihr und streichelte ihren Nacken. Alle hatten ihre Masken an.

»Hier lieben sich die, die es reizvoll finden, wenn andere zusehen oder sich durchs Zusehen so angeturnt fühlen, um mitzumachen«, sagte Ann-Charlotte.

Günter zeigte auf die Tür gegenüber.

»Das ist privater. Wer die Tür schließt, signalisiert, dass er nicht gestört werden möchte. Man kann ein Schild an die Tür hängen, wie im Hotel, wenn Sie so wollen. Möchten Sie auch die oberen Räume sehen?«

Er nickte, und sie gingen die Treppe nach oben. In einem Flur mit gedimmtem Licht standen drei Paare mit Gläsern und Champagnerflaschen in den Händen. Sie schauten auf eine Leinwand in einem Zimmer, das außer roten Sofas, einigen Sesseln und schlanken, hohen Beistelltischen leer war. Auf der Leinwand lief ein Pornofilm. Eine Frau hatte ihr Kleid hochgezogen. Sie saß auf einem Barhocker und wurde von einem Mann geleckt. Die Kamera zeigte Möse und Zunge, die Frau stöhnte. Im Hintergrund waren noch andere Darsteller zu erkennen, die in unterschiedlichen Posen Lust und Erregung spielten.

»Hier oben gibt es sechs Zimmer«, sagte sie. »In dreien werden Pornos gezeigt, die restlichen haben keine Bildschirme. Kommen Sie.«

Günter beobachtete durch eine Art Türspion eine Frau, die einem Mann, der auf einer schwarz überzogenen Liege lag, einen blies. Die Frau war nackt, und ihr Mund fuhr langsam an einem steifen Schwanz entlang.

»Senta hat sich das einfallen lassen«, erklärte Ann-Charlotte, während sie Günter sanft über die Schulter fuhr. »Den Spion, meine ich. Es ist so eine Art Test. Wer bleibt wirklich stehen und schaut von außen zu, also so, dass die, die vorbeilaufen, ihn sehen müssen. Nach dem Motto: ›Wollen Sie auch mal linsen?‹ Oder staunen die Vorbeieilenden nur über Voyeure, die durch eine kleine Öffnung auf andere kleine Öffnungen schielen?«

Sie schmunzelte. »Am Ende des Flurs ist ein Badezimmer. Wenn ich etwas verraten darf, dann dass dort gegen später der größte Trubel herrscht. Es gibt eine überdimensionierte Badewanne und eine großzügig geflieste Stelle mit zwei Duschen. Wasser, Seifen und Sex, eine Kombination, die die meisten Gäste mögen.«

»Sie auch?«, fragte Günter.

»Weniger. Und Sie?«

Ann-Charlotte sah ihn durch seine Maske hindurch lächeln. »Auch weniger.«

Günter nestelte an seiner Krawatte. Dann fragte er mit einer Stimme, die verriet, dass er sich nicht sicher war, wie sie antworten würde: »Möchten Sie mit mir heute Abend zusammen sein?«

»Gerne, ich habe nichts anderes vor.«

Erleichtert atmete er auf. »Darf ich Ihnen einen Drink besorgen? Oder bleiben Sie konsequent bei Wasser?«

»Nur Wasser«, erwiderte sie, während sie zurück zu dem Zimmer lief, in dem der Pornostreifen gezeigt wurde.

Die Paare hatten es sich mittlerweile bequem gemacht. Sie stießen an. Die Herren hatten ihre Jacketts abgelegt. Ann-Charlotte sah gut gebaute Oberkörper, die unter weißen Hemden verrieten, dass die Herren Wert auf Fitness legten. Die Action in dem Film nahm ihren Lauf. Eine schöne Blondine mit langen Beinen ritt einen Mann. Gleichzeitig bearbeitete sie den Schwanz eines anderen mit ihrem Mund. Eine zweite Frau wurde über einen Tisch gebeugt von hinten genommen. Als der Mann für einen kurzen Moment seinen Schwanz aus der Möse zog, sahen Ann-Charlotte und Günter, dass er glänzte.

»Echt oder gespielt?«, säuselte Günter.

»Eher gespielt. Aber dennoch geil. Möchten Sie zuschauen? Oder hineingehen? Sie werden sehen, in wenigen Minuten sind die hier alle nackt und furchtbar scharf.«

»Ich würde lieber mit Ihnen allein sein. Ginge das?«

»Schön, ja. Ich stelle Ihnen zuerst aber noch meinen besten Freund vor. Er heißt Manuel, ist Spanier und ein prima Barkeeper.«

An der Bar kam Senta auf sie zu. Ihre lässige Freundlichkeit war nur gespielt, das spürte Ann-Charlotte sofort.

Senta hakte sich bei ihr ein und sagte so beiläufig wie möglich zu Günter: »Sie erlauben doch. Wir sind gleich wieder da.«

Vor der Haustür tippelte sie dann nervös auf ihren hochhackigen Schuhen hin und her. Ann-Charlotte wusste, was kommen würde. Mütze hatte sich wieder Mal eine Frechheit erlaubt. Seit ihrer Komödie vor zwei Jahren wäre es nicht das erste Mal, dass er Matthias' Kreise störte.

»Mütze macht Ärger, Ann-Charlotte. Das muss endlich aufhören. Du kennst Matthias, wenn ihm jemand in die Parade fährt, wird er äußerst ungemütlich.« Senta knabberte an rot lackierten Fingernägeln. »Mütze erpresst ihn, Matthias kocht. Vor sechs Wochen war eine angeblich minderjährige Frau hier, erinnerst du dich an das zierliche Geschöpf mit der Perücke, die, die Kette geraucht hat?«

»Minderjährig?«, fragte Ann-Charlotte überrascht.

»Ja, sie war erst spät gekommen, und Matthias vermutet, Mütze hat sie herbestellt, um ihm Schwierigkeiten zu machen. Sie hat mit einem Mann geschlafen, mit dem du vorher zusammen warst. Eine verdammte Scheiße ist das, Ann-Charlotte.«

»Jetzt schalte mal einen Gang zurück, Senta. Warum sollte Mütze denn ein Mädchen hierherschicken?«

»Weil du es ihm gesagt hast, deshalb.«

»Ich!«

»Ja, du, wenigstens glaubt das Matthias.«

»Wie bitte? Entschuldige, aber ich verstehe nur Bahnhof.«

»Die Sache ist die. Mütze hat Matthias beschimpft, was ihm einfällt, so junge Dinger rankarren zu lassen, um die perversen Wünsche von irgendwelchen Dreckschweinen zu befriedigen. Also, er war ausfallend, böse, und dann hat er zehntausend Euro verlangt, nicht für sich, für irgendeinen Fonds, der jungen Prostituierten hilft, also, er will die Kohle, aber er will sie spenden, und Matthias glaubt jetzt, dass du da mit drinhängst, dass du Mütze angerufen hast, um ihm die womöglich Minderjährige unterzujubeln, weil dir der Typ gesagt hat, dass er auf ganz junge steht und ob da nicht was zu machen ist.«

Ann-Charlotte war baff. »Der ist doch völlig paranoid, Senta. Wer denkt sich denn solch einen Unsinn aus?«

Senta schnaufte. »Mütze hat Matthias vorhin angerufen. Er will am Montag das Geld.«

»Ich rede mit ihm, okay? Das klär ich, verlass dich drauf.«

»War was Besonderes mit dem Mann, Ann-Charlotte? Hat er irgendwas in dieser Hinsicht zu dir gesagt?«

»Nein, Senta. Wir haben zusammen geschlafen, alles war ganz normal. Später ist seine Frau dazugekommen. Sie wollte zuschauen, sie war sehr erregt. Sie hat mich gefragt, ob ihr Mann mich anal nehmen dürfte, und ich hab Nein gesagt; das war alles, Senta, ein geiles Paar und eine besonders geile Frau, die zusehen wollte, wie mir ihr Typ seinen Schwanz in den Hintern schiebt.«

»Scheiße. Ich muss wieder rein. Und es gab wirklich keinen Ärger, irgendwas?«

»Nein, die zwei waren durchaus höflich, und ich habe niemanden angerufen, auch nicht Mütze.«

Senta hatte die Tür aufgemacht. Ann-Charlotte sah, wie sich Günter an der Bar mit Manuel und einem Mann unterhielt, der offensichtlich schon schwer beschwipst war.

Sie wünschte sich eine Zigarette. Matthias war drauf und dran, die Kontrolle zu verlieren. Seit sie Manfred reingelegt hatten, sah er überall Gespenster. Mütze, Senta und sie, ein Trio infernale, das sich einen Spaß daraus machte, anderen Männern eins auszuwischen. Und jetzt das! Erpressung wegen einer jungen Frau, von der offenbar niemand wusste, wo sie plötzlich hergekommen war. Und Matthias, der an ein weiteres abgekartetes Spiel glaubte, um ihn zu treffen, zu schädigen, zu demütigen. Matthias der Große gegen Mütze die Lusche. Und Mütze gegen Senta, weil er ihre Partys hasste, ohne die sich seine Charlie nicht regelmäßig von fremden Männern bedienen lassen würde.

Sie ging zurück zur Bar. Günter amüsierte sich. Manuel erklärte ihm die geschmacklichen Unterschiede verschiedener Single Malts, die aufgereiht auf dem Tresen standen.

Am Büfett war niemand mehr, eine Frau mit Federmaske huschte in schwarzer Unterwäsche die Treppe nach oben.

»Entschuldige«, sagte sie zu Günter. »Die Gastgeberin hat mich aufgehalten.«

»Das Leid der Stammgäste«, flachste er.

»Und du hast wirklich auf mich gewartet?«

»Ja, natürlich.«

»Thiago oder nix«, sagte Manuel gut gelaunt.

Günter lachte, Ann-Charlotte verstand den Witz nicht.

»Ein Insiderspruch«, erklärte Günter. »Thiago ist Fußballer bei den Bayern und kommt aus Barcelona. Guardiola hat im Sommer gesagt, dass er nur ihn und sonst keinen Neuen im Bayerntrikot sehen will. Also haben sie ihn gekauft.«

Für Fußballgeschichten hatte sie sich noch nie begeistern können. Was Männer welcher Herkunft auch immer und über alle Grenzen hinweg so sehr zusammenschweißte, wenn sie in irgendeinem Geheimcode über Spieler, Tore und schlechte Schiedsrichter palaverten, würde ihr auf ewig verschlossen bleiben.

Mit einem lässigen Schulterzucken bat sie Günter, mit ihr nach oben zu gehen. »Manuel, ich nehme noch ein stilles Wasser mit.«

Nur noch ein Zimmer war unbesetzt. Die Paare vor der Leinwand hatten ihre Tür angelehnt. Ann-Charlotte hatte lautes Stöhnen gehört und war weitergegangen. Kurz darauf beobachtete sie, wie Günter die Tür ein klein wenig öffnete und hineinschaute.

»Hast du nicht doch Lust, da mitzumachen?«, fragte sie leise.

»Bei Gruppensex schäme ich mich immer.«

Etwas zu verspielt hielt sie sich die Hand vor den Mund, um sich lautes Loslachen zu verkneifen. Dann flüsterte sie: »Ich finde es schon aufregend, aber nicht immer. Heute zum Beispiel nicht.«

Sie küssten sich, dann fiel seine Krawatte auf den Boden. Sie öffnete sein Hemd und strich ihm zärtlich über die Brust. Langsam fuhren ihre Finger von oben nach unten. Sein Schwanz war noch schlaff. Ehe er ihr Kleid ausziehen konnte, hatte sie es sich schon über den Kopf gestreift. Sie schlüpfte aus ihren Schuhen.

»Lass es uns im Bett machen, ja.« Ihre Zunge drängte erneut in seinen Mund, nur bestimmter und härter.

Als sie ihn losließ, griff sie nach dem Gürtel an seiner Hose. Dann zappelte er auf einem Bein, um seine Strümpfe loszuwerden.

Lachend schubste sie ihn auf einen Stuhl. »Tu dir nicht weh«, rief sie ganz spielerisch und beobachtete, wie er seine Socken über die Fersen zog. Sie schaute ihn an. Ein Mann in dunklen Boxershorts, ein Mann, der sich normal benahm, und einer, der trotz seiner Jahre noch gut aussah.

Sie befühlte ihre Brust und knetete sanft ihre Warzen. Schließlich zog sie den Slip aus und flüsterte: »Komm ins Bett, Maskenmann, und fass mich an.«

Mit leicht geöffneten Schenkeln lag sie auf roter Satinbettwäsche. Seine Zunge war schon überall gewesen, und sie war feucht und heiß. Er lag über ihr, und sie spürte, dass seine Erektion nicht ausreichen würde. Behutsam strich sie ihm die Maske vom Kopf. Er lächelte, küsste sie auf Nase, Stirn und Hals, reckte sich nach oben und rieb sanft ihre Möse. Sie genoss, was er tat und wie er es tat. Problemlos fand er ihren Rhythmus. Zwischen ihren Schenkeln fühlte sie reine Lust, sie atmete schneller, und erst kurz bevor sie kam, drehte sie sich weg.

»Nach meinem Höhepunkt hast du nichts mehr von mir«, keuchte sie. »Dann bin ich faul und satt.«

Auf der Seite liegend streckte sie ihm ein Kondom entgegen.

Zwischen seinen Beinen fehlte immer noch Härte. Günter guckte betreten und wusste nicht, was er sagen sollte.

Sie kniete sich vor ihn und nahm seinen Schwanz in beide Hände. Dann spukte sie auf seine Eichel und rieb behutsam auf und ab.

Sekunden später beugte er sich zu ihr und küsste sie. »Wenn es dich nicht kränkt, ist alles gut. Du bist wundervoll, ich gönne mir nur einen peinlichen Aussetzer.«

Ihr Lächeln geriet ein wenig zu mütterlich. Ehe sie etwas sagen konnte, legte er sie auf den Rücken und fuhr mit seiner flachen Hand zwischen ihre Beine. Sofort war sie wieder da und spürte, wie er mit Zeige- und Mittelfinger den Bereich um ihren Kitzler massierte. Sie zuckte zusammen, stöhnte laut und wusste im selben Augenblick, dass er bis zum Ende alles richtig machen würde.

An der Bar sprach Senta mit Manuel. Ann-Charlotte sah, dass sie betrunken war. Günter hatte längst seine Maske wieder aufgesetzt.

»Komm, trink ein Gläschen Schampus«, sagte sie zu ihm. »Zur Feier des Tages.«

»Zur Feier des Tages«, wiederholte er spöttisch. »Du trinkst aber mit.«

»Du trinkst, ich nippe. Ich vertrage keinen Alkohol, sei mir nicht böse.«

Senta deutete auf ihre Armbanduhr und murmelte leicht verzweifelt. »Bitte ruf kurz an. Tu mir den Gefallen.«

Günter strich Ann-Charlotte über den Arm und berührte mit einem Finger das Glas ihrer Swatch. »Das wollte ich dich den ganzen Abend schon fragen. Die Uhr ist etwas Besonderes, oder?«

Senta gluckste laut, und Ann-Charlotte erzählte in wenigen Sätzen, warum sie an der Swatch so hing. »Meine Eltern haben mir die Uhr zum fünfzehnten Geburtstag geschenkt und genau an dem Tag habe ich auch zum ersten Mal mit einem Jungen geschlafen. Später hab ich sie verloren, und einer meiner besten Freunde hat mir genau die gleiche noch einmal geschenkt. Das fand ich wirklich sehr, sehr schön, weil ich nie damit gerechnet hätte, dass es das Modell noch zu kaufen gibt. Weißt du, die Swatch funktioniert einfach und lässt mich nicht im Stich.«

»Also weniger eine Uhr als ein Talisman, auf den du nicht verzichten willst.«

»So in etwa, ja. Hast du nicht auch so was?«

Er schüttelte den Kopf. »Ich glaube nicht. Leider gibt es bei mir nichts, das einfach so funktioniert und mich nicht im Stich lässt.«

Beide kicherten. Günter standen Tränen in den Augen, und Ann-Charlotte verschluckte sich so sehr, dass Manuel ihr ein Glas Wasser reichte.

»Du trägst keinen Ehering«, bemerkte Günter, nachdem sie sich wieder beruhigt hatten. »Bist du wirklich solo?«

Seine Frage kam so direkt und unverhofft, dass sie nicht wusste, was sie antworten sollte. Verlegen zog sie ihre Brauen hoch, während Senta die Lippen spitzte und so tat, als ob sie etwas sagen wollte, ehe sie still und leise davonschlich.

Manuel stellte zwei Gläser Champagner neben sie, und Günter sagte: »Sie scheinen sich wirklich sehr gut zu kennen.«

Manuel lachte breit.

»Wenn ich nachher weg bin, kannst du den Typen hinter der Bar ausfragen, was ich hiermit ausdrücklich erlaube. Manuel, hast du gehört?«

Die beiden Männer stießen an.

»Auf all die Geheimnisse, die mich nichts angehen«, flötete Günter.

Der Raum um die Bar füllte sich. Paare bestellten Drinks, und Ann-Charlotte genoss das Tuscheln und Reden und eine Entspannung, die fühlbar war. Wie so oft dachte sie an Manfred, wenn Gäste nach dem Sex zu scherzen begannen oder, hinter ihren Masken versteckt, Komplimente verteilten. Wie gut die Stimmung war, wie sehr Senta für das richtige Ambiente sorgte und dass Matthias eben Herausragendes leistete.

Manfred hatte sie ausgesaugt. Seine Begeisterung zu Beginn ihrer Ehe, sein Überschwang, die Euphorie, überbordend, besoffen, und dann der Absturz, so jäh, haltlos und ungebremst, dass sie nie wieder zusammenkommen würden. Ein Mann, der alles richtig machen wollte und alles falsch gemacht hat. Wie er sie bezaubert hatte. Keine Sekunde hatte sie gezweifelt, vor über zehn Jahren; er hatte sie mitgerissen, alles schien möglich, zur Ruhe zu kommen, die Liebe zu finden, ein Paar zu werden. Sie wollten ein Ausrufezeichen setzen und ihre Chance nutzen, nachdem sie beide viel zu lange nur sinnlose Abenteuer und unzählige Affären aneinandergereiht hatten. Für Manfred hatte sie der Himmel geschickt, für sie war er ein Alleskönner: Romantiker, gut im Bett, weltgewandt, charmant, dominant, ein richtiger Mann eben und kein Jungchen, das Oberfläche mit Charakter verwechselte.

Sie hatten es nicht geschafft. Nach fünf Jahren Geplänkel, Krisen und Streitigkeiten hatte er den Glauben verloren, dass es zu schaffen war. Schonungslos und endgültig hatte er sein Scheitern offenbart und erklärt, dass er im Herzen nur Armseliges zustande brachte, das nicht ausreichte, um zu lieben und aufrichtig eine Ehe zu führen. Danach war er ein Wrack, monatelang, und sie hatte willenlos zugesehen, wie er aus ihrem Liebesleben verschwand. Furchtbar und niederschmetternd war, wie schnell er sich eingerichtet hatte in seinem Schmerz, seiner Selbstabrechnung, seinem Egoismus. Er begann sich zu hassen, und weil er sich hasste, blieb kein Platz mehr, auch sie zu hassen. Das war der Irrsinn ihres Zusammenseins. Weil sie blieb, konnte er weiteratmen, weil er sie um sich wusste, bestaunte er jeden Tag aufs Neue sein Versagen, das er später genauso liebte, wie er sie anfangs geliebt hatte. Als dann auch noch Nicole in sein Leben trat, hatte er erreicht, was er erreichen wollte. Das Unerfüllte, Halbe, Kleine, zu dem er sich fähig erklärte, und das Große, Fantastische, für das sein Herz nicht taugte. Beides stand vor ihm und ließ ihn nicht los, und so lange sie ihn nicht fortjagte, war die Erde eben eine Scheibe, auch wenn alle anderen wussten, dass sie rund war.

George prostete ihr zu, während Grace mit dem Riesen flirtete, der erneut mit ausladenden Gesten und einem doppelten Whiskey in der Hand redete und redete.

»Möchtest du mitkommen?«, fragte George. »Wir gehen nach oben. Grace ist noch ganz aufgekratzt.«

»Nein, George, mir reicht es für heute.«

»Fühlst du dich gut?«

»Sehr gut.«

»Schön. Deinen Partner sehe ich zum ersten Mal. Wirst du ihn öfter mitbringen?«

Sie wich seinem Blick aus. »Du solltest dich um deine Frau kümmern, George. Ich glaube, sie wartet auf dich, es sei denn, du möchtest sie dem blonden Helden da drüben allein überlassen.«

Er lächelte. »Ich wünsche dir Glück, Ann-Charlotte, und komm gut nach Haus.«

Günter stand hinter der Bar, und Manuel schenkte kleine Rotweinproben in verschiedene Gläser. Günter probierte, nahm etwas Brot, kaute und probierte erneut.

»Möchtest du wirklich alle Weine testen, die es hier gibt?«, fragte sie.

»Nein, aber bei der Wahl des Chianti lässt sich was verbessern. Ich finde, der ist zu flach, es gibt andere, die sind typischer für die Region.«

Ihr Mund näherte sich seinem Ohr. »Willst du es noch mal versuchen? Du musst dich mir nicht verpflichtet fühlen. Wir sind frei, jeder kann tun und lassen, worauf er Lust hat.«

Zärtlich strich er ihr eine Strähne hinters Ohr. »Ich bin etwas betrunken und brauche eher mein Bett. Du musst dir keine Sorgen machen. So wie ich dich hatte, war es sehr schön.«

Plötzlich stand Senta wieder neben ihr. »Du wirst am Telefon verlangt. Mütze möchte dich sprechen.«

Ann-Charlotte verstand. »Gut, soll ich in dein Büro gehen?«

Wenig später versuchte sie Mütze zu erreichen. Er ging nicht ran, stattdessen meldete sich seine Mailbox.

»Wann hast du ihn zuletzt gesehen?«, fragte Senta, die Mühe hatte, sich auf den Beinen zu halten.

Beide Frauen standen in einem Kellerraum, in dem neben Fitnessgeräten auch ein Schreibtisch war.

»Was denkst du denn? Dass ich jede Woche mit ihm ein Date habe?«

»Wenn wir ihn nicht erreichen, bevor ihn Matthias in die Finger kriegt, gibt's ein Unglück. Das weißt du hoffentlich.«

»Herrgott, ich bin nicht sein Kindermädchen, Senta. Ich tu, was ich kann, das hab ich dir versprochen. Reicht das?«

»Scheiße, das läuft richtig scheiße. Wir hätten damals nicht mitmachen dürfen, Ann-Charlotte, wir haben nicht aufgepasst, und jetzt gibt's nur noch Ärger.«

Richtig, dachte sie. Auf Mützes Vorschlag einzugehen war eine riesige Dummheit gewesen. Gewiss nicht die einzige, aber die größte. So sehr sie sich auch über Manfred und seine Schnüffelei geärgert hatte, so wenig hätte sie Mütze eine Chance geben dürfen, wieder in ihr Leben zu treten. Viele Jahre war alles gut gegangen. Klaus-Dieter Ronninger alias Mütze hatte seine aberwitzige Anhänglichkeit aufgegeben. Er hatte ja auch genug zu tun, und andere Frauen versüßten ihm seine Erfolge. Zuerst die endlosen Partys für die Sieger des Aktienbooms, dann der Katzenjammer mit Schulden und Halbwelttypen, die ihm dermaßen zugesetzt hatten, dass er bis nach Bremerhaven abhauen musste, um nicht unter die Räder zu kommen.

»Detektiv, Charlie, so ein Scheißberuf«, lallte Senta, »wie kann einer nur Detektiv werden. Mütze hängt bestimmt bloß rum und denkt sich immer neuen Quatsch aus. Verdammte Hacke, ich krieg 'nen Flitz, wenn der hier aufkreuzt. Zehntausend Euro, Arsch auf, Arsch offen, aber volle Möhre.«

Er hatte es ihr nie verraten. Warum bist du Detektiv geworden, hatte sie gefragt, aber er hatte nur rumgedruckst und nichts wirklich Überzeugendes rausgelassen. Nach und nach glaubte sie dann, es geschnallt zu haben. Jemand hatte ihn am Haken, wegen Geld, das er schuldete, und dieser Jemand hatte ihn umgeschult, damit er irgendeinen Kram erledigte, der nicht koscher war.

Senta hockte jetzt zusammengesunken auf einem Gymnastikball. Ihr Gesicht hatte sie hinter ihren Händen vergraben. Sie zitterte am ganzen Leib. »Wahrscheinlich steht das Arschloch draußen rum und schießt ein paar Bilder von meinen Gästen, damit er wieder jemanden hat, den er erpressen kann. Und Matthias glaubt, du machst da mit und gibst ihm Tipps, wer mit wem und wie lange und welche Vorlieben, verstehst du.« Senta stammelte jetzt nur noch. »Weißt du, warum er dich so niedermacht? Warum du die Böse bist? Weil er dich will und nicht kriegt, nicht von Herzen.«

Ann-Charlotte hatte sie an den Schultern gepackt. »Hast du sie noch alle? Was faselst du da?«

Senta schwieg.

Dann schüttelte sie sie. »Ist Matthias verrückt geworden, Senta? Ist er das?«

Senta schluchzte. Tränen liefen ihr übers Gesicht. Ratlos und betrunken schaukelte sie auf ihrem Ball hin und her und brachte kein Wort mehr heraus.

»Ich gehe jetzt wieder nach oben«, sagte Ann-Charlotte. »Da oben ist ein netter Mann, so nett, dass ich mich von ihm verabschieden möchte. Und genau das werde ich jetzt auch tun, hast du verstanden.«

Während sie auf die Kellertür zusteuerte, war Senta aufgestanden und rief ihr nach: »Wenn du Mütze siehst, sag ihm, dass er sich verpissen soll.«

»Was, verdammt noch mal, hast du die ganze Zeit mit Mütze? Warum soll er da draußen auf mich warten, Senta? Raus mit der Sprache. Was läuft hier gerade?«

»Weil er schon öfter auf dich gewartet hat, draußen, Charlie, weil er dich liebt, weil er auf dich aufpasst, damit dir nichts passiert. Mütze ist wieder voll drauf, auf seinem Charlietrip, nur du bist blinder als blind.«

Samstag, 21. September 2013

Faulhuber fror. Obwohl er sich einen Pullover übergezogen hatte, rieb er seine Hände und klopfte sie anschließend gegen die Oberarme. Um acht in der Früh saß er schon auf der Terrasse und beobachtete den Dampf, der aus seiner Kaffeetasse stieg.

Er könnte davonkommen, seit gestern Abend sah alles anders aus. Wimmer hatte ihn noch nach Hause gefahren – Sie rühren Ihren Wagen nicht an, ein Glas Wein ist ein Glas zu viel, ich bringe Sie –, als ein Weibel-Anruf den Anwalt auf seinem Handy erreichte. Wimmer hatte während des Gesprächs nur genickt und außer verstehe, danke, das sind ja gute Nachrichten nichts weiter von sich gegeben. Dann: Ihr Hals steckt noch in der Schlinge, aber zuziehen wird niemand mehr, Herr Dr. Faulhuber. Die Kriminalhauptkommissarin lässt ausrichten, dass der Eintrag Fuchsweg 19 im Navigationssystem des Opfers auf einem Versehen beruhen dürfte. Frau Gruber wollte aller Wahrscheinlichkeit nach zu einer Frau Darius im Fuchsienweg 19.

Als er endlich zu später Stunde allein auf seinem Sofa gesessen hatte, war Franz noch mal am Telefon gewesen. Moni hatte die Katze aus dem Sack gelassen. So plaudernd, unbeherrscht, im Vorbeigehen halt. Am Tresen mit Erika und Heider. Franz war stinksauer gewesen. Dass er auf einer Sexparty bei Heilmann war und dort die Gruber getroffen haben musste, bevor sie getötet worden war, war also durch. Nicht ausdrücklich, aber so ungefähr. Moni hatte alte Kontakte aufgewärmt, einen Jugendfreund namens Schorsch zum Beispiel. Uschi hatte den mal mit Wein versorgt, den er ihr empfohlen hatte. Außerdem, so Moni, so Schorsch, war da mal was mit einem Detektiv, der die Gruber im Auftrag ihres Mannes überwacht hat, was so viel hieß wie: Frau Gruber war regelmäßiger Gast bei Heilmann, und ihr Mann hat das nicht so toll gefunden. Der Detektiv wird was wissen, und der Gruber ist auch mal vor dem Heilmann-Haus gesehen worden, hatte Franz gesagt. Verstehst, Bernie, ein eifersüchtiges Arschloch, das seine Frau nicht nur verfolgen lässt, sondern selbst verfolgt. Da müssen wir ansetzen. Red mit Wimmer, wir brauchen den Schnüffler, dann sieht die Welt schon anders aus.

Komisch. Gestern Abend hatte er das alles nur hingenommen, mehr nicht. Keine Freude, keine Empörung, kein Gefühl, gar nichts. Als ob ihm sein Auftritt im Hammer-Eck so viel abverlangt hätte, dass für weitere Aufreger kein Platz mehr war. In der Kneipe war Wimmer natürlich jeden Euro wert gewesen. In null Komma nichts hatte er die ganze Bande um den Finger gewickelt. Schalke gegen Bayern null zu vier. Wums! So machte man das, wenn man mit einem Schwerverbrecher im Schlepptau punkten musste. Der Rest war dann wie von selbst gegangen. Alte Bayerngeschichten, gut riechen, teuer aussehen, charmant, klar im Kopf und flottes Mundwerk, so war niemand auf die Idee gekommen, unangenehme Fragen zu stellen.

Tja, und nicht nur Moni war vor Begeisterung und Ehrfurcht fast geplatzt. Sie hatte wirklich keiner Menschenseele was gesagt. Wegen damals, dem Übergriff und seinem Wahnsinn. Du hast dich ehrlich entschuldigt, hatte sie am Spielautomaten gesagt, dir standen sogar Tränen in den Augen, ich dachte, du flennst jetzt gleich. Und dann bist du auch noch mal zu mir hingefahren, und ich hab gesehen, dass du fertig warst, tief drinnen fertig, also das war schon was. Ich wurd ja schon öfter angemacht, und nicht nur Blabla, also Süße hier und Süße da, sondern so mit Festhalten,

Schubsen und Drohungen. Und glaubst du, irgendeiner von denen hätte sich entschuldigt? Oder Bedauern oder so was? Nichts, gar nichts.

So war eben alles aus den Fugen geraten. Genau betrachtet, war sein Kurs bei Moni sogar gestiegen, seit er zerknirscht auf den Knien angekrochen gekommen war, nachdem er ihr zwischen die Beine gelangt hatte. Ohne seine Gewalt keine Reue, ohne Reue kein Mitgefühl und ohne Mitgefühl keine Dankbarkeit. Du flennst jetzt gleich. Du hattest Tränen in den Augen. Du warst fertig.

Er schlurfte zur Küche und suchte nach was Essbarem. Bis auf eine Schachtel alter Butterkekse war nichts zu finden. Er tunkte einen davon in seinen Kaffee, kaute bedächtig, nahm einen Zettel und machte sich Notizen zu dem, was heute erledigt werden musste. Frau Dürnbach und Wimmer anrufen. Die eine, um sich zu erklären, den anderen, um ihn zu bitten, den Detektiv ausfindig zu machen. Dann Sabine und die Kinder, wobei zu überlegen war, was er sagen sollte, wenn die Sexpartygeschichte doch noch bis zu ihnen vordringen würde. Für gewöhnlich blieb ja nichts, was im Hammer-Eck ausposaunt wurde, allein dort hängen. Moni würde die Klappe halten, da konnte er sicher sein, Erika wahrscheinlich nur Joe einweihen, aber Heider? Für 'ne richtig geile Geschichte würde der sogar seine Großmutter verkaufen. Heider war der Schwachpunkt, da musste er aufpassen.

Apropos Schwachpunkt. Seine Ausflüge ins Reich unkomplizierter Befriedigung waren jetzt aktenkundig. Die Weibel hatte ihn angerufen, gestern, bevor er mit Wimmer ins Hammer-Eck gefahren war, und gesagt, dass sie sich einiges an Arbeit hätten ersparen können, wenn er zugegeben hätte, schon lange gewisse Etablissements aufzusuchen. Ihr Kollege habe sich umgehört. Die Namen all der Sextempel täten ja nichts zur Sache, und ob er Gangbang-Partys mit Tiefenblasen und Körperbesamung schätze oder Frauen, die Stangen umtanzten, Scheine ins Höschen schob, sei ihr so lange egal, wie er sich benehmen würde. Und das habe man ihnen bestätigt. Keine Gewalt, keine Aufdringlichkeiten, auch kein Hang zu Sexspielen, die sadomasochistische Neigungen nahelegten. Ich sage Ihnen das, Herr Faulhuber, weil es Sie entlastet, und ich sage es Ihnen, weil ich möchte, dass Sie wissen, dass wir uns umgehört haben, und Sie bei weiteren Besuchen in Clubs und Bars damit rechnen müssen, Schwierigkeiten zu bekommen.

Soweit das nimmermüde Bemühen der netten Frau Weibel.

Dass er nicht ungeschoren davonkommen würde, war ja zu erwarten gewesen. Die Kripo machte ihren Job, und die Frau Kommissarin gehörte nicht zu denen, die sich zufrieden gaben, wenn einer sagte, nein, ich doch nicht, auf keinen Fall, da täuschen Sie sich aber. Blieb die Frage, ob sie ihr Wissen gegen ihn einsetzen würde oder nicht. Gestern hatte er nicht fragen können, weil der erste Schrecken viel zu groß gewesen war. Außer zuhören und auf die Zähne beißen war nichts anderes drin gewesen. Und jetzt? Was fühlte er jetzt? Fühlte er überhaupt irgendwas, nachdem er einen weiteren Keks in Kaffee aufgeweicht hatte?

Ja, er fühlte Erleichterung, Erleichterung, dass es raus war. Bernie Faulhuber, ein Mann der Schande! Einer, der regelmäßig seine Eier leer putzte, ohne wesentlichen kulturellen Errungenschaften die Stange zu halten: Nähe, Liebe, Familie, Anstand, Selbstbeherrschung, Aufrichtigkeit. Der Sieg des Korrekten übers Schmutzige. Nicht mit ihm! Dabei konnte man der Welt der wohl organisierten Körperfreuden einiges vorhalten, nur keinen Mangel an Hygiene. Handtücher, Handtücher, Handtücher, in jeder Ecke, auf jedem Hocker, auf jeder Matratze, am Eingang, am Ausgang, neben der Erdnuss, auf der Erdnuss, unter der Erdnuss.

Er blickte auf seinen Zettel und las noch einmal, was er zuletzt notiert hatte. Wimmer – Detektiv – Gruber – Eifersucht. Darunter schrieb er in Großbuchstaben: STEHEND K.O. Karl Mildenberger gegen Cassius Clay, 12. Runde.

* * *

Clara Weibel stand vor einem Gebäude, dessen hässliche Fassade sie bei ihrem ersten Besuch ganz übersehen hatte. Grauer, bröckelnder Putz, ausgeblichenes Braun an den Fensterläden und eine Eingangstür, die mit grüner Farbe bespritzt worden war. Am Klingelbrett standen Namen wie Dr. Skobat, Maria Duncker, Familie Sundermann, Klaus-Dieter Ronninger.

Nach kurzem Telefonläuten berichtete Meisner von den ersten Ergebnissen der Hausdurchsuchung bei Frau Schachner im Leuterdinger Tannenweg 9.

»Ich befürchte, das war ein Schuss in den Ofen, Frau Weibel. Nonnenmeier bewohnt ein kleines Zimmer in der ersten Etage, insofern man das wohnen nennen kann. Ein Bett, ein kleiner Schreibtisch, viele Kisten mit Kleidung und Computerkram, zwei Stühle und jede Menge Müll. Frau Schachner hat ihn seit vier Tagen nicht mehr gesehen, und sie weiß auch nicht, wo er sich aufhält. Vielleicht gibt ja sein Rechner was her oder die externen Festplatten. Frau Schachner kennt Nonnenmeier von irgendeinem Start-up her. Die haben zusammen Tauschbörsen entwickelt, Reisen, Kleidung, Autos, alles Mögliche halt. Sie beschreibt ihn als verträglich, etwas verschlossen und überhaupt nicht der Typ für Gewalt gegen Frauen.«

»Haben Sie eine Sonnenbrille oder einen Kapuzenpullover gefunden?«

»Nein, nichts dergleichen.«

»Ein Adressbuch vielleicht?«

»Wo denken Sie hin? Diese IT-Freaks haben doch kein Papier mehr.«

»Ist Nonnenmeier schon öfter bei der Frau Schachner abgestiegen? Haben die zwei ein Verhältnis?«

»Nein, kein Sex, keine Beziehung. Sie weiß aber, dass er aktuell knapp bei Kasse ist. Seine Geschäfte laufen schlecht. Er hat ihr auch gesagt, dass er seine Wohnung in München untervermietet hat, um an Geld zu kommen.«

»Gut, wir sehen uns dann nachher im Büro.«

Wäre auch zu schön gewesen, dachte sie, während ihr Handy in ihre Handtasche zurückglitt. Vielleicht hatte Mario mehr Glück. Nonnenmeiers Münchner Wohnung könnte durchaus was hergeben. Der Durchsuchungsbeschluss für den Tannenweg hatte ja von Anfang an auf wackligen Füßen gestanden, und ohne Marios Zeugin, die Nonnenmeier auf einem Foto im Internet wiedererkannt hatte, wäre es unmöglich gewesen, einen Richter zu finden, der ihnen den Zutritt zu Frau Schachners Haus erlaubt hätte. Zara Probat war sich sicher gewesen. Nonnenmeier hatte sie am 9. März dieses Jahres um drei Uhr morgens in der Nähe vom Schyrenbad überfallen und vergewaltigt, nachdem sie sich mit ihrem Freund gestritten hatte und allein nach Hause gelaufen war. Die Münchner hatten damals DNA sicherstellen können, weil die behandelnde Ärztin in der Notaufnahme hellwach gewesen war.

Ein alter Mann mit Tasche und Dackel stand im Eingang. Clara Weibel sah, wie er Mühe hatte, die Tür aufzuhalten und gleichzeitig seinen Hund aus dem Haus zu bugsieren.

»Guten Morgen. Kommen Sie, ich helfe Ihnen.«

Der Mann lächelte dankbar und fragte: »Zu wem möchten Sie denn?«

»Zu Herrn Ronninger.«

»Dritte Etage, die Tür ist offen. Haben Sie Ärger mit Ihrem Mann?«

»Gott bewahre«, rief sie amüsiert, während das grün bekleckerte Holz langsam ins Schloss fiel.

Ronninger saß kreidebleich hinter seinem Computer.

»Darf ich reinkommen?«, fragte Clara Weibel.

»Was wollen Sie?«

»Sie sollten Ihr Büro geschlossen halten, wenn Sie mit Herrn Gruber telefonieren. Jeder im Haus konnte hören, wie Sie sich aufgeregt haben.«

»Dann machen Sie die verdammte Tür eben zu.«

»Herr Gruber schien schlechte Laune gehabt zu haben.«

»Was geht Sie's an?«

»Seit Mittwoch ist einiges zusammengekommen, Herr Ronninger. Sie haben gelogen und unsere Ermittlungen behindert, Ihren Auftraggeber betrogen und überhaupt alles getan, um sich möglichst tief in die Scheiße zu reiten, wenn ich das mal so sagen darf.«

»Lecken Sie mich am Arsch, wenn ich das mal so sagen darf.«

»Was wollte Herr Gruber denn?«

»Das wissen Sie genauso gut wie ich. Also machen Sie nicht auf blöd.«

Clara Weibel räumte Kabel, Ladegeräte und ein frisches T-Shirt von einem Stuhl, das eine Armbanduhr verdeckt hatte. Überrascht blies sie ihre Backen auf. »Donnerwetter, eine Swatch, ein älteres Modell, 1990 auf den Markt gekommen.«

»Und?«, fragte Ronninger genervt.

»Die Gleiche hat Frau Gruber getragen, als sie kurz vor ihrem Tod nach Leuterding gefahren ist.«

Ronninger stöhnte und rieb sich mit gespielter Langeweile die Stirn.

»Wollen Sie mir was sagen?«, fragte Clara Weibel.

»Hinter Ihnen liegt eine Schachtel. Schauen Sie einfach rein.«

Für einen Augenblick traute sie ihren Augen nicht, lagen dort doch noch zwei weitere Uhren des gleichen Typs, sorgfältig in ein Tuch gewickelt.

Während sie die Schachtel zurückstellte, fragte sie betont beiläufig: »Wie können Sie eine Frau anbeten, die wahrscheinlich mit mehreren Hundert Männern geschlafen hat, nur nicht mit Ihnen, obwohl keiner von denen sie so geliebt hat wie Sie? Das beschäftigt mich, Herr Ronninger.«

»Vergessen Sie's«, brummte er. »Netter Trick, die Psychokiste.«

»Und die Uhren?«

»Ja, die Uhren. Ich weiß schon, Herr Gruber hat mir erzählt, dass Sie sich dafür interessieren. Ich habe Ann-Charlotte in grauer Vorzeit einen Gefallen getan, als ihre geliebte Swatch weg war, ein Geschenk Ihrer Eltern, da war sie gerade mal fünfzehn. Also habe ich ihr eine neue besorgt, und weil ich bin, wie ich bin, drei weitere dazu, um gerüstet zu sein, wenn sie auch die wieder irgendwo liegen lässt.«

»Graue Vorzeit war wann, Herr Ronninger?«

»1999, wenn Sie's genau wissen wollen.«

»Und jetzt finde ich zufällig eine der Uhren auf Ihrem Stuhl, während die anderen in einer Schachtel liegen. Wollen Sie mich für dumm verkaufen?«

Ronninger schob einen Zettel mit einem Namen und einer Telefonnummer über seinen Schreibtisch. »Die Frau kann meine Angaben bestätigen. So, und jetzt kommen Sie bitte zum Punkt.«

»Sally Gebauer. Das ist ja eine Nummer aus Paris?«

»Ja. Sie lebt dort. Was dagegen?«

»Was wollte Herr Gruber eben von Ihnen?«

»Er hat sich beschwert. In den Unterlagen seiner Frau hat er Hinweise gefunden, dass wir uns gekannt haben. Er wird mir Anwälte auf den Hals hetzen, Schadensersatz, Lizenzentzug, das volle Programm. Noch was?«

»Wo waren Sie am 14. September, also am letzten Samstag, morgens um zwei Uhr?

»Ich war in Prien, und zwar von zweiundzwanzig null null bis drei null null. Auf meiner Kamera finden Sie Fotos. Jedes mit Datum und Uhrzeit.«

»Wo ist Ihre Kamera?«

Ronninger öffnete einen Rollschrank. »Bedienen Sie sich. Und falls Sie mir unterstellen, dass die Fotos auch jemand anders hätte machen können, suchen Sie das verdammte Ding eben nach Fingerabdrücken ab. Nehmen Sie die Kamera ruhig mit, tun Sie sich keinen Zwang an.«

»Die Bilder, ich möchte sie sehen.«

Ronninger stellte die Kamera an. Als er die Stelle gefunden hatte, an der die Ergebnisse seiner Arbeit gespeichert waren, sah sie, dass das letzte Bild um halb eins gemacht worden war. »Ich brauche den Namen Ihres Klienten.«

»Brauchen Sie, kriegen Sie aber nicht.«

»Sie haben kein Alibi, Herr Ronninger. Es wäre schon besser, Sie würden mir etwas anbieten. Selbst wenn es richtig ist, was Sie behaupten, hätten Sie sowohl um eins vor Herrn Heilmanns Haus in Bruckmühl als auch gegen zwei am Tatort in Leuterding sein können.«

»Eben, deshalb gibt's auch keinen Namen. Weil's egal ist und ich noch nicht wirklich verzweifelt bin. Was hätte ich Ihrer Meinung nach in Bruckmühl denn zu tun gehabt?«

»Auf Frau Gruber warten zum Beispiel.«

»Wie bitte? Wenn ich Ann-Charlotte hätte treffen wollen, wäre das einfacher gegangen.«

»Es gibt Zeugen, die Sie öfter dort gesehen haben.«

»Aha! Und dann bin ich ihr auch noch nach Leuterding gefolgt. Vermuten Sie das?«

Clara Weibel nickte. »Frau Gruber war für Sie keine längst verflossene Jugendliebe, Herr Ronninger, sie war eine Obsession. Sie hat Sie Ihr ganzes Leben lang wahnsinnig gemacht. Sie wollten sie, unbedingt, mit Haut und Haaren, aber sie wollte Sie nicht. Und als

Sie in dieser Nacht gesehen haben, wie sie einen Mann vor dem Heilmann-Haus mit großem Vergnügen mit der Hand befriedigt hat, haben Sie die Kontrolle verloren.«

Ronningers Faust sauste auf den Schreibtisch. »Halten Sie gefälligst den Mund, und reden Sie keinen Blödsinn. Ich war weder an dem einen noch an dem anderen Ort, basta. Ich habe gearbeitet, basta.«

»Ihnen irgendetwas zu glauben, ist seit vergangenem Mittwoch nicht mehr möglich. Es würde allerdings helfen, würden Sie mir Ihre Beziehung zu Frau Gruber so schildern, wie sie war.«

»Unsere Beziehung, so, so, verstehe, die interessiert Sie natürlich.« Ronninger hatte sich über seinen Schreibtisch gebeugt, die Hände ineinandergeschoben, und starrte auf seine Daumen, die umeinander kreisten. »Nicht ganz gewöhnlich, würde ich sagen, aber obsessiv, wie Sie sie sehen wollen, war sie ganz und gar nicht. Als ich dreizehn war, habe ich Ann-Charlotte kennengelernt, wir waren Schulkinder; mit fünfzehn wollte ich mit ihr gehen, wie man so sagt, und mit fünfundzwanzig habe ich ihr einen Heiratsantrag gemacht, der aber nicht erhört wurde. Ich war immer an ihrer Seite, das ist richtig, aber ich habe akzeptieren gelernt, dass sie andere Männer hatte.«

»Sie spielen den Märchenonkel, Herr Ronninger. Frau Grabowski und Herr Heilmann erzählen die Geschichte ganz anders. Und wenn ich Frau Darius noch einmal befragen würde, würde sie sie mir auch anders erzählen.«

»Sie haben Laura gesprochen?«, rief Ronninger erstaunt.

»Natürlich. Frau Gruber und Frau Darius hatten wieder Kontakt, ehe Frau Gruber getötet wurde. Wussten Sie das nicht?«

»Doch, doch, nur, was hat Laura mit Ann-Charlottes Tod zu tun?«

»Immerhin waren sie alte Freundinnen, und Frau Darius wohnte seit Kurzem wieder ganz in ihrer Nähe.«

Ronninger rieb sich den Nacken und schien nachzudenken.

»Sie meinen, Ann-Charlotte wollte in der Nacht zu Laura? Deshalb die Fahrt nach Leuterding? Denken Sie so?«

»Sehr wahrscheinlich, ja. Wie ist Ihr Verhältnis zu Matthias Heilmann?«

»Zu Matthias? Schlecht.«

»Warum?«

»Weil er neben sich keine anderen Götter duldet, darum.«

»Sie sind aber doch gar kein Gott.«

Ronninger quälte sich ein Lächeln ab. »Wohl wahr, wohl wahr. Für Matthias bin ich sogar nur ein armer Schnüffler, der nichts auf die Reihe kriegt.«

»Kennen Sie sich besser?«

»Darauf habe ich nie Wert gelegt. Er ist die Sonne, um die Senta kreist, alles andere ist unwichtig.«

»Sie haben Herrn Gruber vor zwei Jahren mit Ihren gestellten Fotos übel reingelegt. Herrn Heilmann hat das nicht gefallen. Schließlich haben Sie seine Partyidee missbraucht, um Ihre alte Liebe zu schützen und einen Dritten zu hintergehen. Hatten Sie Streit deswegen?«

»Matthias streitet nicht, Matthias streckt einen nieder. Peng, und Sie liegen im Dreck.« Ronninger hatte mit seinen Fingern einen Pistolenschuss angedeutet.

»Und hat er Sie auch niedergestreckt?«

»Mich? Nein, ich bin doch nur ein armer Trottel, den Charlie am ausgestreckten Arm hat verhungern lassen.«

Clara Weibel blickte streng, und Ronninger spürte, dass er einen falschen Zungenschlag ins Spiel gebracht hatte. Mit einer Geste, die alles auf einmal war, ertappt, verdrossen, gleichgültig, winkte er ab und warf seinen Oberkörper in den Stuhl zurück. »Zu Matthias gibt's wirklich nichts zu sagen, Ende und aus.«

»Hatte Frau Gruber in den vergangenen ein, zwei Jahren noch andere Männer, mit denen sie Sex hatte? Sie war in dieser Hinsicht sehr aktiv, ist Ihnen da mal was aufgefallen?«

»Glauben Sie, ich hätte Ann-Charlotte überwacht oder ihr nachspioniert?«

»Das glaube ich, ja.«

»Hat Ihnen Matthias diesen Floh ins Ohr gesetzt? Oder Senta?«

»Ich mache meine Arbeit, Herr Ronninger. Also, gab es andere Männer?«

»Nein, wenigstens nicht, dass ich wüsste. Ich bin kein verdammter Stalker, Frau Weibel, nie gewesen, falls Sie in diese Richtung denken.«

»Wenn es noch mehr Fotos von Frau Gruber gibt, als die, die Sie uns ausgehändigt haben, ist jetzt der richtige Zeitpunkt, sie mir zu zeigen.«

»Es gibt keine weiteren Fotos.«

»Gut. Haben Sie jemals aus Ihrem Wissen um die Sexpartys bei Herrn Heilmann einen Vorteil zu ziehen versucht?«

»Wie bitte?«

»Haben Sie Gäste erpresst? Haben Sie Ihr Konto aufgebessert?«

»Matthias hat wohl alle Register gezogen, ich glaub's einfach nicht. Was soll ich gemacht haben? Erpressung? Ich? Wegen seiner beschissenen Halbprominenz, die dämlich umeinanderfickt?« Ronninger war aufgesprungen und trommelte wütend auf seinen Rechner.

»Wissen Sie, was mir auffällt?«, sagte Clara Weibel nüchtern. »Sie trauern nicht, der Tod Ihrer geliebten Charlie spielt in allem, was Sie mir sagen, überhaupt keine Rolle. Was wollen Sie eigentlich nicht wahrhaben? Dass Sie tatverdächtig sind? Oder dass Herr Gruber und Herr Heilmann genug Gründe haben, Sie auf den Mond zu wünschen?«

»Jetzt aber, Psychokiste die zweite, darf natürlich nicht fehlen, die Polizei, dein Freund und Helfer, heute auch in Trauerangelegenheiten. Herrgott, sind Sie abgeschmackt.«

»Kennen Sie Frau Grubers Notizbuch?«

»Was heißt kennen? Sie hatte eins, und es war ihr wichtig, das Ding überallhin mitzuschleppen.«

»Wissen Sie, was da drin steht?«

»Keine Ahnung, hat mich nie interessiert.«

»Halten Sie es für möglich, dass Frau Gruber da persönliche, vielleicht sogar intime Dinge notiert hat?«

»Möglich? Möglich, ja, aber Ann-Charlotte war keine Frau, die um ihr Leben ein großes Bohai gemacht hat. Wenn sie einer was gefragt hat, hat er eine Antwort gekriegt. So war sie, offen und geradeheraus.«

»Gut, Herr Ronninger, so kommen wir nicht weiter. Ihre Alles-in-Butter-Taktik führt zu nichts. Wir fahren jetzt nach Erding. Sie haben kein Alibi, Sie hatten die Gelegenheit, Sie haben ein Motiv, und die Uhr, die ich hier gefunden habe, belastet Sie genauso wie Ihre bewussten Falschaussagen vom Mittwoch.«

Ronninger stand unschlüssig in seinem Büro, und Clara Weibel spürte, wie er mit sich kämpfen musste, um nicht ausfallend zu werden. Schließlich riss er sein Jackett vom Haken und schrie ihr ins Gesicht: »Matthias hat Ihnen ins Gehirn geschissen, und Sie sind zu dämlich, es zu bemerken. Ich gehe jede Wette ein, er hat einen Zeugen im Ärmel, der aussagt, dass ich an dem verdammten Freitag vor seinem Haus auf Charlie gewartet habe und ihr dann nach Leuterding gefolgt bin. Sie haben ja keine Ahnung, über welche Möglichkeiten der Mann verfügt, wer ihm verpflichtet ist, wer nach seiner Pfeife tanzt und wie lange die Schlange der Drängler ist, die ihm hinten reinkriechen wollen, nur um von seinem Glanz etwas abzubekommen.«

* * *

Natürlich hatte Barbara recht. Das war ja mal sonnenklar. Sich um Bernie kümmern, mehr mit ihm reden, auch über Sabine, gerade über Sabine, mal was zusammen unternehmen, nicht nur die ewige Abhängerei im Hammer-Eck. Franz, er ist dein bester Freund, und jetzt ist alles so durcheinander, Mensch, da schämt sich ein erwachsener Mann dumm und dämlich, überhaupt, Franz, seine Gefühle, also warum er keine andere Frau mehr will, das geht nicht, ich meine, Bernie hat vielleicht noch dreißig Jahre vor sich, und dann so ein verkorkstes Sexleben mit Partys und was sonst noch. Ich meine, jeder Mensch braucht doch ein Maß, und Bernie hat keins mehr, verstehst du, Franz, seine Kinder, seine Frau, alles weg, und jetzt erst recht; und sein Beruf ist doch auch nur noch reine Routine, der geht dahin, wie du die Kneipe aufsperrst, Loch im Zahn ist Loch im Zahn, Durst ist Durst.

Barbara war in ihrem Element gewesen, vorhin, als sie bei ihm angehalten hatte, mit Einkäufen im Korb und noch 'ner Tasche am Lenkrad. Hast das Kaff leer gekauft, hatte er gefragt, und sie: Alles viel zu viel, aber mir gehen lauter so Sachen durch den Kopf, also, Franz, wir können doch nicht mehr weggucken, und dann hatte sie losgelegt, siehe oben.

Luginger genoss die Sitzerei vorm Hammer-Eck, während winzige Papierschnipsel vor seinen Füßen im Wind umeinandertanzten. Die Sonne schien, niemand quasselte rum, und für einen kurzen Augenblick dachte er: gut jetzt. Und: Das Schlimmste liegt hinter mir.

Bernie war raus, Fuchsweg statt Fuchsienweg, darauf musste man erst mal kommen. Und was Monis Enttarnung mit der Gruber anging, hatte er bereits vorgesorgt. Heider würde die Klappe halten, Erika sowieso, und Moni war ihr Geplapper schon gestern Nacht mehr als peinlich gewesen. Dass Bernie auf Sexpartys rumturnte, musste also nicht die Runde machen.

Alles in der Reihe! Mila und Sammy ließen es krachen, ein

Gestöhne war das vorhin bis ins Treppenhaus, besser ging's nicht; seine Mutter hielt die Füße still, und am Abend spielten die Bayern auf Schalke, ein Spiel, auf das er sich umso mehr freute, seit Bernies Anwalt mal einfach so ein null zu vier getippt hatte.

Mit Bernie reden, du lieber Himmel. Wie Barbara sich das bloß vorstellte? Also, Bernie pass mal auf, eine Frau ist eine Frau und Rumvögeln ist Rumvögeln, das eine ist was Ernstes, was Tiefes, was Kulturelles, eine Errungenschaft, das andere was Lockeres, was Natürliches, aber ein Niedergang. Willst ausgerechnet du im Niedergang dahinvegetieren? Ein Mann mit Familie, ein Mann mit allen Möglichkeiten? Errungenschaft kommt von Ringen, Bernie, also um etwas ringen, sich bemühen, verstehst du das?

Na ja, da gab's Hürden, hohe Hürden, sehr hohe sogar.

Außerdem beunruhigte ihn ihr Eifer, ihr gedankliches Gewusel, das Quirlige und dieses Getue, dass jetzt alles auf den Tisch musste. Wollte sie wirklich noch mal mit Sabine anfangen? Warum sollte Bernie nicht leben dürfen, wie es ihm passte? Hatte sie nicht, genau genommen und bei Licht betrachtet, nach Feldzug geklungen, ein Feldzug gegen das Falsche und für das Richtige? Zu wenig Ringen, zu viel Laufen lassen? War da nicht noch was im Busch, und könnte er nicht via Bernie plötzlich eine Diskussion an der Backe haben, die sie immer anzettelte, wenn's darum ging: die guten ins Töpfchen, die schlechten ins Kröpfchen?

Ein klappriger Golf mit röhrender Rockmusik und heruntergelassenen Seitenfenstern fuhr in seine Einfahrt. Mit Schwung schlug Greulich die Fahrertür zu.

»Was treibt dich denn so früh hierher?«, fragte Luginger überrascht.

»Mein Deckel. Ich will meinen Deckel zahlen, Franz. Da sind noch so knapp dreißig Euro offen.«

»Hast grad was übrig?«

»Moni sieht's nicht gern, wenn einer Schulden hat.«

»Moni, ja, stimmt. Da ist sie streng. Willst was trinken?«

»Nee, lass mal. Ich muss gleich wieder los.«

»Hast Termine?«

Verlegen trat Greulich von einem Fuß auf den anderen. »Ist besser so.«

In Monis Buchhaltungsschublade war ungewohntes Durcheinander. Neben Belegen, Zetteln, Dollarnoten und thailändischen Bahtscheinen fand er schließlich, wonach Greulich verlangt hatte.

»Hör mal, Max, irgendwann ist das rum hier, und du kannst kommen, ohne glauben zu müssen, dass dir jemand dein Bier nicht gönnt. Ich will nicht, dass du wegbleibst.«

»Schon gut. Aber ich hau ab.«

»Wie, du haust ab?«

»Bei Reifen-Müller ist Schluss. Die haben mich rausgeschmissen.«

»Wie bitte? Warum das denn?«

»Zu wenig Arbeit, also offiziell eben, aber die haben mitgekriegt, dass die Bullen bei mir waren und dass die Fragen gestellt haben wegen Moni und der Toten im Wald.«

»Das ist doch Blödsinn. Woher sollen die das denn gewusst haben?«

»Gerüchte und so. Hat halt jemand geredet.« Max holte sein Portemonnaie aus der Hosentasche. »Also, was kriegst du?«

»Ich red mit Herrmann. So geht's nicht, auf keinen Fall.«

»Lass gut sein, Franz. Ich mag nimmer. Ich will weg, woandershin.«

»Woanders? Ich hör wohl schlecht. Wo soll das sein, woanders? Dortmund, Braunschweig, Cottbus? Ohne Kohle, ohne Job?«

»Österreich. Ich kenn da jemand, der stellt mich ein.«

Wütend knallte Luginger den Scheißdeckel auf den Tresen.

Dann trat er gegen den Kühlschrank, streckte sich, pumpte seinen Brustkorb auf und pustete Luft Richtung Spielautomaten.

Greulich suchte nach Scheinen.

»Lass stecken«, rief Luginger entschieden.

»Wart mal, Franz, ich hab noch drei Zehner, das passt dann schon.«

»Ich will nix.«

»Du nicht, aber Moni.«

Greulich legte ein Foto neben seine Zehner. »Das ist sie übrigens.«

»Wer?«

»Die Gruber. Hab ich gestern bei mir gefunden.«

Luginger schaute auf das Bild. »Schöne Frau, jung, kein Wunder, dass du die gebumst hast.«

»Guck mal, der Typ neben ihr. Mütze hieß der. Hat mich mal vermöbelt, total eifersüchtiger Typ.«

»Wie vermöbelt? Ich denk, du warst nur ein paarmal mit der zusammen? So zwischen Tür und Angel?«

»Für den war das schon zu viel. Also der war drauf! Ohne Vorwarnung, Franz, zack, zwischen die Lichter. So schnell konnt ich gar nicht ausweichen.«

»Und das Bild hast aufgehoben? Weil dir der mal die Fresse poliert hat.«

Greulich lachte. »Ja, war ein echter Kracher.«

Luginger riss den Deckel in Stücke. »Ist erledigt, fertig, aus.«

»Wenn's so einfach wär. Nimm's und grüß Moni noch mal. Sag ihr, dass mir's leidtut, was ihr passiert ist. Machst das?«

Luginger starrte das Geld an. Schließlich legte er es in die Schublade und stellte Gläser auf den Tresen. »Da muss jetzt was rein, Max.«

»Grappa.«

Sie prosteten sich zu. Nachdem sie den Schnaps gekippt hatten, stellte Greulich sein Glas ab, machte sein Portemonnaie zu und blickte Luginger dankbar an.

»Das war's dann. Ich meld mich, wirst von mir hören, Franz, versprochen.«

»Wo bist denn da in Österreich?«

»Scheffau.«

»Da gibt's doch nur Skilifte.«

»Eben, die reparier ich.«

Als Greulich wenig später zur Tür raus war und Luginger hörte, wie sein Golf vom Hof fuhr, war ihm flau im Magen. Irgendwas hatte er nicht verdaut. Dass er bei Reifen-Müller einfach so gefeuert worden war, war bei allem, was Herrmann für Max getan hatte, schwer zu glauben. Einerseits. Andrerseits, wenn seine Kundschaft erst mal wusste, dass er einen Exknacki und Vergewaltiger beschäftigte, kam er ins Gerede. Und Gerede war immer schlecht fürs Geschäft.

Sein Telefon meldete sich.

»Wimmer hier, guten Morgen. Ihr Freund, Dr. Faulhuber, hat mich gebeten, Sie anzurufen. Ich habe gerade mit ihm gesprochen. Er ist der Ansicht, meine Information wäre bei Ihnen am sinnvollsten aufgehoben. Sie hatten ihn ja auch gebeten, mit mir hinsichtlich des Detektivs zu sprechen, dessen Existenz über Ihre bezaubernde Mitarbeiterin ins Spiel gebracht worden ist. Erinnere ich das richtig?«

»Stimmt, ja. Und was ist jetzt mit dem Knülch?«

»Der Knülch, wie Sie sich ausdrücken, heißt Klaus-Dieter Ronninger. Der Mann ist ein Jugendfreund der getöteten Frau Gruber. Ich habe vorhin mit Dr. Gruber gesprochen. Er hatte ihn in der Tat mit der Observierung seiner Frau beauftragt, allerdings ist das schon länger her. Die ganze Angelegenheit ist aber sehr unerfreulich verlaufen, zum damaligen Zeitpunkt hatte Herr Dr. Gruber nämlich noch nicht gewusst, dass seine Frau diesen Herrn Ronninger kannte. Der Mann wohnt in Rosenheim und betreibt ein Büro für private Ermittlungen.«

»Wie haben Sie das so schnell rausgekriegt?«

»Ich bin nicht seit gestern in meinem Beruf, Herr Luginger.«

Als Wimmer sich nicht weiter erklären wollte, fragte er: »Also gut. Wie weiter?«

»Dr. Faulhuber meint, sein Akku sei leer, Ihrer nicht. So hat er sich ausgedrückt. Sie wüssten schon, was zu tun sei. Er meinte wohl, ihm fehle die notwendige Energie, um nach Rosenheim zu fahren und mit dem Herrn zu reden, also von Mann zu Mann sozusagen.«

Luginger nahm noch einen Grappa. Dann googelte er alles Wissenswerte über Ronninger. Als er ein Bild von ihm gefunden hatte, konnte er kaum glauben, dass er dieselbe Visage gerade eben auf Greulichs Foto schon mal gesehen hatte.

Mütze, Ronninger, Detektiv. Dazu die Grubers und das ganze Sexgedöns bei Heilmann. Alle kannten sich, und alle hockten im Münchner Südosten. Irgendwas musste da zusammenpassen. Fragte sich nur, warum Ronninger mit ihm reden sollte? Wenn der seine Finger im Spiel hatte, würde er die Schnauze halten, ihn abwimmeln und freundlich adios sagen. Mit leeren Händen konnte er da nicht auftauchen. Er brauchte 'ne Story, was Gutes, was Handfestes. Moni! Vielleicht hatte sie noch was beizusteuern. Von früher, von Stress, von Jungs und Mädels, die nichts auf die Reihe gebracht und bis heute noch Rechnungen offen hatten.

* * *

Ronninger war während seiner Vernehmung bei der Erdinger Kriminalpolizeiinspektion bei seinem Kurs geblieben. Mit der Wahrheit zu seiner Beziehung zu Ann-Charlotte Gruber hinterm Berg gehalten zu haben, sei nicht in Ordnung gewesen, da wolle er nichts beschönigen, allerdings wäre doch leicht nachvollziehbar, dass er sich mit einem entsprechenden Bekenntnis Herrn Gruber gegenüber in eine äußerst schwierige Lage gebracht hätte. Außerdem, und auf diesem Punkt war er bis zum Erbrechen herumgeritten, konnte er am vergangenen Mittwoch doch nicht absehen, dass sein leichtfertiges Handeln in irgendeinem Zusammenhang mit dem schrecklichen Ereignis in Leuterding stehen würde. Ansonsten die gleiche Leier. Nein, keine anderen Liebhaber, nein, er habe sie nicht dauerhaft beschattet, nein, über Frau Grubers Privatleben könne er keine weiteren Angaben machen. Außerdem sei es schon zwei Monate her, dass er sie bei einem Essen in Ebersberg zuletzt gesehen habe. Und so war es weitergegangen. Die Uhr auf seinem Stuhl war Zufall, eine Idee zu dem verschwundenen Notizbuch hatte er nicht, und selbstverständlich war er weder zur Tatzeit in Leuterding noch davor in Bruckmühl gewesen.

Als Ronninger zur erkennungsdienstlichen Behandlung abmarschiert war, wusste Clara Weibel, dass sie bis auf ein wackliges Alibi nichts hatte, um ihn länger festhalten zu können. Und sie wusste, dass Ronninger es wusste. Selbst ein plausibles Motiv war nicht auszumachen. Warum Leuterding? Warum gerade an diesem Samstagmorgen, nachdem er ein Leben lang enttäuscht worden war? Zudem stimmten die Angaben hinsichtlich seiner Kontakte zu Frau Gruber mit deren Anruflisten überein. In den vergangenen Wochen hatten sie nicht miteinander telefoniert. Weder mobil noch Festnetz. Weder privat noch geschäftlich.

Nach Meisners Ansicht war Ronninger eh nicht beizukommen. Müde lächelnd hatte er nach dessen Vernehmung bemerkt, der Typ sei allein schon deswegen aus der Schusslinie, weil er hundertpro auf Heilmanns Partys auch mal Staatsanwälte und Richter mit heraushängender Nudel beobachtet haben dürfte.

»Wie weit sind Sie denn mit den Mitarbeitern?«, fragte Clara Weibel.

Gegen elf war endlich ein Fax mit den Namen der Angestellten eingetroffen, die zusammen mit Heilmann in der Nacht vom 13. auf den 14. September auf der Feier bei Dr. Kohlhammer gearbeitet hatten.

»Drei von fünf hab ich erreicht«, antwortete Meisner. »Das wird aber nichts. Sie sagen alle, dass bei so einem Job niemand auf die Uhr schaut. Soll heißen: Von denen legt keiner die Hand dafür ins Feuer, dass Heilmann zwischen halb eins und halb drei durchgehend bei Kohlhammer war.«

»Arbeiten die denn nicht zusammen, also zu zweit oder zu dritt am Büfett zum Beispiel?«

»Schon, aber Heilmann organisiert nur und quatscht mit den Gästen. Er ist der Star, verstehen Sie, Small Talk hier und da, Kusshand und der ganze Wohlfühlkram.«

»Wenn Heilmann nicht da war, muss er mit einem Wagen weggefahren sein. Die brauchen doch ihre Autos, da ist doch alles drin, Essen, Getränke, was weiß ich. Hat mal eins gefehlt?«

»Heilmann kommt immer mit seinem Porsche, also kein Firmenwagen. Das ist nicht zu kontrollieren.«

»Kommt es denn oft vor, dass er im Lauf von so einem Abend mal verschwindet?«

»Ja. Alle drei haben gesagt, das sei ganz normal. Es komme auch vor, dass sie an einem Abend mehrere Kunden haben, dann flitzt er hin und her.«

»Gut, warten wir ab, ob uns die beiden anderen weiterhelfen. Bis jetzt hat Heilmann jedenfalls kein Alibi.«

»Glauben Sie denn ernsthaft, dass einer wie Heilmann sich die Finger an der Gruber schmutzig macht?«

»Wenigstens ging sie ihm furchtbar auf die Nerven. Außerdem hat er sich nicht im Griff, wenn ihm jemand dumm kommt. Haben sich die Münchner Kollegen in Sachen Nonnenmeier noch mal gemeldet?«

»Auf Ihrem Schreibtisch liegt ein Zettel. Ihr Exkollege klappert noch einige Adressen ab, die sie in Nonnenmeiers Wohnung gefunden haben. Er meldet sich um die Mittagszeit.«

»Gibt's schon was Schriftliches zur Schachner-Durchsuchung?«

»Finden Sie in Ihren Mails. Müssen Sie aber nicht lesen, weil wir ohne die Auswertungen der Festplatten nicht weiterkommen. Und das wird dauern, wenn wir überhaupt draufkommen.«

Clara Weibel klickte sich durch ihren Posteingang. Ben hatte geschrieben.

»Ich steig aus, Mama, vergiss meine Fragen, um deren Beantwortung ich dich vor meiner Abreise nach Rom gebeten habe. Die nuttigen Schülerinnen geben nichts her, jedenfalls keinen Stoff für ein Drama. Ich habe mit einigen geredet, aber da kommt nur hohles Zeug. Null Bock auf Reflexion, nur Pose, oberflächliches Gewäsch, es ist zum Kotzen (entschuldige die Ausdrucksweise). Wenn du deren Facebookseiten anschaust, kommst du dir vor, wie in einer billigen Soap. Kein echter Ausdruck, alles aus irgendwelchen Filmchen nachgemacht. Die wissen gar nicht, wie sie lachen, die wissen nur, welches Lachen gerade cool ist, also lachen sie so. Abhaken, war ein Schuss in den Ofen. Grüße, Ben.«

Eine Kollegin streckte den Kopf ins Büro. »Da möchte Sie dringend jemand sprechen, Frau Weibel. Ein Herr Dr. Wimmer. Er sagt, Sie kennen sich.«

* * *

Statt übers Land zu gurken, wäre Luginger lieber über die Autobahn nach Rosenheim gefahren. Doch samstags war die A 8 Richtung Salzburg dicht. Mit jedem Jahr nahm der Wahnsinn zu. Da waren die vielen Münchner samt Umländer, die es nicht lassen konnten, auf ihre vermaledeiten Hausberge zu stürmen, in jeden See zu pinkeln oder einfach nur im Grünen Latte Macchiato zu schlürfen, hinzu kamen all die bekloppten Kurzurlauber, die eben mal einen Hüpfer über den Brenner machten, weil da drüben Italien lag und in Italien alles so viel schöner war, der Wein, die Pizza, die Schuhe, das Wetter, die Stimmung, die Regierung und überhaupt der Süden halt. Na ja, und vor Italien gab's noch das Zillertal, Innsbruck, ein paar Gletscher, die Maut und was die Leut halt so mochten, um in einer endlosen Blechlawine ihr Leben zu vertrödeln.

In Steinhöring kam er nur langsam voran. Ampeln, Baustellen, mühsames Zuckeln, und dann seine niedrigen Gänge, die sich schon lange nicht mehr gut anhörten. Das Dodgegetriebe machte ihm Kummer. Wie Butter flutschte da nichts mehr, und wenn er nicht mit extra viel Gefühl vom Ersten in den Zweiten und vom Zweiten in den Dritten schaltete, gab's ein Krachen, das ihn an horrende Reparaturkosten erinnerte, die allerdings egal waren, weil er sie eh nie und nimmer würde bezahlen können. Das war ja das Schöne am Geld. Wo keins war, ging auch keins weg. So sah er das, schon immer. Und Schulden konnte er nicht leiden. Nur Barbara half manchmal aus. Und Bernie. Und seine Mutter. Und Moni. Selten, also nicht dauernd, aber hin und wieder.

Bis zur B 15 sollte jetzt alles glattgehen, und schon war es so gut wie geschafft. Rosenheim! Wann war er zuletzt in Rosenheim gewesen? War er überhaupt schon mal in Rosenheim gewesen? Hatte es jemals einen Grund gegeben, dorthin zu fahren? Stimmt, da war mal was, ganz weit weg leuchtete ein Erinnerungsfunken, also zu Zeiten, als die Beatles im Circus Krone aufgetreten waren, bayerische Eishockeymannschaften die deutsche Meisterschaft noch unter sich ausmachten, Kolle Oswalt allen mehr Spaß im Schlafzimmer wünschte und Typen wie Strauß ohne Rücksicht auf Verluste die Sau rausgelassen hatten. Er könnte seinen Bruder fragen. Ihm fiel das auf die Schnelle jetzt nicht ein, irgendwas mit so Katholentypen, 'ner Prozession, Weihe, Pferde oder Motorräder, weiß der Himmel. Helmut jedenfalls hatte ein Gedächtnis wie ein Elefant, wie Moni, die hatte sich vorhin auch sofort erinnert, als er sie an der Strippe hatte. Mütze, natürlich sagt der mir was, Franz. Mütze war der Spitzname für einen Kerl, der damals mit an die Riviera hätte fahren sollen, dann aber wegen irgendeiner Krankheit zu Hause bleiben musste. Wenn er uns nicht mit etwas Geld ausgeholfen hätte, wäre die ganze Reise ins Wasser gefallen. Zwei-, dreimal hab ich ihn gesehen, der war immer mit Charlie zusammen, also mit der toten Gruber, ich glaub, er war total verschossen in sie. Was der aber heute so macht, kann ich nicht sagen, wir haben uns völlig aus den Augen verloren.

Mit Sammy an der Seite wären seine Chancen bei Ronninger natürlich besser gewesen. Er eher so der alternde Micky-Rourke-Typ, und Sammy die klassische Bimbo-Variante. Muskelshirt, schneeweiße Zähne, cooles Lächeln, leicht schweißig, unruhig tänzelnd, mit ’nem Blick, der jedem verriet, dass da, wo er herkam, dummes Geseire schlecht ankam.

Scheiße noch eins, was war das denn? Mit Macht stieg er in die Eisen, der Dodge zog nach rechts, und ehe er sichs versah, rutschte er über den Fahrbahnrand. Als seine Karre endlich zum Stehen gekommen war, sah er sie. Radler! Eine ganze Horde, direkt hinter einer Kurve, also kaum auszumachen. Fassungslos trommelte er aufs Lenkrad.

Ein Dicker in Profimontur schlenderte auf ihn zu und zeigte auf eine Frau, die weiter weg in gebeugter Haltung ihre Kette bestaunte. »Sorry, ist nur eine Panne.«

Luginger steckte sich eine an und blickte zum Rest der Bagage, die sich ins Gestrüpp verdrückt hatte. »Hätte in die Hose gehen können. Echt bescheuert, hier stehen zu bleiben.«

Der Dicke nickte und wischte sich Schweiß von der behelmten Stirn. Dann begutachtete er die Halteposition des Pick-up. Grünstreifen, feucht, Brennnesseln, leicht abschüssige Hanglage. »Wenn Sie Hilfe brauchen, können wir schieben.«

Luginger wollte aber keine Hilfe und drückte vorsichtig den

ersten Gang rein. Dann gab er langsam Gas, bis die Räder griffen. Mit einem Blick in den Seitenspiegel rollte er auf die Straße zurück, ehe er beschleunigte und für einen Moment noch winkende Arme und lachende Gesichter sah.

Bis er sich wieder auf das Wesentliche konzentrieren konnte, verging eine Weile. Und wesentlich war Ronninger beziehungsweise Mütze, ein Typ, der Fotos gemacht hatte, Fotos von Partygästen wahrscheinlich, während er in Grubers Auftrag dessen Frau überwachen sollte, die mit ehelicher Treue so gar nichts anzufangen wusste. Der Hammer war natürlich, dass die sich kannten, die Beschattete und ihr Schatten, und wenn die zwei gegen Gruber was Krummes ausgecheckt hatten, war der Rest eben nur noch eine einzige Farce.

Mit Sammy hätte er eine saubere Bad-Guy-Nummer als echte Alternative zu gepflegtem Gequatsche durchziehen können, also klare Drohkulisse, Wucht, eindeutige Ansage. Ronninger wäre bestimmt beeindruckt. Doch Sammy mitzunehmen hätte bedeutet, ihn in Bernies Sexpartyabenteuer einzuweihen, ein Umstand, den er vermeiden wollte, hatten doch schon zu viele mitgekriegt, was da im Hintergrund blubberte, und mit jedem, der hinzukam, wuchs die Gefahr, dass das nicht mehr beherrschbar war.

Herrgott, wie ihm der Bernie-Scheiß auf die Nüsse ging. Draußen Sonnenschein, grad kein Verkehr, alles grün, und er kurz vor Rosenheim. Ronningers Adresse hatte er aufgeschrieben, war nicht weit vom Bahnhof, eine Seitenstraße, zum Glück keine Fußgängerzone, das hätte nämlich gerade noch gefehlt, latschen, Geschäfte und Shopper mit Tüten, so baumelnd an müden Armen.

Trotz mehrfacher Drückerei auf den Klingelknopf tat sich nichts. Niemand zu Hause, alles ruhig, überhaupt war hier tote Hose. Zwei Uhr, Mittagszeit. Vielleicht war Ronninger nur kurz was essen, vielleicht hockte er aber auch für den Rest des Tages in einem netten Café und ließ den lieben Gott einen guten Mann sein.

Grübelnd schlenderte Luginger zum Wagen zurück. Junge Türken trudelten vorbei, später eine Frau mit Kinderwagen, allerdings wollte niemand ins Haus mit der Nummer 41. Was tun? Warten, fahren, Nachbarn nerven? Fünf Minuten geb ich mir noch, dachte Luginger und starrte rauchend auf den Gehsteig, während ein Schmächtiger auf Inlinern an ihm vorbeisauste.

Sein Aschenbecher war voll, er hatte Hunger, unter dem Beifahrersitz lagen Bananenschalen.

Rätestraße 29, Bruckmühl, Meister Heilmann. Das war eine Alternative, und ein Versuch war's auch wert, jetzt, wo er schon mal in der Nähe war und so gar keine Lust hatte, mit absolut leeren Händen zurückzufahren.

Er bog ab und stoppte an einer Bude, die Hähnchen auf dem Grill hatte. Er kaufte ein halbes mit Semmel, dazu eine Flasche Wasser, und dachte darüber nach, was ihm Heilmann Erhellendes erzählen könnte. Eine Gästeliste wär nicht schlecht, Männer, mit denen sich die Gruber getroffen hatte, Scherereien, Stress, so was in der Art halt. Oder jemand, der gesehen hatte, wie sich die Gruber vom Acker gemacht hat, bevor sie nach Leuterding ist. Während er seine fettigen Finger an einer Serviette abwischte, wurde ihm immer klarer, dass er so was wie 'ne schnelle Passfolge benötigte, die Heilmann unter Druck setzte und dazu führte, dass er die Übersicht verlor.

Nach und nach floppten in seinem Kopf erste Ideen auf wie Bälle, die zu lange unter Wasser geblieben waren. Schnelles Umschalten, früher und heute, Mütze, Senta, Charlie, die alte Truppe und später gemeinsame Lustbarkeiten unter seinem Dach, super Laden, der Cateringservice und jetzt Blogs im Internet, Hummer unten ohne, Heilmanns schmutzige Partys, direkt und schnell immer mehr Druck aufbauen, Rufschädigung, finito mit Asiapfanne im Wok und Riesling Rüdesheimer Bestlage. Was er wusste, wussten auch andere, Moni erwähnen, Leuterdinger Bürgerinitiative für bayerische Küche in traditioneller Tracht in Gründung, Finten einbauen, Gerüchte, Lügen, immer wieder Mütze ins Spiel bringen und Faulhuber, der ihm was anvertraut hatte, dazu Taxifahrer, die wussten, dass Drogen im Spiel waren und für teuer Geld Nutten für Spezialwünsche rangekarrt wurden; er würde Heilmann so zuscheißen, dass der gar nicht mehr wusste, wo links und rechts und oben und unten war.

Zufrieden knüllte er seine Serviette zusammen, ließ das Getriebe krachen und machte sich auf den Weg.

* * *

Luginger hatte sich keine Mühe gegeben, nicht aufzufallen. Sein Pick-up stand quer vor Heilmanns Doppelgarage, das Tor zum Haus hatte er mit Wucht zugeschlagen, nachdem er sich gewundert hatte, dass es nicht abgeschlossen war, und seine Kippe lag auf den Fliesen vorm Eingang, die gründlicher als gründlich gefegt worden waren.

Ohne zu läuten, marschierte er ums Haus. Was er dann sah, erwischte ihn völlig unvorbereitet. Gedeckter Tisch, Stühle, Weibel, Meisner, ein hagerer Typ um die fünfzig und eine Frau, die jünger war. Kaffeetassen, Wasser, Gebäck.

»Wie kommen Sie hier herein?«, fragte der Hagere erstaunt.

»Das ist Herr Luginger«, sagte Clara Weibel, ehe Luginger selbst irgendeinen Ton herausbekam. »Er ist Wirt und plant wahrscheinlich ein schönes Herbstfest. Ich habe ihm von Ihnen erzählt, Herr Heilmann. Außerdem ist er mit dem Mann befreundet, mit dem Frau Gruber vor ihrem Tod bei Ihnen gefeiert hat.«

Luginger schluckte. Er brauchte Zeit, um sich zu sortieren.

Der Hagere war aufgestanden. »Mein Name ist Heilmann. Es

wäre schön gewesen, wenn Sie geläutet hätten. Können Sie zu einem späteren Zeitpunkt noch einmal wiederkommen?«

»Was soll das?« Luginger fixierte die Kommissarin. »Sitzen Sie gut? Soll ich noch was bringen? Ein Stück Kuchen vielleicht, Persiko, Grüße von Bernie? Pflegen Sie die Städtepartnerschaft mit Bruckmühl? Oder kungeln Sie gerade aus, wie Sie die miese Sexpartyscheiße vom Tisch kriegen? »

»Jetzt reißen Sie sich mal am Riemen, Herr Luginger. Sie sind Gast hier. Wir sind auch gleich fertig, dann können Sie mit Herrn Heilmann und Frau Grabowski über alles reden, was Sie bedrückt.«

Heilmann hatte die Hände lässig in den Taschen seiner weiten Leinenhose vergraben. »Sie kennen sich besser, wie ich sehe. Senta und ich haben nichts dagegen, wenn Sie jetzt alle verschwinden und Ihre Konflikte außerhalb unseres Grundstücks klären.«

»Matthias, bitte«, grummelte Frau Grabowski. »Ich möchte das jetzt hinter mich bringen.«

»Was denn noch, Senta? Ich habe kein Alibi, Ann-Charlotte ging mir auf den Wecker, ich hatte die Gelegenheit, Herr Meisner hat uns doch klargemacht, dass ich mich warm anziehen muss.«

»Wo ist Ronninger?«, fragte Luginger laut und entschieden.

»Aha«, erwiderte Heilmann mit gespielter Fröhlichkeit. »Noch jemand, der unseren Starermittler sprechen möchte. Fahren Sie nach Rosenheim, Herr Luginger, unser aller Freund hat da eine Detektei mit sehr fähigen Mitarbeitern, die Sie nach Strich und Faden ausnutzen, wenn Sie den Fehler machen, ihnen die Hand zu reichen.«

Während er sich noch über seinen kleinen Scherz mit den fähigen Mitarbeitern freute, hatte Clara Weibel Meisner mit einem Fingerzeig bedeutet, dass es besser war zu gehen.

Zu Frau Grabowski gewandt sagte sie noch: »Ihr Freund hat viel zu verlieren. Das Geschäft, seinen Ruf, seine Freunde. Passen Sie ein wenig auf ihn auf, und stellen Sie sich darauf ein, dass wir uns noch öfter sprechen werden.«

Ohne Heilmann eines weiteren Blickes zu würdigen, verließ sie mit Luginger und Meisner im Schlepptau die Terrasse und ging durch den Garten Richtung Ausgang.

Als sie zu dritt vor Lugingers Pick-up standen, konnte sie nicht mehr an sich halten. »Sind Sie völlig verrückt geworden? Wollen Sie jetzt unsere Arbeit machen? Oder meinen Sie, mit etwas Rabatz schneller ans Ziel zu kommen? Die beiden da drin können ruckzuck mehr Anwälte aufrufen, als Ihnen und mir lieb ist. Und wissen Sie, was dann passiert? Nur noch wenig, sehr wenig, das sag ich Ihnen. So, und was sollte das bitte schön mit Ronninger?«

Luginger war bedient. Wütend schlug er gegen seine Fahrertür. »Samthandschuhe, wie? Ist ja auch ein Wichtiger, der Partylöwe da. Herrgott, wenn Sie sich gesehen hätten.« Dann wandte er sich abrupt zu Meisner, packte ihn am Kragen und schrie ihn an: »Und Sie haben auch nur die Klappe gehalten. Klar, Heilmann und seine Tussi palavern eben nur mit der obersten Heeresleitung, Sie Specht, Sie.«

»Schluss jetzt, Herr Luginger.« Clara Weibel fuhr resolut dazwischen. »Und hören Sie gefälligst auf, mich mit Ihren dummen Ressentiments zu traktieren. Was wollen Sie von Herrn Ronninger, verdammt noch mal?«

Luginger hatte aber noch was auf dem Herzen. Während Meisner, im Gesicht puterrot angelaufen, ihn mit einem hingeworfenen »Arschloch« bedachte, wandte er sich wieder an Clara Weibel. »Ronninger, Gnädigste, weiß was. Hätten Sie mal Ihren Beamtenarsch schneller in Bewegung gesetzt, würde Bernie nicht wie der letzte Würger vom Münchner Osten dastehen. Verdammte Scheiße, da läuft so ein Sherlock Holmes durch die Gegend, der mehr weiß als wir alle zusammen, und Sie haben nichts Besseres zu tun, als unsern Fuchsweg mit dem Fuchsienweg zu verwechseln. Wie bekloppt ist das denn? Nennen Sie das ermitteln? Und Heilmann, der geschniegelte Drecksack da drinnen, kennt mit Sicherheit jeden seiner Gäste. Haben Sie denen mal auf den Zahn gefühlt? Wer wann wie die Gruber flachgelegt hat? Mit Würgen und ohne? Wer wann wie an diesem beschissenen Freitag in seine noch verschissenere Karre gestiegen ist, um ihr klarzumachen, wo der Hammer hängt? Da muss doch keine Sau bis drei zählen können, um Gruber, Ronninger und Heilmann durch die Mangel zu drehen. Jeder von denen hat mehr als genug in petto, um der Frau das Schlimmste zu wünschen. Mehr jedenfalls als Bernie. Der war gestern übrigens wieder mal bei mir und hat sich prächtig amüsiert, nachdem Sie der Welt klargemacht haben, dass Ficken mit verheirateten Frauen schlimmer ist als Fukushima.«

Luginger holte Luft, griff nach seinem Zopf und machte deutlich, dass er gesagt hatte, was gesagt werden musste.

Meisners Blick wanderte unschlüssig von hier nach da, während Clara Weibel einige Sekunden nachdachte, ehe sie antwortete: »Dass Sie sich für Herrn Faulhuber einsetzen, ist sehr anständig von Ihnen. Nur macht uns Ihr Freund das Leben schwer, sehr schwer sogar. Er lügt. Oder, wenn Ihnen das lieber ist, seine Angaben entsprechen nicht immer der Wahrheit. Redet er mit Ihnen über seine sexuellen Gepflogenheiten?«

Luginger glaubte sich verhört zu haben. Sexuelle Gepflogenheiten, ging's noch? Mit welcher flotten Drehung wollte sie ihn da ins Leere laufen lassen? Verständnislos schüttelte er den Kopf und griff nach seinem Tabakpäckchen. »Wollen Sie mich verarschen? Ich möcht wissen, warum Sie nicht richtig Druck machen bei Heilmann, und Sie kommen mir mit Männergruppe oder was?«

Meisner legte nach: »Ihr Spezl besucht oder besuchte regelmäßig Swingerclubs. Seit Jahren! Wussten Sie das? Der hat das ganze Programm durchgezogen, Partys, Clubs, Onlineforen. Und uns gegenüber hat er so getan, als wäre sein Besuch bei Heilmann eine Ausnahme gewesen oder eine Art Ausrutscher. Um es mal auf den Punkt zu bringen: Ihr Bernie, der ehrenwerte Herr Doktor, hat rumgesaut, dass sich die Balken biegen.«

Luginger war wie vom Donner gerührt. Für einen Moment glaubte er, den Boden unter den Füßen zu verlieren. Was Meisner gesagt hatte, hatte so unwirklich geklungen, dass jeder vernünftige Gedanke weit, weit weg war. Mechanisch steckte er sich eine Kippe in den Mund und zündete sie an.

»Es gibt aber auch gute Nachrichten«, sagte Clara Weibel. »Kollegen in München haben Herrn Nonnenmeier festgenommen. Soweit ich weiß, hat er gestanden, sich sexuell an mehreren Frauen vergangen zu haben. Moni weiß bereits Bescheid, ich habe vorhin mit ihr gesprochen.«

Als Luginger außer Quarzen nichts zustande brachte, fragte sie nach: »Haben Sie verstanden, was ich gesagt habe, Herr Luginger?«

Kommentarlos öffnete er die Fahrertür, stieg ein, schob seinen Schlüssel ins Schloss und startete den Pick-up. Während der Motor ansprang, knurrte er nur noch: »Das mit Nonnenmeier ist gut. Ein Arschloch weniger. Hoffentlich hilft's Moni, wär verdammt wichtig.«

»Wir haben Herrn Ronninger vernommen, Herr Luginger«, sagte Clara Weibel mit Nachdruck. »Also fahren Sie nach Hause. Wenn Sie sich für unsere Arbeit interessieren, reden Sie mit Dr. Wimmer. Wir stehen im Kontakt, und ich gehöre nicht zu denen, die Ermittlungsergebnisse behandeln wie Verschlusssachen, wenn ich durch Kooperation schneller ans Ziel komme.«

* * *

Selbst der Doppelschlag der Bayern gegen Schalke konnte Lugingers Miene nicht aufhellen. Zwei Tore durch Schweinsteiger und Mandzukic zur Mitte der ersten Halbzeit brachten die Münchner in Führung. Heider und Gernot waren aus dem Häuschen, Sammy grölte »Stern des Südens«, und Barbara boxte ihrem Franz begeistert in den Bauch.

Die Hütte war voll, die Stimmung bestens. Die Verhaftung Nonnenmeiers und das souveräne Spiel von Lahm und Co. ließen keine Wünsche offen. Moni zapfte, was der Hahn hergab, Erika half beim Bedienen, und Sammy raste singend mit Pizzen beladen durch den Gastraum. Selbst Faulhuber rang sich ein Lächeln ab. Joe bestellte Tequila ohne alles, und Anna wurde zwecks besserer Sicht von Sepp auf einen Stuhl nahe der Leinwand begleitet.

Mama, dachte Luginger, während er beobachtete, wie sie Faulhubers Hand drückte, kein Mosern, kein Gejammer, nichts, obwohl er sich in letzter Zeit nicht viel um sie gekümmert hatte. Brettmann hatte sie vor gut einer Stunde vorbeigebracht, und seitdem verdrückte sie, was Moni ihr hinstellte: Pizza Funghi, Erdnüsse, Wasser, Weißbier. Und wie zufrieden sie aussah. Heider hatte ihr Komplimente gemacht, Gernot versprochen, die Tage mal vorbeizukommen, um ihren Garten winterfest zu machen, und mit Joe war sie sich einig gewesen, dass es über die Arbeit der Bullen in Monis Fall nichts zu mäkeln gab.

Moni! Die Gegenüberstellung mit Nonnenmeier hatte natürlich nicht viel ergeben. Bis auf die Sonnenbrille, die sie glaubte, wiedererkannt zu haben, konnte sie nichts beitragen. Nachts, von hinten gepackt, die Panik! Es passte aber, weil die Schachner vom Tannenweg ausgesagt hatte, dass Nonnenmeier kurz nach dem Überfall verschwitzt und gehetzt in seinem Zimmer verschwunden war und nicht wie üblich, wenn sie sich denn mal spät am Abend trafen, zum Plaudern ein paar Minuten im Wohnzimmer saß.

Die Münchner hatten dann auch mit ihm gesprochen, doch hatte er nur wiederholen können, was er vor knapp zwei Wochen Meisner schon gesagt hatte. Ein Mann, der weggelaufen war, mittelgroß, schwarze Klamotten, eher zwischen dreißig und vierzig als zwanzig oder sechzig. Seine dürftigen Angaben waren aber auch egal gewesen, die Kripo konnte Nonnenmeier wegen anderer Schweinereien mit Zeugenaussagen und Beweisen so festnageln, dass er sicher einfahren würde.

Bernie war er aus dem Weg gegangen. Nur kurze Statements zur Fahrt nach Rosenheim und Bruckmühl, ansonsten hallo, setz dich, Wein oder Bier. Bernie war der Letzte, mit dem er heute Abend reden wollte. Dass er überhaupt aufgetaucht war, hatte ihn schon genervt. Seit Stunden quälte ihn, was ihm Meisner aufgetischt hatte. Bernie, ein Sexjunkie, ein notgeiles, bequemes Arschloch, das sich lieber im Dreamlight oder im Club Karibik rumtrieb, als Sabine festzuhalten und seine Ehe zu retten. Sein bester Kumpel, seit Jahren auf der Piste, Mösen hier, Mösen da, 'ne schnelle Nummer in Landshut, in Fürstenfeldbruck, in Dingolfing und in Ingolstadt. Bescheuert, peinlich, erbärmlich, auch wegen der Lügerei und seiner Feigheit, mit der Wahrheit rauszurücken, als ihn die Weibel am Haken hatte. Hätte er bloß einen Ton gesagt, wäre ihm die ganze Offenbarungsscheiße vorm Heilmannhaus erspart geblieben. Franz, ich leb halt so, ist nicht erste Sahne, tut aber niemand weh, irgendwie kurbel ich sogar die Wirtschaft an, also, die vielen Kilometer, Essen, Trinken, und vergiss nicht die Frauen, ist doch besser, sie treffen mich als irgend einen durchgeknallten Fuzzi. Nee, die Schnauze hatte er gehalten und wahrscheinlich gebetet, dass nix rauskommt. Und er – Franz, du bist mein bester Freund, wenn du mir nicht hilfst, wer denn – war wie ein Schulbub dagestanden, den ein Jungpauker wie Meisner, grün hinter den Ohren, aber geil drauf, seine Entlarvungsnummer durchzuziehen, zur Sau machen durfte.

»Jetzt hör endlich auf zu gucken wie drei Tage Regenwetter«, sagte Barbara. »Wenn du schon nicht reden willst, dann tu wenigstens nicht so, als ob du reden müsstest. Heut ist Monis Tag. Schau doch, wie gelöst sie ist.«

Luginger schaute. Moni turtelte mit Schorsch, fehlte nicht viel, und sie würde auf seinem Schoß sitzen. »Die wollen später unser Schlafzimmer, Mädchen. Weißt schon, wegen Hanno, und muss ja nicht jeder wissen. Wir gehen dann zu dir, einverstanden?«

»Spinner.« Genervt wandte sich Barbara zur Leinwand. Guardiola lief aufgeregt in seiner Coachingzone umher, eine Hand in der Hosentasche, mit der anderen wild fuchtelnd. Robben lag am Boden, Lahm tätschelte sein schütteres Haupthaar, und Schweinsteiger tropfte Schweiß von der Stirn.

Schorsch, plötzlich hatte er in der Tür gestanden, und Moni war ihm um den Hals gefallen. Zu fett, hatte Luginger gedacht, zu klein, Geheimratsecken und dann eine Jeans, die ihm in den Knien hing. Sein Lachen und die Augen aber waren vom Feinsten, da stand Moni drauf, offen, herzlich, alles echte Freude. Schorsch hatte sich dann nur kurz umgesehen, sein Klavier und die Baseballkappen bewundert und belustigt auf die Spielautomaten gezeigt, als ob er wusste, dass Moni ihnen regelmäßig alle Münzen entlockte, die sie bunkerten.

Luginger wurde aus seinen Gedanken gerissen, weil ihm Mila einen Kuss auf die Wange drückte.

»Bist wortkarg, wie?«, sagte sie.

Er nickte.

»Ich möcht mich verabschieden.«

»Wie verabschieden?«

»Hab meine Arbeit fertig. Morgen fahr ich nach Hamburg.«

»Hamburg?«

»Ja, und von da mit dem Schiff nach Norwegen.«

»Sammy wird aber seekrank, der kotzt sich die Seele aus dem Leib.«

Mila lachte und klatschte in die Hände. »Hundert Punkte, ganz groß, du denkst, wie du denkst, Sammy hat total recht gehabt.«

Luginger verstand nur Bahnhof. Mila sagte: »Ich kann doch

machen, was ich will, oder? Und du fragst als Erstes nach Sammy. Und er hat gewettet, dass du so reagierst. Sammy will ja gar nicht mit, keine Sorge, er bleibt hier, und wenn ich wieder da bin, bin ich wieder da.«

»Klare Linie«, brummte Luginger, während er Wimmer in der Tür stehen sah.

»Ich fahr mit Sammy später in meine WG, also mach's gut. Nachher ist's bestimmt zu hektisch, um Tschüs zu sagen. Und ich wollt auch noch loswerden, dass dein Laden Klasse hat, also du auch, aber der Laden noch mehr.«

»Warum denn Norwegen, Mädchen? Wenn du Wasser unterm Kiel brauchst, fahr halt mit 'nem Floß die Isar runter, ist auch billiger.«

Mila lachte erneut. »Ich weiß schon, weiter als Tölz fährst du nicht, ich brauch aber Wellen und Wind und Matrosen.«

»Matrosen? Wo lebst du denn? Heut gibt's doch nur noch 'ne Handvoll Fitschis auf jedem Kahn.«

Wimmer kam auf sie zu und grüßte überschwänglich. Über teurem Stoff hing ein nagelneuer Bayernschal. »Sie sind doch die junge Frau mit der wissenschaftlichen Arbeit zu Paaren, der Liebe und all den schönen Dingen. Zu welchem Schluss sind Sie denn gekommen?«

»Schluss? Tja, wie soll ich sagen? Wenn jeder macht, was er will, ist eben Schluss mit der Liebe. Paare gibt's noch, aber keine Liebe. So sieht's aus. Und die, die am meisten jammern, weil da was flöten gegangen ist, sind die, die die miesesten Eltern waren.«

»Heiliger Strohsack«, rief Wimmer überrascht. »Kurz und präzise, Sie sollten Anwältin werden, junge Frau. Keine langen Schriftsätze, wunderbar. Darf ich Sie einladen?«

»Später gern. Ich muss nämlich noch einen Persiko runterkriegen, solange ich hier bin. Den können wir ja zusammen nehmen. Geteiltes Leid ist halbes Leid.«

»Persiko?«, fragte Wimmer Luginger, nachdem sich Mila ins Getümmel gestürzt hatte.

»Wird Ihnen guttun«, erwiderte Luginger. »Ist Kult hier, muss sein.«

»Die Bayern spielen sehr souverän«, sagte Wimmer, ohne das Persikothema zu vertiefen. »Leider hab ich die erste Halbzeit verpasst, zwei blitzsaubere Treffer, ich liege mit meiner Wette also gar nicht so schlecht.«

»Stimmt, vier null könnte hinhauen. Die Schalker kriegen ja auch nichts auf die Reihe.« Luginger schaute sich um. »Wo ist Faulhuber eigentlich hin?«

»Nach Hause gefahren. Die letzten Tage haben ihn sehr beansprucht. Er hat mir aber noch kurz erzählt, dass Sie mit Ihrem Besuch bei Herrn Ronninger kein Glück hatten.«

»War halt nicht da, Pech gehabt.«

»Ein Versuch war es wert, Herr Luginger, glauben Sie mir, und Ihr Freund freut sich über jede Unterstützung von Ihnen.«

»Was haben Sie denn mit der Weibel zu tun? Hab sie heute bei Heilmann getroffen, da kam dann was von Kooperation, und Sie würden miteinander reden?«

»Aha, die Frau Kommissarin. Nun ja, ich hatte mit ihr am Vormittag ein längeres Gespräch. Mein Eindruck war, dass Sie den Brandherd rund um das Beziehungsdreieck Gruber, Ronninger und das Heilmann-Paar vernachlässigt. Außerdem habe ich ihr geflüstert, dass in Ihrem Wirtshaus interessante Informationen zu gewinnen sind, Informationen, die helfen, Herrn Faulhuber zu entlasten.«

»Und in dem Zusammenhang haben Sie durchblicken lassen, dass ich über Ronninger Bescheid weiß, oder?«

»Durchblicken lassen ist durchaus korrekt ausgedrückt, Herr Luginger. Ich habe in der Tat anklingen lassen, dass Herr Gruber auf Herrn Ronninger nicht gut zu sprechen ist. Und ich habe Gründe genannt.«

Plötzlich war es laut geworden. Luginger und Wimmer blickten zur Leinwand. Robben umspielte einen weiteren Schalker und brachte den Ball nach innen. Mandzukic fackelte nicht lange, schoss aber hoch über den Kasten. Kollektives Stöhnen und Haareraufen.

Wimmer wechselte das Thema. »Herr Faulhuber hat mir erzählt, dass Sie eine sehr schöne Tradition in Ihrer Kneipe haben. Sie sammeln mit Fußballratespielen Geld für Ihre Mitarbeiterin Moni, damit sie eine tolle Hochzeit feiern kann. Ich würde mich gern mit einer Aufgabe beteiligen.«

Lugingers Gesicht zeigte den Hauch eines Lächelns. »Kein Problem, ich sag Heider Bescheid, der sammelt die Kohle ein, und schon kann's losgehen.«

»Wie viel Geld haben Sie denn schon zusammen?«

»Viel zu viel. Moni heiratet ja nicht, und die Spielerei geht schon seit Jahren.«

»Wie sind die Regeln?«

»Mal so, mal so. Für gewöhnlich aber zahlt jeder zwei Euro. Wird die Aufgabe gelöst, kommt die Kohle in Monis Topf, wenn nicht, wird sie versoffen.«

»Wunderbar«, flötete Wimmer beglückt. »Strafe muss sein, da haben Sie recht.«

Während der Anwalt ein leichtes Weißbier bestellte, ging Luginger zu seiner Mutter.

»Gefällt's dir?«

»Na, schon zwei Tore, Bub, alle freuen sich. Und Moni ist so glücklich, als ob ihr ein Stein vorm Herzen gefallen wär.« Mit einem kurzen Wink machte sie ihm klar, dass sie ihm noch was zuflüstern wollte. »Weißt, dass es keiner von hier war, ist wichtig, wichtiger als alles andere.«

»Und Bernie? Warum ist der denn schon weg?«

»Dem geht's nicht gut, also, der Verdacht, er könnt doch was mit der toten Frau zu tun haben, macht's schwer für ihn, verstehst?«

»Hat er was gesagt? Gibt's was Neues?«

»Nix, nur eben, dass die Kripo nicht mehr glaubt, die Frau wollt zu ihm.«

»Das war alles? Mehr nicht?«

»Was soll er denn gesagt haben? Dass er spinnt, weil er mit einer Verheirateten was angefangen hat? Als ob es nicht andere gibt, Ledige, Ältere, die zu ihm passen.«

»Tooor!« Jubel im Chor, Arme flogen in die Luft, Gläser klirrten, und begeisterte Stimmen füllten die Kneipe. Ribéry hatte zum dritten Mal für die Bayern getroffen.

Luginger klopfte seiner Mutter auf die Schultern. »Musst öfter herkommen, siehst ja, läuft wie geschmiert.«

Anna strahlte. »Ist doch nur Fußball, Bub. Wie die sich freuen, wie Kinder. Wenn alles bloß so einfach wär.«

»Magst einen Schnaps, Mama?«

»Sicher. Einen Obstler, ja.«

Als wenig später Pizarro auch noch ein viertes Tor erzielt hatte, stand Wimmer lässig am Tresen und nahm Glückwünsche entgegen. Alle, die gestern bei seiner kühnen Wette dabei gewesen waren, hatten sich versammelt und drückten die Daumen, damit die Kugel nicht noch ein weiteres Mal im Netz landete.

Moni zupfte Schorsch verzückt am Ohr, Barbara umtänzelte Sammy, und Gernot wartete gespannt auf den Schlusspfiff, um Wimmer gratulieren zu können.

»Dieser Schorsch«, flüsterte Erika Luginger zu, »ist ein ganz charmanter Vogel. Die Augen und die Grübchen, wenn er Moni anhimmelt. Und dann seine Stimme, so Robert-Redford-mäßig.«

»Hat eben Geschmack, die Moni«, erwiderte Luginger mit leisem Spott.

»Aussehen ist auch nicht alles, Franz. Schau dir mal Faulhubers Anwalt an. Ein super Typ, obwohl er kaum über den Tresen gucken kann.«

Nachdem das Spiel zu Ende war, wurden Stühle gerückt und Zigaretten aus Päckchen gefummelt. Die Mehrheit der Bayernfans machte sich auf den Weg ins Freie.

Luginger sah, wie Wimmer mit Sammy sprach. Sein Koch zog verlegen die Schultern hoch und rief Joe. Kurz darauf sagte Joe zu Luginger: »Wimmer will seinen Gewinn in eine Lokalrunde umrubeln. Er hat sechzig Euro gewonnen, war ja vom letzten Mal noch was im Topf, es dürften aber gut und gern vierzig Leute hier sein. Er hat gesagt, macht nichts, den Rest legt er drauf. Ist das okay für dich?«

»Knöpf ihm noch zwanzig ab, und gut ist's. Wird ja viel zu kompliziert sonst.«

Als alle ein Glas in der Hand hatten, stieg Wimmer auf einen Stuhl. Mit ausgestreckten Armen bat er um Ruhe. »Bei Ihnen ist es gute Tradition, dass sich jemand eine Art Rätsel oder eine Frage ausdenkt, die Sie dann gemeinsam beantworten müssen. Nach einem solch schönen Sieg ist es mir eine besondere Freude, heute diesen Part übernehmen zu dürfen. Ich hoffe, möglichst viele haben Ihren Obolus entrichtet. Darf ich anfangen?

»Ab geht er, der Hans-Peter«, rief Heider.

Wimmer hob an: »Meine Deutsche iste nicht perfetto, ich entschuldige meine Deutsche. Habe viele Experimente in die Fußeballe, habe Arbeit mit die Bayern, Italia, Irlandia. Und immer gute Tage, wann ich habe die Nulle. Immer die Nulle. Nulle isse das Beste. Ich bin nicht die Idiote in diese Teatro, Experimente habe nicht die Nulle, wann ich sprekke über die Ballo, ich sprekke über die Nulle. Habe fertig.«

Beifall toste auf. Moni rief: »Bravo!«, und Schorsch ergänzte: »Bravissimo«. Joe forderte Zugabe, und Erika warf Kusshände. Dann setzte der Chor ein: »Trap, Trap, Trapattoni, Trap, Trap, Trapattoni.«

»Nulle quatro!«, schrie Sammy in die Menge. »Musse habe die Nulle, brauche niente die viere.«

Alle tranken, schwitzten und plapperten in Giovanni Trapattonis radebrechendem Deutsch durcheinander.

Nur Anna verstand die ganze Begeisterung nicht. »Sind die narrisch, Franz?«

»Es geht um einen italienischer Fußballtrainer, Mama. Der war auch mal bei den Bayern, ist aber schon ein paar Jahre her. Und richtig berühmt wurde er mit einer Rede, da hat er nach einer Niederlage vor versammelter Presse seine Mannschaft abgebügelt.«

Gegen elf waren nur noch Stammgäste da. Gernot, Heider, Joe und Erika hatten ordentlich getankt. Moni war eisern geblieben. Kaffee, Wasser und hin und wieder ein Schlückchen Persiko, damit die Flasche endlich leer wurde. Mehr war nicht, mehr konnte sie sich aber auch nicht leisten, wollte sie Schorsch unter Kontrolle halten, der seit Stunden in einem strengen Rhythmus Weißbier trank, wobei er wie eine Eins auf seinem Hocker saß und keine Anstalten machte, ins Wanken zu geraten.

Barbara spülte Gläser. Luginger hörte, wie sie mit Erika alberte, während Schorsch über die Heilmann-Welt herzog.

»Matthias ist ein Großer. Ein ganz ein großer Klugscheißer, ein ganz ein großer Kiffer und ein ganz ein großer Geldverdiener. Dem fliegen die Mäuse nur so zu. Der hat's im Blut, das Ranschaffen. Und weißt was, Moni? Er schreckt vor nichts zurück, auch nicht, wenn er mal Security auffahren lässt, weil's eng werden könnt. Und nicht nur die saubere Sorte wie bei Promis oder Politheinis, nein, richtig harte Jungs, in Leder, verstehst?« Schorsch guckte gläsern, und Moni lächelte sanft. »Klar, Ronninger macht er runter, wo's geht, aber ohne Ronninger keine Security. Die Kontakte hat er von ihm, weil sich Ronninger im Milieu auskennt, so ist das. Da gibt's einen in Glonn, der macht sich schon mal die Hände schmutzig. Und Hände hat er wie Bratpfannen, Moni, Stiernacken, ein Schrank, dem möchtest nicht begegnen. Wo der hinlangt, ist zappenduster, Judo, Boxen, Hammerwerfen, kannst dir so einen vorstellen?«

»Dumm, faul, gefräßig«, rief Moni in die Runde, und Schorsch prustete vor sich hin.

»Warum braucht Heilmann denn so Typen?«, fragte Luginger.

»Auf Anfrage. Osteuropa, Chinesen, Vorderer Orient, die Richtung halt.«

Schorsch holte Luft, bevor er sein Glas ansetzte, während Moni mit ungläubiger Miene sagte: »Jetzt hör aber auf. Dein Boss kann's doch wirklich langsam angehen lassen. Der braucht doch keine finsteren Gestalten, um seinen Ruf zu riskieren.«

»Bargeschäfte, Moni, da fließt die Kohle eins zu eins in seinen Sack, verstehst? Keine Rechnungen und so. Und Matthias sagt nicht Nein, wenn jemand mit 'nem großen Bündel Scheine winkt.«

»Bandenkriege«, brummte Gernot.

»Wie im Film«, murmelte Heider.

»Hast ganz schön was intus, Schorsch«, sagte Joe.

Schorsch lachte. »Ich sag euch mal was. Die tote Gruber und Matthias«, er steckte seinen Daumen zwischen Zeige- und Mittelfinger, »hundertpro, die lagen in der Kiste, jede Wette. Hat nie jemand drüber geredet, aber unser Senta-Schätzchen hat das registriert, Frauen haben Antennen für so was.«

»Jetzt mach mal halblang.« Monis Stimme war anzumerken, dass sie Bettgeschichten jetzt gar nicht hören wollte. »Zuerst Rockertypen, dann Russen und jetzt der Arschlochchef, der die beste Freundin seiner Freundin vögelt.«

»Jawooohl, Moni. Und weißt, warum? Weil Matthias nur die

vögelt, die nicht mit ihm vögeln wollen. So ein Alphading, verstehst? Weil die anderen kriegt er ja eh.«

»Geil«, piepte Heider.

»Heilmann und die Gruber«, brummte Luginger.

»Hundertpro«, wiederholte Schorsch. »Und deshalb ist jetzt Schluss mit der Partymaschine. Offiziell, weil Senta-Schätzchen nach der Mordgeschichte nicht mehr will, inoffiziell, weil sie ihrem Matthias den Saft abdreht.«

Erika griff sich Schorschs Deckel. Mit wachsender Verwunderung hatte sie zugehört. Jetzt zählte sie Striche. »Acht. Acht Weißbier, ohne die, die dir Moni spendiert hat. Also zehn oder zwölf, also fünf Liter plus x. Bei dem Pegelstand geht's nicht nur in Bruckmühl drunter und drüber.«

»Hundertpro, junge Frau. Weil die Gruber war was Besonderes, das hat jeder gesehen. Die hat schon so gerochen…«

»Schluss jetzt.« Moni schlug mit der Hand auf den Tresen. »Lass gut sein, Schorsch, bitte. Ich kann den ganzen Müll nicht mehr ab. Wer mit wem und warum, mir steht's bis hier.« Ihre Hand zeigte aufs Kinn. »Noch einen Absacker, ja, dann haust dich oben hin. Sammy ist weg, Platz ist genug da.«

Schorsch nahm Haltung an. Mit durchgedrücktem Rücken saß er jetzt kerzengerade auf seinem Hocker. »Faulhuber, dem willst doch helfen? Für den legst die Hand ins Feuer, richtig?«

Moni nickte, und Luginger sah, wie ihre Brauen für einen Augenblick nach oben gerutscht waren.

»Da ist Krach, schon lang, zwischen Matthias und seiner Senta. Da musst die Bullen drauf ansetzen, weil freiwillig sagen die nix. Da gibt's 'ne Mauer, Geheimnisse, Sachen, die niemand kennt. Bis auf die Gruber, Moni, weil die hat mitgemischt, verstehst.«

Samstag, 14. September 2013

Sie sah die Rücklichter des Taxis und war erleichtert, endlich allein zu sein. Behutsam strich sie über ihre nackten Unterarme. Die Nacht war ruhig, die Luft warm, und am Himmel gab's Sterne, die so schwach leuchteten, dass sie glaubte, ihnen gehe gleich die Puste aus. Immer noch hielt sie das blaue Feuerzeug in der Hand, das Günter vorhin aus ihrem Wagen geholt hatte, um ihre Zigaretten anzuzünden. Könnte ich leben wie ein Mönch, wäre alles viel einfacher, hatte er zum Abschied mehr geflüstert als gesagt.

Eine große, hagere Männergestalt lehnte an ihrem Wagen.

»Was soll das, Matthias«, rief sie verärgert. »Lauerst du mir jetzt schon auf?«

»Red gefälligst leise.«

»Wenn es dir lieber ist, halt ich ganz die Klappe, kein Problem.«

»Senta trinkt zu viel, und Mütze verliert die Kontrolle.«

»Hab's vernommen. Noch was?«

»Hast du Senta was gesagt?«

»Was soll ich ihr denn gesagt haben, Matthias?«

»Spiel keine Spielchen, Ann-Charlotte.«

»Glaubst du wirklich, ich müsste darüber reden?«

»Du musst gar nichts, auch nicht so tun, als ginge dir unsere Affäre am Arsch vorbei. Hast du ihr was gesagt, ja oder nein?«

»Ach komm, Matthias, Affäre, wir haben einmal zusammen geschlafen, das war's. Und nein, ich habe Senta nichts gesagt. Wenn sie was weiß, dann von jemand anderem.«

»Von Mütze zum Beispiel?«

»Nicht schon wieder Mütze, ich bitte dich. Ich bin einfach nur müde und möchte fahren. Geht das?«

»Dein Mann könnte hier gewesen sein. Das Auto, in dem er saß, war allerdings nicht seins.«

»Dank für die Info. Gehst du bitte von der Tür weg.«

»Fährst du heim?«

»Es geht dich nichts an, wohin ich fahre.«

»Du fährst zu Laura, richtig? In deinem Notizbuch stehen deine berühmten Kürzel.«

»Sag mal, spinnst du? Seit wann schnüffelst du in meinen Sachen rum? Matthias, muss ich mir Sorgen machen? Drehst du gerade durch?«

»Leu Punkt, Fuchs Punkt. Das ist eindeutig.«

»Du kannst so nett und so ein Mistkerl sein, Matthias. Ich möchte das hier jetzt beenden, mir reicht's.«

»Seit wann holst du Männern vor meinem Haus einen runter? Hast du den Saft von dem Typen auf meine teuren Fliesen tropfen lassen?«

»Gut, dann die Mistkerlseite und geschmacklos dazu. Suchst du Streit? Hast du gekifft?«

»Falls es nicht in deinen Schädel geht, Ann-Charlotte. Hier schwimmen gerade ein paar Felle weg, und dummerweise sind es meine.«

»Deine? Aha, wie sollte es auch anders sein. Es sind ja immer deine. Du, du, du! Also gut, deine. Dann klär Senta eben auf, sag, dass wir zusammen waren, dass es ein Fehler war und nicht wieder vorkommt. Schwamm drüber.«

»Es geht um Mütze, das weißt du, und du weißt, dass er nichts auslässt, um mir ans Bein zu pissen. Und er pisst immer öfter und härter.«

»Mit Mütze rede ich. Das habe ich Senta versprochen, und das verspreche ich dir. So, Ende der Veranstaltung.«

Heilmann griff nach Ann-Charlottes Hand. Wütend blitzte sie ihn an.

»Du könntest zur Abwechslung auch mal was Nettes sagen. Ich hatte einen harten Tag, der noch lange nicht vorbei ist. Und du gibst dir alle Mühe, mir klarzumachen, wie sehr du auf mich verzichten kannst.«

»Ich hör wohl nicht recht, oder? Am liebsten würdest du mich doch in einem tiefen See ersäufen, wenn du nicht gleichzeitig darauf erpicht wärst, mich irgendwo festzubinden und so lange zu nageln, bis dir der Schwanz abfällt. Du und freie Liebe! Dass ich nicht lache. Mach dein Ding, und verzieh dich jetzt.«

»Fährst du wirklich nach Leuterding?«

»Was soll das, Matthias? Willst du dich selbst quälen und mich gleich mit?«

»Ich war nur überrascht, als ich in deinem Notizbuch gelesen habe, dass du zu Laura fährst.«

»Niemand hat dich gezwungen, in mein Auto zu steigen und meinen Privatkram zu lesen.«

»Der Touareg war offen, Ann-Charlotte.«

»Ja, weil das Schloss kaputt ist, was dir nicht neu sein dürfte.«

»Lass es endlich reparieren, dass jeder in deinen Wagen kann, ist absurd.«

»Ich fahre jetzt. Und wenn du nicht von meiner Tür weggehst, schreie ich.«

»Dass Laura dir ihre Wohnung anbietet, ist völlig verrückt.«

»Für dich vielleicht, für mich nicht.«

»Senta hat mir alles über euer putziges Gezwitscher im Café erzählt. Versöhnung, dass ich nicht lache. Laura wird dich bis ans Ende ihrer Tage hassen, und das weißt du.«

»Leck mich, Matthias.«

Heilmann hielt ihr die Tür auf. »Bring Mütze auf Linie. Wenn er nicht funktioniert, mache ich ihm die Hölle heiß.«

»Die zehntausend Euro wegen einer angeblich minderjährigen Nutte sind doch ein Witz. Wenn du ihn ernst nehmen würdest, hättest du längst alles nachprüfen können. Wer das Mädchen gebracht hat? Wie sie wieder verschwunden ist? Wer sie bezahlt hat, und, und, und? Außerdem kann Mütze ja schlecht zur Polizei gehen und dich anzeigen, oder? Was soll er denn sagen? Dass er zugesehen hat, wie ein Mädchen zur Prostitution gezwungen worden ist? Das ist doch alles Kinderkram, weil ihr beide euch behakt wie Idioten.«

Heilmann drückte die Tür zu, und Ann-Charlotte startete ihr Auto. Einen Augenblick später sah sie im Rückspiegel, wie er sich einen Joint anzündete.

Sonntag, 22. September 2013

Diesmal fuhr Luginger über die Autobahn, obwohl es ein Umweg war. Ruhiger Sonntagsverkehr, kaum Lastwagen, Touris in Maßen und Ureinwohner, die um diese Zeit Besseres zu hatten, als nach Bruckmühl zu gondeln.

Barbara saß neben ihm. Mit einem Becher Kaffee zwischen den Fingern starrte sie auf die Straße. Luginger hatte noch nicht viel gesagt, und sie wusste, dass sich daran vorerst nichts ändern würde. Mürrisch und gereizt war er aufgestanden, hatte eine nach der anderen geraucht, bis er entschieden hatte, noch einmal zu Heilmann zu fahren.

Warum das denn, hatte Barbara gefragt? Der hat dich gestern auflaufen lassen, der lässt dich heut auflaufen. Wir sagen der Kripo, was Sache ist, und alles hat seine Ordnung. Da stinkt was zum Himmel, hatte er zurückgebrummelt. Die Gruber hat doch jeden wahnsinnig gemacht. Ihren Mann, Heilmann, diesen Ronninger. Und die Weibel macht Kaffeeklatsch unterm Sonnenschirm. So geht's nicht, Mädchen, so nicht.

»Mach wenigstens das Fenster auf, wenn du rauchst.«

Luginger kurbelte sein Seitenfenster weit nach unten.

»Sei ehrlich, Franz. Du willst die Scharte von gestern auswetzen. Weil du nichts hast ausrichten können.«

Luginger tat so, als ob er ihre Bemerkung nicht gehört hätte. »Die Frage ist doch, wer gewusst hat, dass die Gruber nach Leuterding wollte. Und da fallen mir nur die Partytypen ein. Oder diese Senta. Oder Heilmann.«

»Bis auf die Gerüchte von einem Besoffenen, der Moni beeindrucken wollte, hast du gar nichts in der Hand, Franz. Mach dich bitte nicht lächerlich.«

»Heilmann treibt's mit der Gruber, und zwar nicht nur mal so auf einer seiner Partys, sondern von Herzen, und seine Freundin schaut zu. Glaubst du das? Die hatten Stress, und zwar richtig.«

Barbara zerdrückte ihren Becher, nachdem sie einen letzten Schluck getrunken hatte. »Wer wohnt da eigentlich im Fuchsienweg? Wenn die Gruber dorthin wollte, wusste in jedem Fall der Bescheid, der da wohnt.«

Luginger schlug aufs Lenkrad, warf seine Kippe aus dem Fenster und drückte aufs Gas. »Stimmt. Verdammte Hacke, zu wem wollte die? Also, eins nach dem anderen.«

Als sie bei Heilmann angekommen waren, war richtig Betrieb. Luginger parkte etwas abseits, nachdem er gesehen hatte, was los war. Eine schimpfende Senta mit ausgestrecktem Arm und drohendem Zeigefinger vor Heilmanns Gesicht. Flotter Redeschwall, stampfender Fuß, Wut und Ganzkörperzappeln, während Heilmann neben einem Motorrad vor seiner Garage stand, seine Lederjacke zuzog, den Kopf hin und her warf, abwertend winkte und seinen Helm inspizierte.

»Willst du da jetzt reinplatzen?«, fragte Barbara.

Sekunden später rannte Senta zurück zum Haus.

»Da hat jemand die Schnauze gestrichen voll«, kommentierte Luginger.

Heilmann setzte sich auf seine Maschine.

»Fahr hinterher, Franz. Die Frau läuft uns nicht weg.«

* * *

»Warum Leuterding? Warum sind Sie ausgerechnet dorthin zurückgekommen?«

Laura Darius kauerte auf ihrem schmalen Designersofa, nachdem ihr Clara Weibel von ihrem Telefonat mit Sally Gebauer erzählt hatte.

»Ich musste raus aus Frankfurt, verstehen Sie das nicht?«

»Doch, das verstehe ich. Was ich aber nicht verstehe, ist, dass Sie der Frau, die Sie für mitschuldig an dem schlimmen Unfall Ihres Freundes halten, Ihre Wohnung anbieten. Und dass Sie mir keinen Ton davon erzählt haben, wie sehr Frau Gruber in Ihr Leben eingegriffen hat. Sie haben jedenfalls alles getan, um mich davon zu überzeugen, dass Sie sich einfach nur freuten, Frau Gruber wiedergesehen zu haben. Das klingt nicht glaubhaft, Frau Darius, also reden Sie mit mir.«

Sally Gebauer war die Vierte im Bunde. So viel hatte Clara Weibel sofort verstanden, als sie mit ihr gestern am späten Abend telefoniert hatte. Frau Gebauer lebte in Paris und arbeitete als Frankreichkorrespondentin für verschiedene Medien. Als Clara Weibel sie gefragt hatte, was es mit den Swatch-Uhren von Herrn Ronninger auf sich hatte, waren sie ins Gespräch gekommen. Der gewaltsame Tod von Frau Gruber, der überraschende Umzug ihrer Freundin Laura, die Sexpartys bei Senta Grabowski. Sie hatte über alles Bescheid gewusst, und obwohl sie weit weg wohnte und nur noch selten nach Deutschland kam, schien sie ihren Freundinnen so nahe zu sein, als gäbe es zwischen gestern und heute keinen Unterschied. Während sie Frau Grabowskis Sexkasperei nur amüsant fand, eine Haltung, nicht weiter der Rede wert und viel zu gewöhnlich, um sich damit aufzuhalten, war ihr das Verhältnis von Charlie, so hatte sie Frau Gruber fortlaufend genannt – Charlie, wissen Sie, Ann-Charlotte ist immer Charlie geblieben, fixiert auf Männer, auf Bestätigung, auf diese vertrackte, dumme Art, sich und andere zu testen –, zu Laura Darius wichtig gewesen. Also hatte sie von Charlies Besuch in Frau Darius' Wohnung im Frankfurter Bäckerweg erzählt, im November 2010, von dem Brand im Schlafzimmer, als sie nicht zu Hause war und

Charlie mit Lauras großer Liebe Micha Brunner rumgealbert hatte, von den Kerzen, die umgefallen waren, und wie alles in Windeseile Feuer gefangen haben musste, Handtücher, Bettwäsche, Teppiche, die Matratze, von Michas schweren Verbrennungen und von Charlie, die den alkoholisierten Laura-Freund in letzter Sekunde aus dem Schlafzimmer gezogen hatte, nachdem ihr in der Küche Qualm in die Nase gestiegen war. Nach dem Brand war Michael Brunner nicht mehr derselbe gewesen. Die Verbrennungen hatten zu Entstellungen geführt, überall, auch im Gesicht, war er schwer gezeichnet. Deprimiert, mutlos und von vielen Operationen geschwächt, hatte er zu arbeiten aufgehört und sich völlig zurückgezogen. Soweit ich weiß, hatte Frau Gebauer gesagt, hat er mit Laura niemals offen über diesen Abend gesprochen, und natürlich hat sie sich ausgemalt, wie ihr Freund mit Charlie im Bett war, und natürlich hat sie sich verdammt dafür, ihr vertraut zu haben, und Charlie verdammt, weil sie die Situation ausgenutzt hatte. Obwohl, und darauf hatte Frau Gebauer mit Nachdruck hingewiesen, ich habe Charlie immer geglaubt, die beteuert hat, mit Micha sei nichts gewesen, er sei aus dem Bad gekommen, mit einem großen Handtuch um die Hüften, und ins Schlafzimmer gegangen. Er habe getrunken, gesungen, Faxen gemacht, er habe ihr zugerufen, die Welt sei schön, dann sei die Tür zugefallen, sie habe noch gehört, wie er aufs Bett oder vom Bett gesprungen sei, Hüpfgeräusche eben, und dann ein paar Minuten Stille, bis sie Feuer gerochen hat und den bewusstlosen Micha am Boden liegen sah, ehe sie ihn in Sicherheit bringen konnte.

»Herr Brunner hat sich vor vier Monaten das Leben genommen, Frau Darius«, sagte Clara Weibel. »Und Sie sind nur wenige Wochen später hierhergezogen, angeblich um näher an der Zentrale Ihres Arbeitgebers zu sein, ein Problem, das Sie jahrelang als nicht gravierend empfunden haben, und noch etwas später wird Frau Gruber in Leuterding getötet, als sie zu Ihnen wollte, aber nie angekommen ist. Das sind viele Zufälle, Frau Darius, und viele Zusammenhänge, die mich an den Zufällen zweifeln lassen.«

»Ann-Charlotte hat nicht mit Micha geschlafen. Mein Verdacht war dumm, weil ich damals nichts anderes denken konnte, weil niemand, der sie kannte, etwas anderes hätte denken können.«

»Die, die zu befragen wären, sind tot, Frau Darius, und Sie wissen, dass Sie mir in dieser Hinsicht alles Mögliche erzählen können. Bitte beantworten Sie einfach meine Frage. Warum Leuterding? Warum die Nähe zu Frau Gruber und Frau Grabowski? Warum nicht Paris? Bei Ihrer Arbeit ist es doch egal, wo Sie wohnen.«

»Paris? Wegen Sally, meinen Sie?«

Clara Weibel nickte.

»Sally ist zu klug und zu herzlos, um sie ertragen zu können, wenn sie aufrichtige Anteilnahme brauchen. Wissen Sie, Verlust, Angst, Schmerz sind in Ihrer Welt nicht vorgesehen, und wenn, dann macht man ein bisschen Salbe drauf.«

Clara Weibel hakte nach. »Sie haben meine Frage noch nicht beantwortet.«

»Leuterding, ja, warum Leuterding?« Frau Darius zögerte einen Moment, ehe sie zu erzählen begann: »Michas Selbstmord kam aus heiterem Himmel. Wie ein Einschlag, mit dem niemand hat rechnen können. Ich dachte ernsthaft, er ist überm Berg, ich meine, er ist wieder ausgegangen, war im Kino und wollte am Leben teilnehmen, auf kleiner Flamme, wie es ihm eben möglich war. Wir haben uns regelmäßig gesehen, zweimal die Woche, meistens jedenfalls, er war stabil, nicht fröhlich, nicht optimistisch, aber auf einem guten Weg. Seine Schwester hat das auch so gesehen. Und dann schießt er sich einen Tag vor seinem vierzigsten Geburtstag eine Kugel in den Kopf. Wie soll man das beschreiben, ich war so tot wie er, hab aber geatmet, war noch da, hab die Zeit gesehen, wie alles weitergeht, wie es dem Gewusel draußen egal ist, dass sich Micha erschossen hat und dass ich kaputtgehe, wenn ich nicht auf der Stelle meine Sachen packe. Da hat mir ein Kollege den Tipp gegeben hierherzuziehen, und mir war es egal, wohin, Hauptsache raus aus Frankfurt.« Frau Darius massierte ihre Schläfen und fügte hinzu: »Ich gebe Ihnen seine Adresse. Jürgen Frey, er wohnt in Starnberg.«

»Gut, ja.«, erwiderte Clara Weibel. »Sie sagten mir auch, Sie seien an dem Wochenende, an dem Frau Gruber bei Ihnen übernachten wollte, in New York gewesen. Ich werde das überprüfen müssen.«

Frau Darius war aufgestanden und zu ihrem Schreibtisch gelaufen. »Reicht Ihnen eine Kopie des Flugtickets und die Hotelrechnung?«

»Selbstverständlich. Wenn Sie jemand begleitet hat, wäre das auch hilfreich.«

Laura Darius schrieb einige Namen auf ein Blatt Papier, dazu Telefonnummern, die sie auswendig wusste. Dann sagte sie: »Entschuldigen Sie mich bitte einen Moment. Ich bin gleich zurück.«

Als sie allein war, blickte sich Clara Weibel um. Schöne Möbel. Wenig Holz, viel Glas. An den Wänden gute Drucke von Warhol-Arbeiten. Keine Fotos, auch nicht von Männern. Ein kleiner Wagen mit Saftflaschen, Wasser, dazu ein schmales Regal mit Büchern. Das Parkett war frisch verlegt. Es glänzte und sah unberührt aus. Auf einem breiten Stuhl lagen Papierstapel, quer und längs sortiert, an den Rändern ragten bunte Merker heraus. Keine Gardinen, überhaupt kein Stoff, keine Decke, keine Kissen.

Als Frau Darius zurückkam, fragte Clara Weibel: »Fotografieren Sie?«

»Wie meinen Sie das?«

»Mit Ihrem Handy zum Beispiel, oder vielleicht haben Sie sogar eine gute Kamera.«

»Hin und wieder, ja.«

»Haben Sie ein Foto von Ihrem verstorbenen Freund? Ich würde ihn gern mal sehen.«

Frau Darius lächelte. »Warten Sie. Es gibt ein kleines Album, da hebe ich Abzüge auf. Das meiste ist natürlich auf meinem Rechner, aber ab und an krieg ich auch noch richtige Bilder.«

Während sie blätterte, sah Clara Weibel, dass viele Aufnahmen ohne Rücksicht auf irgendeine zeitliche Reihenfolge eingeklebt waren. Etwa in der Mitte des Albums zeigte Frau Darius auf ein hübsches Männergesicht. »Micha, also vor seinen Brandverletzungen. Sehen Sie, ein richtig guter Typ, lässig, selbstbewusst, schön, ja, ein Guter. Viele von denen gibt's ja nicht.« Ohne abzuwarten, ob Clara Weibel etwas sagen wollte, blätterte sie weiter, bis sie auf ein Bild von Sally Gebauer mit ihrem Kind stieß. »Der kleine Pierre«, sagte sie fast verzückt. »Wirklich seltsam, dass ausgerechnet Sally die Einzige von uns ist, die ein Kind hat.«

Auf der letzten Albumseite klebte schließlich eine Aufnahme von Matthias Heilmann mit Ann-Charlotte Gruber, wie sie mit ihren Armen über den Schultern des jeweils anderen vor einer Berghütte standen und strahlten.

»Die schauen ja wie Verliebte«, rief Clara Weibel völlig verdattert.

Frau Darius erschrak, und Clara Weibel spürte, dass sie etwas gesehen hatte, was sie nicht hätte sehen sollen.

»Die beiden sind eben gut gelaunt. Kennen Sie das nicht, so eine Ausflugsstimmung?« Laura Darius' Stimme wirkte unsicher. Fahrig blätterte sie einige Seiten zurück.

»Ausflugsstimmung? Sie sind gut. So sehen Paare auf Hochzeitsreisen aus. Wie alt ist denn das Foto?«

»Ein Jahr vielleicht. So ungefähr, ja. Ann-Charlotte hat es mir geschenkt, als wir uns im Café getroffen haben. Sentas Lebensgefährte war mir ja nie so richtig sympathisch, wissen Sie, also genau genommen, finde ich ihn furchtbar, und sie wollte mir zeigen, dass er auch nett sein kann.«

»Nett«, sagte Clara Weibel immer noch erstaunt. »Das ist aber viel mehr als nett.«

* * *

Heilmann hatte vor einem kleinen alten Haus in Glonn angehalten. Luginger kannte den Ort. Kirche, Marktplatz, Friedels Schrottgalerei, alles lag ganz in der Nähe, als er seinen Pick-up abstellte und wartete, was passieren würde.

»Wer wohnt denn in so einem Hexenhäuschen, den Heilmann kennt?«, fragte Barbara verwundert. »Nach Geld sieht es jedenfalls nicht aus.«

»Die Harley neben Heilmann kriegst du nicht für 'nen Klicker und 'nen Knopf, Mädchen. So eine Maschine musst du dir leisten können.«

Heilmann wischte sich Schweiß aus dem Nacken, ehe er zu einem Tor ging, das zum Haus gehörte. Ohne zu läuten oder sich sonst irgendwie bemerkbar zu machen, drückte er es auf und verschwand hinter einer Hecke.

»Ich geh da rein«, sagte Luginger.

»Allein bleib ich hier nicht sitzen«, sagte Barbara.

Das Tor, eher einem wackligen Türchen gleich, war nur angelehnt. Über einem rostigen Klingelknopf stand kein Name. Ein holprig gepflasterter Weg führte direkt zum Haus und rechts ab ums Haus herum.

Luginger hörte Heilmanns Stimme. »Rudi, ich muss wissen, was passiert ist. Und hör auf, dummes Zeug zu quasseln.«

Barbara zeigte nach rechts.

Luginger nickte.

»Deine Hütte hier hast du nur noch, weil ich zahle, Rudi. Und nicht nur für mein Dope. Also, wie viel hat dir Senta zugesteckt?«

Luginger sah, wie der Typ namens Rudi mit sorgenvoller Miene nach einem Plan suchte, um sich Heilmann vom Hals zu schaffen. Hilflos stand er in dreckigen Jeans und Muskelshirt in einem windschiefen Schuppen voller Werkzeug, alter Reifen und vieler Holzkisten, die Heilmann zu durchstöbern begann.

»Was sucht der?«, flüsterte Barbara.

Luginger drückte einen Finger auf seine verschlossenen Lippen.

»Mir fehlt Geld, Rudi. Und nicht zu knapp. Und Senta tut sich gerade etwas schwer mit der Wahrheit. Hat sie dir gesagt, du sollst dich um eine Frau kümmern, die einen alten VW Touareg fährt, weiß, groß wie ein Schiff? Hat sie?« Heilmanns Geduld bröckelte. Immer hektischer griff er in Kisten, und immer ungeduldiger lief er kreuz und quer herum.

»Sag mir einfach, was du suchst«, brachte Rudi endlich heraus.

»Wenn ich irgendwas in deinem schmierigen Chaos finde, das mich glauben lässt, du warst an diesem verdammten Samstagmorgen hinter dem Touareg her, kannst du nur noch ganz weit wegziehen, Rudi.« Während Heilmann immer besessener wühlte, knurrte er noch: »Dann ist Sense mit Tantes Häuschen und deiner ewigen Warterei aufs große Los der Fernsehlotterie.«

Rudis Pranken klatschten auf ein öliges Blech. Seine Arme waren mit Tattoos übersät. »Abregen, runterkommen, aber plötzlich, Mann. Von deinem Touareg hör ich das erste Mal, und Senta hab ich seit Wochen nicht gesehen. Ist das angekommen?«

Während Heilmann so tat, als ob Rudi gegen eine Wand gesprochen hatte, musste er etwas gefunden haben, was Luginger nicht sehen konnte. Mit einer Mischung aus Triumph und Entsetzen schrie er: »Und das hier, was ist das? Wusst ich's doch, du verdammter Scheißkerl.« Rudi reagierte sofort. Ohne zu zögern, setzte er Heilmann seine Faust unters Kinn. Heilmann wankte und fiel zu Boden. Rudi beugte sich über ihn: »Gib das her, du großkotziges Arschloch. Immer mit der Nase vorneweg, wie? Los, mach die Flossen auf.«

Luginger war schon unterwegs, als er Barbara rufen hörte: »Mach was, Franz. Verdammte Scheiße, der ist ja völlig irre.«

Überrascht drehte sich Rudi um, und Luginger sah noch, wie er mit weit aufgerissenen Augen auszuweichen versuchte, bevor er ihm einen fürchterlichen Hieb mit einer Schaufel überzog, die am Schuppeneingang gestanden hatte.

Barbara schrie, Heilmann drehte sich weg, und Rudi torkelte mit blutender Lippe und Nase gegen seine Werkbank. Luginger setzte nach. Mit vier, fünf harten Haken auf Leber und Niere hatte er ihn schließlich so weit, dass er wegsackte und verzweifelt nach Luft rang. Nach einem weiteren Schlag ins Gesicht landete Rudi auf den Schuppenbrettern.

Barbara lief zu Heilmann, der sich mühsam aufgerappelt hatte und mit leerem Blick auf Rudi starrte. Luginger sah, wie er seine rechte Hand krampfhaft geschlossen hielt.

»Sind Sie in Ordnung?«, rief Barbara. »Haben Sie sich verletzt?«

Heilmann griff sich ans Kinn und grummelte: »Was machen Sie hier? Und wo kommt der Idiot mit dem Zopf schon wieder her?«

Ehe Barbara vor lauter Empörung etwas erwidern konnte, hatte Luginger Heilmanns Arm auf den Rücken gedreht. »Fallen lassen, du Pappnase.«

* * *

»Das ist doch nicht schwer zu verstehen, Frau Kommissarin. Männer können beruflich und gesellschaftlich noch so erfolgreich sein, im Grunde aber bleiben sie pubertierende Esel, die möglichst viele Mädchen wollen. Wer nicht bei drei auf den Bäumen ist, Sie kennen doch die Phrase. Und Matthias war nicht anders. Je mehr er über Charlie herzog, desto klarer war mir, dass er mit ihr was hatte. Jungs, die mit Steinchen nach Mädchen schmeißen, dabei würden sie sie am liebsten auf Händen tragen. Und die Verachtung für die, die man haben will, weil sie zu dumm sind, um zu erkennen, was man zu bieten hat. So ist das, so war es, und so wird es bleiben bis in alle Ewigkeit. Und selbst wenn Männer wie Matthias bekommen haben, was sie wollen, nutzt es nichts, weil die Charlies dieser Welt einfach weiterziehen. Wissen Sie, Matthias hat sich irgendwann selbst verachtet, weil er zu schwach war, um sie aus seinem Kopf zu kriegen. Das ist ja das Schlimme, wenn Selbsthass aufkommt, wenn Sie Ihr Leben nicht mehr im Griff haben und alles vor die Hunde geht. Monate lang konnte ich das sehen, wie in Zeitlupe, jeden Tag ein bisschen mehr.« Senta Grabowski schaute jetzt kurz auf. Ihr Blick war ruhig, kontrolliert. Nichts verriet, ob sie wusste, in welcher Gefahr sie sich befand. »Aber Charlie deshalb töten? Ermorden, erwürgen? Nein, für so was Sinnloses sind Matthias und ich nicht zu haben. Sie retten nichts, indem Sie es verschwinden lassen. Sie halten auf, höchstens, also wenn es gut geht, Sie verschaffen sich Luft, aber ändern tun Sie gar nichts, weil es ist ja im Kopf, die Frau, die Sie nur deshalb wollen, weil andere sie hatten, und wenn ausgerechnet sie Sie nicht will, ist das entweder eine Auszeichnung oder eine Demütigung. Und Männer denken nur an Demütigung. Männer sind Wettbewerber, das wissen Sie doch so gut wie ich, und dann Charlie, die nirgends bleiben wollte, für die niemand gut genug war, das ging mit Matthias nicht zusammen.« Die Ellbogen auf den Tisch gestützt, rieb sich Frau Grabowski die Hände. »Und das Komischste ist, dass sie Mütze noch am dichtesten an sich rangelassen hat, ausgerechnet Mütze, der ihr ein Leben lang den letzten Nerv geraubt hat. Und genau das hat Matthias noch wahnsinniger gemacht, wissen Sie, also wurde die größte Lusche sein größter Feind. Der beste Charlie-Versteher gegen den schlechtesten Charlie-Versteher, der Champion aller Niederlagen gegen einen wie Matthias. Warum er sich so an Mütze aufgerieben hat, hab ich bis heute nicht verstanden.«

Frau Grabowski schenkte Wasser nach, während Clara Weibel das Foto von Matthias Heilmann und Ann-Charlotte Gruber wieder an sich nahm. Seit gut zehn Minuten war sie jetzt hier, im Wohnzimmer von Senta Grabowski, nachdem sie nach ihrem Besuch bei Frau Darius direkt nach Bruckmühl gefahren war, weil ihr das Bild keine Ruhe gelassen hatte.

»Wissen Sie, wer diese Aufnahme auf der Hütte gemacht hat?«

»Nein. Vielleicht irgendein Gast, oder sie haben es mit Selbstauslöser gemacht, wer weiß.«

»Kannten Sie das Foto, bevor ich es Ihnen gezeigt habe?«

»Nein. Matthias hätte es mir nie gezeigt, nie im Leben.«

»Und Herr Heilmann hat Ihnen gegenüber auch nicht bestätigt, dass er mit Frau Gruber geschlafen hat, als Sie es wissen wollten und gefragt haben? Sie können sich also nicht hundertprozentig sicher sein?«

»Auf unseren Partys hat er es nicht getan, das weiß ich. Da war Charlie tabu, für uns beide. Alles Weitere kann ich mir nur denken. Und ich denke, sie haben es nicht oft gemacht, ein- oder zweimal, und sie hatten keinen Spaß, weil Charlie ihm damit nur einen Gefallen getan hat. Sie war nicht scharf auf ihn, so was spürt man, wissen Sie. Ich denke, sie wollte das Thema vom Tisch haben, es erledigen, damit es abgehakt war. Wie ein Date, das Sie nicht absagen, um Scherereien aus dem Weg zu gehen.«

»Vielleicht wollte Frau Gruber ja auch Sie schützen, Ihre Beziehung, Ihr Glück mit Herrn Heilmann?«

»Möglich, so was ist mir natürlich auch durch den Kopf gegangen, aber so hat sie nicht gedacht oder gefühlt. Sie war ja keine Bedrohung, weil sie niemanden wollte, verstehen Sie. Sie hat sich auch nicht in den Vordergrund gedrängt, um aufzufallen. Sie hat immer nur abgeräumt, heimlich, still und leise.«

»Frau Darius hat mir erzählt, dass Sie ihr nach dem Unglück mit Herrn Brunner sehr geholfen haben. Haben Sie mit Frau Gruber über den Abend im Bäckerweg gesprochen?«

»Natürlich. Und Charlie hat es wirklich zutiefst bedauert, was da passiert ist. Dass Laura sie aus ihrem Leben gestrichen hatte, war ein schwerer Schlag für sie. Laura hat ihr viel zu viel Schuld aufgeladen, sie war viel zu verletzt und viel zu empört. Stellen Sie sich das einmal vor, ein Feuer, das gerade dann ausbricht, wenn Sie nicht zu Hause sind und Ihre beste Freundin mit Ihrem Freund allein ist und der Freund ausgerechnet auch noch nackt im Schlafzimmer liegt. Da glaubt doch keiner mehr an den Weihnachtsmann. Also, was immer in der Wohnung vorgefallen war, Charlie hat Stein und Bein geschworen, dass mit Micha außer Blödsinn nichts gewesen ist.«

»Und Sie haben ihr geglaubt?«

»Ja, eigentlich schon. Charlie war nicht zerstörerisch, das kann man nicht sagen. Sie hatte eben nur kein Gespür, wann es genug war, wann es besser war, sich zurückzuziehen.«

»Sie provozierte, meinen Sie?«

»Auch, ja, im Grunde aber war sie eine Spielerin, die Grenzen überschritten hat, ohne zu merken, dass es eben Grenzen sind.«

Clara Weibel schwieg. Im Haus war es ganz still, nirgends ein Geräusch. Schließlich beugte sie sich nach vorn und sagte: »Sie sind sich alle ähnlich, Frau Darius, Frau Gebauer und Sie. Sie reden offen, aber nie freiwillig, immer erst, wenn Sie gefragt werden. Und wenn Sie dann reden, reden Sie, als ob Ihnen was auf der Seele brennt, schon lange, vielleicht schon viel zu lange. Sie hätten ja auch leugnen können, dass Ihr Freund ein Auge auf Frau Gruber geworfen hat, haben Sie aber nicht. Sie geben es zu, Sie führen es aus, Sie liefern sogar noch ausführliche Erklärungsmuster, und jeder, der Ihnen zuhört, erkennt, dass Sie nach allen Regeln der Kunst nachgedacht haben. Ihre Freundin Charlie war

Ihnen immer auf den Fersen, Ihnen und Frau Darius, nur Frau Gebauer war klug genug und ist weggezogen, weit weg, Paris ist natürlich besser als Frankfurt. Und als sich Herr Brunner umgebracht hat und auch Ihr Leben auf der Kippe stand, war das Maß eben voll. Und da Frau Gruber nicht gemerkt hat, wo und wann sie Grenzen überschreitet, haben Sie entschieden, ihr ihre Grenzen aufzuzeigen. So denke ich jetzt, Frau Grabowski, mir scheint das das plausibelste Szenario, nachdem ich tagelang ganz anders gedacht habe. Was halten Sie davon?«

Senta Grabowski verriet mit keiner Regung, ob Clara Weibel richtig oder falsch lag. Ruhig saß sie ihr gegenüber und schien irgendwelchen Gedanken nachzuhängen, ehe sie ganz verständnisvoll antwortete: »An Ihrer Stelle würde ich wahrscheinlich auch so denken, Frau Weibel. Zwei Frauen, die genug hatten, sich bedrohen zu lassen. Zwei Frauen, die haben leiden müssen, weil ihre beste Freundin ihr Leben durcheinandergebracht hat. Aber wir waren nicht in Leuterding. Ich war bei meinen Gästen, als Charlie getötet wurde. Und Laura hat in New York gearbeitet.«

»Vorausgesetzt, Ihre Alibis bestätigen sich, stimmt das wohl. Sie könnten aber auch einen Dritten beauftragt haben, Frau Gruber zu töten.«

»Sie meinen, wir haben einen Killer auf Charlie angesetzt?« Als ob der gerade formulierte Verdacht vollkommen aus der Luft gegriffen war, schüttelte Frau Grabowski heftig den Kopf, bevor sie noch ein gekrampftes Lachen hinterherschickte. »Sie reden von einem Auftragsmord, wie im Kino, wie in der Bronx, nicht? Das meinen Sie doch?«

»Das meine ich. Eifersucht, Rache, klassische Motive, immer und überall gültig. Sie haben ein Motiv, und die Gelegenheit war ausgesprochen günstig. Frau Darius war nicht da, Frau Gruber hatte gefragt, ob sie bei ihr übernachten kann, Leuterding ist weit genug weg, um von Ihnen abzulenken. Womit Sie nicht haben rechnen können, war, dass der Mann, der auf Frau Grubers letzter Party den Abend mit ihr verbracht hat, ausgerechnet in Leuterding lebt. Das war so ein dummer Zufall, wie im Kino, da haben Sie recht, ein Zufall, ohne den wir wahrscheinlich nie auf eine Verbindung zu Frau Darius gekommen wären.«

Ihr Handy klingelte. »Entschuldigen Sie bitte.«

Nach den ersten Meisner-Sätzen verfinsterte sich Clara Weibels Miene schlagartig.

»Gut, wir machen es so, wie Sie vorgeschlagen haben. Und lassen Sie Herrn Luginger auf keinen Fall gehen. Wenn Herr Heilmann keine ärztliche Versorgung möchte, ist das seine Entscheidung, und diesen Rudi Ahrens soll der Rettungswagen nach Ebersberg in die Kreisklinik bringen. Wenn irgend möglich vernehmen wir ihn heute noch. Ich mache mich gleich auf den Weg, bis später.«

Frau Grabowskis Blick flatterte aufgeregt: »Was ist mit Matthias? Was soll das heißen, ärztliche Versorgung?«

»Bei einem Rudi Ahrens, den Sie scheinbar kennen, hat Ihr Freund genau die Uhr gefunden, die Frau Gruber immer getragen hat und nach der wir seit ihrem Tod suchen. Eine Swatch Audrey. Außerdem haben zwei Zeugen mit angehört, wie Ihr Freund Herrn Ahrens gefragt hat, ob Sie ihn beauftragt haben, einen weißen VW Touareg zu verfolgen. Dabei ging es wohl auch um Geld, das Sie Herrn Ahrens angeboten haben. Frau Grabowski, wir fahren jetzt nach Erding. Wenn sich bewahrheitet, was mein Kollege erfahren hat, stehen Sie mit mehr als einem Bein im Gefängnis. Ich hoffe, Sie haben das verstanden. Kommen Sie, ich muss los.«

* * *

Luginger wollte keinen Kaffee, Barbara schon. Luginger brauchte was Gescheites, was Gescheites hatte Meisner aber nicht.

»Auf einer Kriminalpolizeiinspektion gibt's keinen Schnaps«, sagte er.

»Quatsch, bei euch wird gesoffen wie überall.«

Luginger krümelte Tabak in ein Papierchen.

»Rauchen geht nicht, tut mir leid.«

Unbeeindruckt fuhr Luginger mit seiner Zunge über die Gummierung. »Wo haben Sie Heilmann denn hingesteckt?«, fragte er dann.

»Fingerabdrücke«, sagte Meisner.

»Nach dem, was wir gehört haben, war er es aber nicht«, meinte Barbara.

Meisner starrte auf seinen Bildschirm. »Wir machen unseren Job bestimmt genauso gut wie Sie Ihren. Ich drucke jetzt Ihre Aussage aus, und Sie lesen noch mal gegen.«

»Wer wohnt eigentlich im Fuchsienweg 19?«, fragte Luginger.

Meisner tat so, als müsste er sich voll und ganz auf seinen Drucker konzentrieren. »Wenn Sie noch etwas ergänzen möchten, schreiben Sie es an den Rand.«

Luginger holte sein Zippo aus der Jeansjacke und zündete die Kippe an.

Ehe Meisner protestieren konnte, knurrte er: »Ohne kann ich nicht lesen, also machen Sie's Fenster auf. Bin süchtig.«

Meisner guckte blöd.

»Ich tret früher ab als Sie, ist schon klar.«

Barbara las, Luginger aschte in die Hand.

Meisner schob ihm eine Untertasse hin.

»Passt so«, erklärte Barbara kurz darauf. »Zu dem Geld, von dem Heilmann gesprochen hat, haben die beiden eben nicht mehr gesagt. Und die genaue Typenbezeichnung der Armbanduhr können wir natürlich auch nicht wissen.«

Meisner nickte.

Luginger sagte: »Wenn dieser Rudi einen auf Krankenschein

macht, treten Sie ihm in den Arsch. Typen wie der sind hart im Nehmen, die werden nur matschig in der Birne, wenn sie auspacken sollen. Lassen Sie sich ja nicht verarschen.«

»Vielen Dank, Herr Luginger. Bitte warten Sie jetzt draußen. Frau Weibel kommt gleich.«

»Fuchsienweg 19?«, raunte Luginger erneut.

Meisner blieb stumm, und Barbara meinte: »Warum machen Sie denn so ein Geheimnis um einen Namen, der in jedem Telefonbuch steht?«

»Eben, Frau Dojan. Schauen Sie einfach nach.«

* * *

»Herr Heilmann, was wollten Sie heute Morgen bei Herrn Ahrens? Nach der Zeugenaussage von Barbara Dojan und Franz Luginger haben Sie gegen zehn Uhr mit Ihrer Freundin vor Ihrer Garage gestritten. Danach sind Sie nach Glonn gefahren. Worum ging es in dem Streit?«

In Lederhose, T-Shirt und Halstuch saß Heilmann Clara Weibel gegenüber. Seine Vernehmung verlief schleppend, und Clara Weibel befürchtete, dass sie nicht weit kommen würde.

Mit amüsiertem Lächeln antwortete er: »Dass ich falsche Vorstellungen habe, wie glückliche Paare ihren Sonntag verbringen. Sie wollte kuscheln und ich auf die Piste.«

»Und in Glonn haben Sie dann Rast gemacht?«

»Ja, das erschien mir ein guter Gedanke.«

»Mehr nicht?«

»Mehr nicht, nein.«

»Also haben Frau Dojan und Herr Luginger gelogen, und Herr Ahrens hat Sie grundlos zusammengeschlagen?«

»Herr Ahrens ist hin und wieder etwas aufbrausend.«

»Er verkauft Ihnen Drogen, richtig?«

»Rudi, ein Dealer? Nicht dass ich wüsste.«

Clara Weibel legte das Foto mit ihm und Frau Gruber auf den Tisch. »Ihre Freundin weiß, dass Sie mit Frau Gruber ein Verhältnis hatten.«

Ohne mit der Wimper zu zucken, sagte er kühl: »Dann ist's ja gut.«

»Sie haben kein Alibi, Herr Heilmann, Sie hatten die Gelegenheit, in der fraglichen Nacht nach Leuterding zu fahren, Sie lügen, und Sie haben sich für genau die Uhr interessiert, die Frau Gruber sehr viel bedeutet hat, also wussten Sie auch, dass die verschwundene Swatch im direkten Zusammenhang mit ihrem Tod steht. Wollen Sie sich dazu äußern?«

»Nein. Das heißt, ja. Rudi hat die Uhr geklaut, und ich wollte sie wiederhaben.«

»Geht das etwas genauer?«

»Nein, geht es nicht.«

»Die Uhr hatte Frau Gruber getragen, als sie Ihre Sexparty um ein Uhr verlassen hat. Dafür gibt es Zeugen. Als Frau Gruber tot aufgefunden worden ist, war sie nicht mehr da. Und Sie sind zu Herrn Ahrens gefahren, weil sie geahnt haben, dass Sie sie bei ihm finden würden. Können Sie mir folgen?«

»Kann ich. Was Sie denken, ist ja nicht schwer zu erraten.«

»Und was denke ich?«

»Dass ich ein Trottel bin, weil ich an einem schönen Sonntagvormittag nichts Besseres zu tun habe, als mir bei Rudi eine Tracht Prügel abzuholen.«

»Frau Dojan und Herr Luginger haben beobachtet, wie Sie wie ein Wahnsinniger nach der Uhr gesucht haben und später in kindisches Triumphgeheul verfallen sind, als Sie sie endlich gefunden hatten. Dass Sie als kontrollierter Mensch sich solche Blößen geben, fällt natürlich auf.«

Heilmann schwieg.

»Möchten Sie vielleicht zu dem von Ihnen festgestellten Barmittelfehlbestand in Ihrer schwarzen Kasse eine Aussage machen? Dieser Punkt ist ja besonders heikel.«

»Barmittelfehlbestand, heiliger Bimbam! Ihre Wortwahl zeugt von außergewöhnlichen buchhalterischen Leidenschaften. Das ist erfrischend, Frau Weibel. Aber, wie Sie schon in Ihrer Frage haben mitschwingen lassen, ich möchte nicht, nein, weil ich guter Hoffnung bin, dass Sie das nichts angeht.«

Clara Weibel war aufgestanden. »Gut, gönnen wir uns eine Pause. Dass Frau Grabowski hier ist, können Sie sich ja denken. Ich werde sie vernehmen wie Sie. Und für den Fall, dass Sie glauben, wir seien alle auf den Kopf gefallen, die Rolle von Herrn Ahrens ist weitgehend geklärt. Außerdem wird die Steuerfahndung Ihre Geschäfte, Ihre Kunden und Ihre Buchhaltung unter die Lupe nehmen. Es besteht der dringende Verdacht, dass Sie Ihre Einkünfte nicht in vollem Umfang offengelegt haben. Bis zur nächsten Runde dann.«

* * *

Barbara telefonierte mit Faulhuber, während Luginger auf dem Parkplatz vor der Kripo seine Taschen nach Geld durchsuchte. Er hatte Hunger. Der Kraftakt mit Rudi und die Warterei auf die Weibel hatten ihn ausgezehrt. Oben in seiner Jeansjacke steckte ein Fünfzigeuroschein.

»Im Fuchsienweg wohnt eine alte Freundin von der Gruber«, sagte Barbara. »Bernie meint, die Frau heißt Laura Darius, bei der wollte sie ausspannen.«

»Nach so 'ner Fickparty hätt ich auch ausspannen müssen«, brummte Luginger.

»Franz, bitte.« Verärgert fuhr sich Barbara durchs Haar.

»Was denn? Brauchst Schongang?«

»Hör gefälligst auf, unterschwellig einen auf moralisch zu machen, Franz. Wenn du so was vor dich hin brummelst, spricht das Bände.«

»Was geht denn jetzt ab?«

»Neid, Franz, und Wut. Wut auf Bernie, weil der so Sachen macht, die du auch gern machen möchtest.«

»Hast Bernie tief in dein Herz geschlossen, wie? Hör ich da Mitleid? Oder so 'ne Kümmernummer?« Luginger spürte, dass er laut werden wollte. »Willst ihn verteidigen, in Schutz nehmen, Fürbitten loswerden? Der arme Bernie, stimmt ja irgendwie, einmal auf so 'nem säuischen Trip, und schon hat's ihn zerbröselt. Dumm gelaufen, so ein Ausrutscher. Und was die Leut jetzt denken? Armer Hund, konnt ja nicht anders, die Ehe im Arsch, andere ficken dann für billig Rumäninnen oder so arme Weiber aus der Ukraine, Osteuropa ist der Hammer, für zwanzig, dreißig Piepen kriegst einen geblasen, da hat sich unser Bernie aber besser benommen, was hat er abgedrückt, fünfhundert, achthundert…«

»Hast du sie noch alle«, fuhr Barbara dazwischen. »Bist du jetzt vollkommen bescheuert? Für wen machst du die ganze Scheiße hier? Für mich jedenfalls nicht, für mich nicht.«

Luginger erschrak. In Barbaras Blick lag blanke Wut. Er hatte sich gehen lassen und die Kontrolle verloren. Was hatte er denn da gerade über billige Nutten aus Osteuropa gefaselt? War er verrückt geworden?

»Hast ja recht«, sagte er kleinlaut und bemüht, seine normale Tonlage wiederzufinden, »ich reg mich auf, hab Hunger, und mir geht der ganze Scheiß grad mächtig auf den Zeiger.«

»Dann ist's ja gut«, erwiderte Barbara wenig überzeugt. »Dass du aber so erhaben tust, ist voll daneben.«

Luginger fummelte seinen Zopf zurecht. »Lass uns wieder zur Sache kommen, ja. Bernie ist Bernie, und wir mischen jetzt noch mal mit, weil wir eh schon dabei sind. Ab morgen ist Sense, einverstanden?« Als Luginger sah, wie sich Barbara entspannte, sagte er noch: »Wir müssen aufpassen, sonst kriegt Schorsch Ärger. Und zwar 'ne Menge. Und wir auch.«

»Fällt dir ein bisschen spät ein, oder? Dass wir mehr wissen, als wir gerade gesagt haben, riecht doch jeder.«

»Genau deshalb. Wenn's drauf ankommt, brauchen wir Moni. Was wir wissen, wissen wir von ihr, weil sie die ganze Deppenkompagnie von früher kennt.«

»Ich glaub, da müssen wir uns keine Sorgen machen, Franz.« Barbaras Stimme war von einer Sekunde auf die andere ins Süffisante geflutscht. »Die Weibel mag dich. Wenigstens, wenn nicht mehr. Die wird nichts unternehmen. Für die bist so 'ne Art Django, rau, schlecht rasiert, keine Zahnseide, aber echt. Nur dieser Meisner, der würde dir gern eine verpassen. Der ist eifersüchtig, das sieht man.«

Luginger stöhnte. »Können wir, Mädchen. Ich muss was essen.«

* * *

Clara Weibel vertrat sich die Füße, nachdem Meisner ihr erzählt hatte, dass Frau Darius' Angaben korrekt waren. Zur Tatzeit war sie in New York gewesen, was von mehreren Zeugen bestätigt worden war, und die Idee, nach Leuterding zu ziehen, stammte tatsächlich von einem Herrn Frey. Auch was den Brand im Frankfurter Bäckerweg betraf, wies nichts darauf hin, dass es sich um etwas anderes als einen Unfall gehandelt hatte, Brandstiftung war demnach auszuschließen.

Rudi Ahrens war vernehmungsfähig. Bis auf eine leichte Gehirnerschütterung waren Lugingers Prügel folgenlos geblieben. Aus medizinischer Sicht gab es auch keinen Grund, ihn länger im Krankenhaus zu lassen.

Ahrens könnte ihr Trumpf sein. Nach allem, was sie von Luginger und seiner Freundin wusste, war er der Mann fürs Grobe, ohne geregeltes Einkommen und abhängig von Heilmanns Zahlungen. Der Polizei war er bisher nicht aufgefallen. Keine Verfahren, keine Vorstrafen, der Mann hatte eine weiße Weste und einen Lebenslauf, an dem es nichts zu mäkeln gab.

Heilmanns Verhalten war zwar ärgerlich, aber kein Beinbruch. Sein überhebliches Gehabe würde sich ändern, wenn mehr auf dem Tisch lag. Frau Grabowski würde reden. Sie war keine Frau, die sich betrügen und als Dummchen veräppeln ließ. Und dass Heilmann ihr mangelnde Cleverness vorwarf, war nicht zu übersehen. Das war der Graben. Der flinke, oberschlaue Macher, angeschlagen und gekränkt durch Ann-Charlotte Grubers ausgebliebene Wertschätzung, und die unterbelichtete Freundin, die wegen ein bisschen Sex mit der falschen Frau zur falschen Zeit die Nerven verlor, obwohl sie selbst mit ihrem Körper freizügig umging.

Meisner kam mit einer Tasse Kaffee in der Hand aus ihrem Büro. »Der Durchsuchungsbeschluss für Herrn Ahrens ist auf dem Weg. Was halten Sie davon, wenn ich den Mann vom Krankenhaus abhole und mit ihm zusammen nach Glonn fahre? Ein größerer Geldbetrag in seinem Haus ist sein Ende, das weiß er. Und wenn Geld da ist, wird er reden.«

»Da bin ich mir nicht sicher, Herr Meisner. Der Ahrens hat sich nie was zuschulden kommen lassen. Und nur weil ihn Luginger für einen Schläger hält, muss er noch keiner sein, geschweige denn jemand, der einer wehrlosen Frau mit bloßen Händen den Hals zudrückt.«

»Machen wir es so?«

»Natürlich. Rufen Sie gleich in der Klinik an, sonst ist Ahrens schon weg, bevor Sie da auftauchen.«

* * *

»Wissen Sie, Frau Grabowski, ich frage mich, wer davon gewusst haben könnte, dass Frau Gruber nach Ihrer Party zu Frau Darius nach Leuterding wollte? Nach Lage der Dinge war das nur Frau Darius selbst. Ihr Gast, der Mann mit dem falschen Namen Günter, hat glaubhaft versichert, es nicht gewusst zu haben. Manfred

Gruber auch nicht. Also, wer war ihr so vertraut, dass sie mit ihm darüber gesprochen haben könnte? In jedem Fall Sie und Herr Heilmann. Fällt Ihnen ein weiterer Name ein?«

»Sally. Wenn sie telefoniert haben. Sally hätte das wissen wollen, die Einladung, das war ja ein Zeichen der Versöhnung, ganz klar, Laura wollte einen Schlussstrich ziehen.«

»Sonst noch jemand?«

»Keine Ahnung, nein.«

»Herr Ronninger?«

»Mütze! Nie und nimmer. Hätte er es gewusst, wäre er womöglich auf die Idee gekommen, sie zu besuchen. Also, das halte ich für ganz ausgeschlossen.«

»Sie haben es aber nicht gewusst?«

»Nein.«

»Herr Ahrens?«

Senta Grabowski starrte auf das Mikrofon vor ihr, und es dauerte eine Weile, bis sie vorschlug, ihn selbst zu fragen.

»Ich möchte es aber von Ihnen wissen«, sagte Clara Weibel.

»Wenn es stimmt, was Sie mir über Matthias' Besuch bei ihm erzählt haben, kann er es gewusst haben.«

»Dann hat er sie auch getötet.«

»Warum sollte er so was tun?«

»Weil Sie ihn dafür bezahlt haben. Sollte er nicht in Ihrem Auftrag einen weißen Touareg verfolgen? Ihr Freund hat das vermutet.«

»Nein, das sagte ich bereits.«

»Halten Sie es für möglich, dass Ihr Freund sich mit Frau Gruber bei Frau Darius treffen wollte? Ein sehr geheimes Stelldichein sozusagen, ein guter, ruhiger Ort, um sich zu lieben.«

Frau Grabowski blickte Clara Weibel überrascht an. »Matthias und Charlie bei Laura? Sie sind verrückt! Wenn Matthias einen Kunden hat, macht er seinen Job, und zwar zu hundert Prozent.

Da könnte die Welt untergehen, und er würde nichts anderes tun, glauben Sie mir.«

»Er hat kein Alibi, und wir wissen, dass er längere Zeit nicht bei Dr. Kohlhammer war.«

»Hören Sie auf, so etwas ist lächerlich. Ich habe Ihnen zwar gesagt, dass Matthias mit seinen Gefühlen Charlie gegenüber nicht zurechtkam, dass er ihr aber mitten in der Nacht heimlich hinterherfährt, um Sie zu treffen, nachdem sie auf unserer Party mit anderen Männern Spaß gehabt hat, ist absurd.«

»Sie reden sich was ein, Frau Grabowski. Sie waren es, die mich darauf hingewiesen hat, dass jeder Mann zu jeder Zeit der größte Tölpel ist, wenn es um bestimmte Frauentypen geht. Und Ihr Freund war da keine Ausnahme.«

»Das stimmt leider, ja. Aber dass er bis nach Leuterding gefahren sein soll, nachts um eins oder zwei, während sie noch nach anderen Männern riecht, ist einfach nicht sein Stil.«

»Sie waren eifersüchtig. Sie wollten wissen, zu was Ihr Freund fähig ist. Also haben Sie Herrn Ahrens Geld gegeben, damit er Frau Gruber folgt, weil Sie schon lange den Verdacht hatten, die beiden treffen sich allein und unbeobachtet. Herr Heilmann hat das später mitbekommen und wollte der Sache auf den Grund gehen. Deshalb ist er am Sonntagmorgen nach Glonn gefahren. Er hat gar nicht die Uhr gesucht, er hat Geld gesucht, und weil er wusste, dass Herr Ahrens alles in seinem Schuppen versteckt, hat er genau dort wie ein Irrer die Holzkisten durchwühlt. Und dann war da die Uhr, der Fund hat ihn aus dem Konzept gebracht, und in Sekundenschnelle ist ihm erst richtig klar geworden, was passiert sein musste.«

Senta Grabowski rückte ihren Stuhl zurück, legte die Beine übereinander und faltete die Hände über ihrem Knie. Sie holte Luft, einmal, zweimal, ehe sie mit den Zähnen auf ihre Unterlippe biss und sagte: »Ich habe Rudi fünftausend Euro gegeben. Ich habe ihm regelmäßig größere Summen zugesteckt. Geld für Mädchen, Geld für Männer, Geld für eine Stretchlimousine. Auf den Partys gab es immer wieder Gäste mit speziellen Wünschen, Rudi hat sich darum gekümmert. Er war zuverlässig, verschwiegen und nicht vorbestraft. Letzteres war für Matthias entscheidend. Nur kein Knastbruder, nur keine Halbwelt, hat er gesagt. Immer schön sauber, immer schön gediegen und ja nicht auffallen mit Kontakten, die einen ins Verderben stürzen. Rudi hat auch für Mütze gearbeitet; soweit ich weiß, haben sich die zwei ganz gut verstanden. Außerdem war er lange Jahre der beste Freund von Charlies Halbbruder; also ihr Vater hatte noch ein uneheliches Kind neben denen mit seiner Frau, so kam das Ganze überhaupt ins Rollen. Und die Uhr, die Matthias bei ihm gefunden hat, stammt wahrscheinlich aus Mützes Vorräten. Er hat vor wer weiß wie vielen Jahren mehrere davon gekauft, weil Charlie mal eine verloren hatte, worauf er ihr hoch und heilig versprochen hat, bis an ihr Lebensende für Ersatz zu sorgen. Eine dieser völlig irren, völlig sinnlosen Mütze-Aktionen. So ist das, Frau Weibel, Sie sehen, alles ist viel normaler, als Sie vermuten, und für ein Leben, das ich führe, auch nicht wirklich besonders. Und? Komme ich jetzt ins Gefängnis? Wegen Anstiftung zur Prostitution oder sonst irgendeinem Kram, von dem Charlie auch nicht wieder lebendig wird?«

* * *

Als Luginger bei seiner Mutter die Tür aufschloss, war es früher Nachmittag. Nach Souvlaki mit Pommes und Bauernsalat war er mit Barbara von Erding zurückgefahren und hatte sie zu Hause abgesetzt, nachdem sie sich nicht einig geworden waren, ob er Rudi brutal oder entschieden vermöbelt hatte. Barbara war für brutal, er für entschieden. So hab ich dich noch nie erlebt, Franz, wie du dem die Schaufel brutal aufs Gesicht gedroschen hast und dann hinterher noch mal brutal in den Unterleib und dann aufs

Kinn, als ob der nicht schon fertig genug gewesen wäre. Brutal ist das falsche Wort, Mädchen, entschieden, entschlossen, so hab ich das gemacht. Wenn du verlieren willst, darfst höflich nachfragen, ob eins in die Fresse okay ist, ich will aber nicht verlieren, also schlage ich zu, und zwar so, dass Ruhe ist im Karton. Ruhe im Karton hatte Barbara nicht gefallen, Ruhe im Karton war ihr zu drastisch gewesen, so sargmäßig, also hatte sie das Thema vertiefen wollen, worauf er ihr zugeraunt hatte, dass sie anders denken würde, wenn ihr erst mal ein Typ wie Rudi mit 'ner Fahrradkette die Vorderzähne ausgeschlagen hatte, weil sie vor lauter mehr oder weniger sargmäßig nicht auf Zack gewesen war.

Anna hatte den Fernseher an. Frauen im Dirndl sangen, Männer in Lederhosen bearbeiteten begeistert ihre Oberschenkel, und die Berge waren hoch, die Wiesn grün und der Himmel blau.

»Alles in Ordnung bei dir?«, fragte er.

Anna nickte. Trotz sommerlicher Temperaturen saß sie zusammengesunken in ihrer Wolljacke im Sessel und hatte die Hände im Schoß gefaltet, als müsste sie alles tun, um zu verhindern, dass Wärme flöten ging.

»Kannst a bisserl leiser machen?«

»Wird's nimmer lang geben, Bub. Zu wenig Schnee, zu wenig Wasser, zu warm. Dauert keine dreißig Jahr mehr, und bei uns sieht's aus wie in Marokko.«

»Hast was gegessen?«

»Rinderbraten. Dr. Brettmann hat's gebracht. Seine Frau hat gekocht.«

»Na, dann ist's ja gut. Und sonst?«

»Bernhard war hier.«

»Bernie!«

»Dr. Brettmann hat ihn vorbeigebracht. Die kamen aus seiner Praxis.«

»Am Sonntag?«

»Der Rinderbraten war nicht gut für sein Provisorium.« Anna zeigte auf ihre Zähne. »Also, beim Essen, verstehst.«

Luginger nickte.

»Eben, und dann hat Bernhard bei mir reingeschaut. Das war interessant.«

»Hast ein Bier, Mama?«

»Im Keller, musst schon runtergehen.«

Luginger machte sich auf den Weg. »Trinkst eins mit?«, rief er von der Treppe aus.

»Nix trink ich mit. Gestern war zu viel. Und dann noch der Schnaps dazu.«

»Hast Kopfweh?« Luginger stand wieder im Wohnzimmer.

Anna hob die Hände. »Halb so schlimm. Weißt, wo der Bernhard war?«

»In seiner Praxis, hast doch grad gesagt.«

»Davor.«

»Keine Ahnung.«

»Bei der Frau Darius. Das ist die, die die Gruber eigentlich besuchen wollt.«

»Da war er? Warum das denn?«

»Weil er mit ihr hat reden wollen. Über die Tote, die waren nämlich befreundet.«

»Hat sie Bernie noch alle! Die weiß doch bestimmt, dass er die Gruber als Letzter gesehen hat.«

»Sie war ja nicht da. Aber die Römer war da, die Renate, weißt, die, die die Reinigung gegenüber von der Sparkasse gehabt hat. Ist jetzt ja zu, also die Reinigung, ist eben nicht mehr gegangen. Hast gewusst, dass die Römers gebaut haben? Ich wusst gar nicht, dass die vermieten, also die Darius wohnt bei der Renate, sie unten und die Darius oben, alles schön gemacht, neu, Energiesparhaus, weißt schon, wie man halt heut so baut…«

»Ist gut, Mama. Was willst mir jetzt bitt schön erzählen?«

»Dass die Darius selten daheim ist, immer unterwegs, immer tipptopp gekleidet, teuer, aber traurig, eine traurige Frau, hat die Renate gesagt.«

Anna kratzte ihren Handrücken.

Luginger trank einen Schluck. »Und du weißt natürlich, warum sie so traurig ist. Deshalb hast das ja gesagt, damit du mir das jetzt brühwarm erzählen kannst, nachdem Bernie bei dir war und die Renate ihm das gesagt hat, die Trauer und so.«

»Wir redst denn? So umständlich, so gequirlt.«

»Die Trauer, Mama. Warum?«

»Ihr Lebensgefährte hat sich umgebracht, deshalb, ihre große Liebe, vor ein paar Monaten.«

»Und das hat die Frau Darius der Renate erzählt, obwohl sich die Frauen gar nicht kennen?«

»Wie man halt so spricht, Bub. Und dass vor zwei Wochen mal ein Mann bei ihr war, einer mit einem Motorrad, ein Brocken, hat die Renate gesagt, überall Tätowierungen, und dass sie sich gefragt hat, was eine wie die Darius mit so einem will, also wo der herkommt, die hat dem Mann nämlich alles gezeigt, die Garage, den Garten, den Hauseingang, wo's zum Keller geht, das hat die Renate aufgebracht, und da hat sie die Darius gefragt, was ihr furchtbar peinlich war, also Bernhard hat gesagt, Renate würd heut noch den Kopf schütteln, wenn sie daran denkt.«

»Warum denn peinlich?«

»Na ja, jemand ausfragen. Der Brocken soll ein Cousin gewesen sein, der mit Freunden mal übernachten wollt, weil die so Ausflüge machen.«

»Wann wollten die denn übernachten?«

»Eben, Franz. Eben. Genau an dem Wochenende, wo die Gruber erwürgt worden ist.«

»Hat die Renate was zu dem Motorrad gesagt? Welcher Typ, groß oder klein, so was?«

»Das ist's ja. Deshalb erinnert sie sich so genau. Was Schweres hat er gefahren, was Amerikanisches, die Renate kennt das Motorrad, ist nämlich aus einem Film, da war sie noch jung, und damit sind sie berühmt geworden, also die Motorräder.«

Luginger trank sein Bier in einem Zug aus. »Ist Bernie daheim?«

»Bestimmt. Gesagt hat er nix, aber am Sonntag.«

Während er wartete, dass sich Faulhuber meldete, trommelte Luginger auf Annas Couchtisch.

»Faulhuber.«

»Bernie, hör mal, ich bin bei meiner Mutter. Du warst vorhin ja auch hier. Sie erzählt mir grad, dass du die Renate Römer getroffen hast. War das eine Harley-Davidson, die die Renate gesehen hat?«

»In jedem Fall. Sie war ganz aus dem Häuschen, weil sie dabei von früher quatschen konnte. Weißt schon, Drogen, Woodstock, Peace für alle und junge Typen, die sie umkreist haben wie Motten das Licht. Später kamen dann noch Dennis Hopper und Jack Nicholson und *Easy Rider* dazu, also echt geile Gesellen auf echt geilen Maschinen, Renate hat sich gar nicht mehr eingekriegt, also, ich war gerädert, als ich da weg bin.«

»Weiß Renate denn, wo diese Frau Darius steckt?«

»Joggen. Wenigstens anderthalb Stunden, hat sie gesagt. Mir war das zu lang, noch mal dreißig Minuten mit der Quasselstrippe hätte ich nicht ausgehalten.«

* * *

»Herr Heilmann, wir müssen ja weiterkommen. Soviel ich weiß, möchten Sie vorerst auf einen Anwalt verzichten. Ist das richtig?«

»Ich verzichte.«

»Gut. Sie hatten jetzt ja über drei Stunden Zeit, um über Ihre Situation nachzudenken. Wollen Sie weiterhin zu allen wesentlichen Punkten schweigen?«

»Ich habe nicht geschwiegen, Frau Kriminalhauptkommissarin. Ich habe nur nicht das gesagt, was Sie hören wollten.«

Heilmann sah noch ausgemergelter aus als bei seiner ersten Vernehmung. Dass er immer noch in Resten seiner Motorradfahrerkluft steckte, verlieh ihm zusätzlich etwas angestrengtes, das nicht zu ihm passte.

»Wir haben bei Herrn Ahrens fünftausend Euro gefunden. Eine Menge Geld.«

»Fünftausend«, wiederholte Heilmann ungläubig.

»Ja, er hat sie von Frau Grabowski erhalten, was sie übrigens bestätigt hat. Er sollte damit spezielle Wünsche Ihrer Partygäste erfüllen. Weibliche und männliche Prostituierte zum Beispiel. Oder um eine Stretchlimousine anzumieten, wahrscheinlich auch für Drogen.«

»Eine Stretchlimousine.« Heilmann rutschte unruhig auf seinem Stuhl hin und her. »Wer kommt denn auf so eine Idee?«

»Zwei Paare wollten es in einem solchen Gefährt miteinander versuchen. Mit Chauffeur.«

»Ist Senta denn völlig bescheuert? Fünftausend Euro?«

»Die Summe scheint Sie zu beeindrucken, Herr Heilmann.«

»Sie nicht? Das ist verflucht viel Geld.«

»Frau Grabowski hat Ihnen also von dem Geld nichts gesagt?«

»Nein.«

»Sie hat demnach die Partys mit all ihren Extras selbstständig organisiert?«

»Hat sie, ja.«

»Schon immer oder erst in letzter Zeit?«

»Seit zwei, drei Jahren. Bis auf die Whiskey-Verkostungen mache ich nichts mehr.«

»Ein Mann wie Sie, der zuschaut, wie seine Freundin das Geld zum Fenster rausschmeißt. Das soll ich glauben? Haben Ihre Gäste für Extras denn nicht zusätzlich bezahlt?«

»Manchmal ja, manchmal nein. Service und Kundenorientierung sind schwieriges Terrain. Davon verstehen Sie nichts.«

»Ihre Partys waren aber doch kein Geschäft, so jedenfalls haben Sie es mir gegenüber geschildert. Sie haben ja nichts gewerblich verkauft, Sie haben nur einen Obolus als Beitrag zur Deckung der Kosten verlangt. Also, wo liegt das Problem?«

Heilmanns Mundwinkel klappten nach unten. »Eben da, gute Frau, genau da. Ohne saubere Kalkulation schießen Sie sich ins Bein. Und Senta hat diesen Aspekt mehr als einmal vernachlässigt.«

Clara Weibel klopfte mit ihrem Kugelschreiber auf die Tischplatte. »Wenn ich es genau bedenke, ist das auch egal, schließlich gehen wir beide ja nicht davon aus, dass Ihre Freundin Herrn Ahrens so viel Geld in die Hand gedrückt hat, um Stretchlimousinen zu mieten, nicht wahr? Sie hat es ihm gegeben, weil sie eher außergewöhnliche Leistungen dafür erwartet hat. Zum Beispiel die Verfolgung eines weißen Touareg.«

»Fünftausend, um einem Auto hinterherzufahren? Senta kann zwar nicht rechnen, aber verrückt ist sie nicht. Für eine solche Summe hätte Rudi den blöden Touareg monatelang nicht aus den Augen gelassen.«

»Wofür war es dann, Herr Heilmann? Und tun Sie ja nicht so, als hätten Sie darüber noch nicht nachgedacht.«

»Klären Sie das gefälligst mit Senta. Wenn das Geld wirklich von ihr ist, wird sie auch wissen, was Rudi zum Wohle ihrer Societywünsche auf die Beine stellen sollte.«

»Ich sehe schon, das Thema wird uns nicht loslassen. Herr Ahrens, Ihre Freundin und Sie haben damit zu tun, und niemand bietet eine glaubhafte Erklärung für die Höhe der Summe. Ich bin mir sicher, dass sie in einem direkten Zusammenhang mit dem Tod von Frau Gruber steht.«

»Niemand lässt sich mit fünftausend Euro abspeisen, wenn er

jemanden umbringen soll«, sagte Heilmann trocken. »Und Rudi schon gar nicht, da können Sie sicher sein.«

»Zu der Armbanduhr, zu der Sie sich bisher nicht geäußert haben, haben wir auch neue Informationen. Frau Grabowski sagt, Herr Ahrens könne sie entweder von Herrn Ronninger oder von Frau Gruber haben. Herr Ronninger habe vor Jahren eine ganze Menge davon gekauft, damit sie ihm nicht ausgehen, wenn Frau Gruber wieder mal eine verlieren würde. Ihre Vermutung ist aber falsch. Herr Ronninger hat genau vier Uhren dieses Typs gekauft, drei davon liegen bei ihm, und eine hatte Frau Gruber beziehungsweise Herr Ahrens. Haben Sie von Herrn Ronningers Uhrentick gewusst?«

»Solche Uhren können Sie heute doch bestimmt überall kaufen. Bei E-Bay, bei Amazon, wahrscheinlich sogar beim Hersteller selbst. Also lassen Sie mich damit in Ruhe.«

»Sie haben ausgesagt, Herr Ahrens hätte Ihnen die Uhr gestohlen. Wie sind Sie denn zu der Uhr gekommen?«

»Ann-Charlotte hat sie mir geschenkt. Vor einem halben Jahr.«

»Hat sie Ihnen auch andere Geschenke gemacht?«

»Ständig. Kondome in bunten Farben zum Beispiel, mit Geschmack und ohne. Nächste Frage.«

»Schön. Ich sehe schon, Sie finden zu alter Form zurück. Dann lassen Sie uns über Ihre Fingerabdrücke in Frau Grubers Wagen reden. Sie können sich ja denken, dass wir welche gefunden haben. Haben Sie eine Erklärung dafür?«

»Wenn man eine Frau trifft, kann man auch in ihrem Wagen sitzen, oder?«

»Wann saßen Sie denn zum letzten Mal in Frau Grubers Touareg?«

»Donnerstag. Sie hatte mich spätabends abgeholt. Wir sind durch die Gegend kutschiert, weil wir etwas besprechen mussten. Keine Zeugen, das war auch der Sinn der Sache.«

»Wann genau war das?«

»Gegen dreiundzwanzig Uhr. Senta war unterwegs, und Manfred Gruber hatte eine Verabredung mit seiner Freundin, Frau Zechleitner.«

»Was genau haben Sie in ihrem Wagen angefasst?«

»Wie bitte?«

»Ich frage, Sie antworten, Herr Heilmann.«

»Wahrscheinlich alles vorn im Wagen. Türgriff, Ablage, Fenster, wo Hände eben so hinkommen.«

»Sind Sie gefahren?«

»Nein. Ann-Charlotte ist selbst gefahren.«

»Hinten haben Sie nichts angefasst?«

Heilmann überlegte. »Nicht, dass ich mich erinnern könnte.«

»Waren Sie bekifft, als Sie mit Frau Gruber unterwegs waren?«

»Wenn Sie mir sagen, auf was Ihre Fragen abzielen, sind wir schneller fertig.«

»Hatten Sie einen Joint geraucht, als Sie neben Frau Gruber saßen?«

»Nein.«

»Und bevor Sie sich getroffen haben?«

»Nein.«

»Herr Ahrens hat ausgesagt, seit vier Jahren für Sie zu arbeiten. Sie haben ihn angefordert, so hat er sich ausgedrückt, nachdem Herr Ronninger ihn empfohlen hatte. Ist das richtig?«

»Ja, ich brauchte eine stattliche Erscheinung bei einem großen Essen, und Rudi hat seine Sache gut gemacht.«

»Dass er Frau Gruber kannte, haben Sie damals nicht gewusst?«

»Nein. Das war so ein schwachsinniger Schachzug von Ronninger. Mir eine Laus in den Pelz zu setzen, indem er den besten Freund von Ann-Charlottes Halbbruder eingeschleust hat.«

»Sie haben ihn aber nicht vor die Tür gesetzt, als Sie später Bescheid wussten. Warum nicht?«

»Er war zuverlässig, verschwiegen, zurückhaltend. So jemanden schmeiße ich nicht raus.«

»Außerdem konnten Sie Ronninger zeigen, wer den dickeren Geldbeutel hat«, sagte Clara Weibel.

»Richtig. Das Imperium schlägt zurück.«

»Über Ihre Intimfeindschaft mit Herrn Ronninger bin ich auf dem Laufenden, das müssen wir nicht vertiefen, Herr Heilmann. Was wir aber vertiefen müssen, ist Ihr Drogenkonsum. Sind Sie süchtig?«

»Davon gehe ich aus, obwohl mich medizinische Indikatoren diesbezüglich noch nie interessiert haben.«

»Nehmen Sie noch was anderes?«

»Nein, nur guten Wein und guten Whiskey.«

»Würden Sie sagen, dass Sie sich unter Kontrolle haben, wenn Sie einen Joint geraucht haben?«

»Ja, ich rauche, um mich zu entspannen und nicht um die Lichter ausgehen zu lassen.«

»Waren Sie in der Nacht des Todes von Frau Gruber in Leuterding?

»Nein.«

»Sind Sie sich wirklich darüber im Klaren, dass Sie hier als Tatverdächtiger und nicht als Zeuge vernommen werden? Wenn Sie falsch aussagen, bleibt das nicht folgenlos.«

»Ihre rechtlichen Belehrungen habe ich nicht vergessen. Glauben Sie mir, ich bin ganz auf der Höhe. Darf ich eigentlich meine Kleidung wechseln und duschen? Gehört das nicht zur Menschenwürde?«

»Wir suchen immer noch nach dem Notizbuch von Frau Gruber. Bei Herrn Ahrens haben wir es nicht gefunden. Könnte es bei Ihnen sein?«

»Sie meinen, in meinem Haus?«

»Zum Beispiel.«

»Nicht dass ich wüsste.«

»Gut, wir werden einen weiteren Durchsuchungsbeschluss erwirken, es sei denn, Frau Grabowski kann uns in dieser Frage weiterhelfen.«

»Auf dem Ross, dem hohen, sitzen Sie. Passen Sie auf, dass Sie nicht runterfallen.«

»Trauen Sie Herrn Ahrens eigentlich einen Mord zu?«

»Rudi? Vorsätzlich, kaltblütig? Für fünftausend Euro? Nein.«

»Haben Sie Jonas Zacharias einmal kennengelernt?«

»Wer soll das denn sein?«

»Der Halbbruder von Frau Gruber.«

»Der Name war mir schon wieder entfallen. Soweit ich weiß, hat der Mann nur kurz bei uns in der Nähe gewohnt. Ann-Charlotte hat ihn so gut wie nie erwähnt.«

»Herr Zacharias und Herr Ahrens waren beide begeisterte Motorsportler. So sind sie auch zusammengekommen.«

»Schön zu wissen, nur hat Rudi kein Geld, um sich Motorsport leisten zu können.«

»Er fährt eine Harley-Davidson, ein teures Motorrad.«

»Rudi ist ein Spinner, Frau Weibel. Eher würde er aufhören zu essen, als seine Harley zu verkaufen.«

»Dann wissen Sie auch nicht, was aus Frau Grubers Halbbruder geworden ist?«

»Nein. Fragen Sie unseren Meisterdetektiv, der ist bestimmt voll auf der Höhe, was Ann-Charlottes Familiengeschichte angeht.«

* * *

Als Frau Darius ihre Tür öffnete, blickte Luginger in ein Frauengesicht, das von einem Moment auf den anderen von erwartungsvoll auf enttäuscht umgeschaltet hatte.

»Haben Sie eben unten geläutet?«, fragte sie.

»Ja, und Sie haben sofort aufgemacht. Sie haben aber jemand anderen erwartet, stimmt's ?«

»Allerdings, ja. Aber wer sind Sie denn?«

Alles Schlabber, dachte Luginger. Dafür aber in Rot. Pullover und Hose kaschierten eine Figur, die er so nicht einschätzen konnte.

»Ich heiße Franz Luginger und bin ein Bekannter Ihrer Vermieterin.«

»Der Mann mit dem Zopf, der Wirt!«, rief Frau Darius überrascht.

Als Luginger fragend seine Brauen hochzog, erklärte sie: »Als ich hierhergezogen bin, habe ich Frau Römer gefragt, wen ich in Leuterding auf keinen Fall beleidigen darf, und da hat Sie unter anderem Ihren Namen genannt. Sie seien so was wie eine lebende Legende und ihr Koch der bestaussehende Mann im Umkreis von siebenhundert Meilen.«

»Hat sie Meilen gesagt?«

»Ja, ich glaube, sie ist ganz vernarrt in Amerika. Aber weswegen sind Sie hier?«

»Darf ich kurz reinkommen?«

»Natürlich. Entschuldigen Sie, mein Aufzug ist alles andere als passend.«

»Macht nichts. Und wenn Ihr Besuch kommt, verschwinde ich sofort, versprochen.«

Laura Darius führte Luginger ins Wohnzimmer. »Nehmen Sie Platz. Möchten Sie etwas trinken?«

»Danke, nein. Ich habe auch nur eine kleine Frage. Als Sie laufen waren, wollte Sie ein guter Freund von mir besuchen, er ist unser aller Zahnarzt und heißt Faulhuber. Er hat sich dann mit Frau Römer unterhalten. Sie kennen sie ja, sie gehört nicht gerade zum stillen Typ. Irgendwann kam das Gespräch auf einen Mann, der eine Harley-Davidson fährt und der Sie vor ein paar

Tagen besucht haben muss. Ich glaube, dass der Mann derselbe ist, dem ich heute Morgen begegnet bin. Er hat mir mit seiner Maschine die Vorfahrt genommen, und ich bin mit meinem Pick-up gegen eine Leitplanke gerauscht. Zu allem Überfluss ist er auch noch abgehauen. Wissen Sie, wie der Mann heißt oder wo er wohnt?«

»Warum wollte mich denn ein Zahnarzt besuchen?«

»Das weiß ich nicht. Wenigstens hat er es mir nicht gesagt. Als ich ihm gerade von meinem Unfall erzählt hab, hat er nur gesagt, so ein Drecksack und dann noch ohne Lederjacke unterwegs. Also, ich hab nämlich die Tätowierungen auf seinen Armen gesehen, und da hat er mir erzählt, dass Renate, also Frau Römer, Faulhuber und sie sind per du, von genau so einem Mannsbild gesprochen hat, dem Sie hier alles gezeigt hätten, weil er ein Cousin ist, der mit seinen Freunden auf irgendwelchen Touren in Ihrer Wohnung mal Rast machen wollte.«

Frau Darius griff nach einer Wasserflasche und schenkte sich ein Glas randvoll ein.

»Sie wollen wirklich nichts? Ich kann Ihnen auch Tee oder Kaffee machen?«

Luginger winkte ab.

»Also, das wird jetzt etwas peinlich. Aber der Mann, der bei mir war, kann das unmöglich gewesen sein. Er ist ein Freund von mir, aus Frankfurt. Er wollte sehen, wie ich wohne, und da habe ich so eine Art Begehung gemacht. Frau Römer hat das natürlich mitbekommen, wie sie wahrscheinlich alles mitbekommt; und da ich ihr nicht weiter erklären wollte, in welcher Beziehung wir zueinander stehen, habe ich etwas geflunkert. Verstehen Sie?«

Luginger lächelte. »Klar, Renate würd ich auch nicht alles erzählen.«

»Sehen Sie. Deshalb kann ich Ihnen auch leider nicht weiterhelfen.«

»Dann wird das Motorrad Ihres Bekannten ja auch eine Frankfurter Nummer gehabt haben.«

»Ich denke schon, ja.«

»Hhm, meins hatte ein Ebersberger Kennzeichen. Schade.«

Als er kurz darauf wieder in ihrer Tür stand und sich verabschiedete, flüsterte sie ihm zu: »Bitte behalten Sie meine kleine Notlüge für sich. Ich möchte nicht, dass sich mein Verhältnis zu Frau Römer durch so eine Kleinigkeit verschlechtert. Wissen Sie, ich bin viel unterwegs, und sie kümmert sich dann um alles.«

Sammys Rennrad blitzte in der Sonne. Um mit seinem unbeschädigten Pick-up nicht in mögliche Erklärungsnöte zu geraten, hatte er ihn stehen lassen und war aufs Rad gestiegen, obwohl er Radeln hasste. Radeln war was für Angeber, für Fitnessjunkies, für Nörgler und für die, die es nicht lassen konnten, jedem einzeln eins reinzuwürgen, weil das Klima im Arsch war und morgen schon ganz, ganz viele Afrikaner unsere geilen sozialen Sicherungssysteme kaputt machten, weil im Süden kein Tropfen Wasser mehr vom Himmel fiel.

Luginger schaute nach oben. Laura Darius stand am Fenster und winkte zaghaft. Sein Besuch bei Renate musste warten. Würde er jetzt bei ihr klingeln, wäre das ein falsches Zeichen. Mit etwas Glück hatte sie ja auf das Kennzeichen der Harley geachtet. EBE, Luginger hielt jede Wette, dass die Maschine in Ebersberg zugelassen war.

* * *

»Frau Grabowski, Sie können sich ja denken, dass wir auf Hochdruck daran arbeiten, den Tod von Frau Gruber aufzuklären. Und wir sind auf einem guten Weg. Ich habe gerade veranlasst, Frau Darius verhaften zu lassen. Sie ist dringend tatverdächtig, Herrn Ahrens geholfen zu haben, Frau Gruber in Leuterding zu töten.«

»Laura«, rief Senta Grabowski entsetzt, während sie von ihrem Stuhl aufgesprungen war. »Laura soll was getan haben?«

»Tun Sie nicht so. Ich bitte Sie, Herr Ahrens wird reden, darauf können Sie Gift nehmen. Aber lassen Sie uns eins nach dem anderen durchbuchstabieren, es sei denn, Sie wollen ein Geständnis ablegen. Wollen Sie?«

»Sind Sie verrückt, was soll ich denn gestehen?«

»Ja, dachte ich's mir, Sie wollen überzeugt werden. Also setzen Sie sich wieder hin. Solange ich mit Ihnen rede, wird hier nicht aufgesprungen und Firlefanz veranstaltet.«

Frau Grabowski hatte wieder Platz genommen, und Clara Weibel machte eine längere Pause, ehe sie sagte: »Dann will ich Ihnen mal erklären, wie es um Sie steht. Herr Heilmann ist außer sich, weil Sie Herrn Ahrens fünftausend Euro gegeben haben. Die Höhe der Summe macht ihn schier verrückt, auch deshalb, weil er vorgibt, keine Ahnung zu haben, warum Sie so viel Geld ausgegeben haben. Herr Ronninger hat erneut versichert, dass er genau vier Uhren des Typs Swatch Audrey am 14. September 1999 gekauft hat. Keine mehr und keine weniger. Er hat sogar die Rechnung aufbewahrt. Drei der Uhren haben wir bei ihm sichergestellt, eine hat er Frau Gruber geschenkt. Diese Uhr befand sich kurzfristig im Besitz von Herrn Ahrens, ehe sie Herr Heilmann nach einer Rauferei an sich genommen hat. Weder Sie noch Herr Heilmann oder Herr Ahrens haben ausgesagt, jemals eine solche Uhr auf eigene Rechnung gekauft zu haben. Die Uhr bricht Herrn Ahrens das Genick. Auch deshalb, weil er völlig überreagiert hat, als Ihr Freund sie gefunden hat. Und Ihnen brechen die fünftausend Euro das Genick, es sei denn, Sie können erklären, warum Sie Herrn Ahrens ausgerechnet kurz vor Frau Grubers Tod so viel Geld überlassen haben. Und kommen Sie mir ja nicht wieder mit Nutten und Stretchlimousinen, das ist nämlich Unsinn. Herr Ahrens weiß nichts von solchen Autos und von geilen Paaren, die sich einen

Spaß damit machen wollen, einem Chauffeur ihre Lustschreie ins Ohr zu jubeln. Und das Motorrad bricht Frau Darius das Genick, das ist nämlich samt Herrn Ahrens bei Frau Darius in Leuterding gesichtet worden, und wie es der Zufall will, just bevor Frau Gruber sterben musste. Bleibt noch Ihr Freund, Herr Heilmann, ein Süchtiger, dem sein Drogenkonsum das Genick brechen wird, weil wir noch einmal sehr gründlich unsere Spuren analysiert haben und uns dabei der Rest eines Joints mit seiner DNA aufgefallen ist, der unweit der Leiche von Frau Gruber lag. Und so schließt sich der Kreis, Frau Grabowski. Und wissen Sie was? Ihre Gäste als Zeugen auf Ihrer Sexparty interessieren mich nicht mehr. Ich brauche Sie nicht, weil alles klar vor mir liegt. Nur dass Herr Heilmann Sie für doof verkauft, stört mich, und dass er wie ein störrischer Esel darauf beharrt, nichts davon gewusst zu haben, dass Sie Herrn Ahrens fünftausend Euro gegeben haben, um Frau Gruber erwürgen zu lassen. Er sagt dazu zweierlei. Erstens, Sie könnten nicht rechnen, und zweitens, für eine solche Summe würde selbst ein Herr Ahrens, der von Ihren Aufträgen abhängig ist, niemanden umbringen. Um es für Sie zu übersetzen, Frau Grabowski: Entweder haben Sie Herrn Ahrens zu viel bezahlt, also für Nutten, Drogen und so Kinoautos, oder zu wenig. Wollen Sie sich dazu äußern?«

Dass Frau Grabowski die Spucke weggeblieben war, war nicht zu übersehen. Mit geschlossenen Augen und gesenktem Kopf hatte sie ihre Hände um die Tischplatte gekrallt, als suchte sie Halt, um nicht abzustürzen. Schließlich murmelte sie: »Rudi hatte Schulden, wenigstens hat er mir das gesagt, und ich wollte helfen. Matthias ist bei solchen Dingen furchtbar pingelig. Ihn um Geld zu bitten, weil jemand in der Patsche sitzt, führt zu langen Debatten und bringt nichts außer Belehrungen und dummen Papasprüchen. Wenn Sie Rudi danach fragen, wird er es Ihnen bestätigen. Und dass Laura ihn getroffen haben soll, ist völliger Unsinn. Oder ein Missverständnis, was weiß ich.«

»Erinnern Sie sich an Herrn Luginger? Der große Mann mit dem Zopf, der gestern bei Ihnen aufgekreuzt ist? Dank seiner Mithilfe wissen wir definitiv, dass Herr Ahrens bei Frau Darius war und dass sie ihm ihre Wohnung und die nähere Umgebung so genau gezeigt hat, dass es dafür nur eine Erklärung gibt: Sie wollte ihm zeigen, auf was er alles vorbereitet sein muss, wenn Frau Gruber an dem verabredeten Wochenende bei ihr übernachten würde. Wir haben das haarklein ermittelt, Frau Grabowski, es gibt Zeugen, ich mache Ihnen nichts vor. Und die Schlägerei zwischen Ihrem Freund und Herrn Ahrens inklusive dessen, was da gesagt und gefunden worden ist, kann niemand ungeschehen machen. Die Indizien sind erdrückend, und Herr Ahrens wäre ja von allen guten Geistern verlassen, ginge er für zwei Frauen ins Gefängnis, die ihn für einen Mord mit fünftausend Euro abspeisen. Der Betrag war eine Anzahlung, Rest nach Lieferung, anders ist das nun wirklich nicht zu interpretieren. Sie sind eine intelligente Frau, und Sie tun hier so, als würde es Ihnen schwerfallen, bis drei zu zählen. Das glaube ich Ihnen nicht, Ihr Verstand arbeitet aber leider ausschließlich daran, den Kopf aus der Schlinge zu ziehen, was aber nicht geht, weil Sie den verdammten Günter Becker aus Leuterding an der Backe haben. Frau Grabowski, es sind Zufälle, über die man stolpert; jetzt hören Sie um Gottes willen auf, noch einen Dreh und noch einen und noch einen zu erfinden. Morgen wird Frau Gruber beerdigt, die Familie und ihr Mann haben lange genug warten müssen, um sich von der Toten zu verabschieden. Ich möchte den Fall bis dahin abschließen, geht das?«

»Laura hat sich mit Charlie versöhnt. Warum sollte sie sie töten wollen?«

»Das ist eine Lüge, Frau Grabowski. Wir wissen mittlerweile sehr viel, also wissen wir auch, dass Ihre Freundin Laura nach dem Selbstmord von Michael Brunner in psychiatrischer Behandlung war. Sie war lange krank, sie war drauf und dran, ihre Arbeit zu verlieren, und es gibt niemanden, der uns bestätigt, was Sie und Frau Darius jedem glauben machen wollen: Versöhnung. Es gab keine Versöhnung, es gab Hass. Noch nicht mal Herr Ronninger hält es für denkbar, dass sich Frau Darius versöhnen konnte. Ich habe vorhin noch einmal lange mit ihm gesprochen, für ihn ist es einfach unerklärlich, warum Frau Darius seiner Charlie ein Bett hätte anbieten sollen, es sei denn, sie hätte ihre Aufmerksamkeit nur gespielt, um sich zu rächen.«

»Hören Sie endlich auf. Das ist doch aberwitzig, niemand von uns ist ein Mörder, niemand hat Charlie umgebracht. Was da in Leuterding passiert ist, wissen Sie doch auch nicht.«

»Die Rechtsmedizin ist ein guter Verbündeter, wenn man in zu vielen Vermutungen feststeckt«, sagte Clara Weibel. »Jemanden mit bloßen Händen zu erwürgen, dauert sehr lange, erdrosseln oder ersticken ist eindeutig die sicherere Methode, wenn man auf solche Art töten will. Sie nehmen ein Seil, einen Draht oder ein Kissen, eine Plastiktüte. Aber mit bloßen Händen? Warum? Und Frau Gruber ist auch nicht durch Erwürgen gestorben, sondern durch eine Verengung ihrer Halsschlagader, die zu einem tödlichen Schlaganfall geführt hat. Durch das Würgen ist es zu einer Blutung im Gehirn gekommen; so was gibt es, und bei Frau Gruber musste es geradezu dazu kommen, weil sie an einem Aneurysma litt, von dem sie nichts gewusst haben dürfte. Sehen Sie, Frau Grabowski, Herr Ahrens wollte Frau Gruber wahrscheinlich gar nicht töten, er sollte sie auch gar nicht töten. Sie haben fünftausend Euro für eine Art Abreibung bezahlt, die dann tödlich endete. Wollen Sie nicht endlich alle Karten auf den Tisch legen?«

* * *

Luginger saß am Klavier und spielte ein paar Takte von Billy Joels »Piano Man«. Mehr summend als singend versuchte er sich an den ersten Songzeilen: »It's nine o'clock on a Saturday / The regular crowd shuffles in / There's an old man sitting next to me / Makin' love to his tonic and gin.«

Von den üblichen Verdächtigen waren nur Gernot und Erika da. Gin Tonic trank auch niemand, aber der Sound passte zu seiner Stimmung. Er brauchte was Sentimentales, was Männerverträumtes und eine kleine Hymne auf Kneipen, in denen man so allein sein konnte, wie man wollte. »La, la, la, de, de, da / La, la, de, de, da, da, da.«

Sammy blickte erstaunt aus der Küche. »Franz, wenn du flennen willst, geh raus. Ich muss arbeiten.«

Irgendwie hatte er sich verhaspelt, und als er neu ansetzte, kam Moni und legte eine Hand auf seine Schulter. »Du hast alles richtig gemacht, fang jetzt bloß nicht an, den guten Eindruck zu versauen.«

Luginger drehte sich um. »Eher was von den Beatles, oder? Das kann ich auch besser.«

Gernot stellte den Fernseher lauter. Stuttgart kickte gegen Frankfurt, Männer in bunten Trikots rannten rauf und runter, einer in Schwarz rannte mit, und der Ball flog weit und hoch übers Feld. Nach dem glorreichen Bayernsieg gestern interessierte sich niemand mehr so recht für ein Match zweier mittelmäßiger Mannschaften.

Luginger war müde, aber auch erleichtert. Sein Weibel-Anruf am Nachmittag hatte ihm gutgetan. Das war ein Schlussstrich. Nachdem ihm Renate Römer bestätigt hatte, dass die Maschine vor ihrem Haus ein Ebersberger Nummernschild gehabt hatte, war ihm klar geworden, nicht mehr mitmischen zu wollen. Die Sache war durch, und die Kripo würde den Fall auch ohne ihn zu Ende bringen. Morgen konnte Bernie seine Praxis wieder aufsperren, die Gruber-Geschichte würde in Vergessenheit geraten, und er hatte mehr erreicht als bei Nonnenmeier, der ihm zweimal durch die Lappen gegangen war.

»Schorsch lässt schön grüßen«, sagte Moni, nachdem Luginger den Klavierdeckel zugeklappt hatte. »Ich hab ihn noch mit Hanno bekannt gemacht, und er hat sich total beäumelt, dass ich mit 'nem Steuerberater zusammen bin. Steuer ist bei denen nämlich irgendwie ein Reizwort, das hört da niemand gern.« Moni lächelte mild. »Hanno dankt dir auch wegen Nonnenmeier. Ohne deine Rennerei in den Tannenweg wär das Arschloch vielleicht davongekommen. Ich denk, er kommt die Tage mal vorbei und schmeißt 'ne Lokalrunde.«

Plötzlich flog die Tür auf, und Frau Weibel stand da in ihrem Sommermantel, ihrer Handtasche und einem Blick, der nichts Gutes verhieß.

Ich brauch so Saloontüren, dachte Luginger, da müsste jetzt was schwingen, mit Staub und Wind dahinter.

»Kaffee, Wasser und ein gutes Glas Rotwein, bitte.«

»Wollen Sie ablegen?«, fragte Luginger.

Frau Weibel drehte ihm den Rücken hin. »Vorsichtig bitte, nicht reißen, ja.«

Moni lachte, dann rief sie in die Küche: »Sammy, wir brauchen 'ne Flasche von Faulhubers Roten. Nimm den Chianti, den teuren.«

»Alles geklärt?«, fragte Luginger.

»Ich habe jetzt zwei Stunden Pause und rede kein Wort über den Fall, einverstanden?«

Sie schaute zur Uhr, dann auf die Leinwand. »Fünfundvierzig Minuten sind schon um. Wer spielt denn da?«

»Schwaben gegen Hessen«, sagte Gernot.

»Ist's interessant?«

Gernot lächelte. »Der Ball macht, was er will.«

Sammy brachte Wein, Moni Kaffee und Wasser.

»Können Sie mit dem Abschluss des Nonnenmeier-Falls leben, Moni?«, fragte Frau Weibel. »Ich weiß, wie es ist, wenn man nicht mit absoluter Sicherheit sagen kann, der war's, der hat mir das angetan. Wenn ein kleiner Zweifel bleibt, auch wenn es nur ein Prozent ist.«

»Ich hak das ab, anders geht's ja auch nicht.«

Frau Weibel nickte. »Herr Faulhuber ist nicht hier, wie ich sehe.«

»Nein«, sagte Luginger. »Wollen Sie noch was von ihm?«

»Ein paar Takte reden, ja. Hat aber auch Zeit. Haben Sie ein Tablett?«

»Ein was?«

»Ich setze mich jetzt zehn Minuten allein an einen freien Tisch. Ich will meine Ruhe. Dann würde ich mich gern mit Ihnen unterhalten, Herr Luginger.«

»Klare Ansage, Franz«, sagte Moni. »Befehl ist Befehl, mein Chef weiß das, Frau Kommissarin.«

Ruhe wollte sie nicht, weil es keine Ruhe gab, so lange ihre Arbeit nicht getan war. Als sie ihr Büro verlassen hatte, brauchte sie nur Abstand zu den Vernehmungen, den Verdächtigen, ihren Gedanken und Meisners Eifer, die Datenlage zu optimieren, wie er seine pausenlose Kommunikation mit Gott und der Welt genannt hatte. Helge hatte sie dann abgeholt und vorgeschlagen, sie zu ihrem Lieblingswirt zu fahren, weil Wirtschaften seiner Erfahrung nach am ehesten dazu geeignet waren, im Trüben das Klare zu sehen.

Wie schaltet man richtig ab, um dann wieder hochzufahren, fragte sie sich, während sie ihr Wasser austrank und sich dem Wein zuwandte. Ahrens ist ein Trottel. Oder ein schlauer Hund, der genau weiß, dass sie am Tatort nichts gefunden hatten, was an ihm hängen blieb. Bis auf die Uhr. Nur ließ ihn gerade die Uhr völlig kalt, genau wie das Bündel Scheine, das schlecht versteckt im Küchenschrank seines Hauses gelegen hatte. Seine Hütte stünde immer offen, da könne jeder rein, also wer ihm da die Uhr in die Kiste gelegt habe, könne er nicht sagen. Und das Geld sei von Frau Grabowski, er habe Wettschulden, Pferde und so, und sie habe ihm spontan unter die Arme gegriffen. Selbst der Umstand, dass er kein Alibi anbieten konnte, schien ihn nicht zu stören. Er ginge davon aus, zu Hause gewesen zu sein, hatte er gesagt. Mehr nicht, auf Konkreteres hatte er keinen Wert gelegt.

Frau Gruber hatte er nur flüchtig gekannt. Ihr Halbbruder Jonas hatte sie ihm vorgestellt, da muss sie Ende zwanzig gewesen sein. Jonas war dann nach drei, vier Jahren nach Australien zurückgegangen, um irgendwas mit mobilen Werkstätten aufzuziehen. Dass er Frau Darius mit seinem Motorrad besucht hat, hatte er eingeräumt. Sie wollte reiten lernen, Frau Grabowski habe den Kontakt hergestellt, er habe nämlich Verbindungen zu verschiedenen Pferdehöfen und kenne sich mit Preisen, Reitbeteiligungen und so weiter aus.

Laura Darius hatte diesen Teil seiner Aussage später bestätigt. Warum sie aber sowohl Herrn Luginger als auch Frau Römer belogen hatte, war vage geblieben, obwohl sie eine durchaus geistreiche Erklärung parat hatte. Sie habe sich geschämt, eine Frau um die vierzig, die zu reiten beginnt, wo sie vorher doch nie auf einem Pferd gesessen hat. Wissen Sie, Frau Kommissarin, hatte sie gesagt, mich lächerlich zu machen, finde ich grauenvoll.

Der Wein war gut. Clara Weibel freute sich.

Luginger rief vom Tresen aus: »Noch zwei Minuten. Ich bin pünktlich.«

Sie nickte. Helge war noch nie in einem Erotikclub, auch nicht bei Swingern. Sie hatte ihn vorhin gefragt, und er hatte gesagt, bei Männern sei das eher eine Frage der Gewohnheit. Die, die damit anfangen, hörten eben nicht mehr auf. Einfach, ohne Risiko, saubere Triebabfuhr. Frauen würden das nicht verstehen, und Treueversprechen seien bei Männern eben überhaupt nicht gut aufgehoben. Reden Männer über so was, hatte sie wissen wollen? Nein.

Die, die reden, sind Angeber, die noch nicht mal einen Puff von innen gesehen haben. Die, die über die Businessschiene Sex haben, halten den Mund. Denen ist das peinlich, so nach dem Motto »Sonst keine abgekriegt«. In Swingerclubs treffen sich aber doch Paare, Helge. Naja, viele Frauen machen nur wegen ihrer Männer mit, hatte er gesagt, die wollen den Daumen drauf haben, wenn die Typen fremdgehen. Körper, Technik, Nervenbahnen, Clara, das sind erst mal Männerdinger, wie versaute Witze, wie Pinkeln zu dritt vom Steg in den See, auf die Straße spucken oder breitbeinig in der U-Bahn sitzen.

Luginger trabte mit einem Weißbier an. »Möchten Sie einen neuen Kaffee? Ihrer ist kalt geworden.«

Das Notizbuch von der Gruber müsste mal auftauchen, dachte sie, bevor sie auf ihre Tasse zeigte und sagte: »Mir reicht's, wenn die neben mir steht. Aber danke für's Angebot.«

»Legen Sie los. Warum der Marschbefehl?«

»Jetzt haben Sie sich nicht so. Ich möchte Ihnen nur sagen, dass es mir leidtut, wie Sie gestern erfahren mussten, dass Herr Faulhuber schon lange gewisse Etablissements besucht. Mein Kollege ist noch zu jung, um sich beherrschen zu können, wenn ihm jemand auf die Füße tritt. Und das haben Sie, Herr Luginger. Sie sind eindeutig übers Ziel hinausgeschossen.«

»Aha, die Halb-und-halb-Variante. Ja, aber! Nicht okay, aber selber schuld.«

»Und reden Sie bitte mit Herrn Faulhuber. Alles, was er unternommen hat, um mit Frauen zusammen zu sein, ist ihm furchtbar peinlich. Er möchte am liebsten bis ans Ende seiner Tage einen breiten Mantel des Schweigens darüberlegen. Dabei hat er nur getan, was viele Männer auch tun und was gar nicht so wenige Frauen gern tun würden, würden sie anders fühlen.«

»Also doch Männergruppe, war ja klar. Glauben Sie mir, Bernie ist ein harter Hund, und wenn er seinen Schweinkram für sich behalten will, kann er das machen. Freie Bürger in einem freien Land.«

»Palavern Sie nicht so leichtfertig daher. Ihr Freund hat das Gefühl, erledigt zu sein und sich schuldig gemacht zu haben. Hat er aber nicht. Er hat nur gewerblich zugelassene Dienstleistungen beansprucht, ordentlich bezahlt und sich angemessen benommen.«

Luginger schwenkte sein Glas. Frau Weibels nüchterne Sicht der Dinge hatte ihn auf dem falschen Fuß erwischt.

»Ich kenne Sie jetzt schon ein wenig«, fügte sie leise hinzu. »Aber gestern war ich doch überrascht. Sie standen nach Meisners Retourkutsche dermaßen entgeistert neben Ihrem Auto, da dachte ich mir, reden wir drüber, wird schon nichts kaputt machen.«

Luginger nickte. Dann holte er Luft und sagte: »Bernie hat jahrelang seinen Schwanz in offener Hose durch ganz Bayern geschleppt und wer weiß wo alles versenkt, da darf man doch mal zucken, oder?«

»Zucken Sie, aber hören Sie mit dem Zucken auch wieder auf.«

Ihr Handy vibrierte. Meisners Nummer.

»Ja, was ist?«

Während sie zuhörte, sah Luginger, wie sie bedrohlich mit den Augen rollte.

»Ich komme. Und schaffen Sie ran, was geht. Pizzaservice, Inder, Bratwurst, lassen Sie sich was einfallen.«

* * *

Sally Gebauer trug einen hellen Trenchcoat mit umgeschlagenen Ärmeln. Ihre Lippen hatte sie rot geschminkt, ihr Gesicht war blass, eine Haut, fast wie Pergament.

»Wollen Sie Ihren Mantel nicht ablegen?«, fragte Clara Weibel.

»Danke. So fühle ich mich wohler.«

»Haben Sie was gegessen? Herr Meisner sagte mir, Sie seien völlig ausgehungert gewesen.«

»Ihr Kollege hat mich missverstanden. Ich bin nicht hungrig.«

»Sie sind heute aus Paris gekommen?«

»Ja, am Mittag. Wegen der Beerdigung morgen.«

Clara Weibel nickte. »Und dann haben Sie sich entschieden, zur Kripo nach Erding zu fahren. An einem Sonntagabend?«

»Ich möchte Rudi Ahrens sprechen. Ist das möglich?«

Meisner stellte frischen Kaffee auf den Tisch. Seinem Gesichtsausdruck war anzusehen, dass er genauso überrascht war wie Clara Weibel.

»Sie wissen, dass es nicht möglich ist, Frau Gebauer«, sagte sie.

»Ja, es wird Regeln geben, polizeiliche und rechtliche, dennoch möchte ich es gerne tun. Er war der Letzte, der Charlie lebend gesehen hat.«

»Wie kommen Sie darauf?«

Sally Gebauer griff in ihre knautschige Handtasche und legte ein Notizbuch auf den Tisch. »Herr Ronninger hat das da bei Matthias Heilmann gestohlen. Es gehörte Charlie, und Sie suchen es.«

Während Meisner mit großen Augen staunte und sofort zu blättern begann, versuchte Clara Weibel sich zu erinnern, worüber sie mit Ronninger am späten Nachmittag gesprochen hatte. Es war um die Uhren und Rudi Ahrens gegangen. Die Schlägerei im Schuppen hatte sie mit keinem Wort erwähnt. Ebenso wenig den Umstand, dass Heilmann anwesend war oder der Verdacht bestand, dass Ahrens für ein Verbrechen bezahlt worden ist.

»Ist Herr Ronninger bei Herrn Heilmann eingebrochen?«

»Ja. Ich war überrascht, wie geübt er in diesen Dingen ist.«

»Waren Sie auch im Haus?«

»Nein.«

»Und wo hat er das Notizbuch gefunden?«

»Sie meinen den genauen Ort?«

Clara Weibel nickte.

»Ich weiß es nicht. Ist das wichtig?«

»Viele Abkürzungen«, sagte Meisner. »Am Freitag, dem 13.9., steht da zum Beispiel ,Leu. und Fuchs'. Auf den Seiten vorher Ähnliches. Am 1.9. ›L. im C. Knopp‹. Dann ›keine Chance‹?. Immer wieder Verabredungen und Kurzkommentare.«

»Ja, das war Charlie. Kurz, sehr kurz.« Sally Gebauer fuhr sich durchs blonde Haar. »Mütze hat mich gebeten, Ihnen das Buch zu überlassen. Wir haben es natürlich durchgesehen, ohne allerdings etwas Spektakuläres gefunden zu haben.«

»Mütze ist Herr Ronninger, das wissen wir natürlich, Frau Gebauer. Hat er Sie zu uns gebracht?«

»Ja. Entschuldigen Sie die Spitznamen. Mütze ist Mütze und Charlie ist Charlie. Geht das in Ordnung?«

»Selbstverständlich. Warum ist er nicht mitgekommen?«

Sally Gebauer zögerte mit ihrer Antwort: »Ich glaube, er möchte so wenig wie möglich mit der Polizei zu tun haben. Sie haben ihn verdächtigt und aus seiner Sicht völlig unangemessen behandelt.«

»Gut, das liegt in der Natur der Sache. Aber erzählen Sie doch bitte der Reihe nach. Herr Ahrens, das Notizbuch, Herr Ronninger! Womit haben Sie sich beschäftigt, bevor Sie zu uns gekommen sind?«

»Gegen halb drei war ich bei Laura. Sie war nicht da. Dann habe ich Senta angerufen. Sie war auch nicht da. Also habe ich Mütze angerufen. Er hat mir zu verstehen gegeben, dass beide inhaftiert sein könnten, weil die Möglichkeit besteht, dass sie in Charlies gewaltsamen Tod verwickelt sind. Also, er hat sich wirklich sehr vorsichtig ausgedrückt, bemüht vorsichtig, aber ich habe schnell verstanden, dass er mir schlechte Nachrichten schonend beibringen wollte.«

»Herr Ronninger hat Sie also in allerlei Vermutungen eingeweiht, in Vermutungen, die er selbst angestellt hat?«

Sally Gebauer nickte.

»Und was hat ihn veranlasst zu glauben, dass wir Frau Grabowski und Frau Darius festgenommen haben?«

»Er ist Detektiv und hat eben eins und eins zusammengezählt.«

»Und was ist eins und eins?«

»Sie haben ihn mehrere Stunden vernommen. Sie haben ihm Fragen gestellt, und er hat seine Schlüsse daraus gezogen.«

»Bleiben das Notizbuch und Herr Ahrens.«

»Das Notizbuch, ja! Wenn Mütze an Schurken denkt, ist Matthias erste Wahl. Alles Weitere haben wir durch eine Tante von Herrn Ahrens erfahren. Sie wohnt nur ein paar Häuser weiter in Glonn. Das Haus, das Ahrens bewohnt, gehörte ursprünglich ihr, sie hat es ihm vermacht und ist selbst in eine kleine Wohnung gezogen. Die Frau heißt Bodenschneider und ist die Schwester der Mutter von Ahrens. Mütze weiß das alles, weil er Ahrens schon viel länger kennt als Matthias. Außerdem ist er aufmerksamer.«

»Warum sagen Sie uns nicht einfach, was Sie von Frau Bodenschneider erfahren haben, und wir reden mit Herrn Ahrens?«

Frau Gebauer blickte Clara Weibel eindringlich an. »Sie haben den Fall noch nicht gelöst. Herr Meisner hat angedeutet, dass Sie noch mitten in den Ermittlungen stecken. Ahrens ist aber schon seit Stunden bei Ihnen. Sie kommen also nicht weiter. Und er ist der Mann, der meine beste Freundin getötet hat, obwohl sie nicht hätte getötet werden sollen. So sehe ich das, und Ahrens wird es bestätigen.«

»Sie wollen helfen, weil Sie glauben, wir stecken fest?«

»Ob Sie feststecken, kann ich nur vermuten. Wenn ich helfen kann, würde mich das freuen.«

»Sie sind Journalistin, richtig?«

»Richtig.«

»Sie können recherchieren und Ergebnisse vertreten?«

»Das ist meine Arbeit, ja.«

»Bleibt die Frage, warum ich Kopf und Kragen riskieren sollte, um Sie mit Rudi Ahrens in ein Zimmer zu stecken?«

»Sie können jederzeit eingreifen. Wenn Ihnen etwas nicht passt, beenden Sie alles. Einverstanden?«

Clara Weibel blickte zu Meisner. Meisner blieb regungslos. Dann sagte sie: »Zehn Minuten.«

»Fünfzehn.«

»Zuerst legen Sie aber Ihre Karten auf den Tisch. Ich lasse mich nicht vorführen.«

»Gut, das verstehe ich vollkommen. Als Sie heute Nachmittag mit Mütze telefoniert haben, ist ein Prozess in Gang gekommen, der schnell vieles klargemacht hat. Genau genommen war ihr Anruf der Anstoß, um letzte Puzzleteile in ein Bild zu fügen, das Mütze schon vor sich hatte. Also sind wir nach Glonn zu Herrn Ahrens und Frau Bodenschneider gefahren und von dort zum Haus von Senta und Matthias. Alles kreist um ganz wenige Punkte. Charlie hätte Matthias niemals ihre Uhr geschenkt, Laura hätte sich mit Charlie nicht versöhnt, in diesem Leben wenigstens nicht mehr, und Ahrens ist zwar gewaltbereit, aber kein Mörder. Reicht Ihnen das?«

»Nein.«

»Haben Sie am Tatort Reste eines Joints gefunden?«

»Was spielen Sie für ein Spiel, Frau Gebauer?«, rief Meisner genervt dazwischen. »Sie geben vor, besonders schlau zu sein, dabei halten Sie nur ganz bewusst Informationen zurück.«

»Ich spiele nicht, Herr Meisner. Ich bin Journalistin, ich verdiene mein Geld unter anderem mit Hypothesen, die ich so lange verfolge, bis sie sich als richtig oder falsch erweisen. Und eine Hypothese ist, Matthias war am Tatort, wenn Sie dort Reste eines Joints gefunden haben. Das ist ein plausibler Zusammenhang. Für Mütze wäre es sogar ein Beweis, dass er Charlie getötet hat, nicht vorsätzlich, nicht heimtückisch, weil er sich nicht vorstellen will, dass jemand, der mit seiner Charlie geschlafen hat, fähig ist, sie zu ermorden. Bekifft hätte er sie aber töten können, im Zorn, aus Enttäuschung, wie auch immer, weil er fast alles in letzter Zeit nur noch bedröhnt gemacht hat. Mütze ist sich da sehr sicher. Und wenn Sie dann noch die Uhr und das Notizbuch dazutun, ist es nicht mehr allzu schwer, so zu denken, wie wir denken.«

»Hat Ihnen Frau Bodenschneider erzählt, was heute Morgen bei ihrem Neffen vorgefallen ist?«, fragte Clara Weibel.

»Hat sie, ja.«

»Und hat ihr Neffe ihr etwas zu der Swatch sagen können, bevor er verhaftet worden ist?«

»Ja, deshalb ist Mütze auch bei Matthias eingebrochen. Deshalb ist er sein Topfavorit, wenn er darüber nachdenkt, wer Charlie getötet hat.«

»Aber Sie sehen das nicht so?«

»Nein, Mütze verliert die Übersicht, wenn es um Matthias geht. Und seit er weiß, dass sie mit ihm geschlafen hat, ist es in dieser Hinsicht ganz vorbei.«

»Woher weiß er das?«

»Weil Matthias es ihm erzählt hat.«

»Als Triumph sozusagen. Um ihm zu zeigen, wer hier wirklich der Große ist. Kann man das so sehen?«

»Natürlich.«

»Ziehen Sie bitte Ihren Mantel aus, Frau Gebauer.«

»Wie bitte?«

»Sie könnten eine Waffe bei sich haben und Herrn Ahrens töten wollen.«

* * *

Zwanzig Minuten später saß Rudi Ahrens mit müden Augen in Clara Weibels Büro. Die Strapazen des Tages hatten deutliche Spuren hinterlassen. Unter der Lippe war er genäht worden, seine Nase zierte ein Verband, und seine rechte Wangenhälfte mit ihrer Mischung aus Rissen, Krusten, Beulen und Bartstoppeln sah aus wie ein Schlachtfeld.

Clara Weibel hatte sich mit Meisner nach nebenan verzogen und war nervös. Die Entscheidung, dem Gespräch mit Ahrens zuzustimmen, hatte sie nur getroffen, weil sie darauf vertraute, dass sich die vierte Frau der ehemaligen Mädchenclique mit Ronninger darüber verständigt hatte, wie dem bisher völlig ungerührten Mann am ehesten beizukommen war. Was immer sie ihn nämlich bisher gefragt hatte, hatte er entweder zu knapp, ausweichend oder gar nicht beantwortet.

»Ich heiße Sally Gebauer, Herr Ahrens. Ich bin eine gute Freundin von Herrn Ronninger und anlässlich der Beerdigung von Frau Gruber aus Paris gekommen. Ann-Charlotte war meine beste Freundin, sie war auch die große, unerfüllte Liebe von Herrn Ronninger. Wussten Sie das eigentlich?«

Ahrens rührte sich nicht.

»Die verantwortliche Kommissarin hat mir einige Minuten gegeben, ehe Sie wieder vernommen werden. Sie wissen ja, das übliche Prozedere. Es gibt Indizien und was weiß ich noch alles. Details interessieren mich aber nicht, mich interessiert nur, wie Ihnen als klasse Dienstleister ein solches Unglück passieren konnte. Mütze, also Herr Ronninger, ich nenne ihn schon seit ewig Mütze, ein Spitzname, der mir in Fleisch und Blut übergegangen ist, Mütze hat mir erzählt, dass Sie bei Ihrer Arbeit keine Fehler machen. Sagt man Ihnen, bauen Sie sich auf wie Conan der Barbar, machen Sie das, sagt man Ihnen, hauen Sie jemandem aufs Auge, schlagen Sie aufs Auge und nicht auf die Nase. Und dann das? Eine erwürgte Frau. Wollen Sie mir das erklären?«

Rudi Ahrens starrte auf den Boden. Kein Ton, keine Bewegung, nichts, nur der Blick nach unten.

»Mütze hat mich gewarnt. Er hat gesagt, Rudi ist nicht so der

Redner. Ich erwarte ja auch gar nicht, dass Sie mir das Unglück haarklein schildern, ich möchte nur wissen, warum?«

Ahrens zog die Nase hoch. Seine riesigen Hände lagen ruhig auf seinen Knien.

»Mütze hat Frau Gruber sogar einen Heiratsantrag gemacht? Hat er mit Ihnen mal darüber geredet?«

»Keine Ahnung«, brummte Ahrens.

»Wir waren vorhin bei Ihrer Tante. Bevor Sie ins Krankenhaus gebracht wurden, haben Sie ja mit ihr gesprochen. Frau Bodenschneider ist, wie soll ich sagen, aufgeschreckt. Sie hat uns gesagt, dass Sie sich am Freitag, kurz bevor Frau Gruber getötet wurde, abends gegen zehn Uhr, ihr Auto geliehen haben. Am Samstagmorgen stand es wieder auf seinem Platz. Sie haben ihr zehn Euro Spritgeld gegeben. Sie sagt, dass Sie immer mit Ihrem Motorrad fahren, auch im Winter. Zehn Euro reichen für Glonn, Bruckmühl und Leuterding.«

»Lassen Sie meine Tante in Ruh.«

»Mit Ihrem Motorrad wären Sie aufgefallen. So eine große Maschine ist ja ein richtiger Blickfang und völlig falsch, will man nicht gesehen werden.«

Ahrens blieb still.

»Immerhin hat Ihnen Ihre Tante das Haus so gut wie geschenkt. Ich denke, sie hat ein Recht darauf zu erfahren, was werden soll. Mit dem Haus und Ihrer Maschine natürlich.«

Ahrens blickte auf. »Die Harley bleibt, wo sie ist. Sagen Sie ihr das.«

»Warum erwürgen Sie eine Frau, von der Sie so gut wie nichts wissen? Mütze sagt, Sie töten nicht und schon gar keine Frauen, die sich nicht wehren können.«

»Wenn Ronninger mit mir reden will, soll er kommen.«

»Ich glaube, Sie haben mich nicht verstanden, Herr Ahrens. Er redet nicht mit Ihnen, er erschießt Sie.«

»Sie reden Bockmist. Ronninger kenn ich gut, besser als Sie jedenfalls.«

»Wie viel wiegen Sie? Hundertzehn, hundertzwanzig Kilo? Kommt das hin?«

»So ungefähr.«

»Gut, über zwei Zentner Muskeln. Ich frage mich, ob Sie im Knast zu denen gehören werden, die andere in den Arsch ficken oder die selbst in den Arsch gefickt werden.«

Meisners Blick bohrte sich in Frau Gebauers Gesicht.

Ahrens rieb sich über die Oberschenkel.

»Ich bin Journalistin, Herr Ahrens. In Frankreich habe ich mehrmals zur Situation männlicher Häftlinge gearbeitet. Es gibt durchaus einen Unterschied, ob man bei den schweren Jungs einsitzt oder bei all den Ganoven, die im Grunde anders drauf sind. Ich habe mit Ärzten gesprochen, ich habe mir Bilder von Verletzungen im Bereich des Anus zeigen lassen. Hartes Eindringen, ohne Rücksicht auf alles, Blut, Risse, da wird viel genäht, und Sie können wochenlang nicht schmerzfrei kacken. Das ist unangenehm, sehr unangenehm, glauben Sie mir.«

Ahrens rutschte auf seinem Stuhl hin und her.

»Wenn es hart auf hart kommt, und so kommt es heute Nacht, wird Ihnen niemand helfen. Niemand. Den Männern im Knast, die gefickt werden, weil sie dran sind, geht es genauso.«

Ahrens' Hände ballten sich zusammen. Clara Weibel sah, dass Frau Gebauer es sah.

»Mütze hat Frau Bodenschneider gesagt, wenn sie nichts dagegen hat, verkauft er Ihr Motorrad. Sie werden es nicht mehr brauchen, weder heute noch morgen.«

»Hören Sie mit der Harley auf. Ronninger kann da gar nichts. Und meine Tante auch nicht.«

»Sie werden angeklagt werden, Sie werden sich verantworten müssen. Die Kripo hat wie Mütze auch alles zusammen. Der ganze Ermittlungskram ist absolut nicht mein Ding, dieses mühselige Abspulen der gleichen Leier. Ich möchte nur wissen, warum Sie meine Freundin erwürgt haben. Eine Frau, die Sie nicht kennen. Eine Frau, die Ihnen nichts getan hat. Und was mich auch noch interessiert, ist, wieso Sie Reste eines Joints von Matthias Heilmann am Tatort zurückgelassen haben?«

Ahrens war aufgesprungen. In voller Größe stand er jetzt vor einem Schreibtisch, der ihn von Frau Gebauer trennte. »Ende, Lady. Halten Sie endlich die Klappe.« Sein Arm sauste wie ein Schwerthieb durch die Luft. »Mit Heilmann bin ich schon lange fertig.«

»Matthias glaubt übrigens, dass Sie zu denen gehören, die in den Arsch gefickt werden. Sie seien zu weich und zu dumm. Sie hätten sich von zwei überkandidelten Tussen austricksen lassen. So ist er nun mal, und das wissen Sie auch. Kein Mitleid, Herr Ahrens, und nie um Ausreden verlegen, wenn es darum geht, andere zur Sau zu machen.«

Die Nackenmuskeln von Ahrens spannten sich, sein Rücken war steif. Wütend verschränkte er die Arme hinterm Kopf und drehte seinen mächtigen Oberkörper aus der Hüfte heraus nach links und rechts, ehe er sich wieder schnaufend auf seinen Stuhl warf.

»Sie wollten nicht töten, Sie sind Profi. Wollten Sie töten, hätten Sie Frau Gruber erdrosselt oder erstickt. Sie kennen sich aus. Würgen mit bloßen Händen ist zu anstrengend, zu unsicher, Herrgott, Sie wissen doch genau, dass so ein Todeskampf nur was für Anfänger oder Verrückte ist. Sie wollten meine Freundin einschüchtern, und irgendwas ist da furchtbar schiefgelaufen.«

Ahrens wischte sich über die Stirn. Dann verschränkte er seine Arme und kippte seinen Kopf auf die Brust.

»Sie haben sich von Matthias dem Großen die Uhr abnehmen lassen, die nur eine Person auf der ganzen Welt in der Nacht ihres Todes hat tragen können.« Sally Gebauer beugte sich jetzt weit über den Schreibtisch. »Wer hat Ihnen eigentlich ins Gehirn geschissen, Ahrens? Heilmann wird sie totklopfen mit seinen Anwälten, seinen Ausreden, seinen Lügen, und Sie wandern zu den Arschfickern für etwas, was Sie gar nicht getan haben. Eine wehrlose Frau erwürgen, noch nicht mal die eigene, die man wenigstens hassen könnte. Sie Warmduscher, einer Frau mit bloßen Händen die Gurgel zudrücken, ihr auflauern, nachts, auf so einer beschissenen Landstraße, nachdem sie ihr mit dem Gogomobil Ihrer Tante gefolgt sind, wissen Sie, wie blöd das klingt? Wissen Sie, wie erbärmlich das ist? Null Vorstrafen, immer sauber und dann so eine Jammerlappennummer. Und sich auch noch erwischen lassen, die Uhr, die Uhr. Waren Sie eigentlich von allen guten Geistern verlassen, so ein völlig wertloses Ding, das dann auch noch bei Ihnen im Schuppen rumliegt?«

»Keine Sau hat mir gesagt, warum ich die Uhr mitnehmen soll«, brüllte Ahrens und schlug seine Fäuste auf die Knie. »Keine Sau. Ich sollt sie mitnehmen, also hab ich's gemacht. Und dann hab ich das Scheißding behalten, weil's so war. Senta hat's gesagt, die Uhr, hat sie gesagt, hau ihr eine rein und nimm die Uhr mit. Und ich hab's so gemacht, plötzlich war sie tot. Herrgott, ich hab zugedrückt, aber davon stirbt doch niemand; die schon, total die Panik, ratzfatz war sie weg, also bewusstlos, und dann auch noch tot, das konnt doch niemand wissen, ich hab das nicht mehr mitgekriegt, bin nur noch abgehauen, Herzkasper, Schlaganfall, irgendwas eben.«

Clara Weibel hörte, wie Ahrens nach Luft rang. Frau Gebauer rührte sich nicht. Wie erstarrt hing sie über Meißners Schreibtisch, als wüsste sie nicht, was tun, jetzt, nachdem alles entschieden war.

* * *

Kurz vor Mitternacht blickte Clara Weibel von ihrem Fenster aus auf den Parkplatz. Die Nacht war klar, ein leichter Wind wehte, und unter einer Laterne hielt Klaus-Dieter Ronninger Sally Gebauer im Arm. Schon kurz nach Ahrens' Geständnis hatte sie ihren Trenchcoat wieder angezogen, die Ärmel runtergerollt und ihre Hände in den überstehenden Stoff gegraben. Traurig, müde und ausgelaugt hatte sie nichts mehr hören und sehen wollen. Erst als Ronninger aufgetaucht war, hatte sie nach ihrer Handtasche gegriffen und war mit hängenden Schultern den Gang Richtung Treppe geschlichen. Dann war sie stehen geblieben, hatte sich noch mal umgedreht, den Kopf geschüttelt und war zu Clara Weibels Büro zurückgelaufen. Charlie hat mich von ihrer dämlichen Pharmabude aus angerufen, hatte sie gesagt. Eine Versöhnung mit Laura war ihr so wichtig gewesen. Und als sie endlich mit ihr hat reden können, hat ihr Laura die kalte Schulter gezeigt. Warum dann die Wohnung, hab ich gefragt. Wir wussten es beide nicht. Jetzt wissen wir es. Nur lebe ich noch, und sie ist tot. Frau Gebauer hatte Clara Weibel die Hand gereicht. Dass ich mit Ahrens reden durfte, war sehr großzügig von Ihnen. Und gütig, auf irgendeine Weise jedenfalls. Wissen Sie, Mütze hat gewusst, wie man ihn packt. Kein Bullengewäsch, dafür Heilmann und schwuler Sex. Und entschuldigen Sie meine ruppige Wortwahl, aber wie Männer so sind. Anders geht's eben nicht.

Frau Gebauer hatte sich unten auf dem Parkplatz losgemacht. Sie rauchte. Und redete. Ronninger nickte. Clara Weibel sah, wie er sich abwandte und einige Schritte von ihr weg tat.

Laura Darius und Senta Grabowski hatten gestanden, Rudi Ahrens beauftragt zu haben, Ann-Charlotte Gruber eine Lektion zu erteilen. Das Wie hatten sie Ahrens überlassen. Deshalb war er auch bei Frau Darius gewesen und hatte sich ortskundig gemacht. Ursprünglich wollte er Frau Gruber in ihrem Auto abfangen, ihr Nasenbein brechen und die Uhr abnehmen. Als Frau

Gruber dann aber ganz woandershin gefahren war, ist er nervös geworden. Und wütend, sehr wütend sogar. Seine Wut dürfte den Impuls, Ann-Charlotte Gruber schließlich zu würgen, mitgetragen haben, wenigstens hatte er vorhin keine vernünftige Erklärung dafür, warum er sie gerade so angegriffen hat.

Sally Gebauer saß jetzt auf dem Boden. Einfach so, mitten auf dem Parkplatz, auf ihrem Mantel, im Dreck. Vielleicht weinte sie, vielleicht war sie auch nur erschöpft. Die Trenchcoatärmel verdeckten ihr Gesicht.

Was für eine Frau, dachte Clara Weibel. Kommt hierher und hat die Nerven, sich einen Brocken wie Ahrens vorzunehmen.

Meisner klopfte ihr auf die Schulter. »Heilmann wird aussagen. Er sitzt drüben und wartet auf Sie. Die Fingerabdrücke auf der Gruberschen Reisetasche haben ihn wohl überzeugt. Und die Geständnisse natürlich.«

»Was wird er uns denn erzählen, Herr Meisner?«

»Dass er am Tatort war. So gegen drei. Dass er zuerst im Fuchsienweg war und dann im Fuchsweg. Porsche, Navi und so weiter. Dass er dann den Touareg entdeckt und die Tote in den Wald gelegt hat. Dass er das Notizbuch hat mitgehen lassen, weil er dachte, da stünde was drin, was besser niemand erfahren sollte.«

»Aha«, murmelte Clara Weibel.

Frau Gebauer klopfte sich Staub vom Mantel, während Ronninger ihren Koffer vom Rücksitz holte. Von Weitem leuchteten Lichter. Ein Taxi kam näher. Der Fahrer stieg aus und redete mit ihr. Wenig später schaffte er das Gepäck in den Wagen. Ohne sich von Ronninger zu verabschieden, fuhr sie in die Nacht.

Einige Tage später

Luginger beobachtete eine Fliege im Bierglas, während Faulhuber über seine Familie schwadronierte.

»Melanie und Sandra werden mir verzeihen, Franz. Irgendwann, nicht heute und nicht morgen, aber irgendwann eben.«

Die Fliege mühte sich. Mit allem, was sie bewegen konnte, ruderte sie gegen ihr Ende an.

»Bei Sabine ist's anders. Sie muss mir nix verzeihen, weil es nix zu verzeihen gibt. Sie ist einfach aus dem Spiel.«

Luginger tunkte einen Finger ins Glas. Als die Fliege immer aufgeregter zu zappeln begann, brummte Faulhuber: »Nur ich bin noch blöder. So ein Viech lernt nix. Seine Kinder lernen nix, und deren Kinder lernen nix und sterben dann genauso blöd wie ihre Alten.«

Kurz nach sechs. Im Hammer-Eck war Totentanz. Niemand da, alle unterwegs. Selbst die Spielautomaten blieben stumm.

Luginger leckte seinen Finger ab. »Willst eigentlich so weitermachen, Bernie?«

»Wie meinst das?«

»Sexpartys, so schnelle Nummern halt.«

Faulhuber hustete, nahm sich eine Zigarette und zündete sie an. »Du willst nicht, dass ich so leb, oder?«

»Ich will, dass es dir gut geht. Halbwegs wenigstens.«

»Und du meinst, mit einer Frau an meiner Seite stünden die Chancen besser?«

»Allein wirst jedenfalls zum Trottel.«

Während Luginger sein Glas jetzt schräg hielt und die Rettung der Fliege ein zweites Mal versuchte, fragte er: »Willst Frauen keine Freude mehr machen?«

»Vielleicht mach ich ihnen ja Freude.«

»Vielleicht«, brummte Luginger. »Vielleicht auch nicht.« Die Fliege paddelte erschöpft zum Rand. »Auch du brauchst mehr als a bisserl Gezappel im Bett, Bernie. Einen Fixpunkt, verstehst. Jemand, der da ist. Einfach so.«

»Mein Vater war auch nicht anders. Klingt scheiße, stimmt aber.«

»Du meinst, weil er immer auf der Pirsch war?«

»Der hat doch nix ausgelassen, Franz.«

»Und jetzt plädierst auf Erbschäden.«

»Vorbelastet eben.«

»Die Gene.«

Luginger schubste das Insekt aus seinem Glas auf den Tresen. »Barbara würd mal mit dir gehen, also auf 'ne Sexparty.«

»Quatsch. Außerdem war's das.«

»Bist bedient, oder?«

Faulhuber nickte. »Machst mir noch eins?«

Luginger zapfte.

»Sabine war's am Schluss zu langweilig. Nix hat mehr gestimmt, alles war falsch, mein Haarschnitt, die Socken, wie ich den Rasen gemäht hab, alles halt.«

»Hättst ja ausziehen können. Nicht immer so aufeinanderhocken.«

Luginger stellte Bier auf den Tresen.

Die Fliege schwirrte ab.

Gläser klirrten, sie tranken.

Faulhuber starrte auf die Schnapsflaschen. Neben dem Persiko lag was Dunkles im Regal. »Hat jemand seinen Geldbeutel vergessen?«

»Gehört der Weibel.«

»Der Weibel! Die war noch mal hier?«

»Sonntag.«

»Sonntag! Davon hast ja gar nix erzählt.«

»Egal, Bernie. Unwichtig.«

»Unwichtig! Warum unwichtig?«

»Sie wollt nur ausspannen. Kaffee, Wasser, Rotwein.«

»Hat sie was gesagt? Über ihre Ermittlungen oder so?«

»Was hätt sie denn noch sagen sollen, oder so? Dass du ein guter Junge bist und Frauen nach dem Abspritzen nicht gleich erwürgst?«

Faulhubers Mundwinkel rutschten nach unten. Müde schaute er aufs Bier. »Lass gut sein, Franz, es ist, wie es ist, und ich bin nicht stolz drauf. Alles andere wär aber auch blöd.«